Space Opera

Jornadas Inimagináveis em uma Galáxia Não Muito Distante

Organizado por

Hugo Vera

Larissa Caruso

1ª edição

Editora Draco

São Paulo

2012

Publisher: Erick Santos Cardoso
Produção editorial: Janaina Chervezan
Organização: Hugo Vera e Larissa Caruso
Revisão: T. Meier e Letícia Velásquez
Arte e capa: HMVera Design

Dados Internacionais de Catalogação na Publicação (CIP)
Ana Lúcia Merege 4667/CRB7

Space opera : Jornadas inimagináveis em uma galáxia não muito distante / organizado por Hugo Vera, Larissa Caruso. – São Paulo : Draco, 2012.

ISBN 978-85-62942-72-3

1. Contos brasileiros I. Vera, Hugo II. Caruso, Larissa

CDD-869.93

Índices para catálogo sistemático:
1. Ficção : Literatura brasileira 869.93

1ª edição, 2012

Editora Draco
R. José Cerqueira Bastos, 298
Jd. Esther Yolanda — São Paulo — SP
CEP 05373-090
editoradraco@gmail.com
www.editoradraco.com
www.facebook.com/editoradraco
twitter: @editoradraco

POR OCASIÃO DO LANÇAMENTO da primeira antologia brasileira de ficção científica espacial – ***Space Opera: Odisseias Fantásticas Além da Fronteira Final*** (Editora Draco, 2011) – muito se falou sobre o mais famoso subgênero da Ficção Científica.

O curioso é que até antes do lançamento do livro que hoje chamamos carinhosamente de *"Space Opera I"*, parecia que esse subgênero havia sido esquecido, renegado pelos leitores em favor de outros subgêneros, tais como o *steampunk*, por exemplo. E com o "boom" de coletâneas de contos lançadas pelas editoras de literatura de gênero no Brasil, trazendo em evidência os mais variados temas da literatura fantástica – ficção científica, fantasia e terror –, nós nos perguntamos: *"onde estavam as boas e velhas aventuras de space opera?"*

Ao fazer esse questionamento, alguns nos disseram que no Brasil não temos tradição científica e tecnológica (quem dirá espacial), e que somos um país rural e atrasado, e que nosso sistema educacional e cultural não propicia a admiração desse tipo de literatura. Outros disseram que enquanto russos e americanos (e agora chineses e até indianos!) trabalham para atingir as estrelas, nós ainda nos preocupamos com agricultura e pecuária, aqui mesmo em terra firme. Ou seja: aventuras no espaço não são de nosso interesse. Outros ainda mencionaram o preconceito reinante que leva a crer que *space opera* é coisa para meninos, e que as meninas (também rotuladas por não gostarem de ficção científica) detestam histórias de heróis e vilões em suas naves espaciais, em meio a conflitos políticos, batalhas estelares, alienígenas, robôs, espionagens, armas e tecnologias do futuro.

Diante desses argumentos, tínhamos que colocar isso à prova, pois não acreditávamos que uma temática que prossegue com seu sucesso no cinema e na TV não tinha mais espaço na literatura de gênero no Brasil em pleno século XXI.

Foi aí que nasceu o chamado "Projeto Space Opera", que visava levar aos leitores e fãs de ficção científica, contos e noveletas contendo as mais fantásticas aventuras espaciais e planetárias escritas por autores brasileiros, mostrando assim que no Brasil também sonhamos com as estrelas, e que nossas aventuras não devem nada àquelas apresentadas pelos outros povos.

Com o sucesso do primeiro volume, provamos que a *space opera* ainda está viva, e a ótima repercussão foi o passaporte que precisávamos para partirmos rumo a uma nova etapa do projeto. Assim nasceu a proposta de um novo livro – ***Space Opera: Jornadas Inimagináveis em Uma Galáxia Não Muito Distante*** – um segundo volume, com novos autores e novas aventuras, prosseguindo a odisseia que iniciamos anteriormente.

Sendo assim, pedimos a você, caro leitor, que verifique seu traje espacial, acomode-se em seu assento e prenda seu cinto de segurança. Cheque os instrumentos de bordo, acione os propulsores superluminais e prepare-se: A nave ***Space Opera II*** partirá *agora* para suas novas aventuras!

Hugo Vera e Larissa Caruso

SPACE OPERAS NO TERCEIRO MILÊNIO

Na época em que o rádio era a principal fonte de entretenimento doméstico, havia uma pletora de seriados radiofônicos diurnos nos EUA voltados para as donas de casa. Muitos desses seriados eram patrocinados por fabricantes de sabão em pó, daí terem sido apelidados de "soap operas". Essa designação logo se estendeu para abarcar outros gêneros. Houve até quem começasse a se referir aos seriados ambientados no Velho Oeste como "horse operas". Em 1941, Wilson Tucker trouxe o conceito para a ficção científica ao cunhar pejorativamente a expressão "space opera", para definir o conjunto de enredos melodramáticos, repletos de ação e aventura, envolvendo conflitos interplanetários ou interestelares, onde o herói salvava a galáxia ou, pelo menos, o Sistema Solar e resgatava a mocinha bonita das garras de vilões humanos ou alienígenas.

Atualmente, "space opera" é tido como o mais famoso subgênero da ficção científica, e a expressão é envolta de uma afeição nostálgica, que levou a uma reavaliação do termo. O que antes tinha conotação pejorativa, hoje é considerado "cult" e "pop".

No verbete "space opera" da *Encyclopedia of Science Fiction*, organizada por John Clute e Peter Nicholls, o estudioso Brian Stableford afirma que a space opera atingiu seu apogeu nas décadas de 1920 e 1930 sob a égide de cinco autores norte-americanos: E.E. "Doc" Smith; Edmond Hamilton; Ray Cummings; John W. Campbell, Jr.; e Jack Williamson. Só para relembrar: Smith se notabilizou pelo clássico *The Skylark of Space* (1928) e pela série

Lensmen. Hamilton foi o autor da série Captain Future e do memorável *O Rei das Estrelas* (1949); Cummings já escrevia space operas antes do advento dos "pulp magazines" de ficção científica; Campbell escreveu dois dos maiores clássicos da space opera, *Invaders from the Infinite* (1932) e *The Mightiest Machine* (1934); e Williamson é simplesmente o autor de *A Legião do Espaço* (1934). Embora não fosse exatamente a praia dele, meu autor favorito, Clifford D. Simak escreveu *Cosmic Engineers* (1939), um romance que considero space opera por excelência.

Ainda de acordo com Stableford, na década de 1940, boa parte do encanto ingênuo da space opera se perdeu quando a qualidade literária da ficção cientifica se elevou e os enredos se tornaram mais complexos. Vários cenários considerados como províncias exclusivas da space opera, dentre eles o do império galáctico, foram apropriados pela ficção científica mais madura. A série Fundação de Isaac Asimov representa um bom exemplo dessa apropriação.

Muitos trabalhos de ficção científica mais recente possuem elementos marcantes de space opera, ainda que não constituam space opera em si. Décadas mais tarde, quando a space opera em estado puro jazia há muito sepultada no cemitério dos subgêneros esquecidos, uma nova geração de autores ressuscitou aqueles velhos elementos arquetípicos do passado — do império galáctico ao cientista louco, do herói ingênuo de bom coração aos monstros alienígenas — para escrever contos e romances que se tornaram clássicos da ficção científica moderna, como *Pensa em Phlebas* (1987) de Iain M. Banks; as séries Ensign Flandry de Poul Anderson e Dorsai de Gordon R. Dickson; *Downbelow Station* (1981) da C.J. Cherryh; e *Maré Alta Estelar* (1983) de David Brin.

Na última década do século passado, um novo movimento no seio da ficção científica hard propôs reinterpretar as temáticas da space opera com o rigor científico e a qualidade literária que o subgênero havia desenvolvido nas décadas de 1970 e 1980. Estabeleceu-se assim a "new space opera".

No cenário lusófono, a antologia *Space Opera: Odisseias Fantásticas Além da Fronteira Final* (Draco, 2011), organizada pelos escritores Hugo Vera e Larissa Caruso, desbastou o caminho ao reunir num mesmo volume diversos trabalhos de ficção científica espacial aventuresca, subgênero até então relegado ao segundo plano no cenário atual da literatura fantástica em língua portuguesa. É lógico que, como projeto, as antologias *Space Operas* não abrigam space operas *lato sensu*. Afinal, como vimos acima, o subgênero se extinguiu sete ou oito décadas atrás. Contudo, no bojo da primeira antologia, há trabalhos que poderíamos classificar tranquilamente como *new space opera*, ou seja, enredos com plausibilidade científica e qualidade literária, abordando temáticas típicas da space opera das décadas de 1920 e 1930.

O mesmo ocorre na *Space Opera II*, que segue na esteira do sucesso do primeiro volume, dando prosseguimento às eletrizantes aventuras deste delicioso subgênero.

Vamos conferir?

Nave humana explora relíquia de supercivilização galáctica supostamente extinta há bilhões de anos.

Militar exemplar condenado injustamente recebe segunda chance, numa trama onde duas potências estelares se digladiam pela posse de artefatos paleoalienígenas.

A história clássica do mercenário estelar e da guerreira gostosa, em aventuras de tirar o fôlego num planeta traiçoeiro.

Um enredo típico da Rússia pós-soviética, com máfias e tudo mais, transplantada para outro sistema estelar.

Uma guerra interestelar sem quartel travada pela humanidade contra um inimigo dotado de tecnologia superior.

Anti-herói covarde e recluso se torna criminoso procurado após se envolver com uma mulher bela e misteriosa.

Veterano retorna à ativa para atuar em missão suicida com o propósito de resgatar um grupo de refugiados não-humanos.

Sacerdotisa é enviada para tentar impedir nova eclosão de hostilidades entre impérios humano e alienígena.

Nacionalismo transplantado para as estrelas de dois mil anos no futuro. A perspectiva da revolução iminente cria laços inesperados entre militares, contrabandistas e seitas religiosas.

Não falei? A *Space Opera II* é isto tudo e muito mais.

O que você ainda está fazendo parado aqui? Siga em frente e boa leitura!

Gerson Lodi-Ribeiro *

* Escritor carioca de literatura fantástica, publicou duas noveletas na versão brasileira da Isaac Asimov Magazine: a FC Hard "Alienígenas Mitológicos" e a história alternativa "A Ética da Traição", que abriu as portas do subgênero fantástico lusófono. Autor da noveleta premiada "A Filha do Predador", das coletâneas *Outras Histórias...*, *O Vampiro de Nova Holanda*, *Outros Brasis* e *Taikodom: Crônicas*, além dos romances *Xochiquetzal: uma Princesa Asteca entre os*

Incas (2009) e *A Guardiã da Memória* (2011), ambos publicados pela Editora Draco, onde também organizou as antologias *Vaporpunk* (2010), *Dieselpunk* (2011), *Solarpunk* (2012) e *Erótica Fantástica* (2012). Em 2011, participou da primeira antologia *SPACE OPERA* com a noveleta "No Amor e na Guerra".

SPACE OPERA

A ALMA DE UM MUNDO
ROBERTO DE SOUSA CAUSO

1.

O CAMAROTE ALOCADO para Peregrino era digno de um imediato de nave estelar. Não estava habituado a tanto espaço. No teatro de operações conhecido como "A Esfera", Peregrino havia operado quase que exclusivamente em pequenas naves-patrulha. Mais tarde, mesmo quando Túlio o levara para a capitânia da Esquadra para ser o seu coordenador de operações especiais, ele tinha se instalado em alojamentos coletivos com suas tropas.

De volta ao camarote, tomou os homeoindutores de resposta fornecidos pelo médico do plantão, o Dr. Ramiro Giroldo. Este era natural de Campo Grande, enquanto Peregrino crescera no Pantanal Mato-grossense. Galáxia Pequena.

Peregrino tinha se machucado durante uma luta-treino com a capitã Leyla Márquez, oficial comandante do cruzador *Talcahuano*. Devia tomar os homeoindutores no começo de cada período de aceleração de 1G. Os médicos do Povo de Riv achavam que os compensadores de inércia afetavam a absorção dos homeoindutores. Eles deviam saber, já que haviam criado essa classe de medicamentos.

Retornando do ginásio, Peregrino encontrou uma mensagem esperando por ele, via ansível quantumcriptado. Enviada pelo almirante Túlio Ferreira, supôs. Daí sua surpresa, quando descobriu que era de Cristina Feldman, e mais ainda com o formato da mensagem. Ele imediatamente a transferiu para o nanofabrickor que ocupava uma das paredes do amplo camarote.

O aparelho era uma cara novidade tecnológica que finalmente chegara à Esquadra Latinoamericana da Esfera. Além das telas de acompanhamento e do teclado vertical, esta versão, instalada em seu camarote por ordem direta do almirante, incluía, por capricho de Túlio, holofotos com os "melhores momentos" da carreira de Peregrino na ELAE. O batismo da nova unidade de operações especiais que Peregrino havia concebido, o 28.º GARP. A cerimônia em que recebera a Ordem do Defensor por sua atuação em Tukmaibakro. E aquela em que Túlio havia pendurado a Medalha de Honra Estelar em seu pescoço, por ter sido o primeiro militar da Latinoamérica – e de toda humanidade – a matar em combate os odiosos alienígenas tadais.

O nanofabrickor emitiu um aviso sonoro. Peregrino apanhou o envelope com a carta de Cristina Feldman. Retirou a folha textura de papel de algas assinada pela mulher que ele havia conhecido há três meses, e que tentara convencê-lo a se meter na campanha do governador estelar Esteves Mangabeira. A última vez que ele vira a figura curvilínea de Cristina fora em um holograma no escritório de Túlio no QG, quando ela se desculpara por ter participado no esquema sujo de Mangabeira.

Havia mais desculpas na folha de papel e ao ler as linhas restantes, Peregrino deu-se conta de que ainda sentia muitas dores pelo corpo. Cristina Feldman o fez sentir outras dores. Ela informava, com subterfúgios, que havia se unido à rede de inteligência que Túlio mantinha espalhada pela galáxia. A pedido do almirante, localizara um exemplar do livro que vinha junto com a carta.

Peregrino notou que o compartimento de saída do nanofabrickor ainda estava aberto. Havia um livro de capa-dura lá dentro. Apanhou-o. A quarta-capa dizia que era uma "visão de dentro" dos Minutemen de Eta2-Hydri na Zona 3, a 220 anos-luz da Terra. Uma casta militar, produto de uma colônia estabelecida pela Aliança Transatlântico-Pacífica, com quem mantinham, apesar de se afirmarem independentes, laços muito estreitos. Seus quadros militares eram compostos integralmente de ciborgues.

O livro era *Os Últimos Homens Livres da Galáxia?* de Levinson Parker, ex-Minuteman e apóstata da sua ideologia de libertarianismo extremo. Se Cristina Feldman – uma acadêmica de relevo em Épsilon Crucis – tivera de procurar o livro, significava que ele não estava nas redes abertas.

Peregrino conhecia o bastante do libertarianismo para admirar algumas de suas propostas. Mas seu darwinismo social e ênfase no mercado livre e na ordem social espontânea sempre acenderam nele uma luz de alerta. Estava curioso quanto ao que

Parker tinha a dizer. E quanto à relação disso com a Força-Tarefa "Espelho de Prata".

Mal passou da introdução, porém, e foi interrompido. Faltavam quinze minutos para os compinerciais serem acionados. A nave aceleraria numa taxa fatal para o corpo humano. Os compensadores inerciais eram avaliados nesta fase do voo, já que a menor falha durante as brutais manobras de combate levaria todos à morte.

Havia alguém à porta. Era o lutador negro com quem Peregrino insistira em lutar, depois de sofrer nas mãos de Leyla Márquez. Já que estava aquecido, podia muito bem treinar para valer, depois de ter inadvertidamente alimentado o ego da capitã. O homem fez continência e se apresentou como o sargento Breno Alves, parte do Pelotão de Operações Especiais da Infantaria Embarcada no *Talcahuano*.

– À vontade, sargento. Quer entrar?

Peregrino indicou uma cadeira. Alves sentou-se meio sem jeito, olhos fixos no conjunto de mementos preparado por Túlio.

– Pois não, sargento.

– Eu vim apenas deixar claro, capitão Peregrino, o meu descontentamento com o ocorrido. Espero que o senhor esteja se recuperando bem.

Peregrino fingiu ignorância.

– Você ganhou honestamente nossa luta-treino, sargento.

Alves reprimiu sorriso. Não ia se deixar enganar.

– Eu me refiro à sua luta com a capitã Márquez, senhor – ele disse. – Ficou evidente a todos que ela o atraiu pra uma armadilha. Usou força excessiva contra um não-aumentado, o que vai contra o regulamento da esquadra.

Peregrino não disse nada, embora tenha, dolorosamente, se surpreendido ao descobrir que Márquez era uma ciborgue.

– Permissão pra falar abertamente, senhor? – Alves disse, respirando fundo. E, diante da anuência de Peregrino: – Coisas como esta acontecem aqui o tempo todo. A capitã Márquez sempre encontra maneiras de afirmar a superioridade do seu *staff* de aumentados, sobre os outros oficiais e praças...

– *Staff* de aumentados?

– Sim, senhor – Alves confirmou. – O imediato, os oficiais de armas, um dos timoneiros, o comandante da infantaria embarcada, todos trans-humanos...

– Existe uma ordem do almirante Túlio – Peregrino disse –,

proibindo que tantos aumentados concentrem postos principais numa única unidade da Esquadra ou de uma força-tarefa.

– Exatamente, senhor. Mas essa ordem foi revogada pelo almirante estelar Gervásio, especificamente pra esta missão.

– E a justificativa?

– Que seria uma oportunidade pra demonstrar que os aumentados estão acima do preconceito presente na ordem de Túlio – Alves disse.

Peregrino caiu no riso. Alves não se uniu a ele. Claro, o rapaz não conhecia Túlio como ele. Peregrino levantou-se. Suas costelas protestaram, mas ele caminhou até a geladeira embutida em uma das paredes do camarote. A menção à Gervásio havia revirado o seu estômago. Quando chegara pela primeira vez à Esfera, poucos anos atrás, a ELAE era um organismo afligido por infecções múltiplas de politicagem, carreirismo e incompetência. Assim que o almirante Pandolfo, um ciberaumentado, foi para a reserva, Túlio assumiu e virou tudo pelo avesso, tirando a esquadra do coma. Mas Gervásio continuava no jogo, bloqueando, fintando e fustigando sempre que podia, para manter Túlio politicamente em cheque. Peregrino apanhou duas garrafas maleáveis de suco de frutas. Estendeu uma ao sargento Alves.

– Então o *staff* da *Talcahuano* foi reunido recentemente? – perguntou.

– Sim, senhor. Há três semanas. Eles todos, a propósito, vieram de fora da ELAE, de fora da Esfera. E especialmente pra esta missão. Que ninguém sabe exatamente qual é, mas deve ser importante, pelo tamanho da força-tarefa, e por causa de... sua presença entre nós.

– Hum.

Peregrino tirou um gole, e sentiu seu estômago acalmar-se um pouco. Onde Alves queria chegar?

– Eu quero dizer, capitão – o sargento disse, em voz baixa –, que, se o senhor estiver aqui pra fazer algo a respeito da situação da *Talcahuano*, pode contar com meu apoio e com o de outros homens e mulheres da minha unidade.

A oferta era inequívoca. Alves oferecia-se para se colocar contra seus oficiais comandantes. "Motim", Peregrino pensou, mas logo reprimiu o pensamento.

– Eu não tenho, no momento – disse –, a liberdade de discutir as ordens que o almirante Túlio me deu. Sei que você entende, sargento Alves.

A verdade é que ainda não tinha consigo as ordens de Túlio. Ou tinha ordens incompletas. Embarcar na *Talcahuano* como "consultor" para a presente missão, mas aguardar no escuro quanto ao seu papel nela e qual autoridade ele poderia exercer.

– É claro, capitão – Alves disse, e se levantou. – Lamento se presumi erradamente a razão do senhor estar aqui. Não quis parecer desrespeitoso. Tenho acompanhado a sua carreira, senhor, como todo mundo. Minha admiração é sincera.

Peregrino também se levantou, para apertar a mão de Alves.

– Obrigado, sargento. Mas nós dois estamos limitados ao que o dever e as nossas ordens exigem de nós. Por isso, eu posso não corresponder às suas expectativas.

O aperto de mão foi firme, mas a dúvida dançava nos olhos escuros do outro. Peregrino sorriu.

– Vou fazer o melhor que puder.

·•◈•·

Peregrino ficou sozinho em seu camarote, bebendo mais suco, tomando os homeoindutores e lendo o livro de Levinson Parker. Então, faltando a última etapa para o tunelamento, o nanofabrickor voltou a funcionar.

Peregrino se aproximou do aparelho com apreensão. Conhecia Túlio Ferreira o suficiente para saber que, por trás das brincadeiras, das mensagens enigmáticas e da aparente cumplicidade, o almirante era um homem implacável que passaria por cima de quem quer que fosse, se achasse necessário ao bem maior. Também era leal, e pessoalmente tirara Peregrino de várias enrascadas, arriscando a própria vida. Mas Túlio e Gervásio vinham jogando um xadrez galáctico há anos, tendo a Esfera como principal tabuleiro. Quando Breno Alves mencionou o almirante estelar e sua possível manobra com os ciberaumentados como peças, Peregrino soube que Túlio pairava, com o seu contramovimento, sobre ele, a *Talcahuano* e toda FT.

Desta vez, eram dois volumes encadernados, com as cores e o brasão da ELAE. Estavam lacrados; um endereçado a ele, o outro a Leyla Márquez. Peregrino colocou o de Márquez debaixo do braço esquerdo, e abriu o antiquado lacre do seu.

Era pior do que ele esperava.

2.

O sistema estelar em que a Força-Tarefa Espelho de Prata iria agir surgiu à volta deles como uma complexa e vasta flutuação quântica. Não tinha nome no catálogo astronômico da Latinoamérica. Havia apenas uma sigla e um número: HOPS-2428. Certamente por ser um sistema – e um sistema binário – ainda em formação, em que os primeiros planetas ainda mal pareciam brotar do disco de acreção poeirento. Os astrônomos do Povo de Riv, porém, tinham um nome para ele: Afssel-Mssadohr.

Não era um lugar fácil de navegar. A FT, depois de sair da ZSR e passar por um período de violenta desaceleração, estacionaria na borda do disco, seguindo as ordens de Túlio. Deveriam aguardar a chegada do componente das forças do Povo de Riv, que formaria com eles no Espelho de Prata. Os aliados alienígenas saberiam navegar até o objetivo.

Sua presença ali intrigava Peregrino. Ele tinha certeza de que Leyla Márquez também se sentia intrigada. Ela, porém, teria uma surpresa de verdade, quando visse as ordens de Túlio.

Peregrino apresentou-se no passadiço da *Talcahuano*. A sala de comando era enorme, com duas seções táticas, mais de uma vintena de tripulantes ocupando os assentos ou postados diante das telas. O oficial do passadiço o anunciou à capitã Márquez.

– Agora não, Peregrino – disse ela, com cara feia. – Estamos no meio da conferência dos sistemas.

– Receio que não dê pra esperar – ele disse, e mostrou-lhe o documento lacrado. – Precisamos abrir isto imediatamente, na presença de uma testemunha.

O rosto moreno de Márquez ficou ainda mais escuro. Ela mordeu o lábio inferior.

– Eu já esperava por isso, é claro – disse. – Túlio tem mantido em segredo o propósito desta operação que, de acordo com as ordens iniciais, só deve ser revelado na chegada. Eu sabia que você só podia ser o mensageiro dele. Mas não é assim que se procede na minha nave.

– Eu já abri as minhas ordens, capitã Márquez, e elas diziam pra lhe entregar as suas imediatamente após completarmos o tunelamento. E imediatamente é *agora*. Vá buscar uma testemunha e indique um lugar isolado onde possamos abri-las. A testemunha tem que conhecer as ordens operacionais anteriores e ser capaz de conferir os códigos de segurança.

A mulher lhe fez um gesto irado, de dedo em riste. Peregrino não desviou os olhos do rosto dela. Márquez controlou-se e baixou a mão. Retornou para passadiço, e quando voltou para junto de Peregrino, havia um homem com ela. Márquez disse:

– Meu imediato, Vérito Guzmán, vai testemunhar.

Peregrino apenas assentiu com a cabeça. Ele e o capitão Guzmán já tinham sido apresentados quando Peregrino subiu a bordo do cruzador. Os três foram à um recesso do passadiço. Era uma copa com café, chá e sanduíches. Márquez ordenou, ríspida, que os dois taifeiros que estavam ali saíssem. Então Guzmán apanhou o documento das mãos de Peregrino, antes de romper o lacre e passá-lo à sua superiora. Peregrino já tinha tudo decorado, e sabia o que o primeiro parágrafo dizia.

O comando de todas as operações a partir da chegada da Força-Tarefa "Espelho de Prata" ao sistema HOPS-2428 deve ser transferido prontamente ao capitão-de-espaço-profundo Jonas Peregrino.

O rosto de Leyla Márquez se esvaziou de sangue. Ela não conseguia desviar os olhos do documento. Peregrino não acreditava que ela estivesse registrando alguma coisa. Os olhos de Guzmán, porém, ziguezagueavam pela página, lendo e relendo as ordens do almirante por cima do ombro da mulher. Peregrino esperou pacientemente até que Márquez despertasse do estupor.

– Ele não pode fazer isso – ela balbuciou. – Eu não posso ser demovida de uma hora para outra sem justificativa.

– Veja o parágrafo cinco-B, por favor – Peregrino pediu, em voz baixa.

Mas foi Guzmán quem leu:

– "Solicitação expressa dos oficiais militares do Povo de Riv, via canais diplomáticos autorizados"... "Demanda diplomática específica, prioritária e em concordância com os tratados vigentes"... – E concluiu: – Eles querem Peregrino no comando, os hoplitas de Riv.

Márquez puxou um fôlego profundo e áspero.

– Guzmán, confira os códigos de segurança destas ordens.

– Pra isso, eu terei que abrir o cofre da sala de comunicações.

– Você tem a combinação – ela quase gritou. – Vá agora!

– Sim, senhora.

Guzmán dirigiu um olhar indecifrável a Peregrino, e saiu.

– Deixe-me pegar um café ou chá pra você – Peregrino ofereceu, ainda em voz baixa.

– Não quero nada de você! – Márquez rosnou.

– *Eu* estou precisando de alguma coisa – ele disse.

Suas mãos tremiam, enquanto ele se servia de chá.

– Com medo de que o seu truque seja descoberto? – Márquez perguntou. – Por que Túlio não declarou você como o comandante da FT logo quando ela foi formada?

– Estou é *apavorado* com a situação em que o almirante Túlio nos enfiou – Peregrino disse. – Quando Túlio me trouxe para a ELAE, ele disse que ia me usar o máximo possível e que provavelmente eu não sairia vivo da Esfera. Banquei a aposta, me alistei pra matar ou pra morrer. Mas o fato é que ainda estou aqui, e depois que matei aqueles tadais, a situação na Esfera virou do avesso. Sem os tadais pra manter a todos sob ameaça, os diversos grupos políticos têm se voltado uns contra os outros. Eu já tinha pedido pra ir pra reserva, mas o almirante me manteve aqui porque ele pode me usar. E, depois dos atentados que sofri, também me proteger. Deve ser por isso que ele não me passou o comando quando a Espelho de Prata foi criada.

– Você se dá importância demais.

– Agora veja aonde quero chegar – Peregrino disse, ignorando a desfeita. – Eu me alistei pra matar e pra morrer, mas até este ponto, só vi *outros* morrerem. Amigos, inocentes e companheiros de armas que perderem a vida por minhas mãos. Estou cansado disso e quero ir pra casa, mas ainda estou aqui. Note que as ordens do almirante incluem sigilo total sob a prerrogativa vinte e seis F. Já tive que usá-la uma vez, antes da Batalha da Ciranda Sombria. Ninguém foi executado, graças a Deus, mas algumas carreiras chegaram ao fim.

– Está me ameaçando? – ela perguntou.

– Apenas lembrando-a de que o sistema militar é um sistema coercivo. E que Túlio joga duro. E ele não me solta da coleira por qualquer coisa. Se fui colocado no comando desta força-tarefa, é porque a coisa vai ficar feia. Não digo *pode* ficar, mas *vai* ficar. Especialmente porque os militares do Povo de Riv solicitaram a minha presença. Eles ainda são o único povo alienígena que não sinalizou no sentido de revogar nosso acordo mútuo de proteção.

E até agora nem passou pela cabeça do almirante revogá-lo depois que os tadais foram embora. E o Povo de Riv são os alienígenas que mais estudaram os procedimentos tadais na Esfera. Esta missão só pode ter relação com os tadais.

– Túlio acha que a Retirada Tadai não foi definitiva? – Márquez perguntou, agora também em voz baixa.

Peregrino sorriu.

– Ele nem a trata por "retirada". Pra ele, foi uma *retração*. É só uma questão de *quando* os tadais vão voltar.

Márquez ficou em silêncio. Peregrino lembrou-se que ela viera de fora da Esfera, tudo o que sabia dos tadais era de segunda mão. Quando Vérito Guzmán retornou, ela o surpreendeu gesticulando para que ele esperasse do lado de fora da copa. Peregrino aproveitou para retirar o bilhete do almirante do bolso da calça do uniforme.

– Esta mensagem de Túlio veio junto com os documentos. De próprio punho, a estrofe de um poema de um tal de Crowley. É típico do almirante.

– Eu nunca soube que ele fazia isso – Márquez disse.

Peregrino deu de ombros.

– Comigo sempre foi assim. Vou ler pra você.

"Ele é quem ficou com o espelho de prata
Aquele que não se quebra, souvenir 'da parte de Deus'
E não importa quantas vezes tente pentear o cabelo
Nunca vai se livrar da feiúra da guerra

"É *guerra* o que vamos enfrentar aqui, Márquez. Túlio está me dizendo, no seu estilo irônico, que por ora não tenho como fugir dela. Então, esqueça as ordens anteriores, esqueça sua animosidade pra comigo, esqueça o que Gervásio prometeu a você e aos seus amigos aumentados, e se prepare pra ver seus companheiros e subordinados morrerem diante dos seus olhos."

Leyla Márquez engoliu em seco.

– Por que está me contando isso?

– Porque tudo indica que vamos enfrentar os Minutemen neste sistema – ele revelou. – Você já ouviu falar deles, claro.

– A "Legião Estrangeira da Aliança" – ela respondeu, de olhos arregalados.

– Também chamados de "Os Humanos Mais Perigosos da Galáxia." Ciberaumentados também. Então, você vai ficar ao meu lado e me ajudar a lidar com eles. Não sei por que você se alistou, mas se quer sair viva e com a sua carreira intacta, vai fazer tudo o que eu mandar e se esforçar ao máximo pra *colaborar* comigo.

"E eu tenho só uma norma nas operações que comando, Leyla. Não importa o quê, você e eu, se ainda estivermos vivos, seremos os *últimos* a sair daqui."

·•◈•·

Peregrino havia lido que o Povo de Riv provinha de um sistema fora da Esfera. Assim como os humanos.

A localização do seu mundo natal era segredo de estado. Mas eles não tinham problema em revelar que evoluíram em um planeta sem luas para os estabilizarem, e cujo eixo de rotação oscilava fortemente, ao longo de vários milênios. As mudanças colocavam as formas de vida locais sob *stress* constante. A maioria delas havia desenvolvido uma complexa plasticidade genética, com adaptações que eram disparadas em poucas gerações por mecanismos evolutivos embutidos em seus genomas... ou o equivalente alienígena de genomas. Mas algumas conformações físicas eram assumidas no tempo de vida de um mesmo indivíduo, como uma metamorfose. Os membros do Povo de Riv eram xenomamíferos que, sob as condições certas, hibernavam por alguns Terrameses para emergir transformados de quadrúpedes com um par de membros superiores, em bípedes com dois pares superiores.

Era a explicação oficial para o dimorfismo dos membros do Povo de Riv pertencentes à classe dos hoplitas, os seus soldados. Nada de engenharia genética para eles, apenas alguns Terraanos em contato com os ferormônios de certas gramíneas do seu mundo natal – e a ordem unida e as manobras de campo que haviam evocado a comparação com as tropas hoplitas da Grécia Antiga. Peregrino tinha visto holovídeos dos hoplitas já metamorfoseados nos bípedes esguios de três metros de altura, membros inferiores possantes, e os dois pares de braços manobrando escudos cerimoniais e longas lanças com flâmulas escarlates tremulando nas pontas. A pele era de ébano, enquanto outros subtipos tendiam ao marrom e ao café-com-leite. Abaixo da viseira dos capacetes acobreados, os olhos opacos e rubros tinham uma firmeza a par com os movimentos uníssonos de pernas e braços.

Toda a falange se movia como um único corpo centípede a levantar poeira, sacudir o chão e desafiar o vento.

E dizer que as pessoas normais do Povo de Riv tinham só dois metros de altura em média – e que o próprio Riv havia sido o profeta de uma filosofia religiosa de paz e harmonia com o universo – fazia Peregrino pensar que nenhuma civilização espacial estava livre da necessidade de forças armadas. Não em uma galáxia em que existiam agressores como os tadais.

Três destróieres do Povo de Riv vieram se unir aos humanos. Naves esguias e de curvas suaves, parecendo mais estetizantes do que funcionais. Exceto por seus canhões serem mais fortes do que os de um cruzador como o *Talcahuano*, seus escudos mais impermeáveis e seus sistemas mais sofisticados. O grupo era comandado pelo hoplita Issralz-Ria. O nome, ainda que esquisito aos ouvidos de Peregrino, não lhe era estranho.

Além dos destróieres, tinham trazido uma instalação indistinta, que lembrava um estaleiro orbital com propulsores instalados em uma das extremidades.

Um escaler da *Talcahuano* levou Peregrino, Leyla Márquez e o sargento Alves até o vaso em que Issralz-Ria os aguardava. Márquez havia perguntado por que Alves vinha com eles, e não um oficial de planejamento tático. Peregrino disse que no momento ele só queria alguém que fizesse a ligação com o pessoal do PELOPES – Pelotão de Operações Especiais – do cruzador e que ao mesmo tempo pudesse dobrar como segurança. E Peregrino, depois da conversa em seu camarote, queria ficar de olho em Alves.

·•◈•·

A comporta do hangar se abriu na face de estibordo da nave hoplita, e o escaler entrou. Depois da compressão da comporta, um único hoplita surgiu para recebê-los. Ao descerem, Peregrino se deu conta do gigantismo dos espaços internos do destróier. E da altura imponente do hoplita diante deles. O alienígena sussurrou algo no tradutor preso ao seu queixo.

– Eu sou o comandante Issralz-Ria. Estamos na *Driie-Brissro*. Bem-vindos. É uma honra. Conhecer Jonas Peregrino. Por favor. Acompanhem-me.

Os três seguiram Issralz-Ria em silêncio pelos corredores e conveses. A gravidade artificial era inferior a 1G. Peregrino seguiu, medindo os passos para não se desequilibrar. Chegaram a um recinto esparsamente iluminado e aberto para o espaço: vigias altas e largas dominavam uma das paredes. Ali, ao que parecia, tripulantes aproveitavam a folga.

Peregrino notou morfologias não hoplitas também presentes. Pelas vigias, eles divisavam o disco baço e amarelado de Afssel-Vssadohr entre a massa estelar do Braço de Sagittarius.

Issralz-Ria deteve-se perante outro alienígena muito alto, também com cerca de três metros de altura e com três pares de membros. Dois pares eram membros inferiores, e a pele esverdeada, de franjas de queratina penduradas nos membros, faziam-no parecer um pepino-do-mar gigante, com dois olhos grandes e distantes fixos quase no centro do seu tronco. Olhos cristalinos que nunca piscavam e que feriam Peregrino com a mirada inflexível de suas pupilas amarelas.

A mão direita de Peregrino desceu até o coldre aberto e ele sacou lentamente o velho Detonador M8A2. Deu-se conta do que fazia, de que todos os hoplitas ali haviam voltado seus olhos opacos e rubros para ele e que até mesmo Márquez e Alves tinham dado um passo atrás e o encaravam.

Peregrino, porém, tinha olhos apenas para um indivíduo no convés de observação. O alienígena também o fixava intensamente. Mesmo depois de, com um esforço visível, Peregrino ter cruzado a mão armada sobre o peito.

– Sim – ouviu. A voz sintetizada vinha do tradutor de Issralz-Ria. – Eles o chamam de Matador. Mas não aqui. Matador de tadais. Porque este não é um tadai.

·•◈•·

– Um tadai? – Márquez exclamou, um traço histérico na voz.

Peregrino também ouviu Alves resmungar alguma coisa, mas não respondeu nem fez qualquer gesto para acalmá-los. Ao redor deles, meia-dúzia de hoplitas haviam formado um semicírculo às suas costas. Nenhuma arma visível, mas com um olhar firme e movimentos coordenados. O tradutor do alienígena preso pelo seu olhar disse, com outra modulação:

– Você é rápido com as armas. Matador.

– Entre o meu povo se diz que a prontidão é tudo – Peregrino citou.

– Não ofereço perigo – disse o alienígena. – Guarde a arma.

– Por favor – Issralz-Ria disse, indicando uma porta lateral. – Até ali. Onde tudo será. Esclarecido.

O alienígena desconhecido seguiu o comandante. Peregrino os acompanhou, sem guardar o detonador. Márquez e Alves o ladearam. Atrás deles, os hoplitas mantinham a meia-lua. Peregrino reconheceu mais hoplitas e não hoplitas aguardando em uma sala de conferências. Um cheiro seco, não exatamente desagradável porém meio sufocante, era exalado por outros alienígenas verdes. Issralz-Ria se voltou para Peregrino, e disse:

– Eu estava em Tukmaibakro. Vi. Como Jonas Peregrino luta.

– Sabia que já tinha ouvido seu nome antes, comandante.

– Depois estive em Phlegethon. Para o resgate dos mortos. Nossos. Alguns. Familiares meus.

Peregrino voltou sua atenção total para Issralz-Ria. Um lampejo de lembranças quase o fez curvar-se de dor. A imagem de um salão repleto de casulos-médicos dispostos em círculos que subiam do piso ao teto. E nos casulos, membros de dezenas de espécies torturados com raios gama, monitorados por robôs-médicos tadais até a morte e flagelados depois dela. Sequestrados de seus mundos, abduzidos em trânsito pela Esfera, suas naves atacadas pelas naves-robôs tadais, e eles foram levados para a base flutuante no coração de uma gigantesca tempestade perpétua na turbulenta atmosfera do gigante gasoso chamado pelos humanos de Phlegethon. Levados até lá para serem vítimas de um experimento cuja razão de ser ninguém jamais descobriria.

– Somos gratos – Issralz-Ria disse. – Sou grato. À você.

Peregrino pigarreou.

– Foi uma operação euro-russa.

– Eles abandonaram você – Issralz-Ria disse. – Para morrer. O almirante Túlio fez um relatório. Sabemos o que houve. Nesta sala, um lugar de honra. Para homenagear um guerreiro.

"Honra", Peregrino pensou, e guardou o M8 com um único movimento e um *claque* no coldre, que fez Márquez dar um pulo.

– Sem você – Issralz-Ria disse. – Não saberíamos. Dos nossos mortos. Os euro-russos tentaram guardar segredo. Talvez quisessem fazem mais experiências. Para saber o que fazem os *niz-gohr*. Os tadais. O almirante Túlio nos contou. Porque você disse a verdade. Pudemos buscar nossos mortos.

Issralz-Ria, então, se aproximou dele e colocou suas mãos

superiores em seus ombros. As outras mãos, menores, mais próximas das proporções humanas, fecharam-se sobre seus braços. O oficial comandante se afastou e outros vieram e realizaram o mesmo cumprimento. Os olhos opacos diziam algo a Peregrino. Seus olhos se encheram de lágrimas e suas narinas arderam. Era mais do que efeito do odor dos pepinos-do-mar. Com os hoplitas, Peregrino sentiu-se entre iguais. Seres que, mesmo sendo alienígenas, o compreendiam e o aceitavam.

– Lamento por sua família – Peregrino disse a Issralz-Ria.

– Eles estão em casa agora.

Na sala de conferências, os dispositivos holográficos foram acionados. Mais um falso-tadai surgiu, depois que o recinto se esvaziou um pouco. O clima de solenidade foi substituído por outro, não menos solene. Então a holomesa se acendeu com uma imagem da geografia orbital de HOPS-2428. Mas Peregrino ainda tinha uma dúvida a esclarecer. Dirigiu-se a Issralz-Ria:

– *Você* pediu minha presença aqui.

– Para ser honrado por nós – o hoplita disse. – E para nos dizer. Como agir. Na situação.

"Então sou mesmo um consultor", Peregrino pensou.

– Os Minutemen?

– Sim. Problema humano. Solução humana. Mas ouça. Antes. – Ele apontou dois braços para os falsos tadais. – Estes são *fahdari-gohr*. Sem nome. Em línguas humanas.

Issralz-Ria explicou, por intermédio da tradução soluçante, que os *fahdari-gohr* eram um povo sem planeta natal. Ciganos das estrelas que chegaram à Esfera muitos milhares de Terraanos no passado, ninguém sabe de onde. Os tadais os caçavam implacavelmente. O Povo de Riv passou a protegê-los. Seus carroções eram naves de Riv emprestadas, suas tendas de ciganos eram domos infláveis nunca levantados por mais do que uma geração, pois qualquer planeta em que estivessem seria alvo prioritário dos tadais. Ainda hoje, transitavam anonimamente pela Esfera, temendo se instalarem mesmo depois da retração tadai. E sem desejo de saírem da Esfera, onde empenhavam uma busca por rastros do seu passado.

– E o que eles fazem em Afssel-Vssadohr?

– O sistema existe – Issralz-Ria respondeu. – Nas lendas dos *fahdari-gohr*.

Um dos falsos-tadais, aquele que Peregrino primeiro havia confrontado, disse:

– Terramilênios atrás. Trinta ou quarenta. Neste sistema. Meu povo. Sob o jugo dos *niz-gohr*. Trabalhou como escravo. Construindo. Em um planeta em formação. Uma armadilha.

– Armadilha pra quê? – Peregrino insistiu.

– Para capturar – o alienígena disse. – A alma de um mundo.

··◈··

O silêncio se instaurou, no eco da enigmática afirmativa. Peregrino já havia antecipado que o *briefing* deixava a objetividade militar para penetrar num território mítico. Quando o falso-tadai sugerira que os outros *fahdari-gohr* perseguiam a realidade de suas lendas – um exercício de criptografia galáctica? – ele pigarreou e disse:

– Como tudo isso se relaciona aos Minutemen?

Foi Issralz-Ria quem respondeu.

– A eles chegou. A informação dos *fahdari-gohr*. Aqui.

– E chegou a eles por meio de alguém da Latinoamérica – Peregrino supôs.

– Sim – o hoplita confirmou. – Os antecessores de Túlio. Informados dos *fahdari-gohr*. Sua condição de protegidos. Do Povo de Riv. Nos tratados firmados. De parte a parte.

– Acho os humanos não se interessaram por eles antes da captura dos tadais. – Peregrino apontou para os *fahdari-gohr* na sala de reuniões. – A semelhança física é clara. Depois que a Latinoamérica partilhou o que conseguimos descobrir da biologia tadai, qualquer espécie que possa ter uma ligação biológica com eles chamaria a atenção de todos os blocos políticos.

Os dois pseudotadais, como Peregrino intuía, trocaram alguma informação não traduzida, transmitida pelo estalar de suas franjas queratinosas. De novo, foi Issralz-Ria quem falou, contando o que mais ele precisava saber. Os *fahdari-gohr* eram aparentados com os tadais. Como chimpanzés e gorilas partilhavam parte da sua genética com os humanos. Mas, neste caso, num processo perdido nas brumas do tempo, eram duas espécies sencientes que haviam se ramificado em algum momento. Talvez até depois de terem desenvolvido inteligência, tecnologia e voo espacial.

Segundo o Povo de Riv, os *fahdari-gohr* foram tratados como raça inferior pelos dominantes *niz-gohr*. Submetidos, escravizados, caçados entre as estrelas. Alguns analistas do Povo de Riv chegaram a imaginar que fossem eles a razão da presença hostil das naves-robôs tadais na Esfera. Hipótese que não resistira ao peso das evidências.

Os *fahdari-gohr* tinham apenas um quarto da expectativa de vida que se atribuía aos tadais. Viveriam, portanto, 450, 500 Terraanos. Diante deste dado, Peregrino refez suas considerações sobre o que seria a cripto-história desse povo desterrado. Gerações milenares, lendas que seriam mais lembranças coletivas do que restos míticos de experiências esquecidas há eras.

Um grupo de cientistas *fahdari-gohr* e do Povo de Riv estava no sistema Afssel-Vssadohr investigando uma dessas "lendas". Em um planeta em formação foram encontradas instalações tadai abandonadas. A informação excitou Peregrino. Ele trocou um olhar com Leyla Márquez e Breno Alves. Os dois pareciam perplexos. Peregrino perguntou:

– Os Minutemen localizaram esse planeta?

– Não – Issralz-Ria disse.

– Ótimo. Isso facilita as coisas.

O hoplita apontou para a imagem holográfica.

– Difícil locomoção em Afssel-Vssadohr – disse. – Muitos detritos. Em alta velocidade. Escudos de energia se iluminam. – Peregrino tinha notado o efeito, quando a *Driie-Brissro* e a *Talcahuano* se aproximaram para o *rendez-vous*. Issralz-Ria prosseguiu: – Muitas boias sensoras. Dos Minutemen. Boias em rede ansível. Detecção certa. Curso antecipável.

– Compreendo.

– Mas preparamos alternativa.

– O quarto vaso que vocês trouxeram.

– Sim. Realiza o tunelamento. Direto. Sem deslocamento para Zona de Simetria Rompida.

Peregrino sorriu. "Que ideia fantástica!" Em sua mente, já se formava o quadro de uma operação especial. O tunelamento direto lhes dava a vantagem de uma inovação tecnológica que o inimigo desconhecia. Com ela, o fator surpresa, a superioridade relativa. Ele partilhou suas reflexões com Issralz-Ria.

– Grande desvantagem – disse o hoplita. – Do processo. Porém.

Ele explicou que a descarga neutrino-taquiônica na chegada era prodigiosa. Os Minutemen provavelmente ficariam confusos por um tempo. Mas, por outro lado, logo saberiam que algo muito importante ocorria nas imediações de um planeta em particular.

Na holomesa tática, o planeta-alvo foi indicado. Os hoplitas tiveram a boa vontade de traduzir seus signos na linguagem tática da Esquadra Latinoamericana da Esfera.

O processo tinha outra desvantagem: apenas a espaçonave dentro do indutor de campo – a estrutura semelhante a estaleiro – sofria o tunelamento. A estrutura ficava para trás. A nave teria de sair do planeta e escapar do cerco dos Minutemen pelo método convencional: a aceleração desesperada até a ZSR, e então o tunelamento complexo.

– Criaremos. Com sua força-tarefa – Issralz-Ria disse. – E nossas naves. Um movimento diversionário.

– E quais são, exatamente, os parâmetros da minha missão?

Na cabeça de Peregrino, não havia dúvida de que caberia a ele executar a operação especial.

– Extração. De todos os técnicos *fahdari-gohr*. E do Povo de Riv. Com os dados colhidos nas pesquisas.

– Preservação das instalações?

– Não. Tudo o que podia ser feito. Já foi feito. Devem ser evacuadas e destruídas.

Peregrino recebeu isso em silêncio, fitando os olhos opacos do oficial hoplita.

– Jonas Peregrino saberá. O que fazer – Issralz-Ria disse.

– Nós falhamos com vocês uma vez, vazando o segredo dos *fahdari-gohr*.

– A aliança. Ainda existe. Se Peregrino viver. Túlio terá os resultados com ele.

Peregrino assentiu. Sentiu-se feliz com a resposta. Era justa por um lado, de enorme boa fé, do outro. Especialmente considerando que alguém – provavelmente alguém nas Forças Armadas Integradas da Latinoamérica – tinha vendido uma informação altamente privilegiada aos Minutemen. Ou para os seus patronos, os generais e políticos da Aliança.

– Veja agora – o hoplita apontou.

Em uma tela vertical presa a uma das paredes, surgiu o rosto sorridente de um Minuteman. Ostentava a cinta biocibernética característica, cravada na testa pouco abaixo da linha do couro cabeludo. Seus cabelos, longe do corte militar padrão, encobriam-na um pouco. A cinta era a interface da máscara tática multiuso que ligavam os sentidos do homem aos sistemas da sua nave ou da sua arma manual. Ele tinha um olhar inteligente, um rosto franco que exibia um meio-sorriso autoconfiante. Era um rosto assim que Peregrino imaginava para os heróis da série de aventuras espaciais que costumava ler, importados em caras transmissões ansívicas que Túlio fazia questão de pagar do próprio bolso: *Perry Rhodan Ucronia: A Esfera*.

– Sou o coronel Jonathan Russell, dos Minutemen do planeta Appalachia – o homem disse na gravação. – Soubemos da existência de um grupo de náufragos, vítima de agressão armada, preso neste sistema. Viemos resgatá-los, e até que possamos saber por testemunho deles quem os atacou, pedimos que evitem interferir em nossa missão humanitária. Eles confirmarão ou não o acordo de que vocês falam. Mas se vocês interferirem, tomaremos isto como agressão e agiremos em concordância.

Peregrino já conhecia o argumento. Pouco depois de ter assumido o comando da FT, recebera de Russell mensagem de teor semelhante. Peregrino ordenara que Leyla Márquez respondesse. Ela citou os tratados de ajuda mútua com o Povo de Riv, e informou que estariam sob autoridade das naves hoplitas no sistema. Como resposta, a mesma admoestação sobre interferência com a missão "humanitária".

– Tanto a razão humanitária – Peregrino explicou – quanto o não reconhecimento da sua relação com os *fahdari-gohr* formam um argumento que garante que a operação deles terá apoio das autoridades da Aliança e de outros blocos políticos humanos, se interferirmos e houver atrito e uma escalada levando ao combate.

– Por que vieram os Minutemen? – Issralz-Ria perguntou. – E não tropas da Aliança?

– Os Minutemen têm autonomia política. Embora não estejam oficialmente a serviço da Aliança, na maior parte do tempo é o que acontece. Assim, eles minimizam as consequências políticas para a Aliança, em caso de confronto.

Peregrino se voltou completamente para o quadro tático. Contornou a mesa, passando por entre os corpos esguios de hoplitas e falsos-tadais. Além dos três destróieres, o Povo de Riv havia postado meia-dúzia de vasos fora da eclíptica e do lado oposto do sistema. Isso era bom. A holomesa também assinalava a posição das patrulhas dos Minutemen – cinco esquadrilhas de caças, mais uma quinzena de fragatas, destróieres e duas corvetas. Exagero, para uma "missão humanitária". Eram fortes e bem equipados, mas Peregrino podia ver no quadro tático como a maior parte poderia ser desviada para outros pontos do sistema, planetesimais que Afssel-Vssadohr havia parido.

– Você está excitado? Com a possibilidade do combate? – Issralz-Ria perguntou.

Peregrino pensou no que dizer, que se aproximasse da filosofia de vida do Povo de Riv. E que soasse verdadeiro aos seus próprios ouvidos.

– Eu me preparo para me entregar aos ritmos da operação.

O hoplita olhou para seus colegas com um esgar que poderia ser um sorriso, e seus ombros se curvaram seguidamente para frente. Os outros repetiram o mesmo gesto, seu equivalente ao assentir com a cabeça dos humanos.

– Nós entendemos – Issralz-Ria disse. – É por isso que você. Sempre vence.

– Não sei dizer. Quando a luta começa, eu deixo de existir. Apenas a batalha existe. A batalha é tudo.

Desta vez eles vieram até ele, tocar respeitosamente os seus ombros, com expressões solenes.

Eles entendiam.

Mas nos rostos de Márquez e Alves, apenas confusão e medo.

3.

Peregrino não tinha mais dores e sentia-se bem disposto. Renovado com a perspectiva de entrar em ação?

Finalizava o relatório preliminar quantumcriptado que enviaria ao almirante por ansível. Então se debruçou sobre as ordens táticas que a força-tarefa executaria, em conjunto com os dois elementos hoplitas presentes no sistema. Tivera que escolher outro comandante para a FT, agora que Leyla Márquez o acompanharia até o objetivo: o capitão-de-ar-e-espaço Antenor Delgado, do cruzador *Zapopan*, o segundo vaso dessa classe na FT. Só o que Delgado teria que fazer era seguir o plano – ou comandar a retirada do sistema, se ele não funcionasse.

Mas o plano de Issralz-Ria era muito inteligente. A força-tarefa se fundiria ao componente hoplita recém-chegado. Depois, em conjunto com aquele previamente localizado em Afssel-Vssadohr, eles progrediriam rumo ao sistema interno. Duas linhas de avanço seriam formadas, serpenteando pelo sistema, tentando evitar as posições das boias censoras dos Minutemen. Engodos autopropulsados seriam ativados em diversos momentos, para confundir o rastreamento das naves.

A FT também acionaria dois Grupos de Observação-e-Comunicações, cada um com dois caças RAE-428R Olho de Carcará de reconhecimento, e uma nave operadora de comunicações E-71D Albatroz, de oito tripulantes. Os GOeCs ficariam em voo constante na orla de Afssel-Vssadohr, beirando a ZSR para logo se lançarem ao tunelamento e evitar a interceptação pelos caças Minutemen. Seus sensores e sistemas de comunicação mais-velozes-que-a-luz manteriam a articulação entre as várias unidades das duas falanges via *taquiolink* direcional. Só usariam sensores neutrino-traquiônicos ativos se houvesse combate, já que a medida orientava os armamentos.

Mas era tudo um grande embuste.

Se os Minutemen tivessem metade da competência tática que sua fama afirmava, eles entenderiam que o ziguezague das duas falanges era um sofisticado despiste, que não obstante levava a um ponto específico no sistema. A um discreto asteroide muito interior, de apenas dois mil quilômetros de diâmetro. Os hoplitas tinham alguma instalação lá, que talvez até tivesse sido reconhecida pelos drones do adversário.

Mas o destino de Peregrino e do PELOPES era outro.

No ínterim, o coronel Russell analisaria o cenário a partir dos dados coletados pelas boias e pelos seus próprios grupos de observação. Insistia em contatar a FT inquirindo sobre suas intenções. Leyla Márquez repetia os argumentos diplomáticos. Peregrino chegou a ordenar que ela propusesse um resgate em conjunto, mas Russell negou-se, sorrindo. Disse que seus recursos eram limitados, e, enquanto ele não tratasse diretamente com os náufragos para conferir a história dos hoplitas, não poderia arriscá-los se agregando a uma força militar cujas intenções ele desconhecia. Isso não impedia Russell de ameaçar atacá-los, se eles interferissem em sua missão.

– Não entendo como eles deixaram você entrar com o seu detonador – Leyla Márquez disse, descarrilando os seus pensamentos.

Peregrino, Márquez, Alves e Daro Valderrama, o comandante do PELOPES da *Talcahuano*, estavam no camarote de Peregrino. Alves cochilava em um assento reclinável e Valderrama conferia a lista de equipamentos que levariam com eles. Peregrino disse:

– O Povo de Riv acredita em cooperação. – Ele falou da instabilidade do eixo do planeta natal de Riv. – Com a oscilação do eixo, uma das principais estratégias de sobrevivência das espécies no planeta seria a associação com outras espécies. Cooperação e até simbiose. Cada vez que ocorria uma mudança no eixo de rotação, as espécies se reagrupavam, refazendo ou criando novas associações pra enfrentar a catástrofe ambiental.

Márquez deu de ombros.

– Mas essas novas associações continuavam competindo por recursos – disse –, e predando outras espécies.

– É verdade. Acho que tudo depende de como competição ou cooperação, desconfiança ou confiança, entram na ideologia. Até os substantivos na língua deles costumam ser compostos... Enquanto nós ainda temos que lidar com darwinismo social, disputa ideológica, competição entre as nações e luta de classes. O Povo de Riv escolheu outra base para o seu pensamento.

Márquez parecia confusa.

– Mas eles ainda precisam competir hoje! – exclamou. – Guardar segredos, lidar com informações classificadas. Preservar suas vantagens!

– *Não*, não precisam – disse, depois de uma breve gargalhada. – É claro que a atitude deles é bem mais complexa do que dei a entender. Issralz-Ria e seu pessoal apostam que a aliança do Povo de Riv com Túlio continua forte e vai além da letra dos tratados. E acreditam que me conhecem o suficiente para apostar que farei o que for necessário pra cumprir esta missão. Como eu lhe disse, Leyla. Pra matar ou pra morrer, e o último a sair. Eu também deposito confiança absoluta neles, coloco minha vida nas mãos dos hoplitas. E a *sua* vida. E a do sargento Alves ali – dirigiu uma olhadela para Alves, que continuava de olhos fechados –, e a do capitão-tenente Valderrama. Na visão de mundo dos hoplitas, isso só faz estreitar a cooperação. E na *nossa* também, quando conseguimos levantar a cortina da competitividade, desconfiança e jogo de interesses.

Era evidente que ela não conseguia acreditar. Provavelmente havia levantado a questão porque não se sentia bem executando o plano dos alienígenas. Talvez nada que ele dissesse poderia romper a barreira da visão de mundo de Márquez.

– Por que Túlio baixou aquela diretriz restritiva aos ciberaumentados? – ela perguntou, mudando completamente de assunto. Ou talvez não.

Desta vez, Peregrino notou que Alves tinha aberto os olhos. Valderrama também se voltara para a conversa.

– A diretriz três dois oito, eu sei. Pela mesma razão que antes ele formulou a diretriz três dois sete, que exige avaliações psicológicas de todo pessoal, aumentado ou não, que tenha passado três Terrameses ou mais em operação. – Peregrino acrescentou: – Você veio da Zona Dois, certo? Não sei como é por lá atualmente, mas você faz idéia do número de casos de síndromes de *stress* e colapsos psicológicos entre as Forças Integradas aqui na Esfera?

Márquez fez que não com a cabeça, ele citou a percentagem.

– Não pode ser – ela exclamou. – A Esfera é um teatro de operações de *baixa* intensidade!

– Mas é vasto. E obriga a gente a acumular muito "*c*" enquanto longe daqui familiares e amigos envelhecem mais rápido. Além disso, está cheio de mistérios e inteligências alienígenas que desafiam as nossas concepções. Foi palco de intrigas sem sentido dividindo as potências humanas. E pra equilibrar, uma espécie alienígena propensa ao xenocídio e que atua apenas com naves-robôs. Aí também, fica difícil extrair um senso de propósito...

– E quanto à proibição de *staffs* de ciberaumentados?

– Eles tendem a apresentar um índice um pouco maior de problemas psicológicos – Peregrino disse. Não mencionou diretamente a neurose de interface que costumava afligir os ciberaumentados com delírios paranoicos, mas o rosto de Márquez traiu a impressão de que ele a tinha acusado diretamente da síndrome. – Em termos estatísticos, é arriscado concentrar ciberaumentados em posições de alto comando. E eu lembro que o anexo B da diretriz forma uma comissão multidisciplinar pra sugerir medidas preventivas.

– Não há nada aí que garanta – Márquez disse – que Túlio não é motivado pelo preconceito.

Peregrino cansou-se da conversa.

– Ele não pediu nossa opinião.

Márquez calou-se. Então se retirou para o seu camarote. Alves aproveitou a deixa para sair e checar o pessoal do GC.

Peregrino ficou sozinho com Valderrama. O capitão-tenente também era um ciberaumentado, de intervenções muito ostensivas. Seus olhos vermelhos eram próteses que conservavam a aparência humana apenas para o reconhecimento ocular. Os ossos da face eram revestidos por compostos biocibernéticos que lhe davam a aparência calculada de uma fera. Seus punhos também tinham próteses salientes. Peregrino concluiu que trocar socos com ele nunca seria uma opção. De fato, o oficial estava no limite da definição de *arma humana*, o que era ilegal na Diáspora Latinoamericana.

– Eu gostaria de aprofundar com o senhor os parâmetros operacionais – ele disse.

– Já vimos isso antes, Valderrama. Um GC do PELOPES, com carabinas de alta energia e detonadores, mais três sistemas autônomos de armas. Comandado por você e pelo sargento Breno Alves. Além dos SAA, mas vamos levar todos os seus especialistas em explosivos.

– O meu comandante de GC mais experiente é o Primeiro-sargento Camargo, senhor.

Peregrino perguntou-se se Camargo não seria também um ciberaumentado. E se Daro Valderrama não teria alguma antipatia por Alves.

– Agradeço a lembrança, mas o sargento Alves vai bastar.

– E quanto aos objetivos da missão, senhor? – Valderrama insistiu. – Até aqui, tivemos só um esboço...

– Quando estivermos a caminho e em silêncio de rádio, você e o seu pessoal terão uma preleção completa.

– Não é assim que costumamos trabalhar na *Talcahuano*, senhor – o outro disse, muito empertigado, olhos artificiais fixos no vazio.

Peregrino sorriu e coçou a testa.

– A capitã Márquez me disse a mesma coisa. Vá aprontar suas tropas, Valderrama. Temos um horário a obedecer, e não queremos privar os Minutemen da surpresa que preparamos pra eles.

A menção dos Minutemen fez Valderrama balançar.

– Sim, senhor – o oficial de infantaria disse, com voz trêmula, antes de prestar continência e sair.

·•◈•·

Peregrino supervisionou o embarque dos 22 homens e mulheres do Pelotão de Operações Especiais, que embarcaram com carabinas CAE M32A1, os novos Detonadores M8A3, e seus trajes de combate. Em seguida, subiram os quatro membros da equipe de demolição. Seus explosivos haviam sido carregados por robôs, para o vaso que os hoplitas forneceram. O resto da equipe humana era formado pelo Dr. Ramiro Giroldo e três padioleiros, além de Leyla Márquez e Peregrino. Com eles iam dois *fahdari-gohr* e seis hoplitas, dois dos quais eram timoneiros e quatro eram seguranças dos falsos-tadais.

Pelas vigias da nave, Peregrino apreciava o deslocamento das demais unidades, por entre a estrutura treliçada do indutor de tunelamento. Lá fora, os vasos de guerra moviam-se lentamente, mas ele já podia sentir o precipitar de ações que ameaçariam as vidas de milhares de homens, mulheres e alienígenas.

Deixou o passadiço e foi até o alojamento do pessoal da IE. Alves estava lá. Cumprimentou-os um por um, e os conheceu pelo nome. Por seus olhares de admiração, a fama de Jonas Peregrino havia chegado a eles. Na hora da preleção completa prometida a Valderrama, o oficial se fez presente; e Márquez também. Os homens e mulheres do PELOPES pareciam bem acomodados. Peregrino surpreendeu-se com a presença de um hoplita no alojamento.

Peregrino falou aos soldados com a honestidade devida àqueles que arriscavam a vida contra um inimigo superior, por motivos nebulosos. Era tudo secreto, porém, e eles, se sobrevivessem, assinariam documentos prometendo sigilo total. Contou-lhes quase tudo sobre a missão, conforme a compreendia.

– Um pequeno grupo de humanos, para resgatar um pequeno grupo de alienígenas – concluiu. – Alienígenas que, do contrário, serão feito prisioneiros e estudados como animais de laboratório, talvez torturados e mortos. Que benefício isso pode trazer? Segundo o Povo de Riv, não há muito que descobrir. A própria história dos *fahdari-gohr* está perdida para eles, sua semelhança biológica com os tadais é distante.

"O que os Minutemen não sabem é dos restos arqueológicos de instalações tadais que os *fahdari-gohr* estão investigando aqui. Os dados a respeito devem ir para a Latinoamérica, repassados pelo Povo de Riv, se realizarmos o resgate.

"Há alguns Terrameses, o general Northrop J. Traviss, herói da expedição da Aliança até a Galáxia Anã da Ursa Maior em dois mil quatrocentos e dezoito, foi assassinado em Yukon, um planeta da Zona Três. Traviss, um Minuteman, era conhecido como 'o Carniceiro de Regulus B', acusado pelo extermínio de um grupo de mineradores da Ecumênica Islâmica em Regulus, grupo do qual faziam parte alguns cidadãos da Diáspora Latinoamericana. Seu assassinato trouxe de volta ao interesse público os supostos crimes de Traviss, colocando os Minutemen na berlinda. Pode ser que, pra mudar sua imagem junto aos seus patrões, tenham aceitado participar desta operação escusa. A perspectiva de capturarem dados das instalações tadais pode animá-los ainda mais."

Eles compreendiam as implicações do que ele dizia?

– A captura dos *fahdari-gohr* resultaria num feito de propaganda para a Aliança, mas os dados podem ter um impacto significativo em como entendemos os tadais, um inimigo implacável que pode retornar à Esfera no futuro. Quando as forças da ELAE mataram tadais pela primeira vez, partilhamos o pouco que descobrimos sobre eles. A Aliança foi militarmente ativa na Esfera por mais tempo do que nós, e nunca partilhou nada. É mais fácil confiarmos no Povo de Riv, do que neles.

Desta vez, alguns homens e mulheres assentiram com a cabeça.

– Se nosso plano der certo – prosseguiu –, tudo o que vocês terão de fazer é supervisionar o embarque dos alienígenas e do material deles. Para a nossa extração, a FT vai se reagrupar e nos escoltar pra fora daqui.

"No pior cenário, teremos de montar uma defensiva contra uma ação de comando dos Minutemen, e aguentar até que o reforço chegue. Não é a melhor das situações, simplesmente colocar suas vidas nas mãos de seus superiores, que por sua vez só podem confiar na lealdade dos seus aliados. Mas essa confiança é a única força que temos. Vocês lutarão confiando suas vidas ao companheiro do lado. O que eu prometo é que ninguém ficará pra trás, e que serei o último a partir, protegendo as suas costas."

Sentiu que eles acreditavam nele. Mas alguns olhares furtivos foram dirigidos a Valderrama. Estilos diferentes de liderança? Peregrino deu-se por satisfeito. Deixou o alojamento antes que o embaraço se acentuasse.

·•◈•·

Os *fahdari-gohr* o chamaram. Todos os hoplitas estavam lá, assim como Alves e alguns soldados que testavam os tradutores individuais. Os humanos saíram assim que Peregrino chegou. Os falsos-tadais escondiam sua anatomia em enormes trajes brancos.

– Nossos amigos – disse um deles. – Do Povo de Riv. Pediram que déssemos a você. Uma audiência.

– Eu agradeço.

– A Alma do Mundo – o *fahdari-gohr* foi dizendo, sem dar tempo de Peregrino perguntar nada.

Contou então, na penosa tradução, uma de suas lendas. Começou admitindo que era um relato mítico, mas um dos mais importantes do seu povo. Comunicá-la era um gesto de extrema confiança. Peregrino sentou-se e se concentrou no que ouvia.

A vida surgiu logo nos primeiros estágios da formação do universo. Seres muito longevos, que não possuem a mesma matéria que nós e existem noutro estado, noutra dimensão. Sua memória é infinita e guardaria informações do universo desde seu início. Seria impossível localizar e travar contato com tais seres, embora se diga que civilizações há muito desaparecidas o teriam feito. Delas viria a informação de que, para se reproduzirem, eles precisavam das enormes pressões e temperaturas do núcleo dos planetas. Inoculado no centro de um mundo em formação, a criatura crescia ali durante milhões de anos, até amadurecer. Ela não eclodia, apenas assumia uma condição transdimensional que a permitia atravessar a matéria densa e ganhar o vácuo do espaço. No estado embrionário, era chamada "A Alma de um Mundo", e era isso o que os *niz-gohr*, os tadais, haviam procurado há dezenas de milhares de anos em Afssel-Vssadohr. Porque, nesse estado, A Alma de um Mundo podia ser capturada.

4.

Era um mundo rochoso, com duas vezes o diâmetro da Terra. Peregrino logo o chamou de DuasTerras. Quando a nave em que viajavam surgiu como uma retumbante flutuação quântica nas suas imediações, dois drones dos Minutemen apareceram por trás da curvatura do planeta, para recebê-los. Peregrino ordenou que fossem destruídos assim que entrassem no alcance das armas.

– Eles vão interpretar isso como agressão – Márquez disse.

– Não podemos ter estes caras olhando por cima dos nossos ombros – Peregrino disse. – E antes de tunelarmos, os Minutemen já tinham assumido postura agressiva, quando entraram no modo de busca neutrino-taquiônica ativa.

– E agora eles sabem onde estamos.

– Mesmo sem os drones. Os hoplitas dizem que a reverberação

neutrino-taquiônica é tão forte neste modo de tunelamento que metade da *galáxia* sabe onde estamos.

DuasTerras tinha o seu próprio sistema de asteroides e planetesimais orbitantes ou troianos. O timoneiro hoplita negociou calmamente os diversos obstáculos, fornecendo uma vista panorâmica do planeta, enquanto desaceleravam. Havia neve suja na superfície. Provavelmente estava bem dentro da "linha de gelo" do sistema, a distância do sol binário em que os materiais voláteis deixavam de ser evaporados pela irradiação.

Também viram milhares de crateras de impacto. Um ponto em particular denunciava um choque recente – lava ainda pulsava à superfície. Eles completaram duas órbitas. Nenhum drone ou sonda de superfície foi localizada. A nave se aproximou de uma cratera entre tantas. As telas do visual se iluminaram, e ela foi crescendo nelas – até se *desintegrar* diante dos olhos de quem estava no passadiço.

Uma gigantesca máscara em relevo forjava a cor e a textura do local de impacto de um meteoro. Em segundos, o material da máscara rasgou-se em tiras de centenas de metros quadrados, e estas em restos de dezenas de metros quadrados, rasgados sucessivamente até que se desfizessem em fiapos que flutuaram diante deles por alguns minutos numa nuvem cinzenta de pó.

A camuflagem ocultava uma abertura de borda octogonal, cavada na superfície de DuasTerras. A nave mergulhou pela abertura, numa lenta descida anti-G. Faróis prodigiosos se acenderam na proa, para iluminar o túnel de paredes revestidas de metal com trilhos por onde correriam ciclópicos guindastes e robôs de manutenção. Quilômetros abaixo, luzes-guia se acendiam quando tocadas pelos fachos. Peregrino lembrou-se da lenda da Alma do Mundo.

A narrativa soava como uma especulação místico-científica megalomaníaca. O que poderia viver nas temperaturas do núcleo de um planeta? Mas ficava claro agora que havia uma instalação subterrânea penetrando *quilômetros* pela crosta de DuasTerras, em nada parecida com restos arqueológicos. Eram construções funcionais. Haveria um fundo de verdade na lenda?

Telas e vigias mostraram que uma nova camuflagem se inflava às costas da nave. Avante, o túnel desembocava em outro – o interior um grande toro de dezenas de quilômetros de diâmetro. O novo túnel era mais largo: 2,3 km de largura, segundo os instrumentos de bordo. Tomaram a passagem à direita. A que profundidade estavam? Estariam perto do ponto de fusão dos metais? Um planeta massivo assim, com tantos impactos produzindo energia térmica, teria um manto ativo mesmo na linha de gelo. Tinham visto lava na superfície... Mas não havia gases no túnel. O vácuo do espaço penetrava o envaginamento cavado na crosta do planeta.

Era como uma cidade cilíndrica circundando a nave. Uma cidade tadai? Peregrino sentiu um doloroso calafrio. Seria assim, estar em território inimigo?

Sabia apenas que nunca vira construção tão grandiosa e estranha. Uma tecnologia digna de Civilização Tipo II, na velha Escala Kardashev. Peregrino sentia agora uma vertigem... Se os tadais tinham todo esse poder, por que não o usaram para além dos raides e escaramuças na Esfera?

Mais Luzes-guias acendiam-se perante os faróis, revelando ranhuras, grades, trilhos, torres baixas e estruturas poligonais de função desconhecida. Havia muitas aberturas que certamente aspirariam qualquer gás que se formasse. A certa altura, viram um robô tadai de manutenção, com células de von Neumann autorreplicantes. Parecia inerte, preso a um suporte articulado pendurado na parede. Logo adiante, as luzes não se acendiam mais. Peregrino entendeu: não eram bem restos xenoarqueológicos, mas longe de ser uma instalação totalmente funcional. Uma cidade fantasma, com algumas seções recuperadas pelos pesquisadores. Construções de outro tempo que os faróis da nave iluminavam lugubremente, conforme avançavam e iam revelando o que surgia além da curvatura.

Após longos minutos de voo silencioso, uma pequena seção do toro voltou a acender-se. A nave diminuiu a velocidade, aproximou-se da comporta aberta de um hangar de bordas sextavadas. Peregrino e seus companheiros haviam chegado ao destino.

·•◈•·

Membros do Povo de Riv – de várias morfologias, além da hoplita – e alguns *fahdari-gohr* aguardavam-nos na câmara interna da comporta. Peregrino desceu primeiro. Foi cumprimentado por um oficial hoplita que o saldou como Issralz-Ria o tinha feito. Chamava-se Ssarltro-Rod. Seu pessoal já tinha os tradutores calibrados. Com autorização de Peregrino e acompanhados de Valderrama, dirigiram os militares humanos no embarque da equipe e do material. Ssarltro-Rod pediu que Peregrino se reunisse com ele e os *fahdari-gohr* do lugar, para um balanço da situação. Peregrino traçou a Ssarltro-Rod e a três pseudotadais vestidos com trajes azuis, o quadro tático em Afssel-Vssadohr.

– O estado é de beligerância, embora ainda sem combates – concluiu. – Os Minutemen conhecem nossa posição, talvez até saibam que estamos em uma única nave. Temos de nos apressar.

Um dos *fahdari-gohr* falou, como se não tivesse ouvido uma única palavra de Peregrino:

– Issralz-Ria nos diz para confiar. Em você. Como se fosse um de nós.

Peregrino abriu a boca para agradecer a confiança, mas o alienígena se lançou a outro *non sequitur*.

– Os *niz-gohr* nunca encontraram. A Alma deste mundo. Não conseguimos descobrir. Por que abandonaram as instalações. Encontramos restos dos nossos. Escravos de gerações atrás. Preservados no vácuo. Mas nada dos *niz-gohr*. Sistemas deteriorados. Alguns conseguimos reativar. Todos os dados recuperáveis. Armazenados para análise futura. – Ele fez uma pausa, então disse: – A máquina de captura. Tem dois níveis. Dois anéis dispostos. Um sobre o outro.

Peregrino engoliu em seco.

– Como a máquina se protege dos impactos de meteoros e da atividade geológica? – perguntou.

O alienígena lhe revelou a existência um gerador de campo de função similar ao do compensador inercial. A energia cinética dos impactos era, de algum modo que os pesquisadores falharam em desvendar, armazenada no instante em que se transformaria em energia térmica – e impedida de se dissipar. Assim como a energia térmica do manto também era neutralizada, e não afetava as instalações. Lá fora, ao menos na faixa da crosta sob efeito do campo, os meteoros impactavam à vontade, sem qualquer repercussão sobre as estruturas construídas pelos tadais.

Peregrino soltou ruidosamente o ar pela boca. Mais uma maravilha tecnológica. DuasTerras cruzava a cada órbita de poucos Terrameses uma nuvem de meteoroides atraídos pela interação das duas estrelas. Dezenas de impactos eram inevitáveis a cada órbita, e outros depois, dos corpos que acompanhavam o planeta gigante, desestabilizados ao cruzarem a nuvem. Milhões de megatons anulados e armazenados na instalação tadai. Toda a energia utilizada no lugar vinha desse sequestro de energia. Um uso de menos de um milésimo de toda energia guardada ali. "Que arma defensiva isso não daria!", exclamou mentalmente.

– Então esse gerador ainda está em operação? – perguntou.

– Sim. Mas com a chegada. Dos outros humanos. Minutemen. Deve ser destruído.

Ele entendeu. Nada de tecnologia Tipo II para uma humanidade dividida e traiçoeira. Os tadais poderiam voltar à Esfera – ou a outra parte da galáxia – em algum momento no futuro. Mas uma tecnologia como esta causaria estragos imediatos entre as potências espaciais humanas. Luta pelo seu controle, espionagem, confrontos militares.

Perguntou como fariam para destruir o gerador de campo, e o *fahdari-gohr* e Ssarltro-Rod começaram a explicar. Mas logo o sargento Alves entrou e disse:

– Com licença, capitão Peregrino, mas nossos GOeCs informam que um destróier e um grupo de caças do inimigo estão entrando na ZSR e devem tunelar pra cá numa Terrahora menos nove minutos.

Peregrino sorriu e voltou-se para os alienígenas.

– Vai bastar.

5.

A comandante dos GOeCs era a Primeiro-tenente Ivana Medeiros, jovem mulata de olhos castanho-esverdeados. Peregrino a contatou via ansível, enquanto Alves retornava com a equipe de explosivos e quatro soldados, do gerador de campo instalado no ponto indicado por Ssarltro-Rod. Alves e sua equipe chegaram ao local com um veículo expresso que os alienígenas haviam recolocado em operação. A comunicação ansívica tornava irrelevante as camadas de rocha acima de suas cabeças.

– Medeiros – Peregrino disse –, tenho um pedido e algumas ordens táticas pra você. Preciso de uma estimativa do tunelamento deste grupo dos Minutemen e de um ponto de chegada. Se eu não estiver enganado, eles vão escolher um ponto relativamente livre de detritos. Só os seus computadores podem fazer esses dois cálculos. Preciso deles em trinta minutos.

– É praticável, senhor – ela disse, alguns segundos depois, pois estava em *quase "c"*.

– Depois disso, prepare-se pra tunelar pra este setor. Darei ordens quantum-criptadas que você deve executar à risca. Fim.

Peregrino, Márquez e Valderrama se debruçaram sobre a elaboração das ordens. Já vestiam os trajes espaciais de combate, como o restante da tripulação. Havia coisas do plano de Peregrino que os dois não conheciam, e era melhor que continuasse assim. Ele assumiria toda responsabilidade sozinho.

– Tudo isso parece tortuoso demais – Márquez disse. – E incerto. Não sabemos até onde os Minutemen estão dispostos a ir.

– Eles precisam manter o embuste deles, e nós precisamos manter o nosso. Se acha que eles vão chegar atirando, reflita um pouco. O prêmio está com a gente.

– Estas instalações também são bem interessantes...

– O que vai dividir ainda mais a atenção deles.

Márquez estivera lendo o livro de Levinson Parker.

– É difícil entender como essa gente pode agir como marionetes da Aliança – ela disse –, e manter sua ilusão de independência.

Appalachia era um planeta gelado, situado no limite extremo de habitabilidade de Eta2-Hydri, o astro G3 que orbitava. Segundo Parker, as condições espartanas tornavam a atividade agrícola e pesqueira insuficiente para manter suas ilusões de um mercado livre e competitivo, baseado na inovação e na ausência de mecanismos reguladores. *Precisavam* da interação favorecida com a Aliança, o mercado número um do seu principal produto exportado – os Minutemen, eles próprios fruto de uma obsessão ideológica pela defesa da liberdade contra a coerção interna e externa. A Aliança os recrutava e subvencionava seus sistemas biocibernéticos militares, uma tecnologia controlada. Em troca, cada um deles devia servir um mínimo de seis Terraanos relativos, o que privava Appalachia de uma preciosa força de trabalho, e, em alguns casos, alienava uma geração da outra. Muitos não retornavam ao seu mundo, passando a integrar forças militares de várias colônias. Ou indo para a rica iniciativa privada do setor de defesa – como o próprio Northrop Traviss havia feito –, onde continuavam a sua busca individual pela felicidade. Sua ideologia libertariana pregava a formação espontânea de uma ordem natural benéfica, mas conforme Parker, tudo isso resultava apenas em uma sociedade ressentida, fechada a poucos que não tivessem a herança comum norte-americana e européia que tanto prezavam, e derradeiramente com seus dias contados. A menos que fundassem outras colônias e não estreitassem suas regulações e normatizações coercitivas, em poucas gerações os appalachianos veriam a sua utopia ameaçada pelo colapso ambiental. Parker sentenciava: a utopia libertária era rural, familiar e isolacionista.

– Por que colocar então todas as suas fichas numa casta militar? – Leyla Márquez perguntou.

– Pela ilusão do excepcionalismo – Peregrino disse. – Pela ideia de que a ausência do Estado ou de um governo estrito, e de que um mercado livre auto-organizado leva a uma sociedade e a um indivíduo superior aos outros. A *nós*, Leyla. Os Minutemen, super-homens por direito próprio, são o ápice desta visão. Não importa se as mulheres, as crianças e os velhos fiquem em Appalachia tentando tirar seu sustento do *permafrost*. A Aliança, cinicamente, alimenta esta ilusão de excepcionalismo.

Ela ficou pensativa, e Valderrama exibia um ar intrigado, por trás de sua máscara biocibernética. Peregrino se perguntou se eles reviam suas próprias escolhas. Não buscaram o aumento biônico motivados por sua própria ilusão de excepcionalidade? Leyla não pregara uma peça nele, levando-o a uma luta desigual e contrária ao regulamento, para se firmar diante dos outros como superior a ele e ao seu histórico de combate, às próprias disposições de Túlio e da ELAE?

Talvez tudo isso fosse passado agora. Afinal, enfrentavam um inimigo em comum.

Alves e os outros já regressavam. Peregrino enviou as ordens à Ivana Medeiros, e saiu para recebê-los. Valderrama acompanhou-o. Na rampa de entrada da nave, Alves deu o seu "missão cumprida" com um sorriso cansado – e um olhar de certo despeito, dirigido a Valderrama. Novamente, Peregrino se perguntou o que haveria entre os dois.

Cumprimentou cada um dos homens e mulheres que retornavam. Como prometera, estava ali para vê-los embarcar em segurança. Antes de subir a rampa, lançou um último olhar para as entranhas milenares da instalação tadai. Seria o último ser inteligente a vê-la por dentro.

6.

Eles seguiam pelo túnel de volta à superfície. Peregrino acabara de ordenar a destruição da camuflagem lá em cima, quando Jonathan Russell fez contato. Teve de usar o ansível, depois de tentativas frustradas de alcançá-los via rádio normal. Os satélites que Peregrino deixara em órbita haviam transmitido as mensagens, mas ele optara por ignorá-las. Os Minutemen deviam estar saindo da ZSR, pois agora o *delay* era mínimo. Ao reconhecer Peregrino, Russell expressou surpresa.

– Meus cumprimentos, capitão Peregrino – disse. – De um soldado a outro, por suas realizações. Não sabia que estava envolvido nesta operação. É uma pena. Um homem com o seu passado não devia interferir em um resgate humanitário.

– Não precisa mais repetir seu engano, coronel Russell. Estamos transmitindo uma declaração dos alienígenas e das autoridades do Povo de Riv que os acompanham, atestando que eles estavam neste planeta conduzindo pesquisas científicas em conjunto, e que nunca estiveram em perigo. A mensagem também copia todos os tratados pertinentes entre os alienígenas e o Povo de Riv, e destes com a Diáspora Latinoamericana, legitimando nossa presença aqui.

A mensagem ansívica não era unidirecional. Todos os vasos da força-tarefa e dos Minutemen a estariam captando. Ao chamar a situação de "engano", e não de "farsa", Peregrino dava a Russell uma saída. Mas o Minuteman insistiu:

– Nós trataremos diretamente com os alienígenas, é claro, para determinar se esses documentos não foram produzidos sob coação. Arranjaremos um *rendez-vous* assim que alcançarmos a órbita do planeta.

– Esta é a extração legítima de um pessoal amigo, e o senhor não nos encontrará aqui, coronel. Abandone a farsa. O jogo acabou. Eu só lhe peço que deixe nossos satélites orbitais em paz. Estamos em uma instalação subterrânea abandonada, sem sistemas-guia – Peregrino mentiu. – Precisamos da baliza que os satélites fornecem. Tenho certeza de que o senhor não quer ser responsabilizado se algum acidente ocorrer em nossa subida.

Russell deu uma risada forçada. Ele sabia que, se a nave hoplita conseguisse deixar o planeta e entrar num curso de escape rumo à ZSR, bastaria a ele interromper sua desaceleração e a interceptaria facilmente.

– Não se precipite, capitão – disse. – Pode haver uma falha qualquer. Mas se houver, estaremos aqui para resgatá-los.

Peregrino não se deu ao trabalho de responder. Por hora, Russell brincaria de gato que espera o rato deixar o buraco.

E a nave realmente deixou o túnel, ganhando a órbita e acelerando brutalmente para usar a atração gravitacional de DuasTerras como estilingue. A tenente Medeiros havia plotado o curso de aproximação mais provável, dos vasos Minuteman. Uma curta atualização dos GOeCs confirmou a análise. A nave hoplita logo colocou o planeta entre ela e os Minutemen.

E então Peregrino ordenou que o timoneiro hoplita desacelerasse a nave. Leyla Márquez gritou:

– Você vai se *render*? Pensei que traria a força-tarefa pra cá, para bloquear Russell!

– Não há necessidade de arriscar a vida de mais ninguém – Peregrino disse.

Daro Valderrama também estava no passadiço. Ele escolheu intervir nesse momento, e o fez com estardalhaço.

– O senhor tem obrigações para com a Latinoamérica, capitão! Nós podemos nos beneficiar com os dados reunidos pelos alienígenas. Há uma arma poderosíssima em potencial, no sistema tadai contra os asteroides!

Peregrino levantou-se e sacou o seu M8.

– Deixe este passadiço agora mesmo, Valderrama. – Acenou para um dos seguranças hoplitas. – Não o deixe entrar novamente e reforce a segurança.

O enorme soldado hoplita escoltou Valderrama para fora, no mesmo instante em que o timoneiro anunciava que o GOeC com Medeiros acabava de chegar às vizinhanças de DuasTerras, em posição de interceptar os Minutemen.

Peregrino conferiu nas telas a situação tática dos envolvidos. Os Minutemen retomaram a frenagem para garantir tempo de reação diante do aparecimento do GOeC. Simultaneamente, dispararam contra os satélites geoestacionados sobre DuasTerras, evitando a triangulação de informações de combate. Estavam perto o bastante para ver a conspícua abertura na superfície. Finalmente, se Russell ainda tinha a interceptação como prioridade, ele mesmo ia querer usar a gravidade de DuasTerras para se lançar ao encalço deles. Teria de tomar o mesmo curso que a nave hoplita.

Como Peregrino previa, Russell fez nesse momento mais um contato. Via emissão eletromagnética comum.

– Não estou brincando, Peregrino. A chegada dessas naves é uma clara agressão, à qual seremos obrigados a revidar. Desista agora e evite suas perdas.

– É só um grupo de observação, com um par de caças de escolta protetora. Tudo o que ele fará é registrar o *seu* ataque. Desista da farsa, Russell. A sua missão aqui nada tem de humanitária. Um dos nossos vendeu à Aliança informações sobre uma espécie alienígena que eles consideram importante pra chegarem aos tadais, e estão pagando a vocês pra vir aqui e capturá-los contra todos os direitos desses alienígenas. Capturá-los pra serem objeto de pesquisa, coação e talvez tortura.

Russell parecia perplexo. Surpreso por Peregrino ter exposto tudo tão abertamente, até mesmo a existência de uma informação privilegiada no âmbito da Latinoamérica.

– Não sei do que você está falando – afirmou.

– Desista agora, Russell – Peregrino pediu. – É o apelo que eu faço. Desista agora. Seu propósito ilícito foi exposto. Desista agora e nós e as autoridades da Aliança podemos negociar um abafamento do caso todo, sem prejuízo político a ninguém.

Via nos olhos do Minuteman que ele hesitava. Considerava seu apelo, media consequências. Contudo, seu rosto voltou a assumir uma expressão confiante, e ele praticamente gritou:

– Implore o quanto quiser, Peregrino. Você está interferindo com um resgate legal, de modo agressivo e injustificado. Pode ser um herói para a sua gente, mas o seu blefe soa típico de um diletante. Está encarando um oponente com recursos e táticas superiores. Desista agora dessa sua conversa e se prepare para *rendez-vous*.

– Deixe-me dizer só mais uma coisa – Peregrino respondeu, a voz baixa, mas cortante. – Um soldado tem o direito de saber por que está lutando. E de conhecer a razão da própria morte. Aposto que você sabe exatamente quais são as suas razões. Mas diga aos seus subordinados por que eles lutam e arriscam a morte neste lugar. Para além de qualquer ação individual e voluntária feita no passado, de servir com os Minutemen e aceitar os trabalhos sujos da Aliança, conte a eles *agora* o que estão fazendo aqui.

Para sua surpresa, Russell desfez a conexão.

Peregrino voltou a se sentar, e aguardou. Não faltaria muito agora. Então Medeiros comunicou-se.

– Outro componente Minutemen está se preparando para tunelar para cá, senhor.

– Obrigado, Ivana. Podemos precisar dos seus caças. Quero que você fique no curso e se prepare para estabelecer o *taquiolink* tático de combate. – Ele queria que esse procedimento regular também fosse gravado. E isto: – Eu gostaria que o atrito não tivesse chegado a este ponto.

A nave hoplita estava agora na altura do hemisfério inferior de DuasTerras, em relação à abertura para a cidade perdida tadai e longe do planeta cerca de um diâmetro e meio. O grupo Minuteman de ataque ainda não os teria no visual. Em mais alguns segundos, Russell e os homens e mulheres a seu serviço estariam sobre a abertura, num apertado rasante.

Peregrino se viu de olhos fixos na tela de comunicação. Mas sabia que Russell não voltaria atrás nem mudaria seu curso. Desviou os olhos para as telas de visão de popa.

"Será que terei uma visão da Alma de um Mundo?", perguntou-se, antes de dar a ordem para que Ivana Medeiros estabelecesse o *taquiolink*.

O que Peregrino viu foi toda uma seção de DuasTerras em torno do túnel de entrada, despreender-se em um lampejo quase cegante, mas que ainda permitia o vislumbre de fragmentos enormes – do tamanho de continentes – lançados ao espaço quando toda energia cinética armazenada pela máquina tadai transformou-se em energia térmica numa fração de segundo.

A descarga de detritos – acumulados por centenas de milhares de anos durante a acreção do planeta – subiu impressionantemente rápida e colheu as naves do grupo de ataque Minutemen como se fossem um enxame de moscas apanhadas diante do escape de um caça estelar.

·•◈•·

A vasta nuvem de gás formada pela detonação pulsava vivamente com o brilho do magma projetado do manto e do núcleo externo do planeta gigante. DuasTerras era como uma laranja com o topo arrancado, vertendo seu sumo, o fulgor do manto exposto iluminando fragmentos sólidos que ainda se projetavam pelo espaço. Nenhum destróier ou caça Minuteman surgiu do outro lado da área de gases e fragmentos aquecidos a milhares de graus centígrados.

Peregrino, sem tirar os olhos da imagem, ordenou a todas as unidades da FT que começassem a acelerar para a Zona de Simetria Rompida. Pediu apenas ao GOeC de Ivana Medeiros que o acompanhasse com sua escolta de Carcarás. Ao seu lado, Leyla Márquez tinha boca aberta e olhos arregalados. As quatro naves ficariam um pouco mais nas vizinhanças de DuasTerras.

Um hoplita entrou no passadiço com uma das manoplas superiores envolvendo o pescoço e os ombros do sargento Alves.

– Este homem – disse o tradutor. – Acaba de se colocar. Sob nossa custódia.

Peregrino levantou-se.

– O que aconteceu?

– Eu matei o tenente Valderrama – Alves disse. – Ele foi ao alojamento pegar uma carabina, deixou claro que invadiria o passadiço. Disse que o senhor estava pra nos entregar ao inimigo. Atirei nele com um M-oito.

Peregrino respirou fundo. Dirigiu-se ao hoplita:

– Vou ouvir o sargento Alves mais tarde. Mantenha-o em isolamento, mas alimentado e hidratado. – E fitando Alves: – O sargento vai acompanhá-lo sem necessidade de contenção.

O hoplita confirmou a ordem e os dois se retiraram.

·•◈•·

Um novo grupo Minuteman tunelou para a área – duas fragatas e duas corvetas. Estavam longe demais da nave hoplita para que houvesse qualquer engajamento. A comunicação foi quase simultânea, já que todos estavam na ZSR. Em uma tela surgiu o rosto de uma mulher de olhos claros e cabelos louros cortados mais curtos do que os de Jonathan Russell.

– Capitão Peregrino – ela saudou. – Sou a major Patricia Buchanan, a segunda no comando das forças Minutemen neste sistema. O que aconteceu com o coronel Russell?

Peregrino sentia-se cansado, física e espiritualmente.

– Major Buchanan, por favor, prepare-se para receber um conjunto de coordenadas. Para a busca de sobreviventes do grupo de Russell.

Entendendo que não teria outra resposta, Buchanan semicerrou os olhos de um azul quase transparente, e disse:

– O que quer que tenha acontecido, você sabe que não termina aqui, Peregrino.

– É claro – ele disse. – Mas por hora e com toda honestidade, desejo-lhe boa sorte na busca por seus companheiros, major. Fim.

Poucos minutos depois, Peregrino e seu pessoal tunelaram para fora de Afssel-Vssadohr. Fariam uma série de saltos, reencontrando-se com três elementos diferentes da Força-Tarefa Espelho de Prata, em três coordenadas diferentes. Tunelariam juntos com um elemento alternadamente, até que ficasse claro que não tinham sido seguidos.

Foram os últimos a deixar o sistema.

7.

Jonas Peregrino e Túlio Ferreira estavam numa casa de campo nos arredores da cidade de Chorinho, no planeta Cantares. O QG da ELAE ficava em Cantares, mas Túlio tinha alojado Peregrino na casa. Seus sistemas de segurança garantiam que os dois não seriam ouvidos por ninguém, do nível do solo até a órbita. Mas eles se sentavam nos fundos sob as árvores, à beira do Rio Paraná Norte, olhando a curvatura do gigante gasoso Dionísio, que assomava sobre o horizonte ao entardecer.

Peregrino perdera o apetite ao ver DuasTerras explodir, levando com ele centenas de homens e mulheres de Appalachia. Terradias depois, voltara a comer normalmente, mas Túlio ainda o paparicava com pratos preparados pelos *chefs* da Esquadra. O que o almirante nunca faria era dar a um psicólogo a autoridade de mandá-lo para a reserva.

– O que vai ser do sargento Alves? – Peregrino perguntou.

Uma investigação preliminar feita por ele tinha revelado que Breno Alves era vítima frequente de humilhações impostas por Daro Valderrama. Outros soldados, todos não ciborgues, também sofreram com o "estilo de liderança" do comandante do PELOPES, mas Alves tinha sido seu alvo preferencial. Testemunhas confirmavam que o transtornado oficial havia de fato apanhado uma M32. Mas não chegara a deixar o alojamento, quando Alves atirou nele com o detonador – pelas costas.

Alves havia partilhado sua suspeita de que Valderrama, e não Márquez, era o agente de Gervásio na FT. Só então Peregrino se lembrara do que o aumentado havia dito, ao deixar o passadiço: *Há uma arma poderosa, no sistema tadai contra os asteroides.* Mas Peregrino não falara nada a respeito, a ninguém.

Uma busca minuciosa havia localizado um microfone oculto nas roupas de Peregrino. Plantado lá por Valderrama? A autópsia, porém, havia revelado uma desintegração acelerada dos seus cibersistemas. Uma queima de arquivos, disparada pela morte dele. Túlio havia colocado seus investigadores no caso, mas Peregrino suspeitava que dificilmente eles estabeleceriam uma ligação entre o aumentado e Gervásio.

– Esse rapaz pode muito bem ter salvo a sua vida – Túlio disse – e toda operação. Mas não há como evitar que ele seja processado. Com sorte, limitaremos tudo a uma baixa desonrosa. Depois disso, arranjarei algo pra ele por aqui, pra que ele não fique a mercê de retaliações. É claro, ele nunca poderá sair da Esfera. Assim como Leyla Márquez não voltará à Zona Dois.

– Se eu tivesse colocado Valderrama sob custódia, ao invés de apenas retirá-lo do passadiço, nada disso teria acontecido.

Túlio serviu-se de um gole de cerveja. Depois disse:

– Se você quer brincar de hipóteses e especulações, se não tivesse acontecido, talvez Gervásio tivesse a informação da sua arma destruidora de planetas, rapaz. E você não ia querer isso, ia? Por isso que mandou parte daquele mundo para o espaço.

– *Eu* não ia querer, almirante? Pensei que o senhor queria que eu confiasse plenamente nos hoplitas, e *eles* com certeza não desejavam que essa tecnologia fosse revelada.

– Eles estão certos, é claro – Túlio reconheceu. – Issralz-Ria ficou muito satisfeito com você, Peregrino. Também surpreso e entristecido pelo que houve com os Minutemen, mas tão feliz, que Povo de Riv está oferecendo transferir sua tecnologia completa de escudos defensivos para a Latinoamérica, pra uso exclusivo na Esfera. O que representa na prática um estreitamento da nossa cooperação estratégica aqui, que vai alegrar os políticos e me dar mais um tempo no comando da ELAE.

– O senhor *queria* aquela tecnologia tadai, almirante?

– A que você vaporizou naquele planeta gigante? – Um silêncio pensativo, E então: – Os cientistas de Riv e dos *fahdari-gohr* passaram mais de setenta Terraanos lá e não decifraram praticamente nada daquele pára-choque planetário... Que chances a gente teria de fazer melhor?

"Mas eles ainda têm os dados. Se a nossa cooperação se estreitar, estarão disponíveis pra nós no futuro. Especialmente se os tadais voltarem... *Quando* os tadais voltarem. Com sorte, vamos fazê-los engolir os efeitos da sua própria tecnologia.

"Mas me diga, como você antecipou que o desligamento do gerador de campo ia liberar toda aquela energia?"

– Os cientistas do Povo de Riv e dos *fahdari-gohr* estavam certos disso. A opção seria uma bomba relógio que explodiria...

– Quando os Minutemen tivessem desembarcado gente e tivessem mais dos seus vasos orbitando o planeta – Túlio interrompeu. – A sua opção não só deixou o caminho livre pra sua fuga, como poupou mais baixas entre eles.

– Talvez.

– Mas por que você escolheu usar o *taquiolink* como gatilho?

– Quem fizer a análise das transmissões daquele dia não vai achar nada fora dos procedimentos da ELAE, não terá qualquer evidência de *intencionalidade* em produzir aquele resultado.

Túlio assentiu, aprovadoramente.

– Por enquanto, as autoridades da Aliança estão mantendo tudo em segredo – ele disse. – Alguma coisa foi vazada à imprensa, mas só pra testar nossa reação. Eles não podem revelar muito, sem expor uma série de fatos embaraçosos: espionagem, compra de informações sigilosas da Latinoamérica, a existência dos *fahdari-gohr* e da tecnologia tadai de Nível Dois. É demais até para o prato da Aliança. Mas os Minutemen estão responsabilizando *você*, mesmo que não saibam exatamente o que houve.

– Eles que entrem na fila – Peregrino disse. E então, encarando Túlio: – Você me mandou enfrentá-los porque sabe que sou parecido com eles, não é?

Túlio soltou uma gargalhada.

– Sei que você *finge* me obedecer – reconheceu –, e na hora-H, decide sozinho. Mas costuma tomar decisões certas em circunstâncias difíceis. O que faço é colocar você na posição de tomar as decisões certas, por mais trágicas que sejam. Um dia isso vai estourar na minha cara, eu sei, como aquele planeta estourou na cara dos Minutemen.

"Para salvar as vidas de pouco mais de oitenta indivíduos, você causou a morte de quase cento e cinquenta outros. Mas em Afssel-Mssadohr, você protegeu inocentes contra agressores, não importa que uns fossem alienígenas e os outros fossem humanos. Pela visão de mundo dos Minutemen, eles fizeram as suas escolhas individuais, e sofreram as consequências."

– Eles cavaram a própria cova – Peregrino disse, ouvindo a amargura na própria voz –, e agora querem cavar a minha. Vai chegar uma hora em que nem o senhor conseguirá me proteger.

Túlio tomou outro gole de cerveja, antes de dizer:

– Pode ser. Mas essa hora ainda não chegou.

Com o pôr-do-sol, longe na margem do Rio Paraná, aves

aquáticas reunidas em bando se elevaram no ar como cortinas ondulantes que se dividiam e se juntavam em formas orgânicas e harmoniosas.

Elas pareciam cooperar perfeitamente entre si.

OBLITERATI

FÁBIO FERNANDES

Os ARPÕES ATINGEM O CASCO. Isto já era esperado, mas a sensação de terror nunca deixa de vir. A gravidade continua normal, mas meus órgãos internos parecem perder o rumo e sinto como se o coração fosse subir pela garganta quando o primeiro puxão dos cabos-de-minhoca sacode a nave. Todos os tripulantes no convés já estão abrindo seus kits de sobrevivência e tirando a roupa sem pensar: já passamos por isso muitas vezes.

O metal da camada externa do casco praticamente grita de tanta tensão. A nave já está condenada: o ataque foi rápido demais para nos defender. Mas talvez não para nos salvar. Se entrarmos em sinc, ainda teremos uma chance de sobreviver.

Quando acabo de me despir e saco o umbilical e o gel inercial do kit, os outros já estão nus e se conectando à Mãe. Começo a espalhar rapidamente o gel no corpo todo: cabeça, tronco, membros. Todos os orifícios. Nada pode ficar de fora. Pode ser a diferença entre a vida e a morte.

A esta altura, a nave está sacudindo com tanta violência que preciso me segurar onde posso para não me chocar com equipamentos ou tripulação no espaço apertado. A gravidade parou de funcionar de repente – outra coisa que sempre é esperada durante um ataque – e não podemos usar nada que nos impeça de sair flutuando. Somente tecido vivo pode entrar em sinc.

Conecto meu umbilical na Mãe. As mãos tremem tanto com a turbulência dentro da nave (o nervosismo também não ajuda) que só consigo ativar o Leque na quinta tentativa – uma vida inteira. Não consigo ler com precisão os dados da máquina (essa coisa desajeitada, semialienígena, que parece um polvo cujos tentáculos agarram gulosos seis seres humanos ao seu redor): ela não tem dial ou nenhum tipo de mostrador, o que torna as medições terrivelmente imprecisas. Só consigo sentir os cliques quase subsônicos que vão me dizendo pouco a pouco que a bolha de tempo nulo está online, e que todas as portas dos umbilicais estão com suas íris piscando um verde muito claro, que só é possível enxergar com clareza porque a ponte está praticamente às escuras. A Mãe começa a emitir um zumbido. Todos estamos finalmente em sinc.

Eu vou viver. Isto eu sei. O resto é incerto.

Olho ao redor e me certifico de que meus colegas de tripulação estão todos ali: vejo Ian, Anton, Marjane, Idris... Mara não.

Meus olhos rastreiam o espaço tão reduzido da ponte e os corredores de ligação em busca de sua silhueta enquanto, ao meu redor, a nave começa praticamente a se desfazer e o zumbido suave da Mãe aumenta de tamanho até se transformar num ruído ensurdecedor. Minha cabeça começa a latejar e a vista fica enevoada. Não consigo localizá-la. Só posso torcer para que ela esteja na popa, e tenha conseguido se conectar na Mãe de reser...

·•◈•·

A bolha de tempo nulo se forma e se expande completamente ao nosso redor uma fração de segundo antes da obliteração da nave.

Então, chega a escuridão. É como se uma placenta de negror absoluto nos envolvesse; o ruído do dispositivo ao qual estamos todos ligados como bebês fica ainda mais impossível de ouvir, e o frio é tão intenso que parece que acabamos de ser atirados no meio do vácuo ao invés de ter escapado por uma janela n-dimensional.

Mas provavelmente isso não vai durar muito tempo. Se os protocolos da Mère estiverem funcionando com eficiência total, então faremos uma transição até o Refúgio mais próximo, e aí estaremos de fato seguros.

Mas agora eu estou nu e indefeso numa bolha fora da realidade física.

Meu maxilar está travado, mas mesmo que eu conseguisse dizer alguma coisa, duvido que fosse ouvido com tanto barulho que a Mãe faz. Estou inteiramente petrificado; tenho medo de tocar qualquer coisa e danificar a máquina, ou – impensável – me desconectar do umbilical. Não consigo me lembrar de quem estava mais perto de mim no instante em que alcancei a Mãe; só gostaria de poder abraçar essa pessoa para não ter que enfrentar a tempestade sozinho.

Mas isso não acontece.

Respiro o mais fundo que posso e engulo as lágrimas que começam a brotar dos olhos. Não faz diferença quantas vezes você passa por uma experiência destas; nunca é fácil.

Todos nós morremos muitas mortes hoje em dia.

··◈··

Não é possível dizer quanto tempo se passou dentro da bolha. De qualquer maneira, é como se muito tempo tivesse se passado até eu finalmente abrir os olhos. O preto-sobre-preto dos momentos iniciais parece ter adquirido um tom mais claro, se é que isso é possível.

Ninguém sabe por que isso acontece. Uma das teorias diz que atravessar um Leque é cruzar membranas; um efeito semelhante pode ser observado se você colocar diversas folhas de papel translúcido entre seus olhos e um sol.

Outra teoria afirma que o Leque é como um origami que se desdobra em no mínimo dez direções, de acordo com o princípio original de Calabi-Yau. E um papel pode ser dobrado várias vezes.

Independentemente da realidade por trás da teoria, há sempre uma luminescência fraca, fantasmagórica quando estamos nos aproximando de um Refúgio. É um bom sinal: seremos resgatados em breve.

Respiro fundo e começo a seguir a rotina automaticamente: primeiro verifico a integridade do meu corpo. Por fora, aparentemente tudo bem: nenhum membro faltando, nenhum sintoma de síndrome de deslocamento temporal de qualquer espécie afetando meus órgãos internos ou minha percepção até onde sei.

Então olho ao redor.

Mesmo na penumbra consigo reconhecer Idris, o astrogador. Ele está caído de joelhos, a cabeça abaixada, mas tirando isso ele parece estar bem também, pelo menos até onde consigo ver sem os scans adequados.

Ao nosso redor na semiobscuridade da bolha de tempo nulo há pessoas caídas; algumas delas tentam se levantar. Cada movimento é duro, mas isso quer dizer que a bolha está se segurando como seria de se esperar. Quando voltarmos ao tempo normal, entretanto, a história vai ser outra. Haverá choro e ranger de dentes. Literalmente.

Depois de um tempo, Idris consegue se levantar sozinho, assim como alguns dos demais. Tentamos nos ajudar da melhor forma que podemos, falando uns com os outros e nos guiando a distância para que todos se levantem da forma correta sem tropeçar em seus próprios umbilicais, mas nunca, jamais deixamos nossos postos. Medo e *taarof* são nossos melhores guias nestes tempos.

O hábito arraigado que se cria de tanto se viver em espaços pequenos e apertados nos fez ressuscitar antigos códigos humanos de conduta. *Taarof* nos torna mais educados e cheios de consideração para com os espaços pessoais uns dos outros.

Também é uma excelente técnica de sobrevivência: muito embora a maioria de nós já tenha passado vezes sem conta pela rotina da bolha, precisamos ter o maior cuidado a cada uma das vezes. Respiro fundo e me concentro, utilizando um ensinamento que uma de minhas mães me ensinou há muito tempo: *concentração correta*. E aguardo.

·•◈•·

Quando finalmente chegamos ao Refúgio mais próximo, o Falanstério, somos rapidamente conduzidos ao caravançarai pelo povo da Falange. Não falamos. Ainda estamos sob o impacto do choque, do frio, da dor. Os macacões laranja do povo da Falange e a sinalização em amarelo ao nosso redor são nossas âncoras de realidade, os únicos pontos de segurança que temos neste momento de nossos tempos pessoais. Todo o resto está estilhaçado, despedaçado, estraçalhado.

Ser arrancado de dentro de uma bolha de tempo nulo tem dessas coisas.

·•◈•·

Não existe protocolo seguro de descompressão para resgatar pessoas perdidas em uma bolha de tempo nulo. Isso é o que acontece quando você trabalha com tecnologia reversa alienígena dentro de uma bolha (na verdade, o termo *bolha* é inadequado, já que ela não é um espaço esférico, e sim uma espécie de bolsão metadimensional de espaço de Zariski-Riemann tangenciando a topologia do nosso universo); você está em sinc com o objeto que viaja no tempo, mas ao mesmo tempo está protegido das forças maciças de seu deslocamento.

Por ser um bolsão, ele pode ser recolhido da linha do tempo artificial criada pelos cabos-de-minhoca por uma equipe de resgate – contanto que exista algum Refúgio perto do evento. Hoje em dia, felizmente, ainda existem muitos refúgios.

Depois de um tempo começamos a sentir o chão da bolha ondular a vibrar levemente. Quando esse tipo de coisa acontece e ainda continuamos vivos, quer dizer que acabamos de ser resgatados. Então começamos a relaxar.

Eu digo que *começamos* porque ainda não acabou. Nem todo mundo está passando bem, e isso significa problemas. Sempre há um contingente de passageiros e tripulação que, mesmo tendo entrado corretamente em sinc, não permanecerão nesse estado durante todo o translado. Ninguém sabe por que isso acontece.

É uma roleta russa de merda, é o que esse negócio é, um ex-colega meu de tripulação me disse um dia. Eu nunca pus os pés na Terra, e jamais conheci a Rússia; mas sei muito bem o que ele quis dizer com aquilo.

Ele morreu na minha primeira bolha. E tinha cinco anos de experiência.

Subitamente, sem qualquer aviso, um assovio fino e um estrondo. Diferenciais de pressão. Todos os ouvidos ficam surdos, como se tampados subitamente; todos os outros orifícios se destapam no mesmo instante.

Somos levados para os chuveiros coletivos. Eu me limpo do vômito, da urina, da merda. Faço tudo sem pensar, ensaboando bem meu corpo até a pele ficar vermelha, e agradecendo por este Refúgio antes ter os sistemas de aquecimento solar operacional o suficiente para nos dar pelo menos água morna. Enquanto existirem sóis, existirá esperança para a vida. Pelo menos é nisso que acredito. Não acredito em muitas coisas atualmente.

(Parte de mim – uma parte muito, mas muito pequena mesmo – ainda acredita em encontrar Mara viva. Olho os corpos nus enquanto termino o banho, tentando não olhar para os rostos, concentrando-me ao invés disso nas barrigas. Mara tem um sinal de nascença perto do umbigo, na forma de uma lua crescente. Não a encontro em ninguém ali nos chuveiros.)

Em seguida, somos levados para o refeitório. Onde me é oferecida, uma papa de farelo de trigo surpreendentemente doce e umedecida no que parece ser leite de soja. No meio da refeição, começo a sentir gosto de sal. Só quando acabo percebo que o sal vem de minhas lágrimas.

Vou para o *Secteur Droite*, onde as camas coletivas estão localizadas. Encontro uma cama desocupada e, logo antes de me deitar, vejo o *patch* de fungos enfiado sob o travesseiro.

Pego o *patch* e o examino bem de perto. Ainda reluzente, verde-acinzentado, a textura levemente pastosa. Levo ao nariz e cheiro: terra e minerais. Nunca foi usado.

Presente para os recém-chegados? Talvez – nunca estive neste Falanstério antes. Pelo menos acho que não. Depois de certo tempo, os lugares começam a se amalgamar na nossa cabeça e todos passam a ficar muito parecidos uns com os outros, e existe um punhado de Falanstérios que se dizem utopias espalhados por entre os últimos Refúgios da humanidade.

Deito-me e me cubro com a rede para zero-g que envolve a cama. Um pouco sufocante, mas a gente acaba se acostumando a essas coisas.

Agora, o noticiário.

Abro bem a boca e colo o *patch* no palato.

Desde os primeiros dias dos ataques, o contato via radio tem se mostrado perigoso demais – e, ainda que não fosse, o contato entre naves em movimento, tanto no espaço normal quanto estruturas no Leque de Calabi-Yau, não permitiam uma transmissão minimamente adequada de dados.

De modo que, quando a biotecnologia necessária foi finalmente desenvolvida, foi um alívio para todos.

Então, o que acontece hoje em dia é basicamente o seguinte: naves viajam entre Refúgios (as viagens podem ser feitas apenas por bolhas também, mas não com muita frequência devido ao dispêndio de energia), trocam informações, e as informações são codificadas em patches de fungos que são distribuídos a todos.

Uma leve náusea me avassala por alguns segundos, e aí eu vejo tudo, superposto à minha retina como realidade aumentada (é a forma de o cérebro traduzir visualmente uma dosagem pequena):

A última missão a uma SP – Superfície Planetária – começou sem problemas. *Nossa* missão: reconheço a mim mesmo e Marjane, a caçadora-coletora da equipe, quando entramos mais fundo na parte da floresta marcada para aquela incursão.

Quase simultaneamente, em estilo de edição ideogramática, imagens começam a se desdobrar na frente dos meus olhos como peças de um quebra-cabeças disperso, mas um quebra-cabeças que consigo entender muito bem porque conheço a imagem completa:

eu e Marjane coletando fungos aos pés de árvores muito antigas. (As imagens perfeitas em alta definição e 3D, são cortesia de Ian, o *kinocchio*, que não aparece no filme por motivos óbvios.) E, quando voltamos ao ponto de partida, Mara montando guarda.

Aconteceu na viagem de volta. Como sempre, nós havíamos tomado uma rota menos percorrida, e as duas naves, sempre vigilantes, cuidavam uma da outra enquanto voltávamos para nosso Refúgio original. Mas isso não aconteceu.

As imagens seguintes foram uma colagem sobretonal acelerada de várias fontes, que, suponho, vieram de ambas as naves. O sistema de duas naves (nave/nave-sombra) é supostamente a maneira mais segura de se viajar entre Refúgios e SPs depois do Leque. Até o momento, na maioria dos casos, as perdas estão na proporção de 60/40. De vez em quando, perdemos ambas as naves.

Foi o que aconteceu hoje.

Então percebi que Mara não havia conseguido escapar.

Fechei os olhos. Não fez diferença: o efeito da dosagem mínima de um patch de fungos duraria pelo menos meia hora. Continuei a ter alucinações lúcidas e chorei.

·•◈•·

O amor é um luxo que não nos é permitido. A vida é impermanente, como os monges budistas itinerantes que ministram cerimônias nos Falanstérios e outros Refúgios espalhados ao longo do Braço de Orion dizem àqueles que ainda buscam algo tipo de consolo. Eu sou um destes, embora, se me perguntarem, eu talvez não saiba dizer por quê.

Mas uma coisa é verdade. Não podemos ter laços. Ter amigos é doentio e perigoso. Sexo, camaradagem, essas coisas estão certas e são saudáveis para a existência. Mas existe um limite para o que a mente pode suportar. Confrontados com a extinção absoluta, nós nos reunimos. Unimos nossas forças. Mas canalizamos toda a nossa vontade coletiva e força para sobreviver. O amor está fora da equação.

Somos constantemente lembrados disso quando encontramos Terráqueos. Eles normalmente ficam restritos a aposentos silenciosos no centro dos Falanstérios, áreas para refugiados projetadas para atender e prestar uma espécie de tributo aos últimos sobreviventes do mundo natal de nossa espécie.

Nós achamos que nos sentimos tristes e deprimidos depois dessas missões. Mas quando conhecemos pessoas que estavam vivendo na Terra na época de sua obliteração, é aí que percebemos a sorte que tivemos.

Eles vivem constantemente com medo. Estremecem e tremem como alguém em síndrome de abstinência, choram e balbuciam coisas sem sentido em cantos escuros, e se questionados podem atacar você sem motivo algum (ou por motivos que só eles entendem). Tentam se matar e se amaldiçoam porque fracassam – ou porque não têm de fato a coragem de fazê-lo ou porque lhes falta a simples força física para cometer suicídio. A maioria deles virou *hikikomori*, agorafóbicos completos. São verdadeiros farrapos, restos do maior desastre da história humana. Ninguém pode culpá-los por isso.

Para nós, que já vivíamos em outros mundos quando isso aconteceu, foi mais fácil, dizem eles (aqueles que conseguem dizer coisas coerentes, quero dizer) Não tivemos que testemunhar as tremendas forças de maré e os terremotos imensuráveis provocados pela ação de milhões de cabos-de-minhoca presos diretamente às placas tectônicas do planeta.

O ataque foi lento o suficiente para permitir que algumas centenas de pequenas naves deixassem a órbita da Terra. Mesmo assim, mais de nove bilhões de seres humanos foram obliterados.

·•◈•·

Obliteração é a palavra-chave aqui. As palavras *destruição* e *morte* são anátema com relação à Terra. Elas também podem ser imprecisas.

O que sabemos com certeza é que o planeta sofreu grandes danos e não havia como a maior parte da população ter sobrevivido. Mas quando vimos o que esses dispositivos faziam, em suas versões menores, às poucas naves que sobreviveram aos ataques, começamos a sentir que ainda poderia haver alguma esperança para a Terra.

Nós os chamamos de cabos-de-minhoca porque eles parecem agir como minúsculos buracos-de-minhoca. São dispositivos de deslocamento espaço-temporais. Quanto ao seu objetivo, só podemos especular.

·•◈•·

Antes disso, os humanos de fora da Terra viviam em sua maior parte em colônias baseadas em exoplanetas. Mas somente a população sem modificações genéticas. Além disso, uma comunidade cada vez maior de pós-humanos lutava para viver em ambientes mais duros fora da Zona Habitável, orbitando gigantes gasosas, minerando asteroides e cometas, e construindo suas pós-utopias no espaço.

Agora, todos nós estamos dispersos ao longo de objetos de Messier no Braço de Orion, dentro de um punhado de Refúgios nos quais nos escondemos e tentamos nos recuperar.

Precisamos nos reunir e juntar forças. Não restaram muitos de nós.

·•◈•·

No horário de refeição seguinte, encontro Idris no meio das centenas de tripulantes deslocados e comemos sozinhos em uma mesa separada a um canto. De nosso nicho, vemos pequenos aglomerados de seres praticamente amontoados uns sobre os outros como baratas sobre pedaços de informação fungal, trocando *patches* entre si e devorando-os com voracidade em busca de algum fragmento de informação ainda não conhecido.

Quanto a nós, comemos em silêncio. Já passamos por isso antes.

·•◈•·

Depois de comer, vamos direto ao Controle de Missão local para saber o que virá a seguir: duas semanas de R&R – o tempo padrão permitido para tripulações que sofreram ataques – seguido de transferência a uma nova nave.

– Eu vou até as docas – diz Idris. – Quer vir?

Ainda que eu estivesse interessado (e não estou), não teria muito o que fazer lá, então recorro à cortesia do *taarof* para recusar educadamente, sabendo que ele só insistirá uma ou duas vezes, mas no fim me deixará em paz. E Idris nem insiste tanto assim: sendo um astrogador, as docas são mais seu território do que meu, e ele sabe.

Ele vai querer ver as naves, falar com mecânicos e engenheiros e saber o que há de novo. Passará horas tentando aprender os macetes da tecnologia alienígena.

Porque os aliens nem sempre vencem. E quando um ataque dá errado, fugimos com o máximo possível de tecnologia deles que podemos. E tentar construir defesas para sobreviver melhor no exílio.

Não lutamos. Nunca lutamos: é altamente improvável que a raça humana ganhe uma guerra contra um inimigo invisível que tem nos atacado de modo tão impiedoso há tantos anos. Como podemos lutar se nem sequer sabemos de onde vêm os ataques?

Deixo Idris com sua arqueologia do desespero. Tenho mais o que fazer.

·•◈•·

Passo minhas duas semanas entre estados.

Como o mínimo possível, bebendo apenas água – nada de álcool, sucos de fruta, naturais ou não, nada de sódio (cálcio é obrigatório nos Refúgios, pelo menos para nós nongens – precisamos compensar os possíveis efeitos das mudanças constantes na gravidade). Eu havia recebido pontos de habilidade suficientes ao longo do meu trabalho dentro e fora de naves para conseguir uma alocação de tempo num dos biolabs.

Lá, eu faço meus próprios *patches* de fungo.

Primeiro coleto meus fungos para consumo próprio todas as manhãs na *serre*. Penetro no pequeno complexo de cavernas escavado no asteroide que o Falanstério ocupa com um punhado de outros codificadores, todos nós nongens, todos vestindo *lightsuits* para enfrentar a baixa temperatura e o ar rarefeito que é bombeado para dentro dos corredores. A maioria dos pós-humanos poderia entrar e sair deste ambiente com tranquilidade, mas para que se dariam ao trabalho? Eles não precisam de *patches* de fungo como nós.

Faço meu trabalho o mais rápido que posso e retorno à proteção dos laboratórios.

A primeira semana da minha licença é passada ali, entre misturas e cozimentos. Um pouco de cogumelo Lingzhi para a base do patch (o *Ganoderma lucidum* é o fungo preferido para isso devido à sua capacidade imunomodulatória, e também porque ajuda a manter a pressão baixa); em seguida, um pouco de *Amanita Muscaria* para a indução do estado alucinatório.

Por cima de tudo isso, o código. Escrever a informação e costurá-la nas moléculas dos fungos é a parte mais difícil do trabalho. Sem isso, os *patches* não seriam mais do que drogas recreativas.

Nesta forma ligeiramente aumentada, os *patches* de fungos atuam como condutores de informação em uma sociedade em fuga; onde falta papel e qualquer tipo de material eletrônico pode ser rastreado pelo inimigo, a biotec é a melhor opção.

O que não é lá muito fácil de fazer quando você é um nongen. Pós-humanos tiveram sua matriz genética alterada *in utero* nos primeiros dias da colonização espacial, para que pudessem sobreviver em habitats espaciais ou planetas fora das Zonas Habitáveis de seus sistemas, mas a maioria da humanidade permaneceu relativamente inalterada a não ser pela erradicação de algumas doenças graves. (Claro que nenhuma dessas diferenças faz a menor diferença quando você está numa nave-isca sob ataque: ali, todos morrem. Ou coisa pior.).

Eu nasci e me criei em um planeta antes dos ataques; *homo ergo sum*. E, como a maioria dos humanos, não sou especialmente bom em nada – a não ser no cérebro.

Que usei para estudar farmacologia. Área de especialização: micotoxinas.

Existe uma segunda versão dos *patches* de fungos, uma versão mais potente. Ela torna possível uma codificação de informação muito melhor e maior em praticamente o mesmo espaço, e encontra um amplo uso em educação, principalmente – contanto que a dosagem seja equilibrada o bastante para não envenenar seu usuário lentamente, provocando o efeito oposto do patch de fungo em geral (que, dizem, confere longevidade a quem o usa): doenças respiratórias, problemas cardíacos, falência renal.

Esta versão é chamada de Infecção Logos. Esta é minha verdadeira área de especialização.

·•◈•·

Passo o resto do tempo sob a influência das misturas que preparei. Enfiei-me embaixo da rede da cama, apliquei um patch no braço (às vezes a absorção via céu da boca é rápida demais quando a dose é grande o suficiente) e em instantes eu já estava suando de febre.

Então, bastou fechar os olhos – o que nem era necessário, porque com uma Infecção Logos não ocorre superposição de imagens na retina ou sequer sensação consciente: você entra num coma induzido.

E acorda em outro lugar.

Naturalmente, depois da primeira experiência, você aprende a discernir entre sonho e realidade; não é tão difícil quando você sabe o caminho.

E eu sei bem o caminho.

·•◈•·

No meu aniversário de doze anos, minhas mães me deram de presente uma Infecção Logos.

Foi um agente patogênico literário potente: fiquei de cama três dias seguidos, vivendo num espaço de sonho encomendado sob medida para me ensinar a ler e escrever, não só na língua Mistureba usada pela maioria da humanidade, mas também em espanglês, farsi, japonês, chinês, grego koiné e latim, tudo enrolado num pacote narrativo de aventura e suspense na cidade oculta de Shangri-lá, na Velha Terra.

Adorei cada momento.

Desde então, usei cada ocasião que pude para mergulhar de cabeça nas Infecções Logos. Para aprender, jogar e – quando o inimigo obliterou a Terra e começou a atacar as outras SPs humanas, quase trinta anos atrás – para sonhar. Para me lembrar dos oceanos e das florestas de Cabo Celeste, onde conheci a verdadeira felicidade e não vivia com medo constante da morte.

·•◈•·

No último dia de descanso, saí da cama, tomei um banho rápido nos chuveiros coletivos, comi uma refeição e fui direto para minha próxima missão.

Fiquei sabendo que houve uma cerimônia pelos mortos das últimas missões, mas ainda que eu estivesse acordado, não teria ido. Quase ninguém vai hoje em dia.

Desci os corredores até chegar à entrada das docas.

As portas estavam fechadas. Enfiei a mão no bolso e apanhei uma maçaroca.

A bolinha de fibras, do tamanho da unha do meu polegar, tinha codificada dentro de si meu DNA e a senha do dia. Passei a língua nela e grudei-a em um dos poucos espaços vazios que haviam sobrado na pele da porta. A carne sintética que cobria as portas me reconheceria.

Isso não aconteceu.

Tentei mais uma vez. Nada.

Eu ainda estava um pouco zonzo e cansado por causa da minha incursão ao espaço-de-sonho, estava sem paciência para isso. Se pelo menos eu tivesse codificado a maçaroca, mas não: senhas são outro nível de permissão. Vou ter de ir ao Controle da Missão para preencher uma reclamação e solicitar outra senha.

É exatamente o que eu estou indo fazer quando Idris aparece de repente, vindo bem na minha direção. E, antes que eu possa falar ou fazer qualquer coisa, ele faz o impensável: agarra meu braço.

Isso é uma grande violação do *taarof*. Tocar alguém sem o protocolo adequado ou o mínimo de intimidade requer uma falta de educação tamanha que por um instante eu não sei o que fazer. Mas ele sabe:

– Outra nave – ele diz. – Missão especial.

E me solta. Eu olho irritado para ele, mas não digo nada.

– Esse não é mais nosso cais – ele aponta para a porta com a cabeça. – Já fizemos muitas missões de coleta de suprimentos.

– Para onde vamos, então? – consigo finalmente perguntar.

– Venha – ele diz.

·•◈•·

Quando finalmente chegamos às docas, é por outra entrada – uma entrada cuja existência eu desconhecia e para a qual Idris tinha a senha. É só então que eu reparo que este é um lugar menor do que o costumeiro para abrigar naves – bem menor, na verdade, do que as docas normais dos Refúgios que visitei até hoje. Esta é uma segunda doca, que provavelmente poucos conhecem.

Passamos por várias naves pequenas, similares à nossa última. Durante todo o percurso eu nada falo, mas fico bem alerta, esperando ver nossa nave entre elas.

Então, subitamente, Idris me mostra uma nave imensa. Ela é tranquilamente de quatro a cinco vezes o tamanho das naves comuns da frota.

Uma nave-sombra.

·•◈•·

Hoje em dia, todas as missões partem em dupla sempre que possível. Uma nave menor, com tripulação mínima, e uma maior (*bem* maior), para protegê-la e receber o fogo de qualquer possível ataque (hoje em dia, ataques *certos*) dos alienígenas.

Mas, pelas nossas costas, todo mundo chama as naves menores de *iscas*. Porque é exatamente o que elas são: ainda que as naves-sombra estejam ali para nos proteger, elas nem sempre conseguem fazer isso. E não importa quantas missões façamos, nossas naves são sempre obliteradas, mais cedo ou mais tarde. Normalmente mais cedo.

Hoje nós também as chamamos de iscas. Para que esconder a verdade?

Se existe uma estratégia por trás de tudo o que temos feito até agora, eu não consigo ver. Tudo o que fazemos é nos esconder, correr para os poucos planetas semelhantes à Terra que sobreviveram para coletar alimento e combustível (o que ainda é mais fácil de fazer do que fabricá-los nos Refúgios, mas essa mamata não vai durar muito tempo) e sobreviver.

·•◈•·

– Esta nave é totalmente nova – explica nosso capitão assim que colocamos os pés nela. – Nós a obtivemos como uma oferenda de potlatch, de amigos que nos fizeram uma proposta irrecusável.

Foi então que percebi que havia algo de muito errado acontecendo ali. Você troca sua força de trabalho por pontos de habilidade. Você troca por escambo pequenos objetos, comida.

Você não oferece uma nave inteira em *potlatch*.

Especialmente o tipo de nave que fica para lutar contra o inimigo. Eu passei toda a minha vida de refugiado em tripulações de naves-isca, coletando fungos, frutas e plantas comestíveis para ajudar a alimentar os Refúgios.

Segurei a língua para não ter que perguntar pelo que o capitão havia trocado a nave.

Ao invés disso, acabo perguntando: – E para que você precisa de mim?

– Você é o melhor sincronizador com quem eu já naveguei – é

Idris quem responde. – Onze missões e você não falhou uma vez sequer.

– Seu registro antes disso também é impecável – acrescentou o capitão. – Até mesmo como aprendiz.

Não era necessariamente um elogio. Em sincronização, ou você acerta ou morre. Se eu tivesse falhado alguma vez não estaria ali.

– Meu mestre morreu na minha terceira missão – retorqui.

– Todos morrem. Você vai morrer. Nós vamos morrer. A pergunta é: você quer morrer fazendo algo que valha a pena?

Idris refaz a pergunta. – Você tem para onde ir? Tem *alguém* para quem voltar?

Ele sabia sobre eu e Mara.

Então ele sabia qual era a resposta: não.

·◆◈◆·

Partimos no dia seguinte, da maneira normal, com duas naves e duas tripulações. Uma ocupa a nave-isca, a outra é a nossa.

Uma das regras sob as quais trabalhamos é: não importa o que façamos, o inimigo sempre sabe as nossas rotas. Eles podem não conhecer nossos esconderijos (mas não temos certeza; eles podem estar brincando conosco), mas conhecem as rotas. Porque eles sempre atacam. Sempre.

Meia hora depois da partida, os arpões atingem o casco.

Mas, por incrível que pareça, eles não o perfuram. Simplesmente não conseguem. Nem a nossa nave nem a nave-isca.

Idris já havia me explicado tudo na véspera: há um campo de força nos cercando. Uma coisa que as forças armadas da velha Terra tentaram desenvolver por séculos, mas nunca conseguiram fazer direito.

A isca havia viajado conosco até aquele instante em modo rêmora, presa à nossa nave, então o campo de força também a cobria sem aparente aumento na energia dispendida. Incrível.

Dentro da nave-isca, o procedimento segue conforme o treino. O capitão desmagnetiza seu casco do nosso e flutua livremente por alguns metros, ainda protegido, enquanto nos preparamos.

Então eles escapam. Por pouco. Como sempre.

Nós não: desta vez nós vamos lutar.

·◆◈◆·

Eu nunca tinha visto uma batalha no espaço.

É mais rápida e chata do que as Infecções Logos podem fazer você crer.

Como os arpões parecem vir praticamente de todas as direções, não há como localizar sua fonte. Então as naves-sombra sempre faziam o melhor que podiam rotacionando as torres em 360 graus, tentando explodir os cabos-de-minhoca quando podiam e torcendo para dar certo.

Não é o que a nossa nave faz: ela parece borrifar uma nuvem de uma substância semelhante a um cristal. A nuvem cerca a nave toda. O capitão me explica que a nuvem é composta de um tipo de nanos que inutilizam os arpões e os cabos-de-minhoca, fazendo com que eles percam sua tensilidade. Alguns deles simplesmente se estilhaçam – um feito nada fácil. Fico impressionado.

Toda a ação, como eu disse, é chata e rápida. Mas também é extremamente necessária. Agora nós podemos escapar.

··◈··

Se existe um *Sanctum Sanctorum* dos Refúgios, então esse santuário é Oyasato-Yakata.

A primeira coisa que você repara ao entrar nele é que ele é imenso. Não, imenso não é a palavra exata: *gigantesco*. Comparados a Oyasato-Yakata, os refúgios comuns não passam de partículas de poeira cósmica. Seus construtores fizeram um trabalho magnífico.

Idris me contou um pouco da história de Oyasato-Yakata durante a viagem. Construído em parte segundo uma estrutura homônima da Velha Terra, esse refúgio é um agrupamento de prédios, uma mistura de construções em estilo oriental e ocidental que não seguem a orientação tradicional linear de três alas dos falanstérios comumente utilizadas no espaço humano, mas conseguem quase dar a volta uns sobre os outros e se encontrar em eixos diferentes, auxiliados pela quase completa falta de gravidade, *escherizando* (essa era a palavra que eles usavam para esse tipo de topologia, em homenagem a um desenhista ou arquiteto da Velha Terra, não lembro) em todas as direções, o que permitia mais espaço e menos peso sobre as estruturas. Não ficou claro para mim se Oyasato-Yakata também era uma construção oculta em uma bolha ou em um asteroide. Ninguém nos disse, e não perguntamos.

Somos recebidos por Naomi Brandeis, porta-voz de Oyasato-Yakata. Ela estava vestida de modo elaborado. Ela tinha cabelos.

Ela é exotica e bonita. Sinto uma dor bem no fundo, algo que não sei explicar. Então penso em Mara, na saudade que sinto dela, e percebo que sei explicar muito bem o que sinto.

·•◈•·

– Suponho que vocês estejam familiarizados com o conceito de *uchi-soto* – Brandeis diz depois que todos estávamos sentados às mesas baixas do salão principal e tomado chá com ela.

– *Hai*, Naomi-sama – diz Idris. – *Wakarimasu*.

Eu também estou, ainda que seja apenas um pouco pelo que me foi ensinado a bordo da nave: *uchi-soto* é um conjunto de regras não tão diferente assim do *taarof*, mas mais intrincados. Só que eu não sabia que Idris falava japonês, ou que ele estava no comando aqui. O capitão permanece em silêncio.

Então, a mulher de estranhos cabelos pretos vira seus olhos igualmente negros para mim e pergunta: – O que você sabe sobre os asincs?

Para isso ninguém havia me preparado.

Eu já havia ouvido falar dos asincs, quem não havia? Pessoas supostamente mortas em missões anteriores. Pessoas que, por um motivo ou outro, não estavam usando o equipamento de sinc ou a Mãe deu defeito ou eles simplesmente não ajustaram direito seus umbilicais – mas acabaram não explodindo como todos os que não entram em sinc fazem.

O que acontece então (o que dizem que acontece) é que eles são arrancados do contínuo espaço-temporal e meio que saem de fase com o nosso universo. Viram fantasmas, para todos os motivos práticos. Todo velho navegador espacial já afirmou ter visto um pelo menos uma vez na vida. O fato de que a maioria deles faz essas afirmações sob o uso de alguma substância tóxica só serve para colocar os asincs sob a classificação genérica de lendas espaciais.

Então Idris põe a mão no meu joelho e fala no meu ouvido, depois de se curvar respeitosamente para Naomi-sama.

– Jorge – ele me diz. – Nós trouxemos você aqui por um motivo.

– Eu sei – eu respondi. – Sou bom sincronizador.

– O motivo não é esse. – Ele se levantou. – Venha. Você precisa ver uma pessoa.

·•◈•·

Percorremos longos corredores, espaços amplos sob arcadas de pedra falsa pelos quais quatro ou cinco pessoas podem caminhar lado a lado. Meus olhos e meu ouvido interno ficam confusos, acostumados que estão há tantos anos com os espaços apertados dos Refúgios, das bolhas, das naves. A única coisa que me faz sentir melhor é a distância dos outros. Não preciso ter medo de tocar as pessoas de modo inadequado.

Depois de longos minutos, chegamos ao que parece uma porta imensa e grossa de madeira (provavelmente não era, já que transportar objetos planetários para refúgios no espaço sempre foi algo muito caro e, além disso, no calor do momento, quando todos os colonos estavam fugindo, ninguém podia se dar ao luxo de levar nada além de si e dos seus). Naomi-sama abre a porta para nós.

É um quarto sem janelas. Como uma cela. Dentro, uma mulher.

A última vez em que vi essa mulher foi um pouco antes da obliteração da última nave-isca em que estive. Ela não estava nua, mas eu sabia que ela não tinha um único pelo no corpo. Ela também estava mais magra agora, mas seus olhos tinham o mesmo medo e melancolia que de algum modo me atraíam.

Mara.

·•◈•·

E, no entanto, ela não é Mara. Não exatamente.

Ela parece mais velha, seus olhos mais inchados e afundados nas órbitas. Ela também tem cabelos, uma massa de cachos castanho-acinzentados cobrindo seu crânio.

Entramos no quarto. Ela se move devagar, como se tivesse acabado de despertar de um sono muito longo e não estivesse reconhecendo nada ao redor. Levanta a cabeça e, por um momento, também não nos reconhece. Penso comigo mesmo, *não é ela!* Então os olhos dela parecem se iluminar, mas é pior. Porque ela olha para nós por muito tempo, nos examinando sem o menor pudor, e é como ela até nos conhecesse, mas simplesmente não desse a mínima.

Então eu me aproximo dela e vejo que ela é realmente Mara, e está mesmo mais velha do que deveria. Não sei dizer com certeza, mas ela parece ter envelhecido uma década a mais que eu. Ou mais.

Ela olha fixo para mim. Eu me ajoelho ao seu lado no tatami e, lentamente, estendo a mão. Ela me deixa tocar seus cabelos. Despenteados, emaranhados e oleosos. Ela tem cheiro de flores secas.

Não falamos. Ela simplesmente fica me encarando. Não é possível dizer se ela me reconhece.

Mas eu a reconheço. E me lembro.

·•◈•·

O sexo era bom. Depois de certo tempo, ficamos tão íntimos que não fazíamos só debaixo das redes nas camas da tripulação. Compartilhávamos infecções também.

Fazíamos sexo em gravidade falsa, sob o sol amarelo da Velha Terra, sentindo o peso de nossos corpos um sob o outro, gotículas de suor escorrendo pelos braços e pernas.

Era mais pesado, mais desajeitado, mais sujo que na gravidade artificial dos refúgios.

Era bom.

Acho que eu podia dizer que eu a amava então.

·•◈•·

Mas agora não restou nada daqueles momentos, não nos olhos dela. Ela também parece uma *hikikomori*, voltada para dentro de si, fechada em sua topografia íntima, protegida do ambiente externo.

Infelizmente, não estou cansado o bastante para estar triste. Como eu gostaria de estar.

– Precisamos de você agora – Naomi-sama disse atrás de mim. Suspirei e me levantei para acompanhá-la.

·•◈•·

Como Idris me disse no falanstério, havia de fato um motivo pelo qual eles me trouxeram aqui. Mas não era a sincronização. Não é a única coisa em que sou bom.

Eu sou bom em mergulho profundo.

Nem todo mundo consegue pegar uma Infecção Logos em *tandem* com outra pessoa. Eu consigo. (Uma vez, quando eu era mais novo, infectei-me com outras seis pessoas numa orgia de sexo, aventura e festas sem fim numa campanha de espionagem em um mundo alienígena, e *isso* quase acabou em tragédia. Mas essa é outra história.).

Às vezes, mesmo em pequenas comunidades, em pós-utopias como os falanstérios, onde você não quer manter grupos policiais à exceção de certa autoridade de manutenção da paz. Existem algumas funções votadas por consenso nas quais os membros atuam pelo método de rotação, normalmente entre turnos ou viagens entre Refúgios.

Uma dessas funções consiste no que apelidamos de *mergulho profundo*: infectar a si mesmo junto com uma testemunha ou um suspeito para tomar seus depoimentos. Para verificar suas versões.

No intervalo entre missões, essa é uma das coisas que faço. Trabalhar como um detector de mentiras humano.

E, se eu ainda estava me perguntando o que havia sido prometido em *potlach* pela nave-sombra, agora eu tenho certeza.

Sou eu.

·•◈•·

Naomi-sama conduz o processo. Ela é curta, grossa, rápida e boa: enquanto termino de me prender ao meu leito e Idris ajuda a fazer o mesmo com Mara, ela já está terminando de preparar a mistura.

O equipamento dela é pequeno e delicado: uma caixinha retangular laqueada cor-de-vinho com detalhes em ouro, cheia de frascos, caixas menores com pós, pedaços minúsculos de cogumelos e fungos. Pinças, ampolas, pequeninos alicates, óculos de aumento.

Colocando os óculos, ela magnifica as lentes e começa a preparar a infecção. Não leva muito tempo: ela provavelmente já tinha a maior parte dos ingredientes separados antes de nossa visita.

Quando termina, ela se aproxima de nossos leitos e coloca um *patch* em cada carótida. Idris já havia nos conectado um ao outro com umbilicais.

Respiro fundo e fecho os olhos, mergulhando imediatamente. Ela é boa.

·•◈•·

A transição não é tranquila: tudo à frente de meus olhos parece flutuar como se uma névoa pesada pendesse sobre tudo. Por outro lado, a sensação é incrivelmente física: meus olhos ficam automaticamente cheios de água como se a névoa fosse ácida. Não consigo parar de piscar, e sinto uma dor de cabeça violenta chegando.

A dor de cabeça é de Mara: eu estou vendo tudo pelos olhos dela. E sentindo tudo o que ela sentiu.

Ela havia acabado de adormecer quando o alarme soou a bordo de nossa nave e mal teve tempo para apanhar seu kit. Não teve tempo de chegar a nenhuma das duas Mães a bordo para sincronizar. E foi obliterada junto com a nave.

Nos primeiros instantes, tudo acontece tão rápido que você não tem tempo para ficar aterrorizado: quando os cabos-de-minhoca são puxados, há um pequeno intervalo de tempo, uma fatia do espaço-tempo, por assim dizer, em que você sente *tudo*.

A nave é puxada pelo fluxo de tempo como água por um ralo. Nossos corpos seguem junto com o fluxo, física e transfisicamente, retorcidos como rolhas puxadas de dentro de uma garrafa. Meu corpo se dissolve e continua inteiro ao mesmo tempo. Dizer que este processo dói é uma afronta ao conceito de dor.

Subitamente, um corte. Tudo escurece.

A luz vai voltando devagar. A dor não.

De repente, uma mão agarra meu braço, com tanta força que dói. Viro a cabeça para a esquerda e repentinamente Mara está ao meu lado. Tremendo violentamente. Ela olha direto à frente sem piscar. Como se estivesse em transe.

Então percebo que a névoa desapareceu. Somente aí olho para o que ela está olhando.

E o que vejo também me hipnotiza.

Um planeta em construção.

Levo um longo tempo para absorver todo o cenário e ajustar meus olhos à estranha perspectiva.

Respiro com dificuldade; a neblina permanece, e somente então reparo que estou usando uma máscara. Estamos na beira de uma espécie de cratera, só que não é uma cratera: estamos é em uma plataforma no oco do que parece ser um asteroide. Ao nosso redor, uma nuvem de destroços e micrometeoritos que não parece ter fim, mas aparentemente estamos protegidos dela por alguma espécie de campo de força – talvez do mesmo tipo que protegeu nossa nova nave-sombra.

Nunca vi nada parecido.

Mas de algum modo eu sei o que é toda essa estrutura.

É uma sensação estranha, como se um segundo eu murmurasse no meu ouvido cada fragmento de informação que preciso saber a respeito do que estou vendo. (Suspeito que Naomi-sama dobrou nossa dosagem, o que pode provocar alguns efeitos colaterais estranhos, mas não consigo pensar com clareza agora.) Durante todo esse tempo, Mara não para de tremer ao meu lado. Posso ouvir uma camada subsônica de ruído sob minha própria voz sussurrada. São os dentes dela batendo.

Mas não posso cuidar dela. Não agora. Absorvo tudo o que ouço do meu outro eu agora.

O que estou vendo é uma esfera de Dyson. Uma coisa tão distante teoricamente no passado que as pessoas simplesmente pararam de pensar nela muito antes do início das viagens espaciais.

Imagine planetas inteiros desmantelados para construir uma superestrutura ao redor de uma estrela. Mundos sólidos devastados em busca de metais, gigantes gasosas em busca de atmosfera. Cometas com núcleos de gelo desviados de seus rumos originais e cavalgados diretamente até o sítio de construção só para fornecer água em estado liquido. É uma obra de gerações, mesmo para pós-humanos.

De onde estou a esfera parece quase acabada. Parece também muito semelhante a Terra. Parece feita para humanos.

Não sei por quando tempo fico ali, mas passo o resto do tempo abraçando Mara. Que não para de tremer.

·•◈•·

– Você está bem? – Naomi-sama pergunta assim que desperto.

Não. Eu estou zangado.

– Estou, Naomi-sama – minto.

– Por favor, não há necessidade de me chamar com tanta deferência assim mais. O potlatch está completo. Somos iguais agora.

– Ótimo – eu digo. Isso significa que eu posso fazer todas as perguntas que quiser. – Por que você me deu uma dose dupla?

– Você precisava da informação adicional – ela responde. – Ela não tinha tudo.

Respirei fundo. Ela tinha razão: eu precisava disso. Mas não precisava da dor de cabeça e do sangramento nasal que começam a surgir agora como efeitos colaterais. Ela não é tão boa assim nisso. Decido que da próxima vez eu mesmo vou preparar a dose.

No fim das contas, Mara teve sorte. Ela está viva e fisicamente bem. Vai se recuperar. Mas provavelmente será para sempre uma *hikikomori* – e, como tal, para sempre além do meu alcance.

··◈··

– As coisas estão mudando – Naomi nos diz no dia seguinte, depois de descansarmos. – Os Refúgios não são melhores o bastante para manter a humanidade a salvo. Precisamos evoluir.

– Concordo – disse Idris. – Precisamos juntar forças.

Então ela se virou para mim e perguntou: – O que você sabe sobre os Projetados?

··◈··

Eu sabia o mesmo que qualquer outra pessoa no espaço humano. Os Projetados eram uma versão ligeiramente diferente dos asincs: seres supostamente capazes de manipular o tecido do espaço-tempo e se projetar ao longo da linha, estando em mais de um ponto dela ao mesmo tempo. Esse conceito era tão difícil de assimilar que ninguém conseguia levá-lo a sério.

– E, no entanto... – Naomi diz ao ouvir minha resposta – o Leque também era um conceito muito difícil de aceitar até sua existência ser comprovada.

– Você tem alguma prova? – pergunto. Estou dolorosamente ciente de que não estou seguindo o *taarof*, mas o *uchi-soto*, até onde consegui entendê-lo, oque me permitia um pouco mais de liberdade em assuntos urgentes.

– Quer um pouco de chá? – ela pergunta, se levantando.

– Não – respondo automaticamente por educação.

Ela não oferece duas vezes, mas começa a caminhar na direção do salão de cha-no-yu. Lá dentro, ao me servir chá verde, ela continua:

– Nós já sabíamos sobre a esfera. Só precisávamos de confirmação, o que você nos forneceu de sobra. Estamos muito gratos por isso.

"Entretanto", continua ela, "este não é o único motivo pelo qual você está aqui. Suas habilidades são necessárias para outra missão.".

Começo a me sentir realmente desconfortável. Levanto uma das mãos, pedindo permissão para falar. Ela assente.

– Desta vez – digo – quero ser o responsável pelo controle da dosagem.

– Isso não será necessário – ela diz. – Para onde vamos, nós não precisaremos de doses.

– "Nós"?

Ela termina o chá e faz um gesto para que eu a acompanhe. Percorremos corredores tortuosos, subindo e descendo até que eu perco toda a noção de espaço e direção; acabamos em frente a outra porta de madeira maciça aparente. Ela a abre sem cerimônia.

Saímos num ambiente virtual, uma falsa superfície planetária extremamente bem realizada. É tão boa que o sol (até onde consigo ver, uma estrela G3 como o sol do nosso sistema de origem) parece queimar de verdade a minha pele. Respiro fundo e sinto cheiro de mato. Eu estava sentindo falta desse contato com a natureza.

– Gostou? – Naomi pergunta.

– Uma ilusão belíssima – eu respondo. Quanta energia eles devem gastar para criar um ambiente com esse grau de realismo e imersão.

Ela não diz nada. Simplesmente se volta para a porta pela qual acabamos de passar, fecha a mão esquerda e soca a palma da direita, rotacionando o punho noventa graus no sentido do edifício.

E toda a construção desaparece.

Então ela se vira para mim e diz: – Isto é real.

Antes que eu possa dizer alguma coisa, ela acrescenta: – Rápido. Quero lhe mostrar um pouquinho deste mundo.

·•◈•·

Há uma árvore na frente da casa. Escondido atrás dela, uma espécie de veículo, semelhante aos que tínhamos em nossa velha casa de Cabo Celeste, mas de design diferente.

Entramos no veículo e ela fala com a máquina. Não consigo entender o idioma que ela usa, mas penso ter entendido algumas palavras que podem ser sânscrito. Ou páli.

O veículo dá a partida, sobe verticalmente até chegar a cerca de quinze ou vinte metros de altura, e dispara sobre as copas das árvores. A paisagem corre praticamente sem interrupção sob o meu olhar – de vez em quando, algo que parece um poste ou um pequeno sinalizador aparece, mas não vejo nada além de grama, arbustos, árvores. Morros baixos, vales rasos, um ou outro riacho. Clima temperado. Alguma área rica em umidade? Me pergunto. Seria bom cultivar fungos aqui.

Mas isso não é importante agora.

– Como você encontrou Mara? – pergunto. Era algo que eu queria perguntar a Naomi desde o encontro naquele quarto.

– Agora você sabe que nem todos morrem numa obliteração – diz Naomi. – Uns são apanhados sem sofrer dano algum e transportados para o lugar de onde seu inimigo vem.

– E onde é isso?

– O futuro, Jorge – responde Naomi. – Um futuro muito distante.

·◆◈◆·

Não tenho mais o menor interesse em conhecer o planeta e Naomi repara. Ela dá meia-volta no veículo e nos leva de volta ao lugar onde o portal para Oyasato-Yakata estava.

– Essas pessoas deslocadas... – Naomi me explica assim que pousa o veículo. – não estão nos planos originais dos... vamos chamá-los de Obliterati por ora, já que a palavra obliteração é tão usada por vocês para denominar os eventos que eles provocam. No entanto, eles logo aprenderam um jeito de lucrar com essas pessoas.

"Eles as usam como escravos para aumentar a força de trabalho necessária para construir a esfera."

Eu respirei fundo.

– E por quanto... quanto tempo...? – tento terminar a frase, mas não consigo. Estou sem palavras.

– Mara trabalhou com eles por doze anos, Jorge – ela diz.

– Como vocês a retiraram de lá? – insisto na pergunta. Mas acho que já sei a resposta.

– Nós a retiramos de lá quando fugimos – ela explica.

– Este é um mundo Projetado de alguma espécie? Quero dizer... Você é... Oyasato-Yakata seria... – novamente não consigo falar.

Ela balança a cabeça em negativa.

– Não, mas quase. A tecnologia que usamos para abrir o portal e mantê-lo aberto é uma evolução do Leque que vocês usam em seu universo.

– Como a nave-sombra que vocês nos deram?

– Aquela nave é antiga para nossos padrões, na verdade. Mas é mais ou menos a mesma coisa. O importante é que o desenvolvimento da tecnologia de Leque tornou possível para nós a viagem no tempo... Não diretamente porque não é possível se deslocar em saltos dentro da mesma linha temporal. Só conseguimos fazer isso pulando para outras linhas temporais.

– Então vocês vêm de um universo alternativo?

Ela assente.

– E este aqui é seu universo natal – concluo.

– Não – ela responde. – Nosso universo natal é o mesmo da esfera. Você ainda não entendeu, não é? Os construtores da esfera somos nós. Nós somos os Obliterati.

·•◈•·

Ela só explica o resto para mim depois de reabrir o portal e voltarmos à segurança de Oyasato-Yakata. Lá, junto com o resto da minha tripulação, ela continua:

– Nós nos refugiamos em um universo intermediário, onde eles não podem nos encontrar. Lá, podemos usar superfícies planetárias, e foi lá que construíamos o Oyasato-Yakata. Nós usamos a tecnologia de projeção para mantê-lo aberto, mas nosso design é mais antigo que o deles, e por isso o gasto de energia é bem maior.

– Mas por que nós? – pergunto a ela. – Por que eles estão nos usando? E por que você está interessada em nós?

– A ecologia deles é instável – interrompe Idris. – foi por isso que eles começaram a construir a esfera.

– No início, todos concordamos – diz Naomi. – Era uma medida racional. Mas depois, os construtores concluíram que trazer matéria de outros sistemas estelares nos custaria muito, e a Terra não tem tempo de sobra.

– Quando começaram a fazer experiências com viagem no tempo e descobriram que não era preciso se preocupar com paradoxos, tudo se resolveu. Seu universo demonstrou ser o mais estável dentre os mais próximos ao nosso, então acho que isso responde à sua primeira pergunta. Quanto a por que estamos interessados em vocês...

"Vocês sobrevivem no caos. Seu povo aprendeu a viver com esta obliteração há décadas, e dominou diversas tecnologias que nós não possuímos. As Infecções Logos são apenas uma delas."

"Nós, o povo de Oyasato-Yakata, somos apenas uma minúscula

célula de muitos grupos de resistência. Viemos para oferecer a vocês sua liberdade. Viemos para trocar tecnologias. Viemos para oferecer ajuda e pedir ajuda contra essa onda de obliteração."

– O que exatamente vocês querem em troca? – pergunto a ela. Eu já havia esquecido toda a polidez do taarof.

– Eles podem nos dar a tecnologia de que precisamos para sair daqui – disse Idris.

·•◈•·

O Leque de Calabi-Yau era um constructo teórico quase um século antes de sua existência ser comprovada e de ser possível construir estruturas "de bolso" ao redor do mundo para resolver o problema da superpopulação, entre outras coisas. Ainda hoje, os exemplos de cidades como Chandigarh e São Paulo são lendários: pequenos prédios de conjuntos habitacionais que poderiam normalmente abrigar algumas dezenas de famílias chegaram a ponto de acolher 50 mil pessoas cada um, todas vivendo em bolsões n-dimensionais.

Então, nós já temos a tecnologia para fugir; precisávamos era da energia necessária para atualizá-la.

– Mas por que não podemos combatê-los? – pergunto, não só para Naomi, mas também para o resto da tripulação. – Por que precisamos abrir mão do nosso próprio universo?

– Eles não vão parar no seu universo – Naomi responde. – Eles vão tomar outros universos e melhorar o projeto original deles, construindo mundos-anel, *esferas de dyson* e todas as superestruturas que puderem inventar. E eles têm muita imaginação.

– Então – eu insisto – que garantias você pode nos dar de que nós realmente estaremos a salvo em outro universo quando vocês mesmos aparentemente ainda não estão?

– Nenhuma – ela admite. – Mas vocês podem nos ajudar a melhorar. E nós podemos fazer o mesmo com vocês. Fugir, reagrupar e pensar em um jeito de combater a onda.

·•◈•·

Uma coisa que aprendi com uma de minhas mães foi o conceito de Esforço Correto. Ela havia sido monja budista antes de conhecer minha mãe e se apaixonar por ela. Embora ela nunca mais pudesse voltar à sua vocação original, ela ainda praticava a Nobre Senda Óctupla, e me ensinou tudo o que pôde a respeito.

Resumindo, Esforço Correto é: você pode fazer algo acontecer simplesmente não fazendo nada. Às vezes inação é o melhor a fazer.

Ou não exatamente inação, mas deixar que as coisas sigam um determinado curso.

Como disseminar uma infecção.

Quando chegamos ao falanstério, passamos pela mesma rotina de sempre, incluindo uma lavagem completa para evitar qualquer germe desconhecido de origem alienígena (mas agora sabemos quem são de fato os aliens).

O que eles não sabem é que estamos trazendo conosco algo muito mais poderoso.

·⬥◈⬥·

Iniciamos os procedimentos de mergulho profundo dois dias depois.

Mara ainda está cansada demais para resistir, e, de qualquer maneira, não reagiria mesmo que estivesse bem disposta.

Eu mesmo executo o primeiro mergulho com ela e Idris. Dois dias depois, a terceira pessoa foi o capitão. Repetimos o processo tantas vezes quanto necessário até infectar cada membro da tripulação.

Infelizmente, isso foi mais do que Mara podia suportar. Durante o sétimo mergulho, seus rins começaram a falhar, e logo em seguida o sistema respiratório entrou em colapso. Tentei vários coquetéis para mantê-la viva. Não consegui.

Melhor assim, penso. Nunca pude conversar com ela sobre o tempo que ela passou lá, naquele futuro alternativo tão duro e difícil de compreender. O que mais ela teria visto além da esfera? Só aquilo já havia sido aterrador para mim.

Mas só aqueles fragmentos da mente dela são mais do que suficientes para comunicar às pessoas a necessidade de se fazer alguma coisa urgentemente. A necessidade e as habilidades básicas. O resto do treinamento, o povo de Oyasato-Yakata proverá.

Duas semanas mais tarde, os membros da tripulação se despedem. Cada um de nós sobe a bordo de uma nave diferente, na direção de diferentes refúgios ao longo do Braço de Orion.

Não posso me enganar achando que isto é o começo de algo. Mas talvez não seja o fim. Terá de ser o bastante por ora.

TUDO POR CAUSA DELA
LARISSA CARUSO

Prelúdio

Uma gota de suor brotou em sua testa e percorreu o contorno de sua face até alcançar a base da nuca. O clima quente e seco do planeta Tenri tornava a estadia de qualquer ser desagradável, mas este não era o motivo para seu desconforto. À sua frente, quatro autômatos apontavam suas armas para ele. Sabia que sua sorte um dia acabaria, e considerando a situação em que se encontrava, tinha certeza que aquele era o momento.

Ouviu passos à esquerda e focou seu olhar naquela direção. Uma criatura de pele esverdeada caminhava até ele, com um sorriso satisfeito em seus lábios. Possuía aproximadamente três metros de altura, com centenas de finos tentáculos nascendo de seu torso e terminando próximos ao chão. Imediatamente o reconheceu. Era aquele que havia transformado sua vida em um inferno.

– Finalmente te pegamos. Não seria tolo em subestimar sua inteligência, mas dessa vez tenho certeza: Você não tem escapatória. – afirmou o recém-chegado.

Estavam no topo de um estreito cânion. Só restavam escombros da cápsula ejetora que o auxiliara a escapar. À sua frente, o caminho era bloqueado pelos robôs e às suas costas, encontrava-se um enorme penhasco.

Sabia que o lugar não era propício para uma fuga dramática, nem serviria como um esconderijo adequado. Na verdade, sabia que a probabilidade de escapar daquele lugar com vida era de 15,03%. Apesar de ter obtido essa informação mesmo antes de deixar a nave Sonja, optou por confiar em sua sorte.

Agora, entretanto, começava a ponderar sua decisão. Determinado a não cometer outro erro, acionou seu olho biônico com um comando mental e iniciou uma análise detalhada da situação.

O inimigo se juntou aos seus subordinados mecânicos, observando-o com seus três enormes olhos triangulares.

– Você sabe o que queremos. Tudo que peço é que colabore. Depois que terminarmos, você poderá escolher dentre as melhores memórias existentes em nossa base de dados. Terá a vida que sempre sonhou. Nós lhe daremos uma nova identidade, sem restrições materiais.

O implante neural processou as informações recebidas pelo olho biônico – incluindo relevo, objetos, ferramentas e as características de seus inimigos. O denebiano observou enquanto palavras se formaram no canto esquerdo de sua visão.

Dezenas de possibilidades se dissiparam no ar, deixando clara a gravidade de sua situação. Finalmente uma das possibilidades piscou em vermelho, indicando probabilidade de 27,06% e índice de alta gravidade.

As variáveis eram muitas, seria um milagre se aquele plano realmente funcionasse.

Seria tudo ou nada.

Um pequeno sorriso apareceu em seu rosto.

Lembrou-se da mulher morena e alta sentada no balcão de seu laboratório, observando-o enquanto trabalhava. Mais uma vez viu aquele sorriso malicioso formando-se nos lábios carnudos que sussurravam seu nome como ninguém antes o fizera.

Era loucura, mas... o que ele não faria para ver aquele sorriso novamente?

Pensando bem, não fora seu inimigo que tornara sua vida um inferno. Ela o fizera, com seu charme.

Respirou fundo e acionou o controle mental que daria inicio ao seu plano suicida.

Tudo por causa dela...

1. Decisões

Algumas horas antes...

O denebiano observou a entrada triangular que o levaria até seu destino. Não parecia nada além de uma simples loja de entretenimento. Deu um passo para frente e respirou fundo. Apesar de ter interagido com aquele mundo diversas vezes, não conseguia deixar de sentir calafrios quando se aproximava. A voz adolescente do computador central o acolheu amigavelmente:

– Bem vindo, senhor Alvhert! A Amaril Entretenimentos esta feliz em recebê-lo! Contamos com os melhores simuladores virtuais. Você poderá alcançar seu maior sonho com um único pensamento. Estamos certos de que, com os produtos Amaril, sairá daqui satisfeito.

Sem delongas, ele cruzou o estabelecimento, caminhando em direção à seção de raridades. Lá, encontravam-se máquinas importadas de diversos planetas primitivos. Todas necessitavam de interação manual e utilizavam gráficos medonhos. Como era de se esperar, o local estava praticamente deserto.

Observou o arco que demarcava o inicio da área e pensou: *Aqui vamos nós*. Sentiu seu corpo formigar ao cruzar a entrada. Sabia bem o que acontecia. Suas moléculas se agitavam, desprendendo-se umas das outras enquanto eram transportadas para um novo mundo.

Uma luz esbranquiçada tomou sua visão e o tempo parou por milésimos de segundos. Instantes depois, a experiência havia acabado deixando para trás a familiar náusea da transferência molecular.

O barulho ensurdecedor dos comerciantes alcançou seus ouvidos. Ao examinar seus arredores, viu indivíduos de todos os tipos e espécies, exibindo os melhores produtos disponíveis. Balançou a cabeça negativamente, bloqueando as tentações oferecidas pelo Mercado do Buraco Negro.

Apesar de frequentar o mercado regularmente, nunca deixava de se impressionar com a variedade de itens que encontrava lá. Tudo que era de melhor (ou pior) poderia ser adquirido: desde drogas e sexo até tecnologia de ponta de equipamentos raros e ilegais, entre outras pechinchas.

O local situava-se em um recém-descoberto universo paralelo, cuja fenda interdimensional fora criada por cientistas não alinhados ao governo, graças a cálculos matemáticos além da compreensão comum e ao financiamento de piratas, mafiosos e contrabandistas para a construção dos tele transportadores necessários. A teoria havia se transformado em realidade, e o "Buraco Negro" como era vulgarmente chamado aquele novo universo, embora seu nome não tivesse paralelo algum com as características da singularidade homônima existente no centro da galáxia, tornou-se um ótimo esconderijo que dificilmente seria rastreado pela Confederação de Planetas da Via Láctea. Era uma terra sem lei além do universo conhecido, utilizada para os fins mais escusos e sórdidos imaginados.

Pequenos estandes flutuantes preenchiam a enorme praça onde se encontravam. Cad3a estabelecimento era decorado de uma maneira diferente. Alguns, mais ousados, usavam cores espalhafatosas e formas bizarras. Outros, mais tradicionais, preferiam tons de cinza com o logotipo colorido de sua loja fixado ao alto.

No céu lilás de poucas nuvens, animais nunca antes vistos voavam, enquanto plantas exóticas, ainda não completamente estudadas pelos poucos botânicos que se atreviam a visitar o novo universo, demarcavam o perímetro, perdendo-se na imensidão de lojas.

Ali, a morte era uma realidade, ocorrendo com certa frequência. E esse era exatamente o motivo pelo qual Alvhert sentia calafrios ao entrar no Mercado do Buraco Negro.

Era alguém caçado, que vivia como um fantasma, sem deixar pistas de seu paradeiro. Entretanto, estava cada vez mais difícil manter essa vida. E o motivo era ela. Gangues, mafiosos, criminosos, instituições governamentais. Todos queriam Dana.

A princípio, Alvhert não fazia questão de manter segredo. Era um inexperiente apaixonado, interessado em levar adiante sua obsessão. Contava a todos sobre a maravilhosa Dana. Somente quando o diretor do *Centro Avançado de Pesquisas de Alderon* apareceu em seu laboratório, exigindo informações detalhadas sobre Dana – o homem-polvo, como ele o chamava – foi que ele entendeu a gravidade da situação.

Imaginando os problemas que o alcançariam, decidiu fugir. No entanto, aqueles homens não estavam acostumados a serem contrariados.

No dia seguinte, sua imagem estava em todos os noticiários da galáxia. Fora intitulado um perigoso pirata tecnolita, interessado em criar guerra e destruição. Naquele mesmo dia, criaram a *Lei 33.07- Nano All*. Foi a primeira a explicitamente dar-lhes o direito a executar qualquer um que os desobedecesse, sem julgamentos.

E Dana?

Bem, ela foi considerada sua companheira de crime, extremamente perigosa e letal. Uma alta recompensa foi oferecida a qualquer um que trouxesse informações sobre seu paradeiro. Não estavam dispostos a medir esforços para chegar até ela.

De certa forma, Alvhert não se importava. Só de lembrar-se de todos os momentos que passaram juntos... De todo o carinho que compartilharam... Não. Não importava se o acusassem de matar o poderoso Sonar, o todo poderoso da galáxia, ele não os levaria até Dana.

Por esse motivo, Alvhert foi forçado a se limitar a uma vida ilícita. Agora, em seu tempo livre, se dedicava a venda de implantes fantasmas e softwares anti-controle neural. E este era o motivo para sua atual visita ao Mercado do Buraco Negro.

Acionou em seu implante neural o Módulo de Busca e Navegação, mapeando o local e todas as suas saídas. Existia somente uma: a entrada por onde viera. Marcou os lugares onde encontraria as peças que necessitava. Não queria enrolar. Tinha relatórios a analisar, experimentos a fazer... Tudo isso combinado ao inegável fato de ele não conseguia relaxar naquele lugar. Detestava multidões e aturava contato físico somente quando fosse extremamente necessário.

Em passos bruscos, caminhou dentre os amontoados de lojas. Naquele dia em particular, sentia-se observado, vigiado. Pensou em acionar seu transmutador facial, mas sabia que essa ferramenta seria inútil diante de uma análise detalhada, facilmente realizável por qualquer um por ali.

Paranoico, apertou o passo. Olhou para trás e viu que três pequenas criaturas suspensas no ar o seguiam. As asas translúcidas as auxiliavam a desviar dos transeuntes. Os olhos esbugalhados movimentavam-se em 360 graus ao redor de sua cabeça, observando a movimentação de todo o mercado. *É só sua imaginação, eles não estão te seguindo. Malurecs são criaturas pacíficas,* tentou se convencer, mas algo lhe dizia que este não era o caso.

Virou a esquerda de repente, para apaziguar suas dúvidas. Os malurecs continuaram a seguí-lo. O coração começou a bater acelerado. O que deveria fazer?

Novamente virou a esquerda, tentando voltar para a entrada do mercado. E foi então que se deparou com três brutamontes.

Todos tinham mais de dois metros de altura. Grandes pontas metálicas nasciam de seus ombros, terminando em afiadas lâminas. Vestiam uma armadura ao redor de seu torso e bacia, protegendo-os dos perigos imediatos. Um capacete oval cobria sua cabeça, deixando somente os olhos à amostra. Eram Gurhans, bravos guerreiros que se recusavam a usar armas de fogo para lutar. Entretanto, viu que um deles possuía uma pistola em sua cintura. Os tempos eram outros.

Antes que pudesse reagir, sentiu uma enorme mão agarrando o colarinho de seu traje e erguendo-o alguns centímetros do chão.

– Você deve algumas explicações pro meu chefe... – rosnou o grandão.

– Quem são vocês? – perguntou incapaz de esconder o medo em sua voz. Não estava acostumado com confrontos. Preferia a calmaria de seu cantinho isolado, com Dana ao seu lado.

– Eu sou alguém interessado em seu trabalho... – disse uma voz imponente, vinda de trás dos brutamontes.

O olhar de Alvhert focou na direção da voz, procurando identificar seu dono. Logo atrás dos Gurhans, viu uma criatura de pele acinzentada, com uma longa cauda. Possuía quatro membros superiores, todos em forma de garras. Um único olho, mais parecido com uma tiara fina e metálica, circulava sua cabeça horizontalmente.

– Bom, eu não faço negociações com pessoas que me tratam dessa forma. Quero os Gurhans longe de mim. – ordenou o cientista denebiano, tentando soar o mais altivo possível. Considerando o leve tremor em sua voz, sabia que falhara.

Apesar do sorriso zombeteiro em seu rosto, aquele que lhe dirigira a palavra fez um sinal afirmativo para seus homens. Imediatamente, o Gurhan o soltou, fazendo-o cair no chão.

Transeuntes começaram a murmurar e observar com curiosidade. A agitação da multidão não parecia afetar nenhum deles além de Alvhert. Havia uma atmosfera de medo no ar, como se todos compartilhassem um segredo que o denebiano desconhecia.

Após levantar-se, ele pigarreou e novamente torceu para que sua voz parecesse confiante:

– Muito bem, agora que resolvemos aquele pequeno problema, peço que se apresentem. Não lido com estranhos.

Um dos Gurhans começou a rir e os outros seguiram seu exemplo. O sorriso do chefe tornou-se ainda maior. Ele estava se divertindo.

– Ele realmente não te conhece, chefe. – comentou o grandalhão que o interceptara.

Os comerciantes da região sutilmente mudaram a localização de suas lojas, deixando um espaço vazio onde eles estavam. Imediatamente Alvhert concluiu que estava certo em temer por sua segurança. Aquele indivíduo deveria ser alguém poderoso.

– Perdoe-me pela falta de boas maneiras. Deixe que me apresente... Sou Maltier.

O nome lhe soou estranhamente familiar. Novamente acessou seu implante e procurou por alguma informação que estivesse relacionada às características faciais daquele individuo. Em questão de segundos, acessou detalhes que haviam sido registrados, porém ignorados por seu cérebro. Viu uma cena que vivenciara no passado sendo reprisada em sua mente e notou que, apesar de não ter prestado atenção na ocasião, a imagem tridimensional da jornalista que anunciava as últimas noticias em certa ocasião vieram a tona. Era a lista dos dez indivíduos mais procurados da galáxia. O terceiro lugar era ocupado por Maltier, líder do movimento extremista Liberdade Sem Limites.

Novas imagens a respeito dele invadiram sua mente, mostrando informações antes perdidas em seu subconsciente.

Através da rede de dados pública da Via Láctea, acessou diversas narrativas da imprensa acusando o grupo extremista de violência gratuita e terrorismo. Em alguns casos, eles haviam assumido a responsabilidade. Em outros, os mais violentos, ninguém havia assumido qualquer tipo de participação.

A bomba no cassino mais famoso de Marte era um bom exemplo daquilo que o grupo fazia. Na ocasião, acabaram por matar diversos líderes importantes que se reuniam para discutir a política da galáxia.

Levavam a sério a questão do "sem limites". Faziam de tudo para mostrar à Confederação e a todos aqueles que a apoiavam o grave erro que cometiam. Para eles, o cenário ideal era a anarquia, o caos.

– Olhar vago, pupilas levemente dilatadas, espasmo muscular involuntário... Então, usa um implante neural também? – questionou Maltier.

Alvhert meneou a cabeça afirmativamente, ainda incapaz de formular palavras. Percebendo o nervosismo do cientista denebiano, Maltier continuou:

– Irei direto ao ponto. Gostaria de encontrar com Dana.

Um burburinho iniciou entre os Gurhans. Alvhert pôde ouvir a palavra que tanto temia: Dana. Eles sabiam.

– Como...? – o denebiano começou a indagar, mas foi interrompido.

– Sim, sim. A bela Dana. Quem não a conhece hoje em dia?

Admito que já sabíamos de sua existência mesmo antes dos palhaços do Centro Avançado de Pesquisas lançarem suas informações em todos os sistemas públicos e iniciarem uma busca pesada por ela.

Dando os ombros e suspirando, Maltier continuou:

– Sabe, diferente dos porcos da Confederação, não tenho o interesse em acabar com ela. Minha missão é outra...

– Sim. Sua missão é acabar com a galáxia através do caos e da violência. E para isso, precisa que Dana o ajude. - Alvherrt disse, interrompendo-o.

Os Gurhans pareceram surpresos com a ousadia do denebiano, mas ele os ignorou. Estava cansado disso. Estava cansado de pessoas que o procuravam para chegar até Dana. Era sempre a mesma coisa: eles a queriam para seus próprios fins, diferente de Alvhert que a amava pelo que ela era.

– Ah. Vejo que foi bem informado por seu implante neural. Realmente acredita em tudo que vê Sr. Alvhert?

O denebiano franziu os lábios, sem saber como responder aquele tipo de pergunta. Pensou em uma resposta sarcástica, mas Maltier continuou com seu discurso:

– Não me interessa saber o que pensa de mim. Ela representa uma grande ameaça para a Confederação e por isso, eu a quero. – os olhos de Maltier brilharam em vermelho. O cientista denebiano não sabia se aquilo era bom ou ruim. Suas pernas decidiram por tremer, interpretando da pior maneira possível.

Talvez a melhor coisa a fazer fosse entregar Dana a eles. Ela saberia como lidar com uma situação como esta. Talvez já estivesse pronta para agir e... Seus pensamentos foram interrompidos pelo belo sorriso da morena, inclinando-se próxima a ele enquanto observava seu trabalho. Pensou em todos os planos que traçaram juntos...

Uma enorme coragem cresceu dentro de seu peito. Não. Não poderia entregá-la desta forma. Nunca havia se sentido tão feliz como desde que entrara em sua vida. Sabia o que ela representava e sabia que suas ações seriam revolucionárias. Mesmo assim, não queria ver-se sem sua bela morena.

– Sinto que perderam a viagem.

O Gurhan a sua direita deu um passo para frente, encarando-o. Em um tom ameaçador, disse:

– O chefe nunca perde a viagem. – Ao rosnar, seus enormes dentes afiados pareceram saltar de sua boca.

Maltier se aproximou ainda mais do denebiano. De um jeito

descontraído, apoiou uma de suas garras contra o ombro de seu subordinado. Ele tinha um sorriso calmo em seu rosto, como se não tivesse dúvidas que conseguiria aquilo que desejava.

– Veja só, caro cientista. Eu só busco um mundo melhor, mais nada. O sacrifício de alguns justifica o bem da galáxia.

Alvhert ponderou as palavras do líder e lembrou-se das primeiras palavras que Dana havia lhe dito. Sentiu um calafrio formar-se em sua espinha ao pensar que ambos possuíam algo em comum fora a luta pela liberdade. O fim justifica os meios, ela havia lhe dito.

Seria esse o destino de Dana? Juntar-se a um grupo extremista e, com a ajuda de Alvhert, transformar uma sociedade organizada e, independente de qualquer coisa, pacífica em um universo caótico e destrutivo?

Não. Ele não queria isso. Tudo que queria era que a galáxia novamente saboreasse a liberdade que um dia tivera. Gostaria que esse controle abusivo e absoluto fosse rompido, oferecendo novamente o livre arbítrio aqueles que viviam sob o comando da Confederação.

Franziu os lábios, decidindo qual seria seu próximo passo.

Utilizando o implante neural, examinou as alternativas de fuga que começaram a aparecer em sua visão. Suas opções não eram boas. A melhor probabilidade de escapar que possuía – com 17,87% de chance de sucesso – era se render e aguardar por opções futuras. Ele riu mentalmente, sem acreditar na opção contraditória que o módulo de fuga lhe oferecia.

Apesar do furo em seu plano A, tomou coragem para enfrentar o extremista e seus capangas.

– Certo. A Dana não está disponível. – respondeu, pegando a arma da cintura de um dos grandões e pressionando contra sua têmpora.

Não gostaria de acabar com a sua vida, mas o faria se fosse para proteger Dana e a galáxia dos perigos que aquele grupo representava.

Maltier soltou uma risada sem graça, levando as mãos para o alto. Os Gurhans rosnaram, dando alguns passos para trás. Era uma boa ameaça já que todos estavam atrás de informações existentes em seu cérebro, mas só a usaria em último caso. Não queria morrer, não quando Dana ainda precisava dele.

Seu coração bateu acelerado, iniciando uma busca avançada de rotas de fuga. Aumentou o perímetro de seu olho biônico, procurando por alguma alternativa.

– Calma, calma. Estamos aqui para conversar.

– Eu descobri como são essas conversas depois que a Confederação veio atrás de mim. – ficou surpreso com a firmeza em sua voz, apesar da ansiedade que sentia dentro de si.

– Então... Temos um inimigo em comum. Você possui uma belezura em suas mãos, algo que poderá nos livrar uma vez por todas desse universo controlado.

– Antes a galáxia era um caos, afinal conflitos nasciam em todos os cantos e os planetas insistiam em usar força bruta para subjugar seus inimigos. Isso só acabou com o estabelecimento da Confederação, que pôs fim aos conflitos na Via Láctea. Sei que muitos, assim como vocês, criticam o sistema. Eu sou um deles. Não concordo com o controle excessivo exercido sobre tudo e todos. Entretanto, trazer o caos de volta não é o propósito de Dana.

– Então, por favor, diga-me qual seria o propósito dela.

Um bip soou em seu ouvido e o indicador em sua visão apontou para algo à direita. Imediatamente focou sua atenção naquela direção e viu um indivíduo dirigindo uma moto-hover. Foi então que percebeu do que se tratava. Uma enorme agitação se iniciou entre os comerciantes e, como fumaça, as lojas começaram a desaparecer do perímetro. Vendedores e compradores, sem exceção, correram de um lado para o outro, procurando se afastar do indivíduo motorizado. Poucos metros atrás do veículo, dezenas de autômatos marchavam, suas armas dinamicamente selecionando potenciais alvos. Todos possuíam o emblema da polícia confederada.

– Merda! – gritou Maltier. O denebiano não foi o único a notar a companhia indesejada. A Confederação havia descoberto a localização do Mercado do Buraco Negro.

Viu um dos autômatos focando sua visão eletrônica para si e tremeu. Segundos depois, todos os robôs se viraram, prontos para atirar. O líder, provavelmente um sargento, grunhiu algumas ordens, apontando para Maltier e para o cientista denebiano em seguida. Ele havia sido encontrado.

Disparos lasers voaram na direção do grupo. Maltier acionou uma barreira translucida que os defletiu temporariamente. Os Gurhans se prepararam para contra-atacar, sacando armas brancas e de fogo. Alvhert balançou a cabeça. Eram dezenas de autômatos, nem mesmo os melhores sistemas de defesa os salvariam daquela emboscada.

Alvhert levou sua visão biônica na direção da entrada do mercado, procurando por maiores detalhes. Xingou mentalmente. Estava bloqueada por diversos policiais confederados. Não havia escapatória. Só lhe restava fazer o óbvio: correr. Sabia que seu plano era estúpido, mas não podia deixar que a localização de Dana acabasse nas mãos do governo.

Aproveitou que seus inimigos estavam distraídos e começou a correr. Ouviu os Gurhans uivando atrás de si, preparando-se para batalha. Percebeu que alguém o perseguia e virou-se para observá-lo. Maltier se aproximava com velocidade, sua imponência reduzida ao medo de ser pego.

– Eu posso te tirar daqui, – disse ele ao cientista, sem parecer se importar com seus subordinados que ficaram para trás a fim de defendê-lo – Vamos. Aceite minha trégua. Conversaremos mais sobre Dana e eu lhe mostrarei que não sou o monstro que imagina.

Sentiu disparos lasers atingindo seu corpo e se dissipando, sendo bloqueados pelo escudo invisível que envolvia seu traje. Através de um relatório mental que se formava em sua visão, notou que a capacidade da ferramenta de proteção já estava em 80%.

Pensou na oferta de Maltier e sentiu uma pontada em seu coração. Mesmo que não fosse o vilão que imaginava que era, Dana não estava pronta para agir em prol da liberdade. Eles se decepcionariam se ele a entregasse. Não daria conta do propósito tão almejado pelos extremistas.

Alvhert lembrou-se da última vez que falara com Dana...

·•◈•·

– Tenho minhas dúvidas se você está pronta para agir.

– Eu nasci para isso – disse Dana, com sua voz suave, fitando o denebiano com seus olhos amendoados. – Além do mais, você foi um ótimo professor.

– A Confederação mandará agentes de todos os cantos atrás de você no momento em que você se revelar para a galáxia. Isso é algo que temos que fazer com cautela. Acho melhor você continuar escondida, até o momento oportuno.

– É você quem sabe. Estou em suas mãos, Alv... Sempre estive.

O cientista derretia-se quando ela o chamava por aquele carinhoso apelido. Aliás, ela era a única que o chamava assim. Nem em Deneb ou em qualquer outro canto da galáxia alguém o tratava tão afetuosamente como ela o fazia.

Ele teve vontade de agarrá-la em seus braços e senti-la toda em si. Mas não podia fazer isso. Desviou os pensamentos, contendo-se. Olhou para ela pela última vez e despediu-se, prometendo retornar assim que pudesse. Ele realmente a amava mais que tudo, mas temia só em pensar se ela seria capaz de correspondê-lo.

·•◈•·

Assim que a memória deixou seu vazio costumeiro, Alvhert sentiu-se envergonhado por mentir para Dana, Maltier e para si mesmo. Ela era perfeita para esta missão e certamente estava pronta. Sabia disso. O que fazia com que hesitasse eram o ciúmes, a possessividade.

Dana mudou sua vida. Para alguém tão ligado a seres inanimados, sem emoção e sem sentimentos, nunca pensou que amaria tanto uma mulher como aquela. Achou impossível ficar tão envolvido com ela. A princípio, aquilo não passava de uma relação de negócios. Juntos, alcançariam um objetivo em comum: a liberdade da galáxia. Agora, entretanto...

– Eu não posso entregá-la – respondeu em um tom trêmulo. Tinha certeza que se tivesse um espelho para observar seu reflexo, veria olhos desesperados. Ela era tudo que ele tinha.

– Você não pode morrer por ela! Não percebe o que Dana representa para a galáxia? – perguntou Maltier, seus olhos tornando-se vermelhos novamente. A fúria que exalava dele era intimidadora.

Viraram à esquerda, cruzando algumas lojas abandonadas. Notaram que diversos comerciantes corriam na direção oposta, com armas poderosas em mãos. A coragem dos Gurhans os contagiara, e agora estavam determinados a lutar por seu espaço.

Alvhert imaginou o mesmo acontecendo com diversos povos graças à liderança que Dana proporcionaria, caso ela fosse entregue a ele. Pensou no perigo que ela correria e balançou a cabeça, amedrontado.

– Não posso! – gritou ao alcançar um cruzamento. Hesitou por alguns segundos e escolheu uma direção randômica para seguir.

Maltier segurou seu punho e o puxou para o caminho da direita.

– Por aqui. – ordenou, ditando o passo da corrida muito além daquele que o cientista conseguia suportar.

Novos disparos atingiram seu escudo pessoal, diminuindo a capacidade em 20%. Ao olhar para trás, deparou-se com o sargento da polícia confederada, seguindo-os com sete autômatos. O policial usava seu tíreo enquanto os robôs o seguiam com motores propulsores em sua cintura, voando em alta velocidade.

Apesar da grave situação em que se encontrava, o cientista os invejou, imaginando quando o traje que vestia, outro de seus inventos, se tornaria estável o suficiente para ser acionado sem perigo. Pensou que aquele seria o momento para testá-lo, mas optou por não fazê-lo.

– Aceite, Alvhert! – disse Maltier. – Não vê o quão séria é a situação em que nos encontramos? Eles controlam nossas vidas, nossos negócios e nossas mentes. Somos tão presos e tão sem vida quanto aqueles robôs!

Só então o cientista notou que Maltier ainda falava com ele.

– Esta é sua última chance, ou eu vou te largar aqui. – ameaçou o líder extremista.

Não sabia se estaria melhor com a polícia confederada ou com um bando de foras-da-lei malucos. Mas para vê-la novamente, Alvhert faria qualquer coisa. Ele respirou fundo e respondeu:

– Tudo bem. Eu vou com você.

Maltier suspirou aliviado, e seus ombros relaxaram consideravelmente. Ainda segurando Alvhert, ele o guiou para o estreito caminho entre duas lojas flutuantes. Corriam em direção a uma enorme parede de metal, parcialmente coberta por trepadeiras douradas e prateadas. Maltier continuou, sem hesitar.

Os olhos do cientista se arregalaram. Acionou seu implante neural, procurando entender do que aquilo se tratava. Não encontrou informações relevantes. Ao que tudo indicava, era uma simples parede de metal. Tentou se libertar das garras do líder extremista, mas ele o segurou com mais força e continuou correndo.

– Para onde vamos? Não tem saída! – Alvhert gritou, deixando que o desespero o dominasse.

– Confie em mim!

– Meu implante indica que não existe nada além de uma parede.

– Eu sei o que estou fazendo.

Alvhert fechou os olhos e aguardou o impacto que estava certo que viria. Tudo que sentiu foi uma sensação de formigamento em seu corpo enquanto suas partículas se agitavam erraticamente.

A familiar náusea embrulhou seu estômago, fazendo-o cambalear.

Procurou por algo para se apoiar, abrindo os olhos aos poucos. Viu-se no meio de um enorme deserto. Quilômetros em todas as direções se resumiam na mesma areia esbranquiçada. Um sol branco reluzia no céu, tornando a temperatura extremamente alta e desagradável.

– O que acont...? – o cientista começou a questionar, mas Maltier o puxou para que continuassem andando.

Alvhert tentou acompanhá-lo, mas sentia-se fraco demais. A náusea se tornou mais forte, fazendo-o levar uma mão à boca. Cambaleou novamente e caiu de joelhos no chão, vomitando. O líder extremista esperou, pacientemente.

– Entendo a fragilidade de algumas raças perante uma improvisada transferência molecular nível B4, mas não temos tempo a perder.

Acionando seu implante, Alvhert procurou descobrir onde se encontrava. O aparelho retornou as informações sobre o local, indicando que estavam no meio do deserto Nerfatis, no planeta Methusah, de volta ao universo conhecido. Era um lugar desolado, esquecido por todos, inclusive pela Confederação. Possuía uma única cidade central há 570 quilômetros a noroeste. Fora isso, existia alguns poucos vilarejos perdidos no mapa, sem informações disponíveis para navegação.

– Ninguém vai nos achar aqui.

– Creio que está enganado, meu caro cientista. Usamos uma das versões antigas do portal interdimensional, criadas por cientistas como você, mas deixadas de lado. A princípio, a intenção deles era usar pods de teletransporte para que pudessem servir como base de transferência. Acionando as coordenadas corretas, o individuo seria transportado para o portal interdimensional e em seguida para a dimensão paralela onde o mercado se encontrava. Sendo assim, só precisariam construir um único portal que possuísse o mapeamento de todos os pods. A ideia, entretanto, mostrou-se infrutífera. Foi abandonada em substituição das atuais fendas.

– Mas por que meu implante foi incapaz de visualizar esse portal?

– Porque ele foi camuflado. Uma estratégia, caso as fendas interdimensionais que utilizamos atualmente fossem descobertas pela Confederação.

– E o que tudo isso implica? Qual é a pressa para sairmos daqui?

– Ao usar o portal interdimensional ligado à antiga tecnologia de teletransporte, os cientistas cometeram alguns deslizes técnicos. A Confederação conseguiu rastrear as oscilações energéticas causadas pela abertura dos portais e com isso identificavam as coordenadas daqueles que transitavam entre os dois universos.

Alvhert sentiu seu corpo enfraquecer novamente. Se aquilo era realmente verdade...

– Então, eles sabem onde estamos? – perguntou, desesperando-se. Aquilo era bem pior do que ele imaginava.

– Sim.

– Ótimo. Maravilha. – murmurou o cientista, forçando-se a levantar.

Não estava mais satisfeito com o conselho que seu módulo de fuga lhe dera. Sua decisão havia sido um grande erro.

2. Trégua

– Fomos transportados para um pod randômico no sistema planetário Ezerne-42. Demos sorte, eu conheço bem esse lugar. Tem um vilarejo aqui perto. – anunciou Maltier – Seguiremos naquela direção. Conseguiremos um meio de sair desse planeta.

Levando uma mão a cabeça, Alvhert se perguntou em que situação Dana o metera. Continuaram caminhando e um pequeno vulto negro cresceu no horizonte, alguns quilômetros à frente. Acionando seu olho biônico, ele examinou com detalhes para onde o líder extremista pretendia levá-lo.

O lugar parecia mais uma sucataria do que um vilarejo. Restos de naves, móveis, aparelhos tecnológicos e outros itens desconhecidos rodeavam alguns barracos metálicos que Alvhert assumiu servirem de moradia para os habitantes.

– Você conhece alguém lá?

– Sim. Dois indivíduos que me ajudam com reparos. São de confiança. Eles me salvaram uma vez e desde então eu procuro um meio de retribuir o favor, mas ao invés disso, sempre acabo por precisar da ajuda deles por um motivo ou outro.

O silêncio se acomodou, tornando a viagem deveras agradável para Alvhert. Pensou sobre seus próximos passos. Sabia que não tardaria até Maltier voltar a tocar no assunto que os unia.

– Por que hesita tanto em compartilhá-la? – perguntou seu companheiro de viagem, interrompendo o precioso silêncio.

Alvhert franziu o cenho, ponderando a pergunta. Como explicar para um indivíduo que lutava por uma galáxia melhor, mesmo que de seu jeito, que o real motivo era nada além de amor e possessividade? Pressionou os lábios e respirou fundo, procurando pelas palavras certas.

– Ela não está pronta – respondeu. – E, além disso, falta a decisão de qual grupo devemos apoiar.

– Então o real propósito de Dana sempre foi desestruturar a Confederação? – seus olhos brilharam em um tom azulado, combinando com a empolgação em sua voz.

O cientista sentiu-se encurralado pela pergunta. Nunca pensara a respeito. Tudo acontecera tão... naturalmente. Lembrou-se do dia em que a tocou pela primeira vez. As mãos tremiam de ansiedade e sequer conseguia piscar enquanto a encarava. Era como se tivesse sonhado com aquele momento durante toda sua vida.

– Na verdade, minha motivação foi o desafio que Dana representava... Ela sempre imprevisível, incontrolável. Aquela perspectiva me excitava. Foi somente quando o pessoal da Confederação me procurou pela primeira vez que entendi o que ela poderia representar para a nossa galáxia.

– Com todo respeito... Mantê-la para si próprio não é nada menos que um crime contra os habitantes de nosso universo. Se não deixar que siga seu próprio caminho, logo tudo o que ela representa será deixado de lado. A Confederação acabará com ela, antes que você perceba!

Alvhert sentiu seu sangue ferver. Encarou aquele que andava ao seu lado e com firmeza retrucou:

– Dana nunca se tornará inútil. Se entendesse exatamente a situação, saberia que isso é impossível! A menos que... – pausou, tentando controlar a intensidade de suas emoções. Ainda sim, a voz soou passional ao continuar – Não há como controlá-la. Ela é audaciosa demais.

Maltier permaneceu em silêncio, apenas permitindo que o cientista lhe contasse seus segredos.

– Talvez seja por isso que a Confederação tema pela sua existência. Eles não sabem se serão capazes de neutralizá-la sem a minha ajuda. Por isso que eles estão atrás de mim. Eles querem controlá-la a partir dos meus planos, de nossa aliança e de tudo que podemos conquistar juntos. Comigo em suas mãos, ela ficaria vulnerável. E do jeito que ela é impulsiva, talvez até tentasse me salvar, acabando por se expor por minha causa...

– Pelo visto querem você para usar aquilo que sabe para

acabarem com ela. Você não possui algum outro registro daquilo que sabe, fora o que se encontra em suas memórias?

– Mas é claro que não. Destruí todo e qualquer registro! Eu não arriscaria Dana desse jeito. Quero que ela alcance a grandeza que merece.

Maltier riu ao ouvir as palavras de Alvhert, fazendo-o sentir-se um tolo apaixonado. Abaixou a cabeça, fitando a infinita areia branca que os rodeava. Perdeu-se em seus pensamentos e o companheiro de viagem o respeitou, mantendo-se em silêncio. Cada vez mais Maltier o impressionava com seu jeito contido e paciente.

Mal notou quando chegaram ao vilarejo. Era tão pequeno que nem sequer registrava em seu módulo de navegação. As poucas moradias, cerca de quatro ou cinco, eram feitas de restos de espaçonaves. Usavam asas corroídas pela ação do tempo como tetos, cascos como cômodos e algumas placas de células solares como geradores parciais de energia.

Um pequeno contêiner com o símbolo da Confederação encontrava-se entre duas das casas. Símbolos e letras se mesclavam, indicando o número de lote, e logo abaixo, havia uma inscrição que dizia: RAÇÃO SINTÉTICA.

A maioria dos adultos cuidava das crianças e dos animais miseráveis que insistiam em sobreviver. Todos eram humanoides, com a pele extremamente negra e lustrosa como o casco de um besouro. Os cabelos longos variavam entre branco e tons de loiro escuro, realçando os olhos avermelhados. Possuíam quatro braços musculosos com três longos dedos em cada mão.

Não existia nenhuma diferença aparente entre os gêneros. O que o fazia capaz de ditar a diferença entre os sexos era o bracelete que usava.

Uma criança correu em direção aos dois com uma expressão que o cientista julgou ser algo próximo de um sorriso. O cabelo estava preso por diversas tranças e usava óculos de mecânico para proteger seus olhos. Maltier inclinou-se para frente, abraçando-o assim que ele se aproximou.

– Aiden, como você cresceu! – exclamou, parecendo honestamente surpreso.

– Também, né, faz tempo que você não vem aqui. – choramingou o garoto de um jeito infantil.

– Eu sei, eu sei. E nem trouxe nada para vocês hoje. Desculpe.

– Pai, pai, olha quem tá aqui. – ele chamou, correndo em direção a casa em melhores condições.

O pai do garoto fazia reparos em uma nave velha, encostada ao lado da casa. Ele interrompeu seu trabalho ao ouvir as palavras do filho e pulou do disco flutuante que usava para alcançar as partes mais altas.

– Maltier, Maltier. Sabe que suas visitas nunca são bem-vindas. Elas sempre vêm acompanhadas de problemas. – apesar das palavras duras, o rosto do homem-besouro expressava carinho pelo líder extremista.

– Charto, e novamente tem razão. Gostaria de podermos ficar para conversar, mas estamos com pressa hoje. – E em um tom mais sério, perguntou – Vocês ficarão bem por mais algum tempo?

– Ah, sim. Ainda temos bastante da que você nos trouxe – Charto apontou em direção ao contêiner de ração sintética.

Alvhert notou que o menino o observava e ficou sem graça. Não sabia como agir perante os mais jovens. Dificilmente seria uma boa companhia para alguém tão cheio de vida.

– E quem é o seu amigo? – perguntou o homem-besouro.

– Alvhert Stein. – assim que terminou de pronunciar o nome, Aiden deixou escapar um som que o cientista interpretou como admiração, a julgar pela expressão em sua face.

– O pirata tecnolita que a Confederação está procurando em toda galáxia? Ele está entre os dez mais caçados! E onde está sua comparsa, a famosa Dana? – Charto engasgou ao perguntar, incapaz de conter sua surpresa e medo.

Alvhert piscou surpreso. Não imaginava que Dana havia se tornado tão conhecida a ponto de saberem de sua existência mesmo em um fim de mundo como este. Preparou-se para explicar a situação, para inventar uma desculpa ou talvez mentir. Assim que fez menção de falar, Maltier fez um leve gesto negativo com a cabeça, e ele se calou.

– Ele mesmo – prosseguiu Maltier. – E precisamos de um favor. Algo que nos tire daqui à moda antiga.

– Uma nave? – perguntou o garoto, empolgado.

– Bom... Eu tenho a Sonja... – ele apontou para a lata velha que estava consertando – Mas ela não possui nenhum tipo de tecnologia para navegar pelo hiperespaço. Seria realmente uma viagem à moda antiga.

– Ela ao menos voa? – perguntou Alvhert, duvidoso.

– Claro que sim! – para surpresa do cientista, foi o garoto quem fez essa afirmação. – Fui eu quem adaptou os propulsores dela. Ela tem um R28 turbo com o motor Lanu-012 e capacidade para alcançar velocidade superior a uma nave Águia 02. Ou seja, sub-luz.·.

Arqueando uma sobrancelha Alvhert fitou o pequenino, curioso. O pai, orgulhoso, acariciou a cabeça do menino:

– Eu sou o ajudante dele. – possuía um sorriso em seu rosto, como se tivesse fazendo uma piada, mas não deixou claro se aquele era realmente o caso.

Um bip soou em seu ouvido, longo e agudo. Sentiu um arrepio percorrer seu corpo antes mesmo de descobrir do que se tratava. Em sua visão, o relatório indicou a aproximação de uma nave confederada. Acionou seu olho biônico na direção da ameaça e verificou os detalhes. Sentiu a tensão crescer em seus músculos. O símbolo da Confederação encontrava-se do lado direito da nave armadora.

Estavam sendo caçados.

– Temos que sair daqui, agora. – disse Alvhert com urgência.

Maltier o fitou com um olhar questionador e o cientista acionou o projetor 3D de seu olho biônico. Uma luz esbranquiçada acendeu na retina cibernética, mostrando a imagem da nave inimiga para todos os presentes.

Com o auxílio de Charto, subiram a bordo de Sonja e se instalaram na cabine principal. O garotinho Aiden se aproximou do líder extremista – e agora o piloto – dando-lhe instruções de como operar a nave. Ao se despedirem, Maltier cutucou Alvhert e sussurrou:

– Diga algo inspirador para o garoto. Ele te admira, não notou?

– Hã? Eu? – o cientista perguntou surpreso.

Nunca havia lidado com esse tipo de coisa. Seu trabalho ilícito não deveria ser exemplo para uma criança.

Não sabia o que dizer. Pigarreou, desviando a atenção para um ponto qualquer. O garoto ainda o observava em silêncio, como se esperasse por algo. Suspirando, improvisou:

– Humm... Não deixe que a Confederação te engane, faça a diferença, garoto!

Maltier arqueou a sobrancelha e um pequeno sorriso zombeteiro apareceu em seu rosto. Aiden pareceu gostar do simples discurso, pois vibrou e concordou. Charto agradeceu com o olhar, e levou seu filho para longe.

3. Desvantagem

Os propulsores de Sonja grunhiram e engasgaram ao serem acionados. Alvhert prendeu a respiração, esperando pelo pior. Para sua surpresa, a nave decolou apesar da turbulência. Como copiloto, ele acionou o radar principal.

Toda a vantagem que conseguissem seria pouca, se comparada aos equipamentos que a nave da Confederação possuía. Para confirmar seus pensamentos derrotistas, o painel de controle de Sonja piscou em vermelho e o alarme soou. O inimigo estava próximo.

– Eles nos encontraram. Estão vindo em nossa direção. Serão capazes de travar a mira das armas em... – observou o relatório que se formava na tela da nave e o leu –...dois minutos e vinte e sete segundos. Três e dez para o canhão de plasma.

– Pode confirmar a existência do canhão de plasma? – perguntou Maltier, com a mesma calma de sempre.

– Sim. – acionou uma câmera auxiliar encontrada na retaguarda da nave que mostrava um pequeno cano com uma luz esverdeada em sua extremidade.

– Temos que sair do planeta – afirmou o óbvio.

Maltier acionou o turbo do R28 instalado pelo pequenino gênio. A nave deu um tranco e aumentou a velocidade em seguida. Sonja foi disparada como um foguete, cruzando a atmosfera e continuando na direção oposta da enorme estrela branca do sistema planetário.

O cientista sentiu uma pontada de esperança em seu coração. Talvez não fosse uma situação perdida. Talvez houvesse uma chance para eles... E para Dana.

Comemorou rápido demais, entretanto. Uma luz esbranquiçada envolveu a nave negra da Confederação. Antes que pudesse piscar, ele os viu novamente ao lado de Sonja. Haviam pulado o espaço percorrido pelo R28 turbo em questão de milissegundos.

Um pequeno retângulo azul que dizia *Pedido para abertura de comunicação* piscou no canto do painel. Maltier digitou alguns comandos rápidos, aceitando a transmissão. Um vídeo de baixa definição apareceu do lado direito da tela principal, exibindo a imagem de alguém que o cientista conhecia bem: o homem-polvo.

– Vocês não pretendem nos desafiar com esse pedaço de lixo, não é? Não há escapatória. É melhor que se rendam.

O líder extremista riu.

– Alguma vez eu já desisti sem lutar? – perguntou e em seguida, gritou com fúria – PELA LIBERDADE DA GALÁXIA, SEU PUTO!

Desconectou o canal de comunicação e virou-se para Alvhert, informando-o:

– Não conseguiremos escapar. Precisamos lutar. Você é o piloto a partir de agora. – E ainda fitando-o, sentou-se na cadeira de comando bélico.

Diferente da maioria das naves armadoras, Sonja não possuía um capacete intraneural, que possibilitava o controle de armas de fogo através de comandos mentais. Ao invés disso, existia um controle manual que permitia o disparo através de um botão vermelho e o direcionamento através da movimentação de uma alavanca em seu eixo principal.

– Certo. Vamos lá, bonitona. – ele disse, segurando a alavanca com ambas as mãos e estalando o pescoço.

Depois que Maltier se acomodou, o assento começou a abaixar, levando-o para outro lugar. O esqueleto da nave apareceu na tela principal, mostrando que ele agora se encontrava na cabine de controle externa, logo abaixo da sala de navegação. Automaticamente a nave abriu o canal de comunicação central, permitindo que ouvissem um ao outro.

O inimigo estava se aproximando mais rápido que o previsto, indicando que logo travaria sua mira em Sonja. As armas de maior alcance eram os lasers, o que não o preocupava. O escudo seria capaz de detê-las por um bom tempo.

– Lá vamos nós... – ouviu Maltier murmurar antes de acionar o primeiro disparo.

Através da câmera instalada na retaguarda, foi capaz de ver os tiros laser sendo lançados contra a nave inimiga. Ao se aproximarem do casco negro do oponente, eles se dissiparam contra seu escudo defletor.

Uma mensagem apareceu no painel principal, indicando que estavam sob a mira da nave da Confederação. Antes que pudesse avisar o companheiro, sentiu o leve tremor dos raios lasers atingindo Sonja. O escudo havia bloqueado a tentativa. Imediatamente, o computador atualizou a capacidade do defletor para 85%. Os olhos do cientista se arregalaram.

– 85% do escudo sobrando! E esse foi só o primeiro disparo, Maltier!

– E você está surpreso?

– Mas... – começou a argumentar, porém o líder extremista o interrompeu.

– Quanto tempo até o canhão de plasma? E quantos disparos lasers nós ainda aguentaremos?

Alvhert digitou os comandos para que o computador calculasse o tempo estimado. Seus dedos tremiam, constantemente apertando as teclas erradas. A mensagem *Comando Inválido* piscou na tela, indicando seu fracasso. Xingou alto e deu um chute no console. Felizmente, ele não tinha força o suficiente para causar danos memoráveis ao computador.

Maltier começou a rir.

– Do que você está rindo?

– Olhe para a câmera.

Alvhert obedeceu e o terror o dominou. Viu uma enorme rajada esverdeada vindo em direção à nave. Imediatamente, iniciou uma sequência de comandos para reverter 60% da energia para os escudos defletores. Em seu desespero, sequer notou a leveza de seus dedos e a rapidez de seu raciocínio.

A nave tremeu, fazendo com que caísse no chão e batesse a cabeça contra o console. Manchas negras formaram-se em sua visão, mas logo se dissiparam. Ao mesmo tempo, o alarme central ecoou pela sala de navegação. Recuperando-se, ele retornou ao seu assento. Em seguida, examinou os danos causados pelo impacto.

– Ainda estamos vivos... – disse Maltier, parecendo desacreditar em tal possibilidade.

– Por pouco tempo... – murmurou Alvhert, encarando o relatório que indicava que o escuto defletor estava completamente esgotado. Logo ao lado da infeliz informação, o esqueleto de Sonja apareceu na tela, mostrando que alguns dos sistemas haviam sido comprometidos.

A velocidade da nave diminuiu consideravelmente. Restava pouca energia. Ela seria o suficiente para uma boa rodada de disparos que certamente seriam inúteis perante o sistema defensivo do inimigo.

– Que merda é essa que eles estão usando? – perguntou o cientista, notando que seu tom de voz tornara-se mais agudo devido ao terror que o dominava.

– Calma, calma... – disse o líder, e seu tom de voz demonstrava frieza invejável – Eu tenho um plano.

– Então fale rápido! – o computador estimava cerca de cinco

minutos até o próximo disparo de plasma. Maltier continuava a desperdiçar energia com tiros lasers contra o escudo defletor do inimigo.

Enquanto a nave inimiga aguardava o reabastecimento do canhão, continuavam a atirar com outras armas, causando danos piores aos sistemas de Sonja. O casco logo se romperia a estibordo, ponto que sofrera maior dano devido ao impacto do canhão de plasma.

Mentalmente, o cientista acionou seu implante neural, procurando por alguma alternativa viável de fuga nesta situação. As probabilidades de fugas relevantes continuavam a aparecer e desaparecer em sua visão, indicando que nenhuma delas era boa o suficiente.

– Eu vou distraí-los – Maltier continuou ao notar o aparente silêncio do cientista – Enquanto isso, você entra na capsula ejetora e prepara tudo para nos tirar daqui, OK?

– Hum... Ok. – hesitou, não convencido pela ideia.

Naquele mesmo momento, seu implante indicou dois possíveis planos. Um consistia em uma chance de sucesso de 45,05%, já o segundo indicava somente 15,03%. Ambos relacionados à cápsula ejetora. Aquilo foi o suficiente para convencê-lo.

– Vai rápido! – ordenou o líder extremista.

Na tela principal, o computador relatava menos de três minutos até o próximo impacto. Desligou os motores e focou toda a energia restante no módulo bélico.

Correu pelos estreitos corredores da nave, utilizando seu módulo de navegação para guiar-se pelo confuso layout. Com a respiração ofegante, chegou à cápsula ejetora que supostamente os salvaria. Tratava-se de um casulo cilíndrico de aproximadamente 4 metros de altura e menos de 1 metro de diâmetro. Era feito de um metal construído para aguentar grandes impactos e possuía suas extremidades revestidas por um material termodinâmico, o que o tornava capaz de suportar altas temperaturas.

Apertou o botão para abrí-lo e levou as mãos à cabeça.

– Não há espaço.

– Eu sei.

– Teremos que pensar em outro plano.

– Não. Esse é o plano. Você vai, eu fico. Vou aproveitar a estadia forçada e usar tudo que temos para distraí-los.

– Não vai adiantar! E eu não vou te abandonar aqui! – gritou, deixando que sua histeria viesse à tona.

O riso de Maltier ecoou pela pequena sala de emergência. Em um tom baixo, ele retrucou, perguntando:

– E você deixaria de lado a oportunidade de vê-la mais uma vez em troca de morrer junto a alguém como eu?

Alvhert sentiu a tensão acumular em seus ombros ao pensar na razão de toda essa confusão: sua amada Dana.

– Eu só peço uma coisa, Alvhert. Cuide bem dela. Precisamos de milhares iguais a Dana para atacar aquele governo imundo. Ela é a base de tudo. Pense nisso com carinho.

Não podia abandoná-la, pensou o cientista. Precisava prepara-la para seu destino. Agora mais que nunca! Concluiu que sua amada estava pronta para dar o próximo passo.

Entrou na cápsula e balançou a cabeça. Estava certo que a distração de Maltier não seria o suficiente. Estava claro que a nave da Confederação o interceptaria. Respirou fundo e acionou o controle de bordo manual, marcando as coordenadas para o planeta Tenri. Antes de dar início a sua fuga, disse:

– Adeus, Maltier. E obrigado.

– Você realmente acha que estou fazendo isso por você? Está louco? Não seja prepotente. É por ela!

Alvhert suspirou e acionou o botão que o tiraria dali. A cápsula deslizou por um longo tubo metálico e foi levada diretamente ao compartimento de descarga de emergência. Normalmente, aquela saída era usada para despejar no espaço todo o resíduo acumulado em longas viagens. Como o tanque estava completamente vazio, somente o casulo foi jogado para fora de Sonja.

Pela pequena janela de acesso, o cientista foi capaz de ver a nave negra combatendo a lata velha que os tirara de Methusah. Viu, de longe, quando Sonja explodiu com o brilho esverdeado do plasma. Não tardaria para que os inimigos voltassem a caçá-lo.

O motor de baixa potência instalado na extremidade inferior da cápsula roncava, levando-o em direção ao seu destino. O planeta alaranjado já se encontrava próximo quando notou que estava com problemas.

Dois caças esguios deixaram a enorme nave negra, aproximando-se rapidamente da cápsula ejetora. Sentiu o impacto de armas de fogo atingindo-o e foi jogado com violência para baixo. Imediatamente o motor falhou.

O casulo alcançou a exosfera de Tenri e iniciou uma queda veloz em direção à superfície do planeta. O painel de bordo indicou um aumento drástico de temperatura, e o material termodinâmico começou a se transformar em vapor. Toda a cápsula vibrou.

Alvhert respirou fundo e aguardou o impacto iminente. Pela segunda vez no dia pensou que teria sorte em sair vivo daquela situação.

4. Ousadia

Estavam no topo de um estreito cânion. Só restavam escombros da cápsula ejetora que o auxiliara a escapar. Ela não resistira aos violentos danos causados pelas naves inimigas que o caçaram após sua tentativa de fuga. À sua frente, o caminho era bloqueado pelos robôs e às suas costas, encontrava-se um enorme penhasco. Superfícies irregulares, vales, cânions. Aquela era a topografia de todo o planeta. Um mundo abandonado e perigoso.

O implante neural processou as informações recebidas pelo olho biônico – incluindo relevo, objetos, ferramentas e as características de seus inimigos. O denebiano observou enquanto palavras se formaram no canto esquerdo de sua visão.

Dezenas de possibilidades se dissiparam no ar, deixando clara a gravidade de sua situação. Finalmente uma das possibilidades piscou em vermelho, indicando probabilidade de 27,06%. Um pequeno sorriso apareceu em seu rosto. Era loucura, mas... o que ele não faria por ela?

Alvhert respirou fundo e acionou o controle mental que daria inicio ao seu plano suicida. *Modo Turbo 2RP*. Era hora de testar seu invento.

Um barulho de explosão roncou no ar, seguido por uma fumaça esbranquiçada. Sentiu seu corpo flutuar alguns centímetros acima do chão antes de ser jogado com violência para o alto. Viu os autômatos ajustando a mira de suas armas enquanto o líder ordenou:

– Atirem, mas não na cabeça! Precisamos do cérebro intacto para extrair as informações necessárias!

Imagens do sistema de navegação apareceram em sua visão, indicando o ângulo do horizonte. A velocidade do motor foi exibida a sua direita. Estava subindo rapidamente em direção à estratosfera planeta. Ordenou uma mudança de órbita para a direita, procurando desviar dos disparos feitos pelos robôs. Sentiu seu corpo se inclinando em um ângulo de 50 graus, indicando que o comando havia sido bem sucedido. Alvhert riu alto ao perceber que seu protótipo funcionara: com o traje adaptado que vestia, ele podia voar sem precisar de uma nave para fazê-lo.

Os melhores motores já criados eram pesados demais para serem acoplados a um traje de proteção. Além disso, ninguém ousaria enfrentar o perigo que representava ter uma engenhoca como aquela tão próxima de seu corpo. Ele, entretanto, não era qualquer um. Era o melhor cientista da galáxia.

Mas mesmo os grandes gênios cometem pequenos erros. Assim que mudou de direção, o motor engasgou e um dos propulsores falhou. Começou a cair, incapaz de manter altura. O coração palpitava de medo. A respiração estava acelerada. Mesmo que conseguisse parar de cair, ainda estaria lidando com a mira imperdoável dos autômatos.

– Acionar propulsor periférico – ordenou, apesar de não precisar fazê-lo em voz alta.

Nada. Sentiu o calor de disparos laser passando por cima de sua cabeça.

– Modo turbo 2X! – gritou, começando a ser tomado pelo desespero.

Ouviu o barulho ensurdecedor do motor principal e seu corpo foi jogado com violência para o alto, mantendo uma aguda inclinação. Deixou um grito escapar de seus lábios. Lá embaixo, seus inimigos se tornavam pequenos pontos insignificantes. Não conseguia acreditar. A probabilidade novamente sorria para ele.

Raios lasers refletiram contra seu corpo, incapazes de atingí-lo. No canto direito de sua visão, viu que a capacidade de seu traje de proteção diminuía. Ainda sim, estaria longe quando finalmente a energia gasta na fuga conseguisse inutilizá-lo.

– Eu vou voltar, Dana, e continuaremos de onde paramos – murmurou para si mesmo, permitindo que um sorriso aparecesse em seu rosto.

Naquele momento, entretanto, sentiu uma dor excruciante em seu tórax. Olhou para baixo e viu que um líquido negro escorria de um enorme ferimento em seu peito. Algo parecia corroer seu corpo. Era outro tipo de arma. Sentiu outra rajada atingindo-o no braço. Alvhert berrou de dor.

Viu mais disparos se aproximando e sabia que era tarde demais para iniciar qualquer tipo de manobra evasiva. Finalmente percebeu a cruel realidade: aquele era o dia em que sua sorte acabaria.

Fechou os olhos e suspirou. Acionou a última ordem mental que garantiria a segurança de Dana. *Modo Emergência Nível 3A.*

Viu imagens que um dia fizeram parte de sua vida. Lugares, pessoas, experimentos. Viu aquela que arruinara sua vida, apoiada contra a mesa de seu laboratório, mais tentadora que nunca. Lembrou-se de tudo que passou para proteger Dana. E, finalmente, compreendeu porque o fizera. Não era por ela, mas sim por tudo que ela representava: *liberdade*. Um dia, há muito tempo atrás, ele também sonhou com um mundo melhor. Foi então que ela surgiu. Depois de tanto tempo isolado cuidando dela, no entanto, esqueceu-se do significado daquele sonho. Sabia que deveria protegê-la, mas esqueceu-se porque ela era importante.

Maltier lhe mostrara a cruel realidade. Tudo era injusto demais. Os habitantes da Via Láctea mereciam uma vida melhor. Sem controle, sem autoritarismo. Liberdade era a palavra.

E ele era a pessoa capaz de oferecer uma chance de liberdade para todos, mas por puro ciúme e egoísmo, guardara a esperança de uma galáxia melhor onde ninguém além de si mesmo pudesse chegar. Ficou com medo de perdê-la, de deixa-la cair nas mãos erradas. Ele a protegeu tanto que acabou por torná-la inútil.

Outros disparos atingiram seu corpo, mas nem sequer tinha forças para gritar. Um deles acertou o motor principal, fazendo com que os propulsores parassem de funcionar. Começou a cair novamente, mas não estava com medo. Fechou os olhos e esperou pela morte iminente.

Dana, me perdoe. Você merecia mais que isso, foi seu último pensamento antes de perder a consciência.

5. Última Chance

Antes que o corpo de Alvhert chegasse ao chão, ele foi envolto por uma bolha translúcida que diminuiu a força do impacto. Uma garra invisível trouxe o cientista para próximo do local de onde havia decolado, depositando-o cuidadosamente no chão. Os autômatos se aproximaram primeiro, com as armas miradas para ele. O líder alcançou seus subordinados, observando aquele que lhe causara tantos problemas. Sem sequer examinar suas condições vitais, ordenou:

– Iniciem o processo de extração de memórias. – sorriu com suas palavras. Já podia sentir o estresse deixando seus músculos.

Um dos autômatos se ajoelhou ao lado do corpo. Sua mão metálica se liquidificou e imediatamente transformou-se em diversos fios conectores. Eles tocaram pontos específicos na testa e nas têmporas do cientista e começaram a brilhar.

O bip que indicava o início do procedimento de extração ecoou no ar. Ao invés do padrão alongado, foi curto e agudo. A voz computadorizada do autômato responsável por executar o comando informou:

– Extração sem sucesso. Não há dados armazenados na memória do individuo.

– Como assim? – perguntou o homem-polvo, com seus tentáculos se agitando em nervosismo.

– Encontrado um implante tipo ABY214 instalado no cérebro do alvo. – o autômato informou, mostrando um relatório detalhado em 3D para seu chefe.

Os olhos do diretor se arregalaram ao ler as informações disponibilizadas. Era um implante neural modificado. Um plano de contingência havia sido instalado no aparelho, permitindo que o indivíduo apagasse todas as informações armazenadas em determinadas áreas de seu cérebro. A ideia era que ninguém fosse capaz de extraí-las e usá-las posteriormente.

Isto em si não o preocupava. A Confederação possuía ferramentas desenhadas especialmente para situações como aquela. Conseguiam recuperar memórias apagadas ou extraídas através do subconsciente. O que o incomodava, entretanto, era que estava lidando com um dos homens mais inteligentes da galáxia. Ele não teria modificado o implante a menos que isto fosse lhe garantir algum tipo de benefício.

– Saiam da frente! – rosnou, abrindo caminho entre seus subordinados e ajoelhando-se próximo ao cientista.

O autômato responsável por executar o processo de extração ofereceu-lhe espaço, encerrando a conexão neural com seu alvo. Assim que o robô se afastou, ele tocou a cabeça de Alvhert com seus tentáculos, copiando a ação de seu subordinado. Sua raça era uma das poucas capazes de acessar memórias sem necessitar de ferramentas tecnológicas.

Concentrando-se, vasculhou o cérebro do cientista.

Esperou pelas imagens que apareceriam em sua mente. Viu o nome de Dana formando-se em letras garrafais:

***D**ifusor*
***A**ssíncrono*
***N**euro*
***A**rtificial*

O líder xingou em seu idioma natal ao perceber o que Dana representava: uma autêntica ameaça para o controle da Confederação. Ele sempre imaginara que Dana se tratava de alguém cujo intelecto avançado havia unido forças com o cientista para a criação de uma secreta e poderosa arma nano tecnológica. E não que ela fosse a própria arma!

Fechou os olhos e respirou fundo. Viu mais algumas imagens formando-se em sua mente. Uma mulher morena, uma mulher... humana.

Agora, finalmente entendia a gravidade da situação.

Tratava-se de uma inteligência artificial com personificação holográfica e de alto poder de adaptabilidade. Dana era uma imitação perfeita de uma mulher, embora seu corpo projetado não fosse palpável. Ela nunca poderia ser tocada.

Balançou a cabeça levemente, sentindo um enorme medo crescer dentro de si. O fato de Dana ter sido criada com uma personalidade artificial inspirada em uma das espécies mais primitivas da Via Láctea – os humanos – não era um simples detalhe. Ele sabia o quanto os seres humanos poderiam ser imprevisíveis, irracionais e potencialmente destrutivos. Esse inclusive era um dos motivos da humanidade ainda não ter sido admitida como membro da Confederação.

Não havia mais nada. Isso era tudo que tinha conseguido recuperar do cérebro do infeliz. Sabia que não se tratava de todas as informações. No mínimo, ela estaria munida de componentes de destruição, camuflagem e invasão de sistemas. E aquilo representava uma séria ameaça para a Confederação.

Em um lugar onde tudo era controlado por computadores e inteligências artificiais, uma arma como esta poderia facilmente tornar a anarquia uma possibilidade real.

Estavam com problemas. Seu cérebro sequer conseguia processar como poderiam controlar uma inteligência imprevisível. Precisavam colocar as mãos em todos os planos, pesquisas e protótipos já feitos. Era de extrema importância que descobrissem como essa arma funcionava para que pudessem destruí-la com base em uma engenharia reversa.

Continuou vasculhando o cérebro de seu inimigo, procurando pela localização de Dana. Nada. Apenas um imenso vazio. Era como se ele tivesse deixado aquelas informações como uma ameaça final.

Ordenou que um de seus autômatos acionasse o modo scanner vital. Em voz alta, ele lhe informou dados detalhados sobre as condições do alvo. As palavras complicadas usadas pelo robô se resumiam a uma única informação relevante: Alvhert estava morto.

Sentiu gotículas de suor formando-se em sua pele. Estava com sérios problemas.

– Inicie a extração novamente. Frite o cérebro dele se for necessário, mas eu quero essas informações.

Sem questionar, o autômato seguiu as ordens de seu chefe. Após alguns minutos, anunciou:

– Operação sem sucesso. Existe algum tipo de bloqueio auxiliar relacionado ao procedimento de emergência. Ele não permite o acesso ao inconsciente, onde normalmente existiria o backup de memórias. Pode ser caracterizado por um dispositivo acionado após a confirmação de sua morte.

O silêncio pairou no ar. Seus tentáculos se agitaram em irritação. Deveria ter previsto algo desse tipo. Apesar da satisfação que sentia ao ver o corpo sem vida de seu inimigo, sabia que havia sido derrotado nesta batalha...

– Qual sua próxima ordem, senhor?

... Mas não perderia a guerra.

– Levem-no para nossa nave. Peçam para os bioengenheiros do laboratório Alpha 3 prepararem um leito.

– Qual procedimento será realizado, senhor?

O cientista era inteligente, mas ele o superaria.

– *31-Ressu.* – disse, sorrindo maliciosamente.

Se sua única alternativa para descobrir o paradeiro de Dana era fazer com que o coração de seu inimigo voltasse a bater, ele o faria. Ele o ressuscitaria.

Tudo por causa dela...

JOWJOW, JUNGERMAID E A DEUSA DE LUZ

TIBOR MORICZ

A CIRCUNFERÊNCIA DE MATRÍGIA crescia pouco a pouco diante dos homens na ponte de comando da grande nave cargueira. Olhavam o planeta com satisfação e boa dose de cobiça. A carga que vieram buscar era ambiciosamente aguardada, e teriam por ela um pagamento régio, capaz de financiar a gênesis de um novo planeta se assim o desejassem.

Impressionava-os que o que mais queriam pudesse ter sido resgatado de maneira tão prosaica. E transportado de forma tão tranquila até o ponto de encontro. Era nas coisas simples que residia à beleza, era no gesto comedido que se sobrepunha o vigor e era na corrupção ativa que estava o sucesso.

Blackflood se inclinou para frente observando a cordilheira que se descortinava abaixo deles, o sol incidindo sobre os picos crestados. Viu o deserto azul, regiões alagadas e pantanosas, oceanos rasgando continentes, picos altíssimos, planícies inóspitas e cidades de cujas chaminés subiam rolos fumegantes. Apontou o dedo para um trecho específico, um vale contornado por colinas e sorriu.

– Lá encontraremos o que viemos buscar. É lá que está a Deusa de Luz.

·•◈•·

As estípulas envolveram Jowjow primeiro pela cintura, depois se estenderam pelas pernas e tronco. Ele se movia agitado, de um lado ao outro, gingava os quadris, expandia os braços e dava chutes tentando se soltar.

Jungermaid, sentada sobre uma pedra, lançava-lhe olhares oblíquos demonstrando pouca curiosidade enquanto analisava as próprias unhas. Não lhe apetecia se envolver na luta, mesmo porque Jowjow não vinha sendo muito cortês nos últimos dias – ele raramente o era.

Jowjow rolou sobre si mesmo, arrastando a *Cadaverosum Leguminosae*. Tentava a todo custo amassá-la, triturá-la sob seu peso. Dava joelhadas e cotoveladas tentando se desvencilhar da maldita que ia estreitando o abraço mortal. As estípulas que poderiam se alongar vários metros e eram resistentes como cabos de aço, iam lhe esmagando o tórax, dificultando-lhe a respiração.

Um homem morto é mais fácil de ser devorado.

As *fingidas* – como eram chamadas – podiam ficar imóveis vários dias sob o sol, aguardando a passagem de uma vítima. Ao pressentir a refeição, ganhavam vida e, num átimo, saltavam como molas e prendiam o alimento com as estípulas estendidas, num abraço sempre mortal.

Após a sufocação, as folhas envolviam o corpo da vítima e o sugavam por dias – às vezes semanas, dependendo do tamanho da presa – até nada mais sobrar além de ossos. Após uma boa refeição, uma *Cadaverosum Leguminosae* podia ficar meses sem alimento, tombada, "morta".

Jowjow fora o otário da vez. Descera de Rocinante para auscultar o chão. Dizia poder adivinhar a presença de outras pessoas mesmo a boa distância. Jurava que podia acertar a quantidade de cavalos que vinham – ou iam – a trote. Jamais acertara uma única vez, mas insistia nisso. Acabou tropeçando com a maldita planta.

Jungermaid nada fez senão procurar um lugar confortável para se sentar. Não tinha dúvidas que Jowjow escaparia. Com sua ajuda seria mais rápido, mas não tão divertido.

Então espocou um flash súbito, ouviu-se um disparo e se formou uma nevoa densa. De dentro dela se ergueu Jowjow, visivelmente contrariado. Olhava a própria camisa e parte do cinturão, enegrecidos pelo disparo que o atingira de raspão. A *fingida* fora dividida em duas partes e dessa vez não era truque a aparência de morta que exibia.

– Até que enfim se lembrou de que tinha uma arma... – comentou Jungermaid, levantando-se e acenando para seu cavalo, que se aproximou.

– Tento não ficar dando tiros por aí. Isso chama uma atenção danada – respondeu Jowjow enquanto se ajeitava.

Jowjow era um homem parrudo. Quase dois metros de altura e

braços da largura de troncos, embora um fosse maior que o outro em alguns centímetros. Perdera o direito numa invasão a um pequeno principado do outro lado da galáxia fazia tempos e o substituíram por uma prótese mecatrônica.

– Vamos continuar em direção ao leste – disse ele, constrangido, sem mais nenhuma vontade de se debruçar sobre o solo.

– Tenho uma ideia melhor – disse Jungermaid. – Vamos para o Norte. Há lá um povoado que quero visitar.

– Não há nada lá, além de colinas – irritou-se Jowjow. – Eu disse que vamos para o Leste e é para lá que seguiremos.

Jungermaid fechou o cenho, aborrecida.

Após alguns minutos de trote cadenciado, os cavalos se desviaram pouco a pouco do rumo que seguiam e apontaram os focinhos para o Norte.

·•◈•·

Jungermaid era uma jovem guerreira da tribo dos Towaneh. Voluntariosa, exímia no uso do chicote Towaneh – sofisticado dispositivo gerador de matéria. Botões na empunhadura metálica permitem a extensão e a retração do chicote que é composto por matéria dúctil cuja resistência é ampliada na mesma razão em que se lhe aplicam tensões.

Ela e Jowjow estiveram no campo de batalha, mas em lados diferentes. Ele, soldado de um exército contratado pela corporação *Betelgeuse* para invadir e dominar a região dos Towaneh, com o intuito de expulsar as quinze tribos desse povo e ter controle absoluto sobre a extração das Gemas de Luz, fabuloso cristal gerador de poderosas energias.

Enfrentaram-se em diversas batalhas até que pesadas perdas humanas acabaram por fazer a corporação *Betelgeuse* se dar conta de que voltar aos acordos comerciais poderia ser mais eficaz.

Embora tenham provavelmente cruzado armas, não foi nessas batalhas que acabaram por travar contato pessoal. Jungermaid foi feita prisioneira por um grupo de salteadores que, durante uma incursão noturna, invadiu suas casas e instalações a procura das gemas.

Durante a luta que se seguiu Jungermaid foi atingida por uma pancada que a fez perder os sentidos. Quando acordou, atravessava um deserto a bordo de uma caravana Deimiana. Os salteadores a venderam por um punhado de moedas e os Deimianos pretendiam exigir por ela um resgate de reis.

Sua captura foi um terrível golpe e Wilhelmout, pai de Jungermaid, desesperado, foi em busca de um homem com coragem suficiente para ir resgatá-la. Jowjow estava no lugar certo, na hora certa. Apresentou-se e foi contratado sob a promessa de receber como paga duzentas gemas de luz. Quantidade suficiente para fazer uma fortuna no mercado negro.

A recompensa não seria tão boa e nem teria aceitado um trabalho desses não fosse a princesa herdeira, filha do chefe de uma das tribos dos Towaneh. O serviço faria muito bem ao seu currículo de caçador de recompensas – atividade a que se entregara após o fim da guerra e consequente baixa. Não pensou duas vezes, montou em Rocinante, o fiel cavalo e partiu em busca da jovem.

Os Deimianos eram um povo nômade. Faziam sempre o mesmo percurso, atravessando o grande deserto azul – onde grandes concentrações de cádmio o tornavam perigosíssimo – indo e vindo, de norte a sul, em busca de congêneres para comerciar em vilas e pequenas cidades que se proliferavam ao longo do deserto. Tinham a tez levemente azulada. Viviam também do escambo, de furtos, roubos e sequestros. Eram mal vistos, mas tolerados desde que eram responsáveis pelo abastecimento de muitas cidades que, sem a sua grande especialização em lidar com o deserto e seus perigos, não teriam como organizar travessias próprias.

A toxicidade do cádmio obrigava o uso de filtros nasais nas cidades próximas ao deserto – e em algumas mais distantes também. Usavam-na durante o dia quando o calor causticante do sol fazia brotar os vapores nas areias azuis e retiravam-nas a noite quando a temperatura caía bruscamente. Os Deimianos, ao contrário dos moradores da cidade, reservavam a noite para suas atividades comerciais e para travessia das caravanas. Ao nascer do sol, apesar da tolerância ao cádmio que desenvolveram ao longo dos séculos, recolhiam-se nas carroças hermeticamente fechadas e, auxiliados por condicionadores de ar, protegiam-se dos vapores.

Deu-se que Jowjow precisou de três dias para localizar a caravana, indo ao encontro dela ao largo do deserto, contornando-a. Adquiriu filtros nasais numa das cidades, vestiu-se com mantos largos, tingiu a pele de azul, cobriu o rosto com uma máscara e a cabeça com um aparatoso turbante, colocando óculos especiais. Pôs-se como um Deimiano para se confundir com eles. Rocinante foi deixado para trás, numa cavalariça, aos cuidados de um ferreiro que aproveitou para lhe dar umas boas escovadas e tomar um coice.

Foram necessárias oito mortes, duas carroças incendiadas e muito vapor de cádmio para conseguir resgatar a guerreira e fugir com ela sob o fogo cerrado dos Deimianos que viam o butim e o valor de resgate almejado ir-se perdendo. Quando chegou à cidade, oculto pelas sombras de uma noite sem luares, Rocinante já o aguardava exatamente onde haviam combinado anteriormente, durante as planificações de combate.

Vale dizer que Rocinante não era um cavalo comum.

Demoraram outros três dias para o retorno e não foi uma viagem tranquila. Não tiveram que enfrentar inimigos nem perigos para os quais não estivessem preparados, mas Jungermaid não estava nem um pouco disposta a obedecer a um homem cujo passado odiava. Muito menos queria admitir que fora salva por um forasteiro, um soldado, um homem cujo povo veio das estrelas no passado para conquistar e destruir. Um povo que contaminava a cultura local com a própria.

Quando Jowjow chegou com Jungermaid na Tribo dos Towaneh, foi recebido com festa. Foi homenageado por dois dias, participando de banquetes, colaborando com ritos, aguentando tapinhas nas costas. Apesar da alegria predominante, tinha a impressão de que uma sombra estranha se imiscuía entre todos, tornando cada grito, cada viva, cada brado menos intenso, como uma espécie de pesar que fosse se derramando pouco a pouco.

Perguntava sempre pela recompensa e lhe respondiam com sorrisos imensos. Ofereciam-lhe belíssimas mulheres, roupas exóticas, colares com pequenas contas de ouro e prata – que nunca recusava – e imensas fogueiras onde a queima de especiarias prometia a proteção especial dos deuses.

Mas a insistência começou a se tornar irritadiça e foi quando a verdade afinal veio à tona. Disseram-lhe que não poderiam lhe dar o que fora prometido. Para que as gemas lhe fossem entregues seria necessária a concordância dos chefes das quatorze outras tribos. Essa concordância jamais viria e ele teria que se conformar com riquezas menores, como ouro, prata ou dinheiro local. Metais que em Matrígia não tinham muito valor e dinheiro que mesmo em grandes quantidades não poderia lhe comprar o conforto que ambicionava. Dinheiro que só valia no planeta. Dinheiro que humano nenhum, fora dali, se interessaria. E Jowjow queria se estabelecer em outro mundo, em outro ponto da galáxia, longe daquele planeta sem atrativos.

– Sem recompensa? – perguntou Jowjow em altos brados, ainda bêbado, molejando sob o efeito da beberagem cerimonial que lhe serviam fazia dias. – Prometeram-me gemas de luz, quero que o acordo seja cumprido! – protestou, enrolando a língua.

– Você não tem ideia do que um pai é capaz de fazer para ter a filha de volta – disse-lhe Wilhelmout, com visível pesar. Jungermaid ria-se num canto, divertindo-se com as caras e bocas que Jowjow fazia.

– Não quero ouro, não quero prata. Quero gemas de luz ou outra coisa qualquer que tenha o mesmo valor para as tribos.

– Especiarias! Quer especiarias? Trajes cerimoniais? Contas? Colares de proteção? Podemos lhe fazer rezas, manufaturar pequenos artefatos de boa sorte...

– Gemas de Luz ou... – então Jowjow olhou para Jungermaid que o observava com visível desprezo. –... Ou ela – ele completou, apontando para a mulher.

Os veneráveis da tribo se calaram. A exigência caiu sobre eles como se o céu houvesse desabado. Os olhares se tornaram frios, as expressões antes jocosas, endureceram. Em meio ao negror dos semblantes súbito se fez luz. Alguns dos veneráveis quase deixaram pequenos e furtivos sorrisos lhes brotarem nas bocas.

– A honra dos Towaneh atravessa as planícies, vai além do deserto azul e orgulha todos os povos desse planeta. Descumprir o acordo jogará essa honra no chão. Ela será pisoteada pelos cavalos. Deem-me as gemas de luz ou a levarei como criada – Jowjow não estava bem certo do que dizia, mas a raiva, a frustração e os efeitos do álcool não o deixavam pensar direito. De qualquer maneira, era apenas um jogo. Eles jamais deixariam que Jungermaid saísse.

– Minha filha... – murmurou Wilhemout. –... Você ousa querer a minha filha... – continuou, elevando a voz, demonstrando ira.

– Será isso ou as gemas – disse um ancião próximo a eles. – Há algo em seu poder que seja mais valioso que a sua filha? As gemas ele não poderá levar, então que a leve, mas por um período pré-determinado.

Os veneráveis se olharam numa troca de sinais de concordância. Jowjow teve a impressão de que pareciam se regozijar. Não era bem o que esperava. Queria pressioná-los usando a tão propalada honra Towaneh como ferramenta. Claro que não permitiriam a saída da jovem guerreira, herdeira direta de uma das tribos. Ou permitiriam? Seu sangue gelou.

Wilhelmout, pai de Jungermaid, pigarreou. Mordeu os lábios, franzindo o cenho e apontando para a filha.

– Nada me tem mais valor que ela. Nem as gemas de luz. Vejome, porém, de mãos atadas.

Jowjow parou de molejar como se tivesse levado uma pancada na testa. Retesou-se arregalando os olhos.

– Você não está pensando em... Quer dizer... Sua filha, sua querida filha... Você...

– Ela deverá acompanhá-lo como criada. Trata-se de uma excelente guerreira, a melhor das quinze tribos. Fará suas vontades... Bem, fará algumas vontades, as que ela estiver disposta a fazer. Irá acompanhá-lo durante um tempo até que possa ser devolvida.

Jowjow abriu a boca, pretendia protestar, mas viu-se enredado na própria teia que tecera. Se abrisse mão dela, teria que partir sem nada. Se a aceitasse, levaria um contrapeso, um estorvo.

Sair sem nada ou levar a mulher?

Jowjow então mirou a jovem; era muito atraente. Estatura mediana, cabelos negros em cascata até a cintura, olhos igualmente negros, lábios grossos, expressão inteligente. Exibia uma altivez arrogante, mas tinha seios volumosos que mal se continham dentro das vestes de pele de Arcodonte. Traseiro firme, pernas grossas, pele amorenada sem manchas nem marcas de nascença... Pelo menos até onde um olhar atento conseguia alcançar.

– O que tem em mente? – perguntou Jowjow a Wilhelmout.

– Proponho que ela seja sua por quarenta gemas ao ano. Devemoslhe duzentas, então ela lhe servirá por cinco anos. Deverá retornar ao final desse prazo, ou antes, no caso de você morrer prematuramente.

Jowjow pôs-se a fazer contas. O ano em Matrígia tinha dez meses. Cada mês vinte e dois dias. E cada dia dezoito horas. Cada hora com sessenta minutos e cada minuto com sessenta segundos.

– É o que podemos lhe oferecer – continuou Wilhelmout, enfrentando timidamente os olhares perplexos da filha.

– Mas é a sua filha... – balbuciou Jowjow, ainda tentando deglutir a proposta.

– Nós a tínhamos perdida nas mãos dos salteadores, depois nas dos Deimianos. Você a trouxe de volta e provou ser um homem de valor. Confiamos em você e sabemos que cumprirá sua parte assim como confiamos nela e sabemos que respeitará o acordo.

– Mas no que ela me poderá ser útil?

– Se não a quer, deixe-a conosco. Parta e leve nosso eterno agradecimento.

Jowjow engoliu em seco, vencido, aceitando o acordo. Não teria as gemas, não teria a vida nababesca com que alimentara a imaginação, não teria a aposentadoria com que contava, não teria outra coisa se não um bom punhado de risos acrescentados ao currículo quando esse acordo viesse a público.

·•◈•·

Enfrentaram situações de perigo, lutaram contra animais selvagens, desviaram-se de confrontos desnecessários, caçaram para se alimentar e foram se conhecendo aos poucos. Jungermaid era uma fêmea que causava admiração e receio. Reservada na maioria das vezes se limitava a grunhir aceitação ou negação, fazer gestos de agrado ou desagrado, birrar em meio ao caminho como se quisesse fazê-lo se desviar da rota – sempre conseguindo –, embora não houvesse uma rota específica, nem um objetivo a ser alcançado. Possuía movimentos felinos, era silenciosa e o olhar e a expressão exibiam uma teimosia assombrosa.

Jowjow era assaltado muitas vezes pela sensação do fracasso ao vê-la ao seu lado. Pensava como se arriscara para salvá-la dos Deimianos, confiante no pagamento da recompensa. Alfinetava-lhe uma incômoda sensação de que fora manipulado. A presença de Jungermaid ali fora erro estratégico dele ou intenção deliberada dos Towaneh?

Partira dele a proposta inicial. Remoído pela raiva e pela frustração se arriscara numa estratégia idiota. Três meses juntos e ainda não obtivera dela mais que caça pequena e alguns cantis de água catados em pequenas e esparsas fontes. De resto lhe sobravam resmungos, caras feias e empurrões.

A recente luta com um *fingido* o deixara ainda mais ensimesmado. Ela poderia tê-lo ajudado, poderia ter se dado ao trabalho, ao mínimo trabalho de libertá-lo da *Cadaverosum Leguminosae*. Mas preferiu ficar sentada, ignorando-o. O teria deixado morrer se não conseguisse pegar a arma.

– Que acha de voltar à Tribo? – Jowjow transformou em palavras o que lhe ia aos pensamentos.

Jungermaid deu-lhe um olhar de lado, sem sorrisos. Voltaria

correndo não tivesse antes uma missão importante para concluir. Deixaria o idiota presunçoso para trás, entregue à própria sorte.

– Sou uma Towaneh. E a honra das quinze tribos está acima da minha vontade. O acordo, por mais que me desagrade, é ficar ao seu lado por cinco anos, quando então deverei retornar – disse-lhe Jungermaid.

Jowjow se acabrunhou, mergulhando novamente em pensamentos. Iniciaram uma acentuada elevação, subindo uma colina. Passaram por três *fingidos* que tinham as estípulas estendidas. Ignoraram-nas. Contornaram rochas e, em determinado ponto, foram obrigados a reduzir a marcha e desmontar. Passagens estreitas dificultavam o avanço.

Não evoluíram mais que vinte metros quando Jungermaid fez Jowjow estancar, segurando-o pelo braço. Ela então ergueu o rosto, fechou os olhos, compenetrou-se enquanto respirava fundo e soltava o ar numa suave expiração.

– O que houve? – perguntou Jowjow em voz baixa, estranhando o comportamento.

Jungermaid então lhe fez sinal para que deixasse os cavalos ali e a seguisse. Foi o que fez. Caminharam com cautela por mais uma dezena de metros e então Jungermaid se agachou, obrigando-o a fazer o mesmo. Continuaram se protegendo atrás das pedras até que se descortinasse um vale abaixo deles.

Havia um povoado. Lá, ruas vazias. E algo que chamou sua atenção mais do que tudo.

– Não é uma nave de controle e policiamento da classe Pégasus, aquela? – e apontou com o queixo para a nave em formato de cunha que repousava cheio de mossas e poeira atrás de uma estrebaria. Eram visíveis as duas faixas paralelas que a cortavam ao meio com as cores azul e laranja, já desbotadas, e as iniciais BJ dentro de uma estrela de seis pontas. Tratava-se de uma nave da corporação Betelgeuse, – antiquada – das poucas, muito poucas que ainda deveriam estar em atividade em Matrígia.

– Não me lembro de ter ouvido falar desse povoado – murmurou Jowjow. – Você insistiu em vir para essas bandas, disse que existia. Posso saber como? E posso saber por que estamos escondidos aqui?

Jungermaid se manteve calada, apenas observando. Os cabelos escorridos sobre os ombros chamaram a atenção de Jowjow pela centésima vez. Estar tão próximo dela, acocorado bem ao lado, sentindo seus perfumes de mulher... Isso o deixava louco.

– Acho melhor descermos e nos refrescarmos. Um bom e caprichado copo de cerveja vai cair bem – Jowjow se ergueu sem muitos cuidados, esticou as pernas e se dirigiu para onde deixaram os cavalos. Jungermaid o seguiu. No semblante uma nuvem de preocupação.

– Jowjow, você precisa me escutar– disse ela. – não tenho sido muito honesta com você.

Jowjow olhou-a enquanto pegava as rédeas de Rocinante. Surpreendeu-o que ela fosse tão prolífica de repente, abandonando os monossílabos. Mas não era uma conversa que o interessasse. Ela e os Towaneh não foram honestos desde o início. Mentiram-lhe, enganaram-no, colocaram-lhe uma garota a tiracolo e desde então não pensava em outra coisa senão em quanto fora tolo. No que mais Jungermaid poderia ter mentido? E o quanto isso faria diferença, agora?

– Diga! – instou Jowjow, começando a conduzir o cavalo colina abaixo.

– Eu fui apenas uma pequena peça no grande roubo que os salteadores promoveram na tribo. Algo mais importante, vital, crucial para a existência não só das quinze tribos quanto da ordem estabelecida em Matrígia foi roubada...

– Sim, soube que estavam procurando gemas de luz. Pegaram algumas, e daí? Pelo menos tiveram algum êxito. Eu, não... – interrompeu-a Jowjow.

–... E fui enviada com você para que pudesse resgatá-la.

Jowjow parou de puxar Rocinante. Respirou fundo, sentindo ser ainda mais tolo do que pensava. Colocou a mão sobre o chapéu e o enfiou na cabeça, afundando-o. Virou-se devagar na direção dela que, apesar da bombástica revelação de última hora, exibia uma expressão da mais absoluta tranquilidade. Como se a raiva de Jowjow pouco lhe importasse.

– Você foi *enviada* comigo? – perguntou Jowjow. As pálpebras do olho esquerdo davam pequenos saltos. – E o que foi toda aquela encenação, o acordo? Ah, Não. Você está querendo apenas me deixar irritado.

– Não houve encenação. O acordo está valendo.

Jowjow soltou as rédeas e tentou relaxar. A conversa não fazia sentido. Por causa de algumas gemas de luz – tudo bem que eram valiosas – ninguém deixaria a filha à própria sorte. Ninguém a entregaria para um quase desconhecido.

– Certo. Agora pegue seu cavalo e vamos descer. Rocinante é um cavalo especial, mas ainda não lhe coloquei asas, portanto chegaremos ao povoado sem ferimentos, contornando a colina.

– Você não está me entendendo – Jungermaid repetiu, exasperada.

– O que é que não estou entendendo? – perguntou Jowjow, irritado e parando novamente. Agarrava as rédeas como se quisesse rompê-las. – Eu a livrei dos Deimianos, levei-a para casa sã e salva, fui recebido como um herói e, na hora de ganhar a minha recompensa, as gemas que me prometeram por salvá-la, o que aconteceu? Entregaram-me você. Uma pretensa guerreira que não fez nada até agora senão me contrariar. Pensei que teria algumas vantagens... Você é uma mulher bonita... E não adianta me olhar desse jeito. Pensei que seria tratado como mereço, que me faria comida, que me faria massagens, que me aqueceria nas noites de frio. Agora vem me dizer que não houve acordo, que não houve perdas para os Towaneh?

– Mas houve perdas, sim. É por isso que estou aqui.

– Mentiras e mais mentiras.

– Houve simulacros, mas não mentiras.

– Roubaram-lhes algumas pedras. Então eles a mandam junto comigo para recuperá-las? Isso não faz nenhum sentido.

– Roubaram a *Deusa de Luz*. É para recuperá-la que estou aqui.

·•◈•·

Diz a lenda que a Deusa de Luz foi a primeira gema encontrada no solo do planeta. Numa época bem distante quando os Towaneh eram nômades e cruzavam o hemisfério em busca de novas terras, de caça e de boa sorte.

Certa vez acamparam por alguns dias ao largo de montanhas escarpadas, protegendo-se contra os paredões. Construíram uma grande pilha de lenha junto a uma das paredes rochosas e lhe atearam fogo. Dançavam e cantavam em honra aos deuses, quando uma luz intensa começou a emanar da parede, vários metros acima da fogueira. Brilhava tão intensamente que, dizem, transformou noite em dia. Pouco a pouco outras luzes também surgiram. Eram menores, piscando nervosas na escarpa, como um vasto manto estrelado.

Assombrados, os Towaneh se jogaram ao chão na certeza de estarem diante de uma manifestação espiritual. Acreditaram que a

Deusa de Luz viera visitá-los e abençoá-los. Permaneceram prostrados e em contrita adoração até que a fogueira se extinguisse, já às primeiras horas da manhã. Todos gemendo de dor nos joelhos, cansados e atônitos.

Foi quando um deles ousou erguer o rosto e pode ver no alto da parede escarpada o que parecia um cristal, já sem brilho próprio, apenas refletindo a luz solar.

Não demorou a que alguns corajosos Towaneh escalassem a escarpa em busca daquilo que tanto os impressionara. Encontraram-na incrustada na rocha. Uma magnífica gema ovalada e leitosa, de superfície polida. Tão grande quanto a cabeça de um homem. Aceitaram-na como um presente da Deusa de Luz que partira, mas não sem antes lhes deixar um legado.

Xamãs da tribo ousaram manipulá-la e descobriram que era uma poderosíssima geradora de energias. Descobriram que a gema despertava suas forças sempre que exposta a quaisquer outras formas de energia, mínimas que fossem. Mesmo o atrito, se em excesso, podia lhe fazer verter forças mortais.

Alguns morreram destroçados nas manipulações realizadas. Outros se desintegraram, outros ficaram tão torrados quanto o carvão de suas fogueiras. Deram-se conta também que, o manto estrelado visto na noite em que a deusa os visitou era na verdade um conjunto de centenas de pequenas gemas que, excitadas pela energia desprendida da fogueira, e pela própria energia da gema maior – a que passaram a chamar de Deusa de Luz –, despertaram igualmente.

Assim, nunca mais peregrinaram. Fincaram raízes ali mesmo. Rendiam orações à gema Deusa de Luz e utilizavam-na para identificar novos veios. Manipuladores dominaram-na e a seus poderes. Tanto para usos pacíficos quando para a guerra. Desenvolveram tecnologias baseadas na energia das gemas. E por isso eram temidos e respeitados.

·•◈•·

Jowjow largou as rédeas e ergueu ligeiramente o chapéu. Olhava Jungermaid com obsessiva atenção. Mas os pensamentos estavam longe, voltaram à tribo e à noite em que soube que não receberia pagamento. Mordeu o lábio, irritado. Não só havia sido enganado, como ardilosamente manipulado.

– Você está aqui por que...

– Vim buscar a gema.

Claro. Tudo começava a fazer sentido para Jowjow. Jamais o chefe Wilhemout abriria mão da filha. Nunca que a entregaria a um desconhecido. Existia algo por trás de tudo, existia controle e planificação.

– Sua aparência de ódio naquele dia, sua expressão de fúria...

– Você precisava acreditar... – murmurou Jungermaid, envergonhada, abaixando o olhar.

– Mas porque não me falaram nada da gema? Porque não me contaram logo tudo na primeira vez?

– A gema responde a estímulos. Lança eflúvios. Obedece a poucos. Eu sou uma das manipuladoras. De todas, a única guerreira. Temiam que se lhe dissessem logo de início, você me abandonasse e partisse atrás da gema movido pela ambição. É um humano, afinal.

– Porque não me pagaram pelo seu resgate?

– Porque alguns chefes de algumas tribos não concordaram em abrir mão das gemas por minha causa.

– Então porque não me falaram da Deusa de Luz?

– Adiantaria? Se lhe pedissem que a viesse buscar, oferecendo-lhe uma recompensa, teria acreditado e aceitado a proposta?

Jowjow franziu o cenho. Fora enganado da primeira vez, não cairia em mais nenhum golpe. Claro que recusaria qualquer proposta nesse sentido.

– E o que a faz acreditar que entrarei nesse covil para resgatar a gema? Os Towaneh deixaram de ser confiáveis. Fui enganado. Fizeram-me de imbecil.

– O plano era que me acompanhasse até aqui, com você ao lado havia menos possibilidades de ocorrer um acidente, um erro. Dois se protegem melhor que um só. Poderá me deixar agora, se quiser. Considere o acordo desfeito.

– Como sabe que a gema está aqui?

– Posso senti-la. Viemos seguindo seus eflúvios desde que deixamos a Tribo. A presença dela é intensa, posso tatear o ar e sentir a sua força.

Jowjow voltou a pegar as rédeas de Rocinante e virou-se disposto a ir embora. Para ele o assunto estava encerrado. Livre do acordo poderia viver a vida como quisesse sem se preocupar com uma mocinha inútil a tiracolo. Engoliria a raiva e a humilhação. Aprendera uma lição dura.

– Não sou peça importante e fundamental na tribo. Pelo menos não para alguns. Mas a gema é. Já imaginou o poder de barganha que terá se a tiver nas mãos? Não haverá chefe que deixará de se ajoelhar aos seus pés, implorando-lhe por ela. Poderá exigir uma recompensa muito acima do que almejava desde o início – Disse-lhe Jungermaid enquanto ele se distanciava.

Jowjow então parou. Rocinante bateu as patas no chão e pareceu sussurrar-lhe ao ouvido. Jowjow mexeu a cabeça afirmativamente.

– Se escaparmos com vida, você quer dizer... – ele respondeu, virando-se.

··◈··

Jowjow venceu os últimos metros da sinuosa garganta que o separava do povoado. Vinha com Rocinante em uma marcha tranquila, arrastando atrás de si – presa a uma corda – uma Towaneh feita prisioneira, e por quem poderia, eventualmente, obter algum lucro. Observou o local com disfarçada curiosidade; ruas poeirentas, casas e prédios assobradados, nenhum movimento.

Jowjow prosseguiu na marcha até chegar diante do Saloon. Havia lá dois cavalos presos diante de um cocho com água. A Towaneh acompanhara-o sem protestos e deu sinais de alívio quando pararam. Aproximou-se cautelosa do cavalo e do cavaleiro que desmontava e se sentou na beirada do alpendre. Jowjow puxou a corda pondo-a de pé e apontou-lhe o chão ao lado do cavalo, onde ela se sentou humilhada.

– Melhor assim – disse ele para que pudessem ouví-lo, ajeitando o cinturão. Então entrou no Saloon.

Não estava muito cheio. Não mais que seis mesas, cinco delas desocupadas. Diante do balcão, três homens debruçados. O barman – um homem com aparência truculenta, densa barba negra, olhos miúdos e lábios rachados – olhava para Jowjow como se visse uma aparição.

– Jowjow! – Exclamou o barman, para sua surpresa.

Ele estranhou o cumprimento, franziu o cenho e se aproximou devagar. Os três homens se voltaram em sua direção. Os dois Nictianos que ocupavam uma das mesas lhe lançaram olhares inamistosos. Não precisou passar pelo desconforto de inquirir o homem para saber de onde se conheciam. Lembrou-se dele, afinal.

Era o cozinheiro de sua companhia na guerra contra os Towaneh, nas fileiras da Corporação Betelgeuse.

– Das panelas para um Saloon. Mudança boa... – disse Jowjow, tentando a todo custo se lembrar do nome do homem.

– E você, do front para as planícies inóspitas de Matrígia – respondeu-lhe o barman, abrindo um sorriso torto. As gengivas inchadas apareceram por um momento.

Jowjow achegou-se ao balcão, apoiou nele o braço mecatrônico e deu um sorriso discreto, meio sem graça. Observou a prateleira de bebidas, passou a língua nos lábios sentindo a sede explodir e pediu um copo de cerveja.

– São poucos os combatentes que escolheram ficar aqui que ainda estão vivos. Esse planetinha de merda é bastante hostil para quem não é daqui – comentou o barman, enquanto lhe enchia um copo. O Saloon cheirava a carne cozida de Arcodonte.

– Parece que não mudou o cardápio... – comentou Jowjow levando o copo à boca, lembrando-se dos cozidos que fora obrigado a comer na guerra. O estômago começando a dar voltas.

– Velhos hábitos são difíceis de esquecer. E os Nictianos adoram essa porcaria... – riu-se o barman, piscando um olho para os homens que estavam nas mesas. Eles grunhiram alguma coisa ininteligível. – o que o traz aqui, Jowjow? Esse povoado é distante de tudo, perdido em meio às colinas... Um lugar sem atrativos.

Havia em Matrígia centenas de vilas e povoados. Entremeados por longas extensões de terra inóspita, maciços montanhosos, desertos venenosos, planícies cheias de perigos, florestas inacessíveis e bandos de salteadores que se moviam em meio a tudo isso. Também algumas metrópoles fabris, movidas principalmente com transferência de tecnologia humana e nictiana. Centros populacionais habitados por operários. Além de uma fauna e flora estranhíssimas, cheias de surpresas. A geografia desenhada por profundos cânions decididamente também não ajudava.

E, de tantos lugares estranhos, Jowjow fora parar justamente naquele povoado, um covil de ladrões, propositalmente escondido num vale só acessível por uma estreita e sinuosa garganta.

– Estava por aí. Ando atrás de trabalho. O que me oferecerem. Mas só descobri esse lugar depois que vi uma Towaneh xeretando as redondezas. Eu a capturei. Se esse lugar é importante para ela, ela pode ser importante para vocês também. Achei que seria um jeito de levantar alguns cobres.

– Onde ela está? – perguntou o barman, subitamente serio.

– Bem amarrada lá fora, ao lado do cavalo.

Dois Nictianos saltaram das cadeiras em que estavam e acorreram à porta de entrada do Saloon. Olharam para fora e estalaram a língua sibilando alguma coisa no dialeto deles que fez o barman erguer os sobrolhos.

– Disseram que não há ninguém lá fora. Só cavalos.

– Bem, talvez nem tão bem amarrada como pensei, – suspirou Jowjow, sentindo-se aborrecido.

Não era para Jungermaid ter se escafedido. Combinaram que permaneceria presa, que isso daria credibilidade ao plano, que facilitaria as coisas. Mas ela tinha que descombinar tudo! Bebeu o resto da cerveja de um gole, pretendia dar meia volta e ir em busca dela – ou dar o fora –, mas foi interrompido por quatro armas de raios apontadas para a sua cabeça.

– Vamos lá, Jowjow. Sei que é um caça recompensas e sei que andou arranjando confusão com um grupo de Deimianos em busca de uma Towaneh. Como vê, sei de muitas coisas. Agora, abra o bico e diga o que está fazendo aqui.

Poderia dizer que é um otário. Poderia dizer que foi arrastado até lá contra a vontade. Poderia dizer que está atrás da Deusa de Luz. Poderia dizer uma infinidade de coisas, todas elas mais ou menos corretas. Mas se sentiu sem vontade nenhuma de dizer alguma coisa. Como se soubesse que tanto fazia o que dissesse, não iria alterar a situação.

– Posso ajudá-lo, se quiser... – sorriu o barman, cuja alcunha Jowjow lembrara finalmente: era chamado Bubblegum por causa das articulações de Arcodonte que vivia mascando. – A Towaneh que resgatou era filha do chefe de uma das quinze tribos, certo? Ela foi feita prisioneira numa noite, durante a incursão de salteadores. Contrataram-no e você se saiu bem. Seria a mesma Towaneh que estaria, mas já não está mais, amarrada ao seu cavalo?

Jowjow respirou fundo e com o olhar treinado avaliou a situação. O barman com ambas as mãos sobre o balcão. Dois humanos em pé lhe apontavam as armas e dois Nictianos, os mesmos que foram à entrada verificar a história dele, faziam o mesmo. O último o observava com beligerância, pronto para sacar se fosse necessário. Não era uma situação muito favorável, certamente, e tentar um ataque surpresa não seria tão surpreendente assim. O plano que fizera às pressas com Jungermaid teria dado errado de qualquer jeito. Teve que admitir que se metera numa encrenca.

– Ela mesma, Bubblegum. Não me pagaram a recompensa prometida, então eu a tomei para mim.

– Ou será que veio com ela tentar resgatar mais alguma coisa?

– Coisa? Que coisa? – Jowjow se fez de desentendido. – Há algo de importante nesse povoado de fim de mundo?

As quatro armas se encostaram à sua cabeça, pressionando-lhe o crânio. Sentiu os canos frios e tentou manter afastado o pensamento do quanto poderiam ficar quentes de um segundo para outro. Engoliu em seco e então olhou para a entrada. Ele e mais os outros. Todos olharam para a entrada. Rocinante surgira por ela, marchando calmamente para dentro do Saloon. Olhos arregalados, até os de Jowjow, viram o cavalo se aproximar do balcão, afastando-os para o lado, cheirar um copo vazio de cerveja e então estrebuchar.

– Mas que diabos... – murmurou Bubblegum, perplexo.

Não houve tempo para reflexões nem para respostas mais complexas. Rocinante se virou e desferiu um coice violento nos Nictianos que saíram voando do Saloon através da parede de madeira ressequida e empenada. Jowjow aproveitou a confusão para sacar a arma e atirar nos dois humanos que, ainda boquiabertos, não tiveram reação. O último, ele esmagou o crânio com um soco.

Num segundo depois, era Jowjow que tinha uma arma apontada para Bubblegum que continuava com as mãos sobre o balcão, sem mexer um único músculo desde o início da confusão. Os olhos parados, a respiração parada. Nem um tremor, nem um sinal de vida.

Jowjow se aproximou, cutucou-lhe a face com o cano do revolver e estreitou os olhos, tentando entender o que estava acontecendo. Jungermaid entrou nesse momento com o chicote na mão. Exibia uma expressão confusa.

– A cidade está vazia. Não há ninguém. As casas não têm móveis.

Jowjow forçou a boca do homem e depois tentou tirar suas mãos do balcão. Estavam como pregadas.

– É um autômato! – disse por fim, perplexo.

– São todos autômatos – emendou Jungermaid, mostrando um deles no chão. Fios, porcas e parafusos. – inclusive os cavalos, lá fora.

– Mas é, ou era, Bubblegum. Ele me conhecia. De onde vieram essas memórias?

Jungermaid não saberia responder e nem teria tempo para fazer isso com a calma necessária. O Saloon começou a tremer, o chão começou a tremer. As garrafas nas prateleiras balançavam sem, contudo, caírem. Os lustres giravam enlouquecidos no teto, os corpos rígidos no chão trepidavam. Um zunido intenso que parecia vir de todos os lados os fez tampar os ouvidos. Um relincho de Rocinante os fez sair e olhar para o céu.

Uma nave com cerca de oitenta metros de diâmetro se aproximava em procedimento de aterragem. "Vai pousar sobre a cidade!", espantou-se Jowjow. Então, para ainda mais espanto, boa parte do povoado começou a afundar, mergulhando sob a terra. Uma plataforma circular de bom diâmetro descia na mesma medida em que a nave se aproximava. Jowjow, Jungermaid e Rocinante correram para dentro do Saloon e se esconderam detrás do balcão. Rocinante agachado sobre as quatro patas, com o olhar assustado.

Jowjow abraçou-o pelo pescoço tentando confortá-lo e Rocinante sorriu nervoso.

·•◈•·

Em Matrígia, os povos primitivos só tomaram contato com espécies alienígenas quando os humanos e os Nictianos chegaram; ambos interessados nas gemas de luz. Antes da guerra foram anos de tratados e acordos comerciais que trouxeram ao planeta uma ciência desconhecida pelos nativos. Como os Towaneh não concordaram em aumentar a extração das gemas para servir às necessidades desses dois invasores, se decidiu então pela guerra, sendo que só os humanos a encamparam de verdade.

Os Nictianos permaneceram nas sombras, alegando uma neutralidade bastante cômoda na ocasião. Soube-se que ajudaram a armar os Towaneh e também lhes ensinaram técnicas de guerrilha.

Mas esses anos todos de permanência em Matrígia não seriam ainda capazes de lhes permitir obras arquiteturais tão intrincadas e com tecnologia tão avançada quanto a construção da base subterrânea. Certamente os construtores foram auxiliados pelas especialíssimas condições do subsolo do planeta que, em muitas partes, encontra-se recortado por imensas galerias, câmaras gigantescas, túneis e fossos.

E esses construtores não poderiam ser nem os Towaneh, nem os Deimianos e nem os demais povos, menos representativos seja pela reclusão autoimposta, seja por estarem dispersos ao redor do planeta, sem unidade social.

O falso povoado, a imensa plataforma elevadora hidráulica e a complexa estrutura existente dentro daquele buraco não poderiam mesmo ser obras dos povos locais.

·•◈•·

Quando a trepidação diminuiu, as garrafas pararam de bater e os lustres de girar, os três se dirigiram cautelosos para a porta de entrada. Ao olharem para cima viram a abertura no solo, uma passagem larga que dava entrada a uma área abobadada. Uma incrível teia tubular em formato geodésico dava sustentação ao teto. Ao final do percurso, a nave foi deslizando lateralmente até aterrar numa área plana e livre de obstáculos.

Ficaram mais algum tempo em silenciosa contemplação, quando se deram conta de que a plataforma que descera deveria também subir para que tudo voltasse à normalidade. Montaram em Rocinante e dispararam para fora do falso povoado, na direção contrária em que a nave pousara. Mal escaparam, ela começou a subir, erguida vigorosamente por uma gigantesca torre elevatória.

Esconderam-se nas sombras a uma distância considerável da nave e das pessoas que surgiram, a pé ou conduzidas por pequenos e rápidos veículos automotores. Viram a azáfama, assistiram ao desembarque de alguns indivíduos e ao carregamento de carga à nave. A área que ocupavam possuía cerca de trezentos metros de diâmetro em sua totalidade. Assim que a agitação diminuiu e os poucos trabalhadores restantes se retiraram, sumindo por um túnel, arriscaram-se, pondo-se à mostra.

Não havia outra possibilidade de continuarem senão se arriscando pelo mesmo túnel.

– Vamos em frente. Rocinante não vai nos acompanhar. Chamaria muita atenção.

Rocinante balançou a cabeça negativamente. Abriu a boca e mostrou os dentes em desagrado.

– Não fique preocupado, amigo – disse-lhe Jowjow. – voltaremos para buscá-lo em breve. Mantenha-se escondido e não se meta em confusões, ok?

Jowjow e Jungermaid foram contornando a abóbada, espremendo-se contra as paredes, aproveitando cada mínima sombra que podiam. Estavam sozinhos, mas não pretendiam dar nenhuma chance ao azar.

Quando chegaram próximos à entrada do túnel, diminuíram ainda mais o ritmo e puseram-se a tentar escutar qualquer ruído que pudesse revelar a presença de outras pessoas. Mas obtiveram apenas silêncio. À esquerda deles, quarenta metros além, repousava a nave que há pouco fizera baixar a plataforma.

O túnel estava à meia luz, enegrecido até o ponto de terem dificuldade em enxergar além de algumas dezenas de metros. Parecia-lhes que, a certa altura, se dividia em dois, seguindo em direções opostas. Olharam-se rapidamente e prosseguiram. Chegaram ao fim do segmento inicial e tiveram que fazer escolhas. Podiam se dividir ou seguir juntos. Optaram por se manter juntos.

Após alguns metros se depararam com uma porta bipartida, larga e alta o suficiente para a entrada e saída de pequenos veículos. Não estava trancada. Empurraram-na e se encontraram no que parecia um depósito. Inúmeras caixas se amontoavam, de madeira e acrílicas. Umas mais ao fundo lhes chamaram a atenção. Aproximaram-se delas e identificaram dezoito recipientes metálicos hermeticamente fechados.

– Gemas de luz – sussurrou Jungermaid. – elas são acondicionadas uma a uma em pequenas cápsulas, prensadas em material a prova de atrito. Depois essas cápsulas são armazenadas nessas caixas. É assim que as entregamos aos compradores.

– Será esse um depósito da Betelgeuse? – perguntou-se Jowjow enquanto lançava olhares amplos ao local.

– Não, – disse-lhe Jungermaid. – São contrabandistas. O que me espanta é como conseguiram essas caixas. A corporação Betelgeuse desviaria as próprias reservas de gemas?

Jowjow se aproximou de outra, essa de madeira, e forçou a tampa, arrancando-a com a mão direita.

– Vantagens de ter um braço mecatrônico – murmurou, com um sorriso discreto.

Encontrou dentro dela peles de Arcodonte. Em uma segunda caixa achou moduladores de energia.

– Tem razão. São contrabandistas. Mas têm uma infraestrutura assustadora. Para quê tanto?

Jungermaid não chegou a responder. Foram surpreendidos pela porta que se abriu deixando entrar dois homens. Vinham numa paleteira e carregavam caixas acrílicas. A surpresa foi mútua. Os breves segundos necessários para que os dois homens se dessem conta de que os estranhos não eram convidados foram suficientes para que Jowjow e Jungermaid os dominassem. Não houve luta, não houve confusão. Tudo rápido e eficiente.

Jowjow era um cowboy típico e Jungermaid uma nativa, com trajes comuns aos Towaneh. Precisavam dar um jeito de se tornarem invisíveis aos olhares externos, precisavam fazer parte do pessoal técnico da base. Assim, tomaram emprestadas as roupas dos homens – macacões cinza de tecido grosso, botas de cano alto e bonés da mesma cor dos macacões –, que depois de interrogados e desacordados, foram encaixotados junto às peles de Arcodonte. Uma vez travestidos, poderiam passar despercebidos com boa margem de segurança.

Montaram na paleteira, manobraram-na com alguma dificuldade, deixando antes as caixas jogadas lá dentro e saíram do depósito. Segundo os incautos operários, encontrariam lá embaixo outros depósitos, além de salas de controle, de jogos, dormitórios, refeitório e reunião. Sem contar múltiplos corredores, labirínticos, que levavam a níveis inferiores e superiores, outros hangares – esses menores – e câmaras diversas onde a muamba de importação e exportação aguardava translado.

Estariam perdidos não fossem guiados pela hipersensibilidade de Jungermaid às energias emanadas pela Deusa de Luz. Deram-se conta de que não havia lá embaixo nenhum sistema avançado de segurança, como se não acreditassem que pudessem ser atacados. Não erravam muito. Matrígia não era um planeta que sofresse policiamento ostensivo, ficando a cargo da Corporação Betelgeuse uma relativa responsabilidade policial e, mesmo assim, voltada apenas à proteção das gemas. De qualquer forma não demorou até que fossem obstados por guardas displicentes que estranharam o "sem rumo" da paleteira que parecia perdida nos corredores. Impediram-nos de prosseguir, quando passariam por portas largas que dividiam um corredor. Aconselhados a dar meia volta, não tiveram alternativa senão passar por cima dos guardas como se não os tivessem visto a despeito dos gritos de alerta e, depois, dos de terror.

Chegaram a uma câmara abobadada e não muito extensa, onde operários trabalhavam manualmente uma variedade enorme de produtos, embalando-os ou desembalando-os, separando-os por ordem ou classificação. Havia um patamar superior, construído na rocha nua; um corredor metálico que circundava a câmara e dava acesso a algumas salas cujas portas eram visíveis lá de baixo. Jungermaid acenou com a cabeça na direção de uma delas, os olhos brilhando de satisfação. Desmontaram da paleteira e seguiram a pé, com pressa, na direção da escada mais próxima. Ninguém se interpôs, nem quando Jowjow sacou as armas de dentro do macacão.

Seria tudo estranhamente fácil se conseguissem alcançar o andar superior sem interrupções. Disparos efetuados por homens que surgiram tanto do corredor por aonde vieram, quanto do corredor circular que tentavam atingir provocaram alvoroço na câmara, fazendo os operários correrem atarantados, procurando proteção. Como tudo o que está ruim pode ficar ainda pior, viram a escada que lhes daria acesso ao andar superior ser recolhida.

Desistir não era opção.

Jungermaid retirou o chicote e acionou-o, estalando-o no ar enquanto corriam. Jowjow se esforçava em revidar os disparos, ora atirando para cima, ora para trás. Já próximos do final da câmara, onde a escada deveria estar, mas já não estava mais, Jungermaid agitou o chicote fazendo-o alcançar uma barra metálica e enrolar-se nela. Abraçados, deram impulso e, a um toque num botão, viram-se catapultados para cima, como se estivessem num elástico.

Jowjow derrubou um oponente atingindo-o com os pés no peito assim que chegaram ao patamar. Jungermaid fez o mesmo a outro, atingindo-o com uma cutilada no pescoço. Embora tivessem alcançado o objetivo, ainda não estavam livres. Pipocavam ao redor deles os raios de luz que ora dilaceravam as paredes, ora derretiam a rocha. Correram cerca de trinta metros sob fogo cerrado até atingirem uma porta que arrombaram com a força de seus corpos, atirando-se para dentro de qualquer jeito. Na primeira fração de segundos Jowjow se considerou salvo, na segunda, irremediavelmente perdido.

Pelo menos doze homens lhes apontavam armas. No meio deles, Blackflood.

·•◈•·

Renderam-se às evidências. Cercados, nada podiam fazer. Olharam-se e depois aos homens que os circundavam. Não havia ânimos exaltados. Pareciam todos tranquilos, certos de que aquela visita logo chegaria. Era visível a ironia que pairava por ali. Jowjow e Jungermaid foram erguidos e depois amarrados em cadeiras. Suas armas foram pegas. Desarmados e presos, estavam à mercê dos captores.

A sala não tinha mais que quarenta metros quadrados, um ambiente de trabalho circundado por painéis eletrônicos, algumas mesas simples e, sobre uma delas, aos cuidados de um homem circunspecto, uma caixa metálica de onde Jungermaid não conseguia desviar o olhar.

– Já os aguardávamos – disse o homem que guardava a caixa. – avisaram-nos que viriam em nosso encalço – então a ergueu, mostrou-a aos dois e se dirigiu para fora da sala por uma porta traseira metálica e pesada levando consigo a Deusa de Luz.

– Quem os avisou? – perguntou Jungermaid, a expressão sombria, perturbada por ter visto o alvo de sua procura lhe escapar mais uma vez por entre os dedos.

– E Bubblegum? Que ideia foi essa? – inquiriu Jowjow, como se questões mais importantes não lhe dissessem respeito.

Blackflood puxou uma cadeira e se sentou de frente para eles. Os outros homens mantiveram as posições.

– Não há nada que aconteça nesse maldito planetinha que não saibamos com boa antecedência. Existe uma rede de informações que liga cada canto de Matrígia até aqui. Devem ter reparado onde estão.

– Numa base de contrabandistas – constatou Jungermaid, testando a firmeza das cordas.

– Sim – respondeu Blackflood. – fazemos contrabando. Somos uma ponte que liga outras bases espalhadas pela galáxia. Em todas elas uma infinidade de produtos e artefatos das mais diferentes naturezas. O comércio que isso estimula ultrapassa em muito o comércio legal e regular, dominado pelas grandes corporações.

– Bubblegum... – disse Jowjow.

– Queríamos criar um ambiente familiar para você. Queríamos que, chegando aqui, desarmasse as suspeitas, que relaxasse a guarda, que permitisse falhas pessoais de segurança. Teria sido morto, baleado. Bubblegum tem suas memórias e seu DNA guardados num banco de dados, assim como outras centenas de ex-combatentes que já partiram dessa para melhor. Recriá-lo num corpo mecatrônico foi uma tarefa bastante simples. Em breve serão os seus dados que serão arquivados. Terei um prazer imenso em recriá-lo, Jowjow e vê-lo fazer parte de meu exército particular de combatentes mecatrônicos.

Jowjow ruminou as informações por algum tempo. Deixou que Jungermaid fizesse seus protestos formais e informais, permitiu que os homens lá dentro se divertissem com ambos, sentindo-os completamente entregues, o que não era mentira. Sentiu a firmeza das cordas e ponderou que podia rompê-la facilmente – e que isso não lhe custaria muito com o braço mecatrônico – mas seria fuzilado antes que pudesse dizer *Cadaverosum Leguminosae*. Ponderou também que toda a segurança da base devia estar reunida naquela sala – agora com quinze homens – e isso era muito interessante.

– Entreguem-nos a Deusa de Luz e iremos embora sem lhes causar nenhum mal. Caso vocês se neguem, seremos obrigados a matá-los todos – disse Jowjow com tranquilidade.

Ele sabia que a frase causaria impacto. Olharam-se com perplexidade e alguns começaram a rir. Blackflood fez um gesto com uma das mãos e todos se calaram, sem, contudo, conseguirem esconder a expressão de incredulidade.

– Ah... A Deusa de Luz – murmurou Blackflood. – a maravilhosa e lendária gema. De existência sempre decantada, mas nunca vista. Sempre a relegamos às narrativas míticas. Os Towaneh atribuem a ela poderes incríveis, contam histórias épicas a seu respeito, mas sabemos hoje que não é mais que uma gema como todas as outras, mas com um poder energético que suplanta tudo o que conhecemos. De valor inestimável.

– Vocês a roubaram! – sibilou Jungermaid, cuspindo aos pés do homem.

– Nós a negociamos, mocinha. Não somos ladrões. Custou-nos bem caro e irá render milhares de vezes mais o que nos custou. É esse o nosso trabalho.

– Invadiram nossa tribo, atacaram nosso povo, mataram nossos homens.

– Apenas os que, por força da necessidade, estavam em nosso caminho. Você poderia estar morta, mas a poupamos. Deveria nos agradecer por termos acedido ao emocionado pedido que nos fizeram. Não que tenha sido muito útil já que teremos que matá-la do mesmo jeito.

– Pedido? – Jungermaid estava perplexa. Franziu o cenho tentando alcançar a magnitude do que acabara de ouvir. – Para onde levaram a Deusa de Luz? – exigiu saber.

– Deve estar sendo embarcada em minha nave, agora – disse Blackflood com satisfação.

Então ouviram pegadas fortes, batidas no piso metálico do corredor que circundava a câmara, Calaram-se por instantes e viram um cavalo aparecer, espiar a sala e então enfiar meio corpo porta adentro. Ficaram todos olhando Rocinante, e Rocinante ficou olhando a todos, retribuindo a curiosidade. Então desviou a atenção a Jowjow e pareceu rir enquanto chacoalhava a cabeça de um lado para outro.

– Eu não lhe disse para não sair do lugar e não se meter onde não é chamado? Que mania maldita de não me obedecer! – esbravejou Jowjow, visivelmente contrariado.

– Mas como esse cavalo veio parar aqui? Como ele subiu as escadas?– perguntou Blackflood, imerso em perplexidade.

Então Jowjow olhou para Jungermaid, que olhou para ele. Ela também estava atônita, já desconfiando que Rocinante não fosse um cavalo comum.

A um sinal de Jowjow, ambos se jogaram para o chão, caindo com as cadeiras. Ato contínuo, dois canos metálicos surgiram dos flancos direito e esquerdo de Rocinante e começaram a cuspir balaços, em verdadeiro chumbo quente. Blackflood, rápido como uma cobra, também se jogou ao chão quando viu os canos se projetando. Os outros homens não foram tão rápidos e sucumbiram recheados de balas.

Foi tudo muito rápido e barulhento. O matraquear contínuo despejava projéteis que iam destruindo tudo no caminho, desfazendo mesas, cadeiras, fragmentando a rocha na parede, fazendo voar pedaços dos painéis eletrônicos, provocando fumaça e faíscas, explodindo e ricocheteando chumbo para todos os lados. Quando a torrente de disparos se encerrou, Blackflood se ergueu e correu para a porta aos fundos da sala. Sumiu por ela fechando-a atrás de si num estrondo e trancando-a do lado de fora enquanto Jowjow rompia as cordas que o prendiam e ajudava Jungermaid a se soltar.

– Precisamos pegar a Deusa de Luz! – gritou ela, fazendo menção se seguir Blackflood.

– Por aí, não! Está trancada. Vamos perder muito tempo tentando colocá-la abaixo.

– Esse homem deve estar indo por um atalho que o levará ao hangar principal. Até chegarmos lá ele terá partido.

– Confie em Rocinante!

Jungermaid encontrou o chicote caído no chão e Jowjow pegou as duas primeiras pistolas que encontrou. Montaram sobre o cavalo que já havia saído da sala e trotaram até a escadaria que se encontrava estendida até o solo. Os operários espalhados na câmara olhavam para eles com a mais absoluta incredulidade.

– Não sei como ele subiu, mas tenho certeza de que não conseguirá descer, principalmente conosco em seu dorso – disse Jungermaid.

Jowjow apenas acenou, aferrando-se às rédeas. Jungermaid teve tempo de abraçá-lo com força antes de se ver lançada ao espaço. Rocinante saltou sobre a amurada do corredor, projetando-se no vazio a oito metros acima do chão. Exclamações de assombro reverberaram na câmara e ainda não haviam terminado quando Rocinante chegou ao solo com estardalhaço sem, contudo, perder o equilíbrio ou derrubar os ocupantes. Não houve tempo para exclamações de surpresa nem palmas pela façanha – que alguns arriscaram. Rocinante saiu em desabalada carreira pelos corredores, sabendo exatamente o caminho que os levaria à nave de Blackflood.

– Você pode senti-la, a pedra? A gema? – perguntou-lhe Jowjow enquanto segurava o chapéu na cabeça, vendo os transeuntes nos corredores saírem da frente, atarantados, apavorados.

– Posso. Ainda está em solo. Mas temos que nos apressar!

– Mais que isso, só se enfiar uns foguetes no rabo de Rocinante.

Dobraram corredores à esquerda e à direita. Desvencilharam-se de obstáculos, saltaram caixas grandes e pequenas, desviaram-se de paleteiras, atropelaram uns quantos operários cujas reações foram retardatárias e viram-se enfim no corredor central, metros antes da boca do túnel.

Viram a plataforma central se elevando lentamente, a torre elevatória rangendo ao erguer milhares de toneladas. A nave flutuando em seu centro, elevando-se junto com ela, ganhando velocidade. Rocinante correu até alcançar a plataforma, mas estancou o avanço ao ver-se incapaz de prosseguir ou de, num salto, alcançar a borda e içar-se para cima.

Sim, Rocinante era capaz de se içar em parapeitos.

Jungermaid acionou o chicote, agitou-o e lançou a ponta numa estalada precisa. Ela se prendeu numa das hastes da plataforma e ela foi projetada para cima onde, num giro rápido do corpo, caiu em pé sobre o solo de terra batida e poeirenta, nos fundos de uma mercearia.

– Que droga! – esbravejou Jowjow, frustrado.

Rocinante abriu a boca e soltou uma mistura de urgidos, roncos e resfôlegos enquanto girava o corpo. Jowjow se inclinou e prestou atenção no que ele dizia.

– Jura? Sério que encontrou outra saída enquanto nos procurava?

Então dispararam de volta aos corredores, onde entraram por caminhos estreitos e alternativos, subiram algumas rampas, arrombaram as correntes de uma porta dupla e viram-se ao pé de uma colina, não mais que duzentos metros do povoado. Jowjow viu a nave ir subindo aos poucos, os motores zumbindo com cada vez mais intensidade. Divisou ao longe a figura de Jungermaid tentando abordar a nave. Uma atitude certamente idiota. Mesmo que conseguisse, não teria como entrar nela e morreria durante a ascensão. Foi quando Jowjow se lembrou da pequena nave de controle e policiamento de classe Pégasus estacionada atrás da estrebaria. Rápida, possuía armamentos leves e eficientes. Dois mísseis de curto alcance e um canhão sônico para desbaratar rebeliões civis. Se estivesse em funcionamento lhes daria uma excelente chance de por um ponto final na questão.

Rocinante o deixou diante da nave em minutos. Ele a abriu com rapidez e verificou que os controles estavam em perfeita ordem. Fez acender as luzes dos painéis, certificou-se de que havia combustível suficiente e, antes de fechar a porta, Jungermaid irrompeu por ela.

– Onde pensa que vai? – perguntou ao mesmo tempo em que sentava numa das poltronas de comando, aferrando-se aos manetes.

– Por acaso sabe pilotar um desses? – inquiriu-lhe Jowjow.

– Sei coisas que nem faz ideia. Segure-se! – ordenou-lhe enquanto ele se sentava na outra poltrona e pegava o controle de armas.

A nave rugiu os motores, cuspiu fogo por duas turbinas traseiras. Jatos ventrais de ar comprimido a fizeram se erguer com dificuldade do chão, balançando como uma folha ao vento. Dispararam para frente arrancando telhas da estrebaria e quase se chocando contra a torre da capela. Jungermaid manuseou os manetes com habilidade, desviou a nave dos obstáculos e a fez apontar o nariz para o alto, numa subida vertical, forçando os motores acima do que eram capazes de oferecer e arriscando-os a uma pane.

Viram a nave de Blackflood muito acima, em meio às nuvens, a mais de dois mil metros de distância e acelerando. Precisavam estar à distância de tiro antes que ela escapasse da atmosfera do planeta. Por mais eficientes que as naves da classe Pégasus fossem, elas não foram feitas para voar além da troposfera.

Jungermaid acelerava tudo o que podia e tudo o que o pobre e esforçado motor da nave de controle de distúrbios conseguia alcançar. Não fora projetada para corridas alucinadas, mas era leve e tinha potência suficiente para se aproximar o necessário para que o disparo dos mísseis encontrasse o alvo dentro de seu raio de ação.

Trinta segundos depois, quando a pesada – e carregada – nave de Blackflood estava a cerca de oito mil metros do solo e setecentos metros de distância da Pégasus, Jungermaid gritou.

– Agora!

Jowjow, que vinha mantendo Blackflood sob mira, alvo travado, puxou os gatilhos e dois projéteis foram disparados, riscando o ar à frente deles com uma incrível velocidade. Jungermaid sentiu os motores falharem devido a altura excessiva, baixou então o nariz da nave procurando planeio e iniciou manobra de evasão enfrentando forte turbulência. Os petardos atingiram Blackflood no ventre de sua nave abrindo nela uma cratera fumegante. A ascensão que era cada vez mais rápida foi interrompida. Os danos foram extensos e a nave perdeu sustentação iniciando uma queda abrupta e vertiginosa.

– Está caindo, está caindo... – alarmou-se Jowjow enquanto via Jungermaid lutar contra a trepidação da Pégasus e contra a turbulência externa. A nave de Blackflood inclinou-se a bombordo, passou a girar em torno do próprio eixo e foi desabando, passando rápido por eles que acabaram atingidos por destroços.

A Pegasus estremeceu, o motor engasgou e uma das turbinas deixou de funcionar. Jungermaid virou a nave contra o vento tentando controlar a velocidade da descida. Viram uma cápsula de escape ser ejetada da nave de Blackflood mil metros antes da superfície e do terrível encontro com o solo.

A plataforma que dava acesso ao hangar principal da base subterrânea não aguentou a força do impacto e cedeu. A explosão provocou desmoronamentos nas colinas ao redor e fez surgirem crateras de fogo ao largo do vale de onde explodiam chamas violáceas vindas de sob a superfície, resultado da desintegração de tudo o que havia tanto acima como abaixo da terra.

– Meu Deus... Rocinante... – gemeu Jowjow com os olhos pregados da vasta destruição que haviam provocado.

– Segure-se. A segunda turbina parou também. Vamos cair – disse Jungermaid com uma expressão fria nos olhos.

A Pegasus se encontrou com o solo do outro lado do vale,

centenas de metros após as colinas. Jungermaid conseguiu fazê-la planar e atingiram o chão de barriga, com violência suficiente para capotarem várias vezes após muitos metros de arrasto incontrolado.

A nave se transformou numa bola de destroços fumegantes.

Saíram dela com hematomas, cortes e arranhões e um peso incontrolável na alma. Jungermaid tremia de raiva e impotência pela perda da Deusa de Luz e Jowjow estava baqueado pela morte de Rocinante que – claro – não poderia ter sobrevivido à hecatombe ocorrida no vale.

Rolos intensos de fumaça subiam além das colinas enegrecendo grande porção do céu.

Arrastaram-se pelo terreno acidentado, poeirento e pedregoso até ficarem a uma distância segura da Pégasus, temendo uma eventual explosão que acabou não ocorrendo. Mantiveram-se vários minutos quietos, recuperando a calma. Respiraram aliviados, por fim.

– Essa foi por pouco – suspirou Jowjow. – Não pensei que fôssemos escapar.

– Sou boa piloto – respondeu Jungermaid. – embora essas máquinas não sejam confiáveis.

– Ah... A Pégasus não foi feita para isso. Até que aguentou firme. Uma subida vertical... Juro que pensei que já vira tudo na vida. Sorte não termos explodido no meio do caminho.

Jungermaid respirou fundo, fechou os olhos e ergueu a fronte se concentrando.

– Rocinante está morto – balbuciou Jowjow, fendido pela dor.

– Mas a Deusa de Luz, não – disse Jungermaid, retornando do transe. Finalmente se permitindo um sorriso, mesmo que débil.

Sentira-a. Leve e fugaz energia que chegava vinda de longe.

Jowjow desconfiava. Quando viu a cápsula de fuga sendo ejetada da nave cargueira imaginou que Blackflood tivesse escapado, levando a gema consigo.

– Vou persegui-la. Minha missão não está concluída.

– Blackflood está vivo. Escapou do desastre. É um cara esperto... Sempre foi. Mas é loucura se meter atrás dele e dessa pedra, por mais valiosa que seja.

– Eu já disse uma vez e volto a repetir... Pode me deixar. O acordo está desfeito.

Jowjow olhou-a. Estavam sentados lado a lado. Ombro a ombro. Os cabelos embaraçados dela derramados sobre ele e o contato de pele lhe causava uma estranha perturbação.

– Ao fim de cinco anos ou se eu tiver morte prematura... Não foi o que disseram? Vou com você, então – respondeu Jowjow, erguendo-se meio trôpego. Espadanou as roupas fuliginosas e ajudou Jungermaid a se levantar. Olharam para o leste, para onde a cápsula disparara quando ejetada, na direção das regiões pantanosas.

Jungermaid sorriu agradecida.

– Sinto por Rocinante – disse ela, lamentando.

– Não sinta – respondeu Jowjow abrindo um largo sorriso e apontando para as colinas.

O animal estava vivo e bem. Fugira do vale logo que decolaram com a Pégasus. Vinha a galope, efusivo, fazendo esvoaçar a crina e fazendo-a refletir os raios solares do fim da tarde. Trazia o cavalo de Jungermaid pelas rédeas, essas bem presas por entre os dentes. Distribuía sorrisos, feliz pelo reencontro.

Jowjow e Jungermaid não desistiriam. Iriam atrás de Blackflood e recuperariam a Deusa de Luz, mesmo que tivessem que atravessar toda a galáxia para isso. Suas aventuras estavam apenas começando.

RAINHA DAS ESTRELAS – DIAS DE SANGUE NA ÁREA VERMELHA **

OCTAVIO ARAGÃO

** Baseado em personagens e situações criadas por Osmarco Valladão.

Prólogo - 200 anos após a Grande Diáspora

QUANDO SEU TIO, a Eminência Parda da Coroa, tentou matá-la depois do estupro, à beira de um rio, Cordélia Delenda acreditou que era o fim.

Muito prático eliminar a herdeira do trono, deixando que os direitos de nomenclatura o apontassem como sucessor. A menina ficou desaparecida por uma semana e escapou da morte porque a única coisa maior que sua inteligência era a teimosia.

Depois de matar um filhote de neotatú e passar mal por se alimentar de carne crua, viu uma luz avermelhada sobre o leito. Imaginando que se tratava de um barco que procurava por seu corpo afogado, enfiou-se nos detritos até a cintura e tentou nadar na confusão de restos de máquinas e animais.

Chegando lá, percebeu que não se tratava de uma "luz". Ali, no meio do lixo de Ryoh, estava uma das portas para o Paraíso. Os homens nunca entenderam que para cada planeta invadido e colonizado havia um Panteão adormecido e nenhuma modificação ambiental poderia matar mitos. A vida acaba, ícones não. No máximo hibernam até que outra vida chegue e os adore.

Aquelas entidades – um composto de heróis, reis, santos e demônios – ofereciam beatitude, contanto que, sem muito alarde, ganhassem uma pequena oferenda.

A menina foi encontrada duas horas depois e, assim que assumiu o poder, pouco depois de sugerir ao rei o esquartejamento do tio, Cordélia Delenda, futura terceira Imperatriz, começou uma onda de assassinatos e sacrifícios, sedimentando sua posição e sacralizando a volta de divindades hibernantes.

Cordélia despertou as crenças de civilizações mortas milênios antes da Grande Diáspora e, com isso, garantiu seu lugar no Paraíso Vermelho. O seu e o de seus descendentes, que ganharam uma sobrevida eventual encarnando em seus filhos.

Um século após a morte de Cordélia, surgiram as Monjas Rubras, as Sacerdotisas de Veludo e as práticas sensoriais, pálidos reflexos resultantes do jejum milenar das entidades. Com o tempo, os espíritos ancestrais encontraram novas forças, buscando alternativas para reencarnações diferenciadas e as máquinas, esses corpos sem espírito, pareceram apetitosas. Um curto circuito mental e logo algumas monjas desenvolveram a capacidade de conversar com máquinas, projetando nas engrenagens secas o óleo das mitologias perdidas.

A partir de então, o brilho vermelho nos olhos e a volta das divindades primordiais seria o objetivo inconsciente dos Delenda.

·•◈•·

Mil anos após a Grande Diáspora

Leo Mandell espantou-se com o grito no espaçoporto. O voo fora tranquilo como todos nos dez anos de carreira como piloto comercial. Mesmo quando os soldados da Coroa adentraram procurando por ele armados até as placas vermelhas que chamavam de dentes, Leo manteve um sorriso, pensando que tudo seria resolvido com a apresentação do ID profissional e, na pior das hipóteses, a ficha de serviços prestados há cinco anos, quando fez transporte suborbital voluntário de tropas até um ponto distante da Área Amarela. Calculou que poderia se atrasar para o almoço com Andressa, mas quando recebeu voz de prisão, achou que o oficial estava exagerando. Respondeu à altura, mas com polidez.

Quando levou a coronhada na têmpora, ainda acreditava que era apenas um mal entendido.

·•◈•·

O nome não importava, mas se alguém perguntasse responderia Ockham, o mesmo do pai. Trinta anos, comandante da Coroa.

Último oficial condecorado com a insígnia do Dragão de Fogo pela ação contra uma célula terrorista na colônia de Biktúpia. Três anos entre pesquisa, infiltração e aniquilação de dez dúzias de agentes do Grupo. Dois anos de exílio na Área Amarela pelo assassinato do general Tchiba Marchallus, amigo do marechal Ahmed Alexandrovitch Raga, primeiro ministro da Área Vermelha. Perdidos o casamento e a vida confortável. Revogação temporária dos direitos como um dos Primevos, a classe dominante. Boa aritmética, péssimo plano de carreira.

Não que a vida na Área Amarela fosse má. Em três meses, percebeu que havia sexo e bares suficientes para um sujeito sobreviver com dignidade. Conseguiu um serviço como chefe de segurança de um desses estabelecimentos cheios de bêbados e prostitutas. Chamava-se Prigadski San. Trabalho fácil, com uma média de duas brigas com tentativas de homicídio por semana e com a fama de leão de chácara recrudescendo, as coisas ficaram ainda mais tranquilas.

Houve um dia, porém, em que Ockham preparou-se para o pior. Não havia explicação, o ouvido esquerdo estalava seguido de uma pontada atrás do olho, sintomas que, desde a Academia, aprendeu a relacionar com más notícias.

Vestiu sob uma camisa de brim a malha composta por um polímero que, com o calor do corpo, endurecia ao ponto de resistir a facadas, e por cima de tudo, uma jaqueta de couro puído (pele humana clonada, um luxo dos velhos dias). Escondeu num bolso interno algumas cápsulas especiais que, quando expostas à umidade, explodiriam em três minutos. Caso precisasse de um elemento surpresa, disfarçou a pistola na cintura e calçou a Luva.

A Luva era invenção sua. Consistia de um mecanismo que envolvia a mão esquerda e que, quando pressionado na palma pelo dedo médio e anular, disparava três lâminas de aço numa velocidade de até 850 metros por segundo. Foi graças à Luva que sobreviveu ao confronto com Rybem Harvaty, o chefe dos terroristas em Biktúpia, enquanto sua tropa de vinte soldados desativava a bomba que ameaçava explodir a hidroelétrica.

Jamais esqueceu o inimigo que, perfurado pelas lâminas, morreu balbuciando alguma coisa sobre Argo, o líder revolucionário eliminado por Raga há duas décadas. O único gesto de respeito que se permitiu antes de voltar para casa foi uma rápida continência. Hoje, depois de conviver e observar a vida miserável da maior parte da população da Área Amarela pensava se não teria sido melhor mudar de lado, juntando-se aos guerrilheiros. Devia ter obedecido menos e perguntado mais.

Como efeitos colaterais da vitória em Biktúpia, seu rosto tornou-se conhecido e o projeto da Luva caiu no mercado negro. Jamais recebeu um centavo pelas diversas cópias de baixa qualidade que viu nas mãos de pessoas inábeis. Raga aproveitou-se de sua imagem, transformando-o num ícone, um personagem. O casamento com Yani da casa de Soror, que já era frágil, desabou sob o peso da superexposição, sendo que a gota final foi voltar ao lar depois de uma semana de cerimônias públicas e descobrir outro em sua cama. Com o fim do casamento, Ockham deixou de ser uma peça útil ao governo e não podia posar ao lado do regente Lorcas Delenda e da matriarca Luz Delenda.

Os Delenda mantinham-se no poder por mais de cinquenta gerações pelo mesmo motivo que os impedia de ter uma vida social mais aberta: não havia como prever com qual dos mais de setenta Delendas estava falando. Os membros vivos da família sofriam de surtos sazonais que faziam com que seus antepassados tomassem conta de seus corpos e ações. O problema era que, uma vez em posse do corpo, a entidade podia fazer o que bem entendesse.

O conselho da Coroa tinha suas alternativas para lidar com essas inconveniências, mas volta e meia alguém morria por conta de uma crise de personalidade palaciana.

Num cenário onde a estabilidade era um dos bens mais desejados, parecia claro que a queda de prestígio de Ockham acabaria mal. Durante uma festa na qual Raga condecorava alguns amigos, o ex-herói da mídia levou mais a sério do que deveria um comentário a respeito de seu casamento.

Lá foi Ockham para o pátio, pronto para um duelo. Um tiro no amigo de Raga, uma passagem só de ida para a Área Amarela. Em um mês ninguém mais se lembraria dele. A Luva, porém, o manteria nas cabeças das pessoas. Não pelos melhores motivos, mas e daí?

Às quatro da manhã, quando o movimento no Prigadski San baixou, Ockham viu pela primeira vez o provável motivo de sua enxaqueca. Um sujeito de chapéu e sobretudo, botas surradas, aproximou-se mais do que deveria. Normalmente, Ockham impediria a ousadia com um gesto, mas como estava entediado, apenas recostou-se no balcão.

– O senhor é Ockham, da casa de Erin – disse o estranho.

– Quem quer saber?

– Vim cobrar sua dívida.

– Entre na fila. Meu pagamento sai em dois dias.

– O Grupo exige quitação imediata – disse o estranho sacando uma pistola. Ockham deu um salto para trás, passando por cima do balcão e praguejando ao sentir o ardor na perna direita. Pagava o preço das festas e noitadas, já não era tão rápido e aquele não era um amador.

Apesar da desvantagem, conhecia os métodos de ataque do Grupo. Um olhar em torno revelou o que esperava. O segundo atirador estava à esquerda. Deveriam ser três no mínimo e quatro na pior das hipóteses. Conseguiu aleijá-lo no momento em que buscava um melhor ângulo. O espelho côncavo que mandara instalar na semana anterior mostrou a localização do terceiro homem, enquanto o primeiro, a isca, mudava de posição. Um quarto elemento permanecia sentado à mesa no canto do salão, sem mexer um dedo. O chapéu de aba larga projetava uma sombra sobre o rosto, num efeito colateral da iluminação que transformava o ambiente num local sem cantos escuros.

Ockham examinou a coxa. Projéteis perfurantes, mais apropriados para a caça do que para assassinatos, por sorte não pegou o osso, mas era um ferimento digno. A bala rasgou a carne e alojou-se na parede. Usou um pano de pratos como torniquete. Esperou que os adversários se posicionassem aos dois lados do balcão, pensavam que o tinham em uma armadilha. Ockham apoiou as costas no fundo de madeira, o pé na parede oposta esticou os braços, segurando a pistola com a mão direita e apontando a Luva com a esquerda. Contou até três e deu um impulso com a perna sã, empurrando o balcão por dois metros. Os dois pistoleiros, pegos de surpresa com o súbito deslocamento, foram atingidos por lâmina e bala, caindo sobre as cadeiras.

Era a hora de encarar o quarto homem. Ockham jogou-se sobre o balcão apontando as armas, mas não estava mais lá. Por causa da distração, o atacante ferido pela lâmina da Luva quase o acertou à queima roupa. Ockham girou sobre a perna ruim e escorregou no próprio sangue, mas ainda assim atingiu o agressor com um tiro no que atravessou o tronco. *Isso é munição profissional, companheiro.*

Caído, deu com o homem da mesa retirando das costas do pistoleiro do Grupo um punhal. A lâmina opaca sugeria vidro negro.

– Não encare dessa maneira. Pense que vamos lhe dar uma chance de provar sua dignidade aguentando o máximo de dor que puder. Espero sinceramente que sua resistência seja alta. O interrogatório começará daqui a cinco minutos, sugiro que aproveite o tempo de repouso. Oxigênio é igual às mulheres, a gente só repara o quanto precisa delas depois de um minuto sem respirar. Mas o que estou falando? Disso você entende melhor que eu.

·✦◈✦·

Ockham acordou com um tapa. Abriu os olhos, mas não enxergou nada graças a um facho de luz direcionado a seu rosto.

– Temos visitas – falou uma voz aguda – Uma celebridade dos Primevos em nossa casa. Estou quase pedindo um autógrafo.

Se Sling estava ali, a voz aguda e a mão larga faziam parte do pacote e deveriam pertencer a outro foragido da Coroa. De acordo com os arquivos das Forças Armadas, era bem possível que aquele fosse o parceiro de Sling, o engenheiro Mauzh. Outro que valia seu peso em ouro, pois aquele era o sujeito capaz de transformar sucata em cruzadores espaciais. Em outras condições, Ockham faria o possível para levar todos para dar uma volta no inferno. Afinal, seriam dois pelo preço de um.

– Antes de começarmos – disse outra voz, mais grave – gostaria que soubesse que temos exata noção de quem você é. Não temos a menor intenção de pararmos até retirarmos a informação que queremos e, se para isso for necessária uma lobotomia, tenha certeza que sairá daqui com o cérebro escorrendo pelas orelhas.

Ockham engasgou e cuspiu sangue grosso nas próprias pernas, o que provocou uma onda de hilaridade entre os captores e revelou o número de pessoas presentes na sala. Quatro.

– Se tivessem feito o dever de casa, saberiam com quem estão falando e o que posso fazer. Saberiam também que sou um exilado da Coroa e que perdi meus privilégios de Primevo. Podemos fazer isso de duas maneiras: vocês me soltam e colaboro com o que estejam planejando ou é melhor me matar de uma vez, pois não há nenhuma informação que eu saiba que já não seja de seu conhecimento.

Soube que falhou quando a segunda onda de gargalhadas inundou o ambiente. A voz aguda foi a primeira a se pronunciar.

– Quem ouve esse cara é capaz de pensar que somos nós que

estamos amarrados numa cadeira, prestes receber um torno de aço onde o sol não brilha. Ouviram? Nós temos duas opções! Fico muito feliz em saber que o senhor é tão condescendente.

O soco que seguiu o discurso foi tão forte que, além de esmagar o nariz, derrubou Ockham com cadeira e tudo. Pensou que era demais. Morrer em batalha fazia parte do jogo, mas assim? De graça? Encheu os pulmões e, aproveitando a estrutura frágil do móvel no qual estava amarrado, forçou a junção do encosto com o assento, produzindo um estalo. Manteve-se deitado até sentir a aproximação de um dos homens. Quando as mãos agarraram a gola de sua camisa, deixou o peso do corpo desequilibrar o adversário até ser largado no chão, espatifando o que restava da cadeira. Encarou os quatro indivíduos na sala. A perna ferida latejava, mas que se danasse.

– Assim está melhor – disse – Detesto sangrar sozinho.

O palpite inicial estava correto. Além de Sling, Mamba Mauzh estava lá, com tatuagens e tudo. Dos outros dois, um tinha jeito de Primevo, bigode e roupas finas, e o outro apresentava cara atípica, redonda, com olhos puxados e cabelos lustrosos. Da cintura pendia um facão e uma espada comprida e fina embainhada em um cilindro de aparência metálica. Além disso, trajava uma armadura que consistia em uma série de escamas de plastop, material leve e funcional. Talvez não resistisse a um tiro direto, mas repeliria as lâminas da Luva.

Ockham teria de se virar com os restos da cadeira, que se transformaram em dois bons porretes, e preparou-se para o confronto. Do outro lado, Mauzh e o cara de bigode sacaram armas, mas Singapura Sling colocou-se entre os combatentes.

– Creio que é uma boa hora para conversarmos.

·◆◈◆·

Lorcas Delenda não sabia o que fazer com aquela irmã Volúpia, se mandava executar ou se a pedia em casamento. Os restos do banquete ainda estavam mornos e apetitosos, as costelas de tapir exibiam uma fina crosta brilhante onde os temperos sedimentaram, e a espuma na banheira, tépida, emolduravam os seios da Sacerdotisa de Veludo do Templo dos Sentidos. Toda aquela sedução tinha de ser subversiva, mas era tão boa...

O rei observava enquanto os cabelos de irmã Volúpia

compartilhavam com as bolhas entre suas pernas. Os talentos da Sacerdotisa permitiam que, enquanto consumava o felatio real subaquático, escolhesse o caminho que a levaria ao prisioneiro que as Monjas Rubras acreditavam ser Argo. Chamar a atenção e ganhar acesso ao quarto do rei foi fácil, graças ao convite para o banquete que as Monjas falsificaram nas oficinas litográficas do Templo dos Sentidos – e, uma vez no palácio, os dotes físicos encurtaram o caminho para a cama – para descobrir, contatar e, talvez, resgatar o alvo, ela não tinha a menor ideia de como proceder. Porém, ser uma irmã Volúpia significava conhecer diversas técnicas de persuasão que, combinadas aos implantes cibernéticos, permitiam um improviso, até numa banheira cercada por dois Cavaleiros da Coroa.

Volúpia enlaçou a cintura do rei com as pernas, pressionando a virilha, colocando-se frente a frente ao monarca. Sentindo-o entrar em si por trás, ela contraiu as nádegas, estimulando-o com o gancho vibracional implantado, até que Delenda revirou os olhos, gemendo.

Esperou que o rei gozasse e, sem desmontá-lo, inclinou-se para trás. Agarrou o escroto real com a mão esquerda, apertando até transformar o suspiro de satisfação em um guincho de dor e surpresa.

– Poderia fazer de você minha rainha – disse o rei.

– Ambos sabemos que não é isso que importa – sussurrou Volúpia – O que nos completa independe de títulos ou do protocolo. Isso nubla os Sentidos, nossas portas de contato com o mundo. Olhe para mim.

O rei abriu as pálpebras e foi inundado por uma onda de reconhecimento, de solidariedade, de sede e calor. Estava rendido e faria tudo que lhe pedissem.

Infelizmente para Volúpia, os Delenda não eram pessoas comuns. As mãos compridas do rei agarraram os pulsos da Sacerdotisa e torceram até que um estalo revelasse que ao menos um osso havia se partido.

– Rei Lorcas! – gritou Volúpia. Ela havia pesquisado e sabia que o rei havia acordado com a personalidade irônica, mas passiva de Lorcas Delenda.

– Dim-dom – disse Delenda, cujo cenho franziu-se em uma escada de pele muito branca – sinto muito, irmã, bateu na porta errada. Não há ninguém aqui com esse nome. A Coroa voltou a quem de direito. A rainha Cordélia chegou.

··◈··

Raga sabia que não podia confiar em um Delenda, mas jamais se deixara cair em uma situação desfavorável com qualquer das personalidades vigentes. Conhecera dez das mais de setenta pessoas que moravam nas mentes de cada um dos reis e sentia orgulho quando, em retrospecto, contabilizara zero conflito de interesses. Até o momento, os reis mudavam, mas Raga permanecia.

Foi uma surpresa quando soube que a tal Cordélia estava no comando. A princípio, ninguém sabia quem era. Ela jamais havia aparecido em qualquer dos quatro últimos Delenda. Contudo, uma pesquisa nos arquivos da família real revelou uma mulher que provavelmente havia sido a mais radical governante de todos e ultrapassou a nonagésima década, mantendo-se lúcida até o último minuto. Segundo os registros, meia hora antes de morrer mandou executar quinze suspeitos de conspiração contra a Coroa, sendo que um deles tinha apenas dez anos de idade. Ah, sim, a distância que separava as duas encarnações da tirana era de singelos dois mil anos. E agora, para completar o dia, exigia uma reunião em plena madrugada.

Antes de sair de casa, Raga ligou para dois especialistas em hipnose. Perguntou se poderiam dar um jeito na nova invasora mental do pobre rei Lorcas e conseguiu que os médicos aprontassem tudo para uma consulta dali a três horas. Era o melhor que podiam fazer, já que as máquinas hipnomédicas precisavam de pelo menos seis horas de recarga antes de cada sessão. Lamentando, Raga beijou as filhas que dormiam, sorriu para a mulher prometendo não demorar e saiu sem bater a porta. Os seguranças levantaram de suas cadeiras e acompanharam o chefe até o aerocoche. De certa maneira estava ansioso para conhecer a nova Rainha.

··◈··

Sling serviu-se de uma boa dose de aguardente da garrafa que estava sobre a mesa de madeira, a única mobília além da cadeira quebrada por Ockham. As armas continuavam apontadas para todos os rostos – com exceção da pistola do sujeito de cara redonda, que se mantinha impassível como uma escultura.

– Querem se matar? – disse Sling – Vão em frente, mas antes analisemos aos fatos: o cavalheiro aqui odeia Raga e não tem nenhum motivo para simpatizar com a Coroa. Por outro lado, nós precisamos...

O Primevo de bigode olhou torto para Sling, que não se importou:

– Precisamos dele, sim, senhores. Ficamos de olho no sujeito desde que aportou aqui e agora que temos a sorte de contarmos com a presença de um oficial renegado da Coroa, vocês acham que podemos dispensá-lo? Concordei em fazer o teste que vocês pediram, e qual foi o resultado? Ele matou alguns bons mercenários a troco de nada. Tivessem me escutado, pouparíamos tempo. Afinal, queremos invadir aquela merda de fortaleza do Raga ou não?

Ockham não abaixou a guarda, mas estava surpreso. Era a proposta de trabalho mais maluca que já tinha ouvido.

– O caso é o seguinte – disse Sling para Ockham, pousando o copo sobre a mesa – parece que Argo está de volta. Vivo. E nas mãos de Raga.

– Se acreditam nisso, merecem cair na armadilha. Se eu fosse ainda um agente da Coroa, todos estariam mortos. Aliás, se soubesse que seriam tão estúpidos a ponto de aparecerem juntos por tão pouco, teria organizado algo assim antes.

– Explica logo como esse boçal pode ser útil, Sling, antes que apareça um buraco no meio da cabeça dele – falou Mauzh.

– Não é armadilha – disse Sling – O padrão das ondas cerebrais de Argo está arquivado na Central de Informações da Coroa.

– Claro, todos os meliantes conhecidos estão, e daí?

– Daí que o Grupo tem seus agentes infiltrados na Coroa. E sabe quem é um dos principais chefes do Grupo hoje?

– Sei que os que mandam são Ronston, Sátiro Confort e o Rato. Dos três, apenas o Rato jamais foi identificado visualmente.

– Pois é – disse Mamba Mauzh, abaixando a arma – Bem-vindo a uma das tocas do Rato, um animalzinho mal falado, mas pelo qual tenho imenso respeito. Sabia que é o único mamífero além do homem que conseguiu sobreviver à Grande Diáspora?

– É. Também tem como característica trair e devorar os companheiros – Ockham mantinha os bastões em posição de ataque, apesar do relaxamento dos interlocutores – Resolveu fazer carreira na concorrência?

– Ratos sobrevivem. Temos de correr para onde o dinheiro está, mas sem esquecer os amigos. Os piratas não existem mais, mas quando soube que Argo tinha sido detectado, procurei alguns velhos companheiros e decidimos tirar o sujeito do quintal de Raga. Não sabemos o que fazer com ele, mas não podemos deixar um símbolo como Anton Argo nas mãos da Coroa, das Monjas Rubras ou até mesmo do Grupo, apesar desse ser o menor dos males.

– Fale por você – disse o sujeito do bigode – Por mim, explodiria Ronston junto com aquele selvagem que lambe as bolas dele.

– Está se referindo a Zander Belua? – perguntou Mauzh – Até que não é difícil de lidar. O problema é o mau hálito.

– Jamais tive intenção de chegar perto o suficiente daquilo ao ponto de sentir o bafo.

Risos tomaram conta e Ockham percebeu que estava começando a achar tudo um tanto surrealista. Poderia até ver a graça, se a dor atrás dos olhos permitisse.

– Na verdade – continuou Mauzh – o Grupo é uma instituição mais segura economicamente estável que a Coroa. Um sujeito mal nascido jamais conseguiria escalar socialmente entre a realeza e chegar ao meu rendimento atual. Imaginem, tenho até uma secretária.

– Tinha – berrou uma voz pelos quatro alto-falantes posicionados nas quinas das paredes.

"Olha a encrenca aí", pensou Ockham.

·•◈•·

– Nunca empalei ninguém com uma parte de meu corpo – disse o rei-rainha para uma plateia composta por dez ministros e conselheiros reais – É bom saber que, mesmo depois de dois mil anos, ainda há novos prazeres a desfrutar. Alguém, por favor, acorde-a.

A água no rosto despertou Irmã Volúpia, mas ela não aguentaria por muito tempo. Estava acorrentada e pendurada pelos braços, não sentindo mais a parte de baixo do corpo. Apanhara muito e seu sangue se esvaia em abundância. Em seu súbito momento de consciência, rezou para que tudo acabasse rápido, mas as deusas deveriam estar dormindo depois de uma orgia, pois não deram sinal da compaixão prometida. Concentrou-se em seu chip intracraniano que a conectava à Madre Vann, responsável por seu treinamento e ordenação, e tentou acessar o elo mental que a ligava àquelas que vestiram o manto. Se conseguisse, seu martírio seria compartilhado por todas. Talvez assim o mal que nascia pudesse ser contido e seu sofrimento, vingado.

As mãos acorrentadas logo deixaram de tentar suportar seu peso. Penderam inertes, com a pele abrindo como a posta de peixe servida no jantar da noite anterior. Não importava mais, pois o sinal havia sido enviado e buscava cada uma das portadoras do implante. Exausta, deixou-se deslizar obediente para a morte fria.

– Desculpe perguntar, Majestade – disse Raga, cobrindo a boca e o nariz com um lenço – mas qual informação desejávamos arrancar dessa mulher?

O rei-rainha encarou-o com desdém.

– Nenhuma.

– Então por que essa sessão de tortura?

– Tortura? Ninguém está sendo torturado. Isto é uma experiência em prazer. Meu prazer.

Raga já havia visto muita coisa em seus dias de campanha, muitos soldados adentravam a bizarrice quando se deparavam com prisioneiras – e às vezes prisioneiros – mas não recordava de ter testemunhado tamanha violência. Agradeceu em silêncio quando a sacerdotisa morreu, porém mesmo isso não impediu a criatura que ocupava o corpo de seu rei de continuar com o ritual obsceno. Pensou em perguntar por que a presença daquelas pessoas era necessária, mas resolveu concentrar-se em bloquear o assalto aos sentidos que a cena propiciava.

O corpo magro de Lorcas Delenda estava machucado, alguns ferimentos mais profundos do que seria seguro com tantas impurezas ao redor, e seu sangue se misturava à gosma que manchava a parte inferior do corpo. Mesmo sob a crosta de impurezas, percebia-se que seu pênis estava lacerado e também sangrava, mas nada parecia apagar o sorriso do rosto do rei.

Depois de dez minutos, a criatura que se autonomeava Cordélia Delenda, ainda suja, espreguiçou-se no leito real.

– Soube que tenho mãe, é verdade? – perguntou dirigindo-se a Raga. Os outros nove, dentre os quais se encontravam Victor Nando, Ministro da Economia, e Rickard de Panquis, chefe geral das Forças Militares, suspiraram aliviados por não terem de responder. Que Raga, com sua fama de imperturbável, lidasse com aquilo.

– É verdade, Majestade. Trata-se da Rainha Mãe, Luz Delenda.

– Que beleza de nome. Poético. Traga-a.

Raga não discutiu. Cinco minutos depois, a mãe, em trajes nada reais, adentrou o quarto do filho. Assim que deu com a cena, abriu a boca num grito mudo.

– O que é isso, Lorcas? Quando as Monjas Rubras souberem que você matou uma de suas Volúpias, reunirão suas forças e iniciarão uma cruzada contra nós. Você nos condenou a uma guerra religiosa que talvez não possamos vencer.

– Que nada – riu-se Lorcas – Era apenas uma vadia, mulher. Vadias morrem aos montes e, falando nisso, empreste-me sua pistola, senhor.

Raga estendeu a arma para o rei, antecipando o que aconteceria.

Diante dos olhares apavorados dos nove homens, Lorcas Delenda descarregou a pistola na rainha mãe. Sem piscar, Raga lutou contra a vontade de abraçar o cadáver da senhora e tirá-la do chão enlameado.

– Minhas desculpas a todos – falou o homem coberto de sangue e outras coisas sujas – mas no trono não cabem duas rainhas.

·⬥◈⬥·

O choque foi tão intenso que duas das Monjas Rubras mais idosas morreram vítimas de um derrame, seus chips intracranianos queimados. O calvário da mais nova das Irmãs Volúpia transformou todos os Monastérios de Veludo em câmaras de horrores. Como efeito secundário, fomentou o desejo de retribuição, um dos pilares quase esquecidos da Fé, ultimamente acomodada em rituais rotineiros e missas orgiásticas.

Madre Vann, do alto de seu sofá, interrompeu o banquete cerimonial pelo passamento das anciãs e selecionou suas melhores Sacerdotisas de Veludo do Templo dos Sentidos. Convocou Ig Baian, a maior de todas as Irmãs Volúpia, para chefiar uma equipe. A missão seria invadir a Fortaleza Insular de Raga, resgatar o corpo de irmã Volúpia e aquele chamado Argo para usá-lo como material de insurreição popular. Se possível, matariam o rei, mas isso não era primordial, seria mais lucrativo manter os Delenda sob controle para se desfazer deles depois, quando ninguém mais estivesse prestando atenção.

O futuro era importante demais para repousar nas mãos heréticas, decadentes e incestuosas dos Delenda. As Madres Rubras e sua condição coletiva seriam as responsáveis pela disseminação da Palavra Divina em Ryoh e, para isso, usariam a figura do lendário pirata libertador Anton Argo. No que dependesse das Monjas Rubras, o povo clamaria por Argo, estando ele de acordo ou não.

·•◈•·

– Quer dizer que fora desta sala tem vinte agentes do Grupo, que deveriam estar sob o comando de Mamba, armados até os dentes e prontos para fuzilar a nós quatro? – perguntou Sling.

– Cinco – respondeu Ockham.

– Não se dê tanta importância – falou o homem do bigode.

– Tudo bem. Então eu negocio minha saída desta cela onde me torturaram e deixo os quatro serem mortos pelos amigos do grandão aí – disse Ockham, apontando para Mauzh.

– Aquilo que está entrando pela fresta da parede é gás?

– É – respondeu Mauzh a Sling, tapando a boca com as mãos – Procedimento padrão. Pensam que nos pegaram, mas estou preparado para isso.

Dobrando o corpanzil tatuado, tocou um canto do rodapé. O plastop enrijecido deslizou, revelando um alçapão por onde alguém do tamanho de Mauzh poderia descer rapidamente. Ele foi primeiro, seguido do sujeito de bigode e de Sling. Ockham e o cara larga se entreolharam, mas o herdeiro da casa de Erin decidiu que não queria se expor ao gás e saltou na frente. Quando o último desceu, Mauzh ligou as luzes frias e um exaustor que expeliu o veneno.

– Todos inteiros?

– Eu não – respondeu Ockham – Minha perna está fodida.

– Problema seu – disse o homem do bigode – Neste momento estou com vontade de dar o troco para aqueles covardes lá em cima. Mamba, tem como voltarmos?

– Enlouqueceu? – disse Ockham – Somos cinco contra vinte, se é que não há mais do Grupo em torno do local.

Mauzh tomou a dianteira num corredor estreito e comprido.

– Se tiverem a gentileza de me seguir, obterão as respostas.

Andaram por cinco minutos e, diante de uma parede cinzenta, Mauzh apertou um botão e dúzias de armas dos mais variados tipos, de micro metralhas a fuzis bioprogramáveis, de criogranadas a pistolas perfuratrizes, surgiram de fendas no cimento.

– Agora é só pegar o elevador e enfiar o inferno no cu do diabo – disse Mauzh – Já estava mesmo de saco cheio desse emprego.

A noite caía quando o elevador os deixou atrás de uma construção abandonada do outro lado da rua. Sling, munido de um fuzil bioprogramável de longo alcance, tirou as botas e escalou a parede do prédio.

O homem de bigode sacou duas pistolas perfuratrizes, pendurou nas costas uma garrucha carregada com munição inteligente, e decidiu que seria a vanguarda. Atrás dele ficaria Mauzh, com um canhão de ombro e duas micrometralhas, dando cobertura. Por último, mais parecendo um porco espinho de aço, o cara larga sacou da espada. Ele e Ockham assumiriam o papel do golpe de misericórdia, com lâminas e armas de pequeno calibre.

Sling, do topo do prédio, puxou um cabo e conectou a arma a seu padrão biorrítmico. Disparou três vezes e matou três homens à porta da frente, as cabeças substituídas por jorros vermelhos. Impossível errar com aqueles olhos biônicos.

Com a passagem desobstruída, Conrad Lohd, o homem do bigode, correu em ziguezague, atraindo o fogo inimigo. Duas casamatas de micrometralhas se revelaram e, enquanto Lohd se protegia da saraivada, Mauzh calibrou o canhão de ombro. A primeira casamata virou fumaça, mas a segunda continuou o revide, agora mirando o ponto de origem do disparo. Ockham, ainda mancando, e o cara larga, cujo único nome era Kai, avançaram pelas laterais em silêncio e atacaram o ninho de micrometralhas por trás, degolando os atiradores. Vinte menos sete.

Atraídos pelos estrondos e pela balbúrdia, aqueles que se encontravam dentro da casa saíram. Dois tombaram na soleira da mansão, atingidos por Sling. Os outros se entrincheiraram nos muros e arremessaram explosivos programáveis por sobre as proteções.

Lohd protegeu-se deitando sob um autogiro abandonado, mas teria sido atingido se Sling, xingando o companheiro por escolher um escudo tão frágil, não tivesse detonado um dos projéteis em pleno ar. O outro míssil caiu entre Lohd e Kai, que foi arremessado a quatro metros de distância. A armadura aguentou o tranco, mas um estilhaço rasgou seu braço direito pouco abaixo do cotovelo.

Kai não deu impressão de ter percebido o ferimento. Levantou-se, desembainhou uma nova lâmina, cortou uma faixa de escamas da armadura arrebentada e improvisou uma máscara sobre os olhos. Para a surpresa de Sling, que acompanhou o ocorrido de sua posição privilegiada, Kai correu em direção ao inferno. Acreditando que o fogo serviria de escudo, alguns dos sitiados saíram disparando rajadas em leque, tentando escapar da armadilha, mas Mauzh já havia se reposicionado à esquerda da grande explosão e acabou com a festa dos pistoleiros. Por três segundos o início de noite transformou-se em meio dia, levantando uma nuvem que atravessou a rua e envolveu Sling em seu ninho.

Quando a poeira baixou, Sling enxergou Mauzh. Não tentou chamá-lo, pois tinha certeza que não eram apenas seus ouvidos que zumbiam, porém não pôde deixar de berrar de alegria quando três figuras enegrecidas pela fuligem emergiram dos escombros.

Sling estava tão contente que demorou a entender que Mauzh gesticulava em sua direção. Achou que deveria ser uma das danças comemorativas do velho amigo. O aço em suas costas comprovou o que seus ouvidos traidores não conseguiram. Virou-se e leu a promessa de morte nos dentes acastanhados e pontudos de Zander Belua.

·•◈•·

Ronston recebeu a confirmação pelo PorTel alternativo, que usava apenas para negócios extra Grupo. Recostou-se na poltrona e analisou os arquivos na mesa de cristal. Desde quando o Grupo tinha se tornado tão burocrático? Onde estavam os dias de ação e pilhagem, quando saqueavam os cofres da Coroa? Como deixaram indivíduos do naipe de Mamba Mauzh entrar no Grande Jogo?

Ronston sabia as respostas. O Grupo cresceu tanto que precisava virar um tipo de empresa para sobreviver à demanda de seus clientes. Nada mais de conquista, mas negociação, economia e política, não muito diferente dos meios da Coroa.

Mamba Mauzh era o homem certo para o momento de transição. Talentoso com máquinas e números, capaz de incrementar a produção com projetos bélicos de alto nível. Com ele, o Grupo passou a ter um lado criativo. Vários projetos desenvolvidos pela divisão de Mauzh foram comprados por engenheiros da própria Coroa. O Grupo conheceu a prosperidade econômica.

Mas Ronston era da velha guarda e sabia que conforto enferruja. Respeitava Mauzh pelo talento, mas jamais compartilhou de seus ideais românticos e preparou-se para o momento em que o Rato roesse a corda. A notícia da prisão de Anton Argo foi o que fez Mauzh sair da toca. Imediatamente convocou a reunião dos tais piratas remanescentes e deixou bem claro com quem seu colega realmente se afiliava.

Os comandos chefiados por Argo auxiliaram a Coroa ao desbaratar, há vinte anos, um ataque a Ryoh da parte de um militar megalomaníaco do Reino de Cah-Nayny. O resultado foi que a Coroa lucrou e os idiotas que realmente fizeram o trabalho foram desbaratados. O rei de Cah-Nayny jurou fidelidade à Coroa de Ryoh e Raga, antes um consultor dos Delenda, virou um figurão com ares de Primeiro Ministro.

Os piratas – era assim que eles gostavam de ser chamados – ganharam da Coroa um velho cargueiro e graças aos talentos de Mauzh e alguns outros a banheira virou uma máquina voadora batizada com o nome questionável de Rainha das Estelas. Foi a Rainha que invadiu Cah-Nayny, enfrentou as tropas do general Diós Scenicko e foi traída por Raga.

O então major Raga instou a tripulação de piratas à rendição, assim que reentraram no território da Coroa. Mas Argo assumiu o controle, pediu a Mauzh que realizasse um de seus milagres mecânicos e, depois de esvaziar a Rainha, atacou sozinho a nave capitânia da Coroa, a Maré Alta, onde Raga se encontrava. As duas naves caíram em chamas no Oceano Oeste, porém, apesar de bastante ferido, Raga escapou. O corpo de Argo jamais foi encontrado e o chefe dos piratas ficou imortalizado como o último dos rebeldes, alguém que desafiava qualquer poder instituído.

Talvez por isso a Coroa não tenha se dado por satisfeita e caçou a tripulação da Rainha das Estelas. Os que escaparam à execução saíram de cena para sempre, mas o Grupo viu nisso uma chance de ampliar seus quadros e, depois de muita investigação, conseguiu identificar alguns dos sobreviventes. O mais importante era Mamba Mauzh.

O Grupo devia muito a Mauzh. Dinheiro e prestígio. Contudo, a vida corre e as coisas mudam. O tempo de gratidão passou e talvez o Grupo necessitasse de outra diretriz. Ronston pensava que seria a hora de um novo tipo de Poder.

Foi nesse instante que o PorTel chamou outra vez. Era Zander Belua.

Ig Baian, a maior de todas as Irmãs Volúpia, sabia que essa era uma chance única. Uma tripulação para resgatar aquele que poderia ser Argo, comandante da lendária Rainha das Estrelas, era uma oportunidade boa demais. Uma nave sob seu comando e a possibilidade de vingar as injustiças. Não, vingança não cabia a uma Sacerdotisa de Veludo, melhor pensar na correção de erros do passado. Não se tem oportunidades como essas numa vida, que dirá ao mesmo tempo.

Baian selecionou duas das holografias flutuantes.

Nanci Karr era outra veterana das guerras de consolidação. Especialista em comunicações e gerenciamento de pessoas, era sempre bom contar com seus conselhos e bom humor em momentos difíceis. Pola Wikky era uma excelente navegadora que abandonou a carreira em prol da dedicação exclusiva ao Templo. Já estava na hora de tirar os pés do chão outra vez e demonstrar sua fé por outros meios. Ig confiava em Nanci e Pol. O resto da equipe poderia ser selecionado pelas três, mas o que importava era a nave que usariam para a infiltração na Ilha de Raga.

Imaginou que a melhor nave que poderiam pilotar seria a Dama Jéssica, rápida, resistente e com sistema de camuflagem.

A Área Vermelha, que herdou seu nome das terras lamacentas e do alto índice de periculosidade de suas ruas, era o local perfeito para distribuir as diversas aeronaves do Templo. Ig tocou a fuselagem da aeronave, trocando o calor de seus dedos pelo frio do aço que em breve seria sua espada no coração da Coroa.

Acreditava num tipo rudimentar de fetichismo que levava em consideração a possibilidade de uma alma para cada artefato criado por mãos humanas. Aeronaves, para ela, pareciam confirmar essa suspeita, pois demonstravam possuir uma alma inquestionável. Pareciam indomáveis e realizavam feitos que só poderiam ser levados a cabo por intermédio da fé e da vontade não do piloto, mas da nave em si. Se elas alçavam voo, era porque gostavam, não porque alguém as controlava.

Ig travou contato com o âmago da nave e comunicou-lhe o desejo de compartilhar o Céu com ela. Prometeu-lhe sacrifícios de sangue e viagens para outros países. Suplicou para que a amasse. Foi uma conversa rápida e muda. Uma prece, mas pareceu satisfazer a ambas, já que ficaram ali por três horas e meia, imóveis, carne contra metal. Ao final, Ig Baian acreditava que ela e Dama Jéssica compartilhavam um elo.

◈

– Argo está vivo? – perguntou Zander Belua, apontando o PorTel para a cara de Singapura Sling.

– Além de não escovar os dentes, você também não sabe ler. A morte de Argo foi publicada em todos os meios de comunicação de Ryoh e até de outros planetas.

– Vou perguntar outra vez e, se continuar falando merda, puxo o gatilho e foda-se a opinião do meu chefe. Argo está mesmo vivo, não é?

– Segure a mão – disse Mauzh, que acabava de subir ao telhado pelas escadas. Os outros continuaram no mesmo lugar de antes, sob recomendação de Belua – Desta vez é verdade. Os ordenadores do Grupo registraram os padrões cerebrais de Argo há três dias, no aeroespaçoporto de Ryoh. Fui para lá o mais rápido que pude, mas Raga sempre é mais ligeiro. Afinal, como já comentei com Ronston, ele pode se mover um pouco mais rápido que nós. Encontrei uma carnificina e nada de Argo.

– Satisfeito com o que esse sujeito está falando, chefia? – falou Belua para o PorTel.

– Nem um pouco – respondeu a voz de Ronston – Mauzh está mentindo.

– Não estou não. Nosso Argo existe, mas responde pelo nome de Leo Mandell e é piloto civil. Trabalha longe do eixo central da Coroa, mas quis o destino que ele fosse um dos nossos contatos cegos para o transporte de uma carga de material valiosíssimo e que, na hora do check up no ordenador médico, imediatamente nosso amigo foi reconhecido com Argo, o foragido. Isso fez Raga pular da cadeira e sumir com o homem.

– E daí? - perguntou Zander.

– Daí que vamos tirar Argo de lá.

– Por que fazer tudo isso? Para quê se dar ao trabalho?

– Porque quem tiver Argo em seu poder derruba o governo desta terra. O Argo ou um Argo dá no mesmo.

– Pode parar de falar, Mauzh – a voz de Ockham era um sussurro, provavelmente não captada pelo PorTel. A lâmina pressionava a carótida de Zander Belua, rompendo a pele o suficiente para que uma gota de sangue se equilibrasse na barba de dois dias – Esta é a hora em que esse babaca enfia a arma no traseiro e libera o Sling.

Dirigindo-se a Sling, acrescentou:

– Estamos quites. A gente se separa aqui.

– Só porque você quer – disse Belua sem mexer um músculo – Olhem para cima.

Um facho de luz amarela iluminou o topo do prédio cegando

os quatro. Os pontos luminosos significavam que os canhões da nave de Ronston, a Manta Negra, estavam travados entre os olhos de cada um dos piratas. Apesar disso, a lâmina de Ockham não se afastou da garganta de Belua.

– Não me interessa – disse o exilado – Pode ter certeza que corto seu pescoço antes de qualquer bala me atingir.

Então um alto-falante da Manta Negra ribombou a voz de Ronston:

– Cessem as hostilidades e subam agora antes que os dentes vermelhos da Coroa apareçam e transformem isto aqui num cemitério. Elas demoram, mas depois que assentam território não deixam nada vivo. Zander deponha a arma. Homem de Erin embainhe a lâmina e vamos conversar.

– Se Ronston diz que quer uma trégua, podem confiar – disse Mauzh – Só precisamos prestar atenção nas letras miúdas do contrato.

Ockham queria matar Zander Belua, mas a curiosidade em conhecer a chefia do Grupo era maior. Afastou a lâmina da artéria do cativo.

– A gente conversa depois – disse Belua.

– Vai ser difícil depois que eu cortar a tua língua e enfiar...

– Ô, se o casal puder dar um tempo no namoro, temos negócios a tratar – gritou Mauzh, sorridente como se toda confusão anterior não tivesse acontecido – Depois vocês arrumam um quarto, que tal?

•◆•

O major Claude Cassis quase sentia pena do prisioneiro. Como se não bastasse ser enviado aos porões do Quartel Insular da Coroa – também conhecido como "a Casa de Campo de Raga" – de onde ninguém escapava com vida, ainda seria transportado num subtrem que cruzaria parte do oceano, escoltado por uma tropa de elite de soldados da Coroa.

A honra de comandar a operação coube ao próprio Cassis, já que Raga estaria ocupado com outros detalhes que definiriam o sucesso da missão.

No centro urbano da Área Amarela, Ahmed Raga bebericava uma taça de hidromel temperado com rum, mau hábito adquirido em sua estada com os piratas. À luz de um vídeo-livro, decidiu-se. Deveria encenar uma peça, dar a entender que estava levando Argo para a morte e ganhar tempo até reunir forças para o novo objetivo, a sobrevivência de Ryoh perante as novas potências em ascensão, como Shan-Pah e Beloh. Nesse futuro não havia lugar para alguém como o rei-rainha.

··◈··

O subtrem saiu no horário previsto, atravessando a Área Vermelha em direção ao oceano. A equipe de assalto também. Conrad Lohd desembarcou três homens no cruzamento das ruas MC5 e B52, subindo em seguida com o girocóptero emprestado pelo Grupo para o segundo nível de trânsito rápido, vinte metros acima.

Depois de três horas de sono em câmaras hiperbáricas, com alimentação endovenosa acrescida de vitaminas e coquetéis proteicos, Sling, Ockham e Kai estavam descansados e fortes para o que viria. O armamento era simples e discreto, cada um munido de modelos simples da Luva, fora uma versão sutil da armadura de Kai.

Ockham sentia falta de seu modelo único da Luva, perdido na batalha da Toca do Rato, e não gostava de seu papel como membro de um grupo de infiltração composto por homens que há um ano ele mesmo estaria caçando, mas aceitou se unir aos piratas por não ter certeza de como seria seu futuro.

O caminho não havia sido tranquilo, pois o controle de tráfego era rigoroso com naves que quisessem entrar, principalmente as originárias da Área Amarela.

Foram interceptadas três vezes. Na primeira, as credenciais falsas de Lohd resolveram o problema, na segunda, alguns documentos e o rosto conhecido de Ockham os fizeram passar. Mas na terceira, nada funcionou e, antes que contatassem Raga, a Manta Negra foi obrigada a explodir um posto alfandegário. Foi o mesmo que anunciar nos céus que a bandidagem sumida tinha voltado e, pior, atuando às claras.

A partir daí a ação evasiva tornou-se uma corrida ao núcleo populacional da Área Vermelha, onde foi possível deixar a nave em segurança num dos depósitos do Grupo, enquanto alguns de seus membros partiam em missões individuais.

Mamba Mauzh contatou seus informantes, confirmando a intenção de Raga em transportar Argo até a ilha. O plano de abordagem ao subtrem e resgate foi traçado.

Os três homens encarregados do assalto ao subtrem desceriam pela congestionada tubulação do esgoto e abririam caminho a tiros de ultrassom até o ponto de desvio, onde o subtrem começaria a transpor o oceano.

– Recapitulando, somos três contra um Destacamento Operacional de Forças Especiais. Cinquenta homens espalhados por três vagões. Estão preparados? – perguntou Ockham assim que o girocóptero de Lohd desapareceu no trânsito acima. Os transeuntes não prestaram atenção naqueles homens trajando uniformes do departamento de águas e ninguém objetou quando Kai montou uma cerca portátil e levantou a tampa de um bueiro.

– Seremos quatro contra um batalhão de cinquenta – comentou Sling – Argo está lá dentro e, se notar alguma coisa diferente, poderá ser de muita ajuda.

Ockham preparou-se para seguir Kai, que desaparecia na escuridão do túnel, mas não se conteve e quebrou a promessa de não falar mais que o necessário.

– Deve estar maluco se acha que é Argo quem está lá. Além disso, se for ele, quem garante que não estará drogado ou em coma? E se for ele, mas sem nenhuma recordação de sua vida anterior?

Ockham não esperou a resposta e desceu para a tubulação. Sling ajustou a mochila e o seguiu à sombra. Caminharam por vinte minutos com merda boiando a altura do joelho, descendo sessenta metros. No breu quase absoluto, Sling conseguiu distinguir Ockham à frente e um brilho mais adiante que deveria ser Kai.

Cinquenta metros depois, Kai olhou por sobre o ombro.

– O inimigo vem aí.

Os três ajustaram os protetores auriculares e tomaram posição no túnel de acordo com o que foi previamente estipulado. Sling escalou a parede e afixou um gancho no teto, passou uma correia e dependurou-se de cabeça para baixo, apoiando a arma sônica no quadril. Os pés descalços aderiram na rocha como patas de sapo. Ele parecia tão confortável como se estivesse no chão. Os outros dois se posicionaram nas laterais, sendo que Kai atravessou os trilhos pulando sobre os cabos elétricos. O tremor e o vento pareciam querer arrancá-los das posições, mas resistiram.

O subtrem chegou e foi atingido pelas três armas sônicas. Como resultado, as laterais quase foram arrancadas, o teto foi rasgado e trinta dos cinquenta soldados foram mortos, sangrando pelos ouvidos e olhos. Outros dezessete foram dizimados pelas rajadas de

Kai e Ockham, que caíram entre os mortos e feridos. Apenas os três soldados que se encontravam na cabine pressurizada vigiando o cativo Argo, ou Leo Mandell, como ele insistia dizer que se chamava, estavam vivos para sentir a desaceleração do subtrem. Um deles era o major Claude Cassis.

O instinto o fez ordenar a um dos soldados seguir pela passagem até a cabine de comando para acionar o trem manualmente. Ele não poderia abandonar seu posto.

Justiça seja feita, não abandonou. Cassis morreu sem saber que o jogo estava perdido. Sling alvejou-o com a lâmina da Luva ao mesmo tempo em que eliminava o soldado remanescente com um tiro de pistola. No centro da cabine, Sling estendeu a mão para um homem calvo.

– Demoramos, mas viemos.

O pirata posicionou Mandell à sua frente e preparou-se para sair quando o trem deu um solavanco e uma porta de aço se interpôs entre os dois. Singapura Sling viu-se preso numa cabine especial, com a fechadura danificada pelo lado externo.

Do outro lado da porta, enquanto Kai evitava que Mandell caísse sobre os trilhos, Ockham corria. De alguma maneira o subtrem voltou a acelerar, mas Ockham agarrou uma chapa de aço. Mesmo com as luvas de couro, os dedos sofreram cortes que cobrariam seu preço mais tarde, porém ele conseguiu subir no que restava do teto do subtrem.

O percurso até a cabine pelo lado de fora foi penoso e Ockham quase caiu duas vezes. Por fim, conseguiu chegar a um ponto que, mesmo com a aceleração constante, lhe permitiu alvejar o para-brisa frontal. O soldado da Coroa que pilotava o subtrem viu o vidro espatifar-se, sentiu um impacto no peito, mas não chegou a perceber que morreu. Sem apoio, Ockham foi jogado contra a parede do túnel e desabou junto ao trilho, escapando por pouco de ser esmagado.

Apesar do esforço, dessa vez o subtrem não parou. O processo manual era irreversível e o veículo cruzaria o oceano a uma velocidade cada vez maior. Se os freios especiais de emergência fossem ativados, talvez atingisse a estação final com a velocidade aproximada de 28 mil km por hora, mas jamais conseguiria reduzir a tempo de evitar uma catástrofe.

Cordélia Delenda adorava as novas possibilidades. Eram tantas alternativas que as lembranças de sua encarnação anterior empalideciam. Uma breve pesquisa a respeito do que acontecia revelou que seus descendentes pouco herdaram de seu espírito empreendedor e de sua perspicácia em antecipar os movimentos e desejos da plebe. Seus ministros, por exemplo, eram uns fracos, exauridos por gerações de sanguessugas mimados, gente sem pulso, sem ideias dignas de seus postos. Todos, com exceção do tal Raga, eram lesmas sem personalidade.

Cordélia respeitava a inventividade, o improviso, e gostava de ter a seu redor gente com poder criativo. Quando soube da existência do Grupo, uma organização criminosa que sobrevivia há décadas sob a vista grossa da Coroa, perguntou-se qual seria a atitude mais vantajosa, se exterminá-los ou propor um empreendimento em conjunto. A segunda opção revelou-se a melhor.

Em uma semana, pesquisou a estrutura de poder do Grupo e descobriu que adotavam o triunvirato como sistema decisório. Com as pastas de Ronston, Mauzh e Confort em mãos, optou pelo terceiro. Um sujeito que tinha a alcunha de "sátiro" e era responsável pela prostituição em suas mais diversas formas não podia ser de todo mau. Ou talvez fosse mau na medida certa, principalmente por ser considerado por seus parceiros como menos esperto, como se podia intuir das entrelinhas dos relatórios.

Confort estranhou o convite para uma reunião sigilosa com o Rei Lorcas Delenda. Organizou um grupo de homens de confiança e partiu para o Eixo Central da Coroa.

Confort admirou-se com a escala das portas e janelas do palácio Delenda. Tudo parecia ter sido produzido para que uma raça de gigantes circulasse pelos corredores. Tapeçarias de nove metros de altura caíam de varandas banhadas pelo sol e eternamente bafejadas pela brisa marinha. O palácio era cheio de aberturas para a iluminação natural, criando uma temperatura tão amena que alguns dos soldados do Sátiro abriram as túnicas de couro para sentir o vento.

Quando Confort e sua comitiva chegaram ao salão de recepções esperavam por qualquer coisa, menos o espetáculo proporcionado por cinco Damas de Honra da Coroa, provenientes das famílias mais conceituadas da Classe Superior, e sua majestade Lorcas Delenda.

– Bom dia, senhor Confort – disse Cordélia, levantando a cabeça de entre as pernas da Dama de Honra – Sirva-se, por favor.

O Sátiro não pensou duas vezes. Qualquer negociata, por mais lucrativa que fosse, empalidecia diante de uma oferta daquelas. Mergulhado no mar de pernas, nem se preocupou em saber se seus homens cometeriam algum abuso. Não cometeram. O Grupo empregava bandidos, não idiotas. Ficaram ali, de pé, em silêncio, enquanto seu chefe compartilhava com o rei-rainha algumas das melhores iguarias que a classe dominante podia oferecer.

·•◈•·

Conrad Lohd era um piloto excelente, mas ao contrário de Ockham, não teve paciência de construir uma carreira militar na Academia da Coroa. Cinco missões arriscadas, do tipo que ninguém aceitaria, chamaram a atenção de Anton Argo, que montava uma equipe para efetuar ataques cirúrgicos a cargueiros da Coroa. Foi o convite que definiu a escolha da nova carreira de Conrad. O filho da Classe Dominante tornou-se um dos famosos piratas de Ryoh.

Por sua habilidade com autogiros, recolher Ockham, Kai e o sujeito que diziam ser Argo na saída do bueiro, despistando o efetivo da Coroa que acabava de chegar, levou dois minutos. O problema foi chegar até a nave de Ronston enfrentando o tráfego aéreo em cinco altitudes diferentes. A Manta Negra surgiu como uma nuvem carregada sobre as pistas sobrepostas e, após abrir a barriga, recebeu o autogiro e partiu a toda velocidade para fora do Eixo Central, deixando seus perseguidores para trás.

Quando a nave iniciou viagem de cruzeiro em modo invisível, Ronston, Lohd, Mauzh Kai, Mandell e um estropiado Ockham reuniram-se na cabine do comandante.

– Ao menos sabemos que houve algum erro – Lohd foi direto ao ponto – Esse tal Mandell não é Argo.

– É – disse Mauzh, esfregando o rosto – Não sei como Raga não fez o teste cromossômico. É diferente do registro de Argo.

– Raga está obcecado – disse Kai – Mas isso não quer dizer que não ganhamos Argo de volta.

Mandell sobressaltou-se.

– Como é?

– Kai está certo – disse Mauzh – Não precisamos do homem Argo, mas do mito.

– E Sling? – perguntou Ockham.

– Cada um de nós já escapou diversas vezes de situações piores – afirmou Lohd – Sling sairá de lá cedo ou tarde.

Ockham levantou-se com dificuldade, devia ter quebrado uma costela. Kai fez menção de ajudá-lo, porém foi afastado com um gesto brusco.

– Ninguém sai do Quartel Insular– falou com dificuldade – Não vivo.

E assim o ex-oficial da Coroa fez menção de retirar-se, mas deu dois passos e desabou inconsciente.

Dormiria mais tempo do que esperava.

·•◈•·

– Proponho uma trégua para lançarmos duas naves – disse Raga – Vocês enviam Mandell para o quartel insular e nós deixaremos Sling em qualquer lugar de sua preferência.

Mauzh sabia que o velho canal de comunicação dos piratas não estava desativado, mas ainda assim foi uma surpresa ouvir a voz da Eminência Parda depois de tanto tempo.

– Sabe onde deve enfiar suas propostas – disse Lohd. Ronston observava a tudo refestelado em sua poltrona, diante do ordenador.

– Para fazer isso hoje em dia, precisaria de um abridor de latas – disse Mauzh, avaliando os rostos em torno – Mas gostaria de conversar com meus associados, pode ser?

– Vocês têm dois minutos – disse Raga, e desligou.

– Temos dois minutos para quê? – perguntou Lohd – Ele fala como se estivesse em vantagem.

– E está – disse Ronston – Vocês não decidem nada aqui. A Manta Negra é minha e estou tentado entregar todos vocês a Raga, a não ser que me ofereçam uma alternativa.

– Calma aí, colega – respondeu Mauzh – Nós temos a melhor parte na barganha. Quem tem Argo, tem o ideal revolucionário nas mãos. Poderíamos, com algum tempo, preparar o tal Mandell para ser Argo. Imagine o faturamento.

Ronston esfregou as mãos como se lavasse alguma nódoa. Levantou-se e, abrindo caminho entre os piratas, proferiu:

– Estamos indetectáveis graças ao sistema de dispersão. Raga não pode nos achar, e nós sabemos onde ele *não está* agora.

E ligando um monitor, mostrou uma vista da Área Vermelha de

Ryoh, onde um condomínio de alto luxo, com três torres gigantescas desenhava um ziguezague no horizonte.

– Essa é a casa de Ahmed Raga, habitada por sua mulher e filhas. E está à distância de um disparo.

Ninguém sorriu, mas Mauzh não pôde deixar de comentar:

– Agora sim, estamos em vantagem.

Ockham não conseguia mais pensar direito. O corpo exigia descanso, mas antes de se abandonar ao sono, decidiu os próximos passos. Detestava Raga, mas aquela história de matar mulheres e crianças não lhe agradava. Teria de pensar numa maneira de evitar os assassinatos sem que os capangas de Ronston percebessem.

O mais lógico seria descalibrar o canhão de ondas que estava apontado para as torres, mas para isso teria de driblar a vigilância dos bandidos. Acabou optando pelo caminho mais fácil.

Acenou para Zander Belua como se o convidasse para uma troca de ideias.

– Qual o problema? – perguntou o homem de dentes afiados.

– Preciso mijar.

– E daí?

– Daí que não sou um animal como você. Não costumo fazer essas coisas no chão.

– Levem-no ao corredor C – interveio Ronston – mas não o deixem sozinho.

Ockham, ainda tonto do desmaio anterior, acompanhou os três capangas de Ronston. Belua recebeu ordens de permanecer no recinto, como parte da segurança pessoal do chefe, mas seguiu os quatro homens com os olhos até desaparecerem numa esquina que dava no corredor C.

Todos entraram no apertado e fedorento aposento que funcionava como um dos banheiros da Manta Negra. Ockham estava tão imprensado contra o mictório, que nem precisou esconder as cápsulas explosivas que jogou na bacia quando abriu as calças. Duas caíram sem ruído e logo foram molhadas pelo jato de urina.

A partir daquele momento, teria três minutos para sair dali antes que uma explosão que esperava ser considerável detonasse boa parte da nave. Com sorte, os dispositivos de inviabilidade seriam desativados e a chacina da Área Vermelha poderia ser evitada. Claro que o ideal seria acabar com Raga também, mas desde cedo Ockham aprendeu a priorizar seus problemas: elimine primeiro o inimigo mais próximo.

Fechou as calças e empurrou os bandidos para que saíssem de sua frente. Um deles olhou desconfiado para o mictório, mas não conseguiu identificar as pastilhas explosivas entre diversas bolinhas desinfetantes que travavam a luta inglória contra o mau cheiro daquela latrina.

Um dos sujeitos saiu para dar passagem e Ockham, mesmo tonto, chutou-lhe o joelho com toda força enquanto barrava a passagem dos outros dois. Girando sobre um dos pés, agarrou o bandido ajoelhado e jogou-o contra os companheiros.

Os três desabaram sobre o urinol e Ockham, que caíra no corredor, jogou-se contra o leitor palmar que abria e fechava a porta do cubículo. Um dos três ainda conseguiu chegar à porta antes do fechamento, mas Ockham quebrou-lhe o nariz com um murro, que o fez recuar e desobstruir a porta.

Ao voltar à sala de Ronston, jogou-se sob uma mesa que tinha os pés fixos no chão.

– Ei, que aconteceu com você no banheiro? – perguntou Mauzh – Assustou-se com alguma coisa?

A explosão foi a única resposta que ouviu.

·•◈•·

– Adoro mulher alta porque você estica o braço e ela não acaba – Sling falava sozinho enquanto palmilhava o vagão do subtrem, em busca de alguma possibilidade de fuga. Mamba Mauzh era seu filósofo preferido e, no silêncio salpicado por luzes externas que bem poderiam ser faíscas de um curto circuito, tentava recordar as frases de efeito do amigo.

– Todas têm um dia de arrependimento, no qual olham uma foto antiga e pensam "por que não fiquei com ele?" – as janelas eram blindadas, sem nenhuma ranhura ou encaixe visível. Os vidros, espessos e a prova de tudo, impossíveis de quebrar, a não ser por uma pequena rachadura no canto superior direito de uma das janelas. Sling estava trabalhando nela há duas horas, ignorando sede e cansaço, mas mesmo para um homem capaz de aderir a qualquer superfície, ficar de ponta cabeça não é a posição mais confortável do mundo para se exercer pressão contínua sobre um material hiperresistente dentro de um vagão trepidante.

– As deusas dão nozes para a porra dos banguelas – gritou enquanto usava a fivela do cinturão como um soco inglês, esmurrando o vidro. Um fio de baba desceu pela bochecha e tentou se infiltrar sob seus óculos especiais, que eram vedados com borracha apenas na parte superior. A saliva poderia causar um curto-circuito no sistema óptico, mas acabou gerando uma boa ideia.

Desceu com um salto e dirigiu-se à porta de conexão com a locomotiva que, segundo recordava, era conduzida neste momento por um morto. Tateou pelo ângulo da parede até encontrar o cabo do refrigerador e, com um tranco, arrancou uma boa extensão, rompendo a capa com os dentes. Desencapou dois fios e tentou provocar um curto circuito que abrisse a porta. Não funcionou, mas empestou o vagão com o cheiro de plastoq queimado.

Tossindo por causa da fumaça, tentou mais duas vezes e julgou ter percebido um movimento na porta. Rezando para que não fosse uma impressão causada pelos solavancos do subtrem, aproximou os fios uma quarta vez. Foi jogado para trás com tanta força que, além de quase arrancar um pedaço da língua, por pouco não apagou ao acertar a parede com a cabeça.

Pelo rombo na parede do subtrem, conseguiu identificar a manopla metálica de Raga. Ao lado dele, dois soldados da Coroa presos à superfície externa do subtrem e empunhando perfuratrizes que recortaram a porta de ligação.

– Ah, não – disse Sling, cuspindo perdigotos de sangue – Pode voltar, já completei minha quota diária de gente feia.

O olho artificial de Raga manteve-se focado no crânio de Sling, avaliando o impacto necessário para deixá-lo mudo ou, pelo menos, desacordado.

·•◈•·

O acordo entre a Coroa e o Sátiro foi proveitoso.

– Nossa oferta – disse a rainha, bebericando um drinque de pomo vermelho – é fornecer a seus bordéis um suprimento razoável de mulheres de alto nível, originárias tanto de famílias Primevas destruídas quanto de Templos de Veludo que serão desocupados em breve.

– Por minha vez, caberia desestruturar Ronston e Mauzh,

sabotando todo e qualquer movimento de meus colegas, certo? É um preço pequeno.

– Sem dúvida. Mas perceba que seu envolvimento implica em responder ao meu chamado – e a mim apenas – à hora que for, no dia que eu bem entender. Qualquer negativa de sua parte será considerada traição à Coroa.

Sátiro Confort pousou a taça na borda da piscina.

– Sem problema. Na hora em que eu decidir trair a Coroa, a senhora será a última a saber, mas não precisaremos chegar a tais extremos.

A rainha Cordélia riu com os dentes de Lorcas Delenda.

– Extremos são minha especialidade. Vamos ao que importa? Sua primeira missão?

– Claro, depois de receber meu primeiro lote.

– Já está sendo providenciado. Creio que, a essa hora, elas devem estar sendo acomodadas em seu iate solar, como pode confirmar com uma rápida consulta em seu... como é o nome disso? PorTel?

Conrad digitou alguns números e, depois de observar a tela por alguns segundos, acenou afirmativamente com a cabeça, desligou o aparelho e disse:

– Pode falar. Quem eu devo apagar?

A rainha piscou por trás da taça.

– Raga.

·◆◈◆·

– Raga? – perguntou Pola Wikki – Por que, Raga?

– Porque caçar o caçador é antecipar a presa – disse Ig Baian – Seguindo Raga, chegaremos a Argo. A nave dele está estacionária no meio do nada. Óbvio que Argo, ou algo tão valioso quanto, está por perto.

A Dama Jéssica aguardava na base por um sinal de movimentação anormal em torno do espaço aéreo do Eixo da Coroa. Qualquer nave que interrompesse o tráfego aéreo ou forçasse caminho por entre camadas de trânsito deveria ser o alvo.

– Se Argo está vivo, Singapura Sling não deve estar longe – disse Nanci Karr.

– Ele ainda te incomoda, não é? – perguntou Pola Wikki, olhando de soslaio para Ig Baian, que aparentemente não conhecia o passado de sua navegadora.

– O sujeito no subtrem é aquele de quem você sempre fala?

– De certa maneira, ele é o responsável por eu estar aqui – respondeu Nanci – Os piratas do Rainha das Estrelas invadiram Biktúpia quando eu tinha dezoito anos. Roubaram minério e mulheres. Desisti de um casamento, rasguei o enxoval e fugi com Singapura Sling. Ou ao menos tentei.

– Pelo que eu saiba, – disse Ig Baian – a missão da primeira tripulação do Rainha das Estrelas era provocar uma guerra entre Biktúpia e Beloh, por causa do minério de ferro e bauxita, não foi isso? A Coroa de Ryoh passou a manipular ambos os países e a roubar para si diversas minas tanto de um lado quanto de outro.

– E deu certo.

– Falando em dar certo, – perguntou Pola Wikki, sem desviar o rosto do console – Olhem isso aqui, que estranho.

Antes inerte, a tela passou a piscar. Um ponto persistente, bem acima do que seria o meio do oceano.

– Sabem o que é isso? – disse Ig Baian – Alguma nave acaba de perder sua camuflagem e ficou visível para nossos detectores.

– Dispositivo de camuflagem? Isso não é coisa da Coroa.

– Não, é coisa de bandido. Tecnologia do Grupo.

Ig Baian sacudiu o ombro de Nanci Karr.

– Vamos para lá agora. Tem mais gente atrás de Argo.

·•◈•·

Mamba Mauzh caía. A sua volta, uma chuva de destroços, restos de mobília de bordo e pedaços de gente. De certa maneira, parecia um balé em câmera lenta. Não fosse pelo paradoxo de tanto vento e nenhum oxigênio nos pulmões, Mauzh até poderia se deixar levar pelo conforto da situação e esperar pelo impacto.

Mas morrer não era uma ideia com a qual simpatizasse. Girou o corpo e viu a superfície da água se aproximando numa velocidade acima do recomendável. Mauzh avistou o corpo de um soldado do Grupo, caindo a cem metros de distância. Difícil identificar, mas pelo aspecto das roupas havia mais ali do que apenas noventa quilos de bandido. Mauzh colou os braços ao corpo e direcionou a queda.

Chocou-se contra o cadáver com tanta força que quase o perdeu, mas a roupa flamejante ajudou-o a aprumar o corpo e enlaçá-lo com as pernas. Tinha razão, o homem carregava um rifle sônico completamente inútil. Desesperado, revistou o corpo e descobriu uma versão da Luva de Ockham no pulso do homem. Era um modelo com lâminas retornáveis, atadas a cabos de aço.

Não daria tempo de desafivelar a correia, o jeito era usar o corpo como parte do plano que se formava desde que viu o defunto cadente. Mas antes tinha de priorizar as batalhas.

A velocidade de queda era o primeiro inimigo. Tentou frená-la com os braços esticados e percebeu uma mancha no céu. Se fosse uma nave, tentaria uma manobra que o poderia levá-lo a uma morte rápida, mas como era sua única opção, abraçou-a.

Era mesmo uma nave e Mauzh apontou o braço do morto, mirando a Luva o melhor que podia. Quando disparou a garra atada ao cabo de aço teve certeza que errou o bote. Fechou os olhos, pediu desculpas às deusas e preparou-se para o choque na superfície da água.

Um solavanco acordou-o do transe. A garra errou o alvo, mas o cabo de aço foi sugado por uma das turbinas da nave recém-chegada e por pouco Mauzh e o cadáver não foram esmagados na fuselagem. Ainda assim a pancada foi tamanha que quase fez o ex-pirata largar seu salvo-conduto. A sorte foi que pouco antes do cabo destroncar o braço morto, uma porta abriu-se e Mauzh pôde, com muito esforço, içar-se para dentro.

Despediu-se do companheiro de viagem com um chute, mas, ao sentir a tira de couro apertando o pescoço, questionou se não estaria melhor com ele.

·•◈•·

Duas foram as consequências da explosão na Manta Negra. A primeira foi a ejeção de Mauzh a uma queda de duzentos mil metros. A segunda foi que avariada, a nave de Ronston seguiu pilotada pela única pessoa gabaritada para a função que estava em condições de assumir o comando: Kai.

Os outros estavam mortos ou desacordados. No caso de Ockham, desmaiado atrás de um balcão. Conrad Lohd, atingido por um destroço, despencou por um buraco no piso desaparecendo das vistas.

– Estabilize com as aletas laterais e desligue os motores de empuxo – comandou Ronston, preso debaixo de uma das portas de aço que foram arrancadas das paredes – Isso deve manter a nave planando até arranjarmos algum lugar onde pousar. Mas onde quer que seja, vou querer a cabeça de alguém.

– Cale essa boca – disse Kai, brigando com os controles da Manta Negra. O buraco por onde Mauzh e diversos soldados de Ronston foram sugados na descompressão da cabine, apesar de vedado por camadas plásticas, ainda parecia encará-lo como um olho faminto.

Kai era o primeiro de seu clã a nascer em território ryohano. Sua família partiu do planeta Edo há vinte gerações e chegou há Veracroce dois meses depois de seu nascimento. Aquilo tornava Kai um homem sem pátria. Ou de duas, dependendo do ponto de vista.

A herança cultural hedônica brigava com a simpatia pela bandalheira veracrociana e Kai optava por uma atitude neutra, que evitasse traições a quaisquer de suas terras. Isso fez dele um pária de dois mundos. Tornar-se um criminoso foi questão de pouco tempo e diversas oportunidades.

Agora, cabia a Kai pilotar sozinho um tijolo em queda livre, pois dos quatro grandes, Sling e Mauzh estavam mortos e Lohd, o único com características de piloto, também não passava muito bem, invisível sob uma pilha de equipamentos eletrônicos.

– Precisa de ajuda aí? – Zander Belua, sem um arranhão além de um inchaço que ocupava quase toda testa, tentava ultrapassar uma porta derrubada para acionar os terminais de controle de armas.

·•◈•·

Os soldados empurraram Sling para a rua, onde um aerocarro bloqueava os transeuntes. Ainda assim, uma fruta acertou a cabeça de um dos soldados da Coroa.

– Soltem Argo! – gritou um menino de doze anos.

Raga surpreendeu-se com a frase e, pela primeira vez em muitos anos, não soube como reagir em público. Decidiu por seguir com os planos originais e mandou jogarem Sling, algemado, no aerocarro.

Dava aquela primeira parte do caso por encerrada quando uma pedra atingiu o soldado que empurrou o pirata. Antes que pudesse impedí-lo, o soldado distribuiu cacetadas com o bastão elétrico, ferindo um idoso que se interpôs entre o menino e o militar.

O velho, com a cabeça sangrando, desabou e, com isso, comoveu quem o circundava. Um mais afoito, apesar de duas cacetadas, conseguiu segurar o braço do soldado e travou-lhe o movimento, permitindo que dois transeuntes acertassem duas garrafadas no pescoço pouco protegido.

Em dois segundos a rua transformou-se em cenário de batalha, com populares usando de tudo que tivessem à mão contra quatro soldados da Coroa e Raga.

Não havia motivo para tanta insatisfação. A economia estabilizara há dois anos, o desemprego baixou e o custo de vida estacionou em Ryoh. Por que ainda idolatravam um revolucionário como Anton Argo a ponto de arriscarem suas vidas?

A multidão derrubou um dos soldados antes que conseguisse alcançar o aerocarro e crivou-o de chutes e golpes com pedaços de canos, barras de ferro, blocos de cimento, qualquer coisa que encontrassem. Raga evitou que outro soldado descarregasse uma rajada na multidão que se formava e queimou os dedos ao levantar o cano fumegante.

– Decole agora! – Gritou.

O aerocarro quase não conseguiu alçar voo por causa das pessoas que agarraram as rodas, mas depois de alguns segundos, desistiram se contentaram em berrar impropérios. Algo acontecera em Ryoh nos últimos dias e Raga não fora capaz de antecipar, mas o pior seria se a nova rainha tomasse conhecimento de eventos assim. Cordélia Delenda continha manifestações populares pendurando cabeças em postes.

Para evitar um banho de sangue, seria necessário detectar a origem dessas manifestações e eliminar o elemento perturbador, ou seus planos poderiam definhar antes do amadurecimento. Precisava traçar novas diretrizes, mas antes decidiria o que fazer com Sling.

– É fácil, é só me jogar pela porta – disse o pirata – Prometo me espatifar como um bom menino e não voltar para puxar seu pé à noite, seu vendido.

– Não, vamos manter as ruas limpas. Acho melhor você me falar para onde levaram Argo e talvez eu não te torture.

Os olhos mecânicos de Sling clicaram, ajustando o foco para um minúsculo cravo negro que amadurecia no lábio superior de Raga, logo abaixo do limite do bigode. Sling enxergava tudo, era sua característica principal, mas também era uma tortura não conseguir desligar os olhos superocupados em momentos como esse. Por isso desenvolveu um truque com os óculos. Aprendeu a induzir um estado de inconsciência através do foco microscópico aliado a um sistema estroboscópico. Geralmente desmaiava em cinco segundos, em qualquer lugar, em qualquer situação.

Tentou selecionar mentalmente imagens de tempos melhores, mas algumas vezes o hiper detalhismo de suas lentes não permitiam uma fuga completa, chamando a atenção para detalhes inúteis e dispensáveis com uma riqueza de informações fora de contexto. As luzes piscantes, porém, não vinham. Bela hora para uma incongruência na interface.

Tentou fazer algumas associações de ideias do tipo cravo-lábio-língua-beijo-sexo-com-a-mulher-ideal, mas o mais longe que conseguiu chegar foi cravo-lábio-bigode-nojo-vômito. Talvez funcionasse.

Raga deu-lhe um tapa no rosto.

– Acorde Sling. Não tenho tempo para palhaçadas.

– Você sabe do que fala, palhaçada deve ser sua especialidade, bobo da corte.

O tapa deve ter feito alguma coisa com os óculos, pois as luzes estroboscópicas e o sono imediato salvaram-no do choque dos dedos de Raga contra seus dentes.

·•◈•·

– Chicote neuronal agora não, por favor – disse Mauzh diante da mulher que segurava a tira de couro em seu pescoço – Até gosto de algum tempero em minhas relações, mas isso é íntimo demais e acabamos de nos conhecer. Talvez depois do jantar. Falando nisso, qual o cardápio da casa?

O sorriso da mulher foi uma incógnita. Talvez fosse amigável, talvez fosse escárnio.

– Vamos por partes. Sou Volúpia, você é um homem. Comando esta nave, você obedece. Eis tudo que precisa saber para nos darmos bem. Pode tirar suas roupas agora.

– Como é?

– Escravos não usam roupas a bordo desta nau.

– Desculpe moça – Mauzh manteve a calma. Anos de serviço no Grupo ensinaram-lhe modos diplomáticos para contornar situações de violência iminente – não creio que saiba com quem está falando.

– Mamba Mauzh. Ex-membro da tripulação do Rainha das Estrelas. Talvez o melhor engenheiro aeronáutico de Ryoh que, segundo a lenda, é capaz de transformar ferro-velho em cruzadores de primeira classe. Atual membro do Triunvirato do Grupo. Isso tudo faz de você um prato saboroso para a Coroa, para seus colegas do Grupo ou para seus ex-companheiros piratas.

– Vocês pretendem me leiloar?

– Claro, mas antes usaremos os seus serviços.

– Serviços ou favores?

– Aqui você serve.

– Muito bem, – disse Mauzh enquanto tirava as calças – qual o problema? Presumo que, pela vibração das paredes, seja algo com os motores auxiliares da nave, responsáveis pela manutenção das condições atmosféricas. Acertei?

– Dama Jéssica parece adoentada. Não conseguimos definir o problema. Examinamos os sistemas de sustentação de vida por causa dos espasmos que você identificou, mas está tudo certo. Conversei com Dama Jéssica e ela não faz ideia do que possa estar acontecendo.

– Como é? Conversou com ela? Ela quem?

– Dama Jéssica. A nau fala comigo. Mas só comigo.

Ele estava nu e com o pescoço apertado pelo chicote neuronal. Contudo, apesar da situação constrangedora, Mauzh relaxou. A crise, afinal, não parecia tão séria.

·◆◈◆·

– Ei, Amarelo! – gritou Zander Belua, jogando longe parte da porta quebrada que lhe barrava a passagem – A festa foi boa, hein? Cadê o seu amigo Primevo que gosta de explodir banheiros para eu estourar a cara dele?

Kai não respondeu. Em outra situação, desembainharia uma lâmina, mas o momento pedia união de forças. Amai seus inimigos, depois corte a cabeça deles. Sua maior preocupação, porém, era manter a Manta Negra estável. O piloto automático parecia ter dado conta do recado, mas Kai queria ter certeza.

– Precisamos contabilizar as perdas e unir nossos efetivos – disse Kai, sem tirar os olhos do painel que indicava as condições dos motores – Talvez ainda possamos utilizar Argo e derrotar Raga.

– Não, Kai. As coisas mudaram. Gosto de recordar dos velhos tempos, mas prefiro minha vida hoje.

Zander Belua apontou um disruptor sônico para o rosto de Kai.

– Ronston queria negociar o preço de vocês com Raga. Eu não. Por mim, é mais seguro acabar com todos agora.

– E quanto a Argo? – argumentou Kai, impassível – Será que não compreende a vantagem estratégica que temos? Há potencial aqui para uma revolução. Tomar o poder em Ryoh. Eliminar os Delenda. Ganhar muito dinheiro.

Belua indicou com o queixo o corpo desacordado de Leo Mandell.

– Sabe tão bem quanto eu que Argo está morto. O sujeito jamais enganaria ninguém, quanto mais capitanear uma revolução.

– E se ele for Argo?

– Quê?

– E se ele for mesmo Argo? Um Argo que sofreu cirurgias plásticas e lavagem cerebral?

– Ainda assim não serviria para nada. Se não lembra quem é, como poderia liderar as massas?

Kai levantou-se do console, sem perder de vista a arma sônica de Belua. Desperto e abrigado sob uma mesa, Ockham contabilizava as chances de sobrevivência.

– Poderíamos guiá-lo – Kai insistia – Se ele for Argo, temos uma chance de despertar a personalidade esquecida. Se não for, poderíamos ensiná-lo, construir um líder de acordo com nossas necessidades.

– Minha necessidade, hoje, é faturar. A sua, sobreviver.

Antes que Belua apertasse o gatilho, Ockham levantou com toda força a mesa sobre as costas. O braço de Belua foi jogado para cima e o disparo atingiu o teto. Ockham aproveitou o desequilíbrio do adversário e imprensou-o com o tampo da mesa.

Kai aproveitou a deixa, desembainhou um facão e saltou sobre a mesa. O adágio de seus ancestrais não lhe voltou à mente enquanto descia a lâmina de encontro à garganta de Zander Belua.

– Jamais gostei dele – disse, limpando o sabre – Agora vamos arrumar a bagunça.

•◈•

Cordélia Delenda conhecia os homens e suas necessidades. Percebeu que Sátiro Confort era simples, mas nada ingênuo. Um dos três líderes do Grupo não poderia ser idiota, o que significava que, apesar das aparências, não seria tão fácil retê-lo sob seu controle. Sexo era o que o movia, mas não o dominava. Precisaria de mais ofertas para que o contrabandista de gente não mudasse de lado. Teria de ser algo irrecusável: e a revelação que desde os quatro anos de idade, Confort desejava possuir uma coroa das famílias reais de Veracroce, vinha em um momento ideal.

– Pode me chamar de Fada Madrinha – disse o rei-rainha – Seus desejos serão realizados.

– Uma coroa é interessante – disse Confort, ainda na piscina, sob o peso de duas mulheres. – Um trono é melhor.

– Tudo depende de seu desempenho, meu querido – traga-me determinadas cabeças e ganhará uma parte de Ryoh para governar, mediante apenas um pequeno tributo anual, evidentemente.

– Tributo? Isso não existe há mais de duzentos anos!

– Percebe como as coisas degringolaram desde que fui afastada de minhas funções? Estou outra vez no comando e tudo voltará aos eixos, começando pelo respeito à hierarquia e ao direito de nascença.

A mão de Lorcas Delenda emergiu da água cheia de espuma segurando uma adaga tão comprida e afiada que Confort ficou se perguntando onde ela estava escondida. As mulheres não se mexeram, inviabilizando qualquer gesto de defesa da parte do contrabandista, enquanto a ponta da faca pressionava sua glote.

– Está bem, quem sou eu para negar tributos a uma dama.

A faca não se afastou.

– Mais uma piada e enfio isto em seu cérebro. Se for um bom cachorro, talvez roa alguns ossos de minha mesa.

Nesse momento, Confort não tinha mais o que o recomendasse como sátiro. Limitou-se a mover a cabeça lentamente, para cima e para baixo.

·•◈•·

Kai conseguiu manter a Manta Negra estável e em curso para a Área Amarela. Ao seu lado, Leo Mandell, calado, permanecia imóvel, olhos vidrados. Ockham cuidou dos ferimentos de Mandell e Ronston, mas não havia muito que fazer até alcançarem algum lugar seguro.

– Quanto tempo até a Coroa nos alcançar? – perguntou Ockham.

– É o que você quer? – disse Kai – Foi para isso que explodiu esta nave?

– Não, explodi esta bosta para nos livrarmos de Ronston, mas ele ainda pode ser útil.

– Nossa situação não é das melhores. Não temos para onde ir a nave não se aguenta por muito tempo. Onde está Lohd?

– Chamaram? – gritou Conrad Lohd de algum lugar sob seus pés. Ockham afastou os destroços espalhados pelo convés e achou Lohd um nível abaixo, soterrado sob uma camada de escombros.

– Como está?

– Inteiro, mas as pernas estão presas.

– Espere que já estou chegando.

– Para quê? Foi você quem explodiu a nave, não foi?

– Economize energia, estou a caminho.

– Acho melhor você ficar por aqui – disse Kai – Não gosto nada do que os sensores estão mostrando.

No momento em que a explosão eliminou os escudos, o piloto de Raga identificou a nave de Ronston.

– Abra um canal de comunicação – ordenou Raga. – Alô, nave não registrada, aqui é a aeroviatura 0100, confirme recepção.

– Deixe-me falar – disse Ockham, pulando sobre a mesa – Raga, é você? Pode se aproximar, para eu arrancar seu couro!

Raga reconheceu a voz.

– Quem fala? Ockham do Clã Erin? Está no comando dessa nave?

– Não. *Eu* estou – Kai interferiu na comunicação – E aviso que ainda temos poder de fogo para derrubá-lo.

– Isso não será necessário. Queremos nos unir a vocês.

A única reação dentro da Manta Negra foi um som parecido com o raspar de uma viga enferrujada em um rolo de arame farpado. Era a gargalhada de Conrad Lohd.

Enquanto isso, esquecido, Leo Mandell procurava por si mesmo. Pelo que o informaram, toda família estava morta, a casa demolida. Chamavam-no por um nome que não lhe pertencia. E o pior é que sentia ganas de assumir as memórias de um estranho.

A risada de Lohd ressuscitou as vozes de Cassis, Raga, Sling, Ockham e Kai repetindo perguntas sobre um passado sedutor, aventuresco, fora do comum. Ele era, para alguns, a continuação de um homem maior. Ser um herói... Uma lenda! Nunca mais ficar alheio, à margem. Ser a via principal por onde percorrem os eventos que moldam os mundos...

Tocou o ombro de Kai.

– Assumo a partir de agora – disse com voz pausada – Sou um bom piloto, mais acostumado com naves recauchutadas que qualquer um de vocês.

– Era o que faltava – disse Ockham – O bestalhão acha que pode entrar na brincadeira. Escuta, rapaz, você é mercadoria. Fica ali quieto e deixa o trabalho conosco.

– Cale a boca! – Gritou Conrad Lohd do subsolo, onde ainda estava imobilizado. – Esse sujeito deve entender mais de aeronaves que você, seu pé de poeira dos infernos. Kai deixe o careca pilotar e mande esse milico à merda. Vamos ver o que Raga quer.

– Façam o que quiserem – respondeu Ockham –, mas quando esse idiota colocar a nave nas mãos dos Delenda, não reclamem.

– Não se preocupem – disse Mandell – a partir deste momento sou Argo.

·•◈•·

– Afinal, ele é Argo? – perguntou Ig Baian a Mamba Mauzh. Conversavam imersos em uma piscina do templo das Monjas Rubras.

– Se você quiser, ele será – respondeu Mauzh.

– Deixe de palhaçada. O acordo foi selado, não há mais motivo para continuar esse joguinho. O sujeito é ou não é Argo?

– Não menti, ele pode ser Argo se você quiser, basta que o convençamos disso. Pense, ele perdeu família, casa, laços, tudo. E pior, não era nada antes. Pode ter sido vítima de um reimplante de memórias, mas mesmo que não seja o caso, podemos convencê-lo e cuidar para que alguns padrões comportamentais do Argo original sejam incorporados a sua psique.

– A ideia não é má, mas precisamos preparar uma proposta para discutirmos com seus amigos. Argo não pertence apenas a vocês.

– É verdade. O sujeito transcendeu a vida, tornou-se um conceito.

– E conceitos, meu amor, pertencem a todos.

– Menos à Coroa.

– Aos Delenda também, o problema é o uso que fariam dele.

Mauzh levantou-se da piscina. Não se preocupou em enxugar o corpo, pois a água foi evaporada quase imediatamente pela climatização. Seco, aproximou-se do PorTel e abriu um canal de comunicações.

Do outro lado de Ryoh, no meio de uma reunião com a nova cúpula da Coroa, Victor Nando, Ministro da Economia, olhou para o comunicador piscando em suas mãos.

– Espero que não seja algum problema de família – disse a boca que pertencia a Lorcas Delenda.

– Não, senhora. Nada sério.
E desligou o aparelho.

*

Para Raga, os dias com a tripulação do Rainha das Estrelas foram diferentes de tudo que conhecera até aquele momento. A ideia de misturar gente de sua confiança como Cassis e Tchiba Marchallus com contrabandistas, assassinos e ladrões teve um efeito curioso em todos os envolvidos. Enquanto seus oficiais ficaram mais audaciosos, menos restritos às amarras burocráticas inerentes à farda, os meliantes aprenderam disciplina, estratégia e hierarquia.

A missão original do Rainha das Estrelas era clara, um grande engodo. A apropriação das riquezas naturais de Biktúpia era primordial à Coroa naquela época e apenas uma equipe heterogênea sem ligações com Ryoh poderia resolver a empreitada. Selecionar as personalidades e talentos foi o trabalho de Raga, a princípio contra a vontade. Ainda lembrava momentos específicos, como o dia no qual Cassis, Marchallus, Sling e Kai quase morreram ao tentar roubar a produção anual de cereais biktupianos pensando que se tratava de ouro. Aquilo obrigou a tripulação a sair da invisibilidade e enfrentar os postos de polícia locais para evitar um contra-ataque. O resultado da ganância dos quatro foi a fuga atropelada pelo meio de três cruzadores biktupianos que pensavam que aquela nave remendada era um refugo do ferro velho. Argo, Mauzh e Lohd foram heróis naquele dia, salvando a pele de todos.

Bons tempos que nunca aconteceram. Porque, para todos os efeitos, os piratas estavam mortos e Raga jamais trabalhou com eles. Mas agora, com o advento de Cordélia Delenda, tudo precisaria ser revisto. Os piratas eram necessários para reverter o cenário. Ou, talvez, criar um novo jogo.

– Alô, estão aí?

– Sim, estamos – respondeu Kai – vamos acoplar as naves, mas estejam avisados que ao menor sinal de traição de sua parte, detonaremos explosivos na sua cara.

– E pode me dizer como conseguiria antecipar qualquer movimento de minha parte? – perguntou Raga – Ou confiamos uns nos outros ou nos matemos logo de uma vez. O combustível não vai durar para sempre e logo teremos aeronaves da Coroa atrás de nós.

A Manta Negra era cinco vezes maior que a nave de transporte de Raga. Porém, mesmo admitindo a aparente superioridade momentânea dos piratas, o ciborgue jamais deixaria essa sensação de inferioridade impressioná-lo. Ele ainda era a eminência parda, o grande arquiteto. Enquanto continuasse negociando com Kai, teria uma chance. Se Ockahm entrasse no circuito, as coisas ficariam mais complicadas. Precisaria saber o quanto sua carta na manga conhecia a ex-celebridade da Coroa.

– Nem olhe para mim – disse Singapura Sling – Mal conheço o cara, e o pouco tempo que estive com ele foi gasto em torturas para saber o quanto ele estava mancomunado com você. Infelizmente, não conseguimos nada porque ninguém quer ser seu amigo, Raga.

– Acabo de recordar por que jamais lhe dirigi a palavra – respondeu Raga, inexpressivo – Mas isso não importa. Se vocês não se mataram e Ockham chegou a se associar à sua trupe de macacos, é sinal que alguma afinidade vocês descobriram.

– Será que é medo o que estou percebendo? Você tem receio daquele milico, Raga?

Raga apontou uma pistola para o rosto de Sling.

– Não creio que precise mais de você.

– Ah, precisa sim. Se aqueles caras souberem que você me matou, não tem acordo, nem Argo, nem nada.

Raga baixou a arma.

– Obrigado. Era o que eu precisava saber.

Enquanto as naves acoplavam, Sling se perguntava o que teria falado além da conta.

·•◈•·

A arte do improviso não era a única característica de Victor Nando. Seu gosto por conforto e mulheres foi o responsável pela aproximação com Argo e Mauzh ainda nos tempos de contrabando da dupla. O elemento definidor da relação dos três ocorreu quando o Ministro da Economia da Coroa apaixonou-se por uma substância rara descoberta nas margens de um pequeno rio na cidade de Sangonça, periférica de Arariboan.

Argo se prontificou a atender a necessidade do jovem parlamentar de vinte e cinco anos, e em dois dias conseguiu três quilos da planta já adequada ao consumo. No mês seguinte, a carga dobrou de tamanho e um ano depois, Victor Nando tornou-se um dos principais clientes da dupla Argo-Mauzh, sem jamais quitar sua dívida. Daí a tornar-se um centro de informações vitalício para os contrabandistas foi um pulo.

– O que é desta vez, Mamba? – interromper uma reunião chefiada pela Rainha Cordélia foi a coisa mais insana que já fez, dentre infinitas atitudes mais próximas do suicídio social.

– O amigo vai gostar da novidade – disse Mauzh – Vamos derrubar a Coroa, meu filho, e precisamos de sua ajuda inestimável. Se nos ajudar, ganhará uma posição confortável no novo governo, ou então nos acompanhará na inevitável derrocada, sendo que sua cabeça cairá bem antes da minha.

Nando manteve-se em silêncio enquanto o outro continuava a falar.

– Quero uma lista detalhada de todas as forças que os Delenda e seus comparsas podem dispor num curto período de tempo, digamos vinte e quatro horas, caso sejam atacados por uma trinca de naves, direto no coração do governo.

Aquilo era insanidade. Nando não acreditava que Mauzh estivesse falando sobre insurreições e ataques terroristas em uma frequência aberta em pleno território da Coroa. A continuar assim, cabeças rolariam muito antes do previsto.

– Não compreendo o que fala, creio que se trata de um engano.

E desligou o aparelho.

– Isso foi inteligente de sua parte? – perguntou Ig Baian. – Principalmente levando-se em consideração que não há nenhum plano estabelecido, não temos tropas e muito menos gente preparada para uma ação dessas?

– Minha querida, na vida que tenho levado, primeiro se tem a ideia, depois se estrutura o cenário para a realização e aí, com tudo certinho, a gente implementa. A ideia já tivemos, a implementação chegará daqui a pouco no meu PorTel e, se não for realizável, a gente pensa em outra coisa.

Como que respondendo a Mauzh, o PorTel sinalizou mensagem em via privada.

A lista estava lá. Pelo visto, Nando não confiava nem um pouco no futuro da Coroa sob o comando de Cordélia Delenda.

·•◈•·

– Quem vai gastar remédios com esse animal? – perguntou Lohd ao ver como Ronston estava sendo tratado no hospital improvisado.

– As mesmas pessoas que curaram você – respondeu Ockham – Somos todos iguais aqui.

– Diz o lacaio da Coroa que virou a casaca.

Em torno deles, um enxame de pessoas uniformizadas atendia aos feridos da Manta Negra. Estavam numa das bases secretas de Raga, nas imediações da Área Amarela, onde mantinha seu próprio pessoal.

– O que fazemos agora? – perguntou Sling, livre das correntes. A sua frente, Raga, Kai e Ockham sentados em poltronas de couro clorado e, à direita, Lohd numa cadeira de rodas, tinha as pernas engessadas até a altura dos joelhos. Todos conversavam como se nunca tivessem se odiado. Mandell andava pela base, tentando apreender o máximo de informação.

– A mim parece óbvio – respondeu Ockham – Reunimos o que temos e atacamos a megera com tudo. Se essa Delenda reencarnada é metade do que Raga conta, é pior que o diabo. Devemos agir agora, enquanto temos o elemento surpresa.

– Concordo – disse Raga. – E até proponho uma linha de ação.

– Vá propor para as *suas negas* – gritou Lohd. – Você ainda é o traidor safado que botou a gente nesta merda. Não esqueci, nem permitirei que ninguém aqui esqueça. Nossa aliança é...

– Necessária – completou Kai. – Também não gosto, mas é como as coisas são. Seria ótimo se todos se acalmassem.

– Estou calmo – disse Lohd. – O que não estou é cego. Esse cara vai nos sacanear na primeira oportunidade.

– Assim como eu – disse Ronston - mas creio que contra a força aqui reunida, a Coroa não tem como se defender. Estou curioso, qual seu plano, Eminência Parda?

– Luz Delenda será cremada amanhã, numa cerimônia ao ar livre, para concretizar o poder do novo rei, no caso Lorcas Delenda, hospedeiro da Rainha Louca. Amanhã poderíamos explodir a todos.

– Em cima da hora – disse Ockham – Muitas coisas podem dar errado.

– Depois do que presenciei no subtrem – disse Raga – acho que são competentes para derrubar a Coroa.

– Só não espere que coloquemos você no lugar.

– Deixa de besteira, Lohd – disse Ockham – Se eu posso aturar Raga, você também pode. Como vamos atacar amanhã?

– Tenho uma ideia – disse Raga – Mas preciso saber das disponibilidades de cada um.

Enquanto uma nova discussão se iniciava, o PorTel de Raga zumbiu. O braço cibernético acionou o aparelho e o olho traiu o baque emocional.

·•◈•·

– Você fez o quê?

Lorcas Delenda levantou a cabeça do guisado de neotatú. O molho de tomate pingou na toalha, deixando uma marca parecida com o mapa de Biktúpia.

– O senhor mandou que...

– Senhora.

– Como?

– Rainha. Majestade. Alteza. Madame ou, se quiser, vadia, mas nunca *senhor*.

– Ah, bem, foi a senhora quem mandou...

A lâmina cravada por Lorcas na mão de Confort deixaria uma cicatriz. O sangue que fluiu do ferimento juntou-se ao mapa na toalha, desenhando uma península na capital.

– Não mandei matar a mulher de Raga. Não mandei matar as filhas de Raga. Não mandei matar os vizinhos de Raga. Não mandei sequer matar o próprio Raga.

– Mas entendi que...

– Eu quero a cabeça de Raga, mas não assim. Porém, falei com um profissional de reconstrução de imagens e podemos perfeitamente reformar os holovídeos que foram divulgados, inserindo algum detalhe que aponte os seguidores do tal Argo como os responsáveis. Vamos usar os levantes sociais que têm ocorrido e jogar a opinião das classes mais favorecidas contra esses tais piratas.

Olhando para a mão de Confort, ainda presa pela faca, Lorcas Delenda falou com ar enojado:

– Vai ficar aí parado? Cuide logo disso.

Sátiro Confort retirou a faca com um esgar de dor e raiva.

– Mudança de planos – continuou a mulher no corpo do homem – Use seus contatos e descubra onde Raga está. Traga-o aqui para que o executemos por alta traição. Isso seria perfeito. Faça isso em dois dias no máximo, não quero perder o funeral de amanhã, fico ótima de preto.

Se a mão não doesse tanto, Sátiro Confort a teria estrangulado. Depois resolveu que não. Ainda. Passou o resto do dia arregimentando o time que o acompanharia na empreitada. Estava tão ansioso que, antes do nascer do sol, saiu para preparar o cenário. Às sete horas da manhã, já ocupavam seus postos.

Matar os piratas seria mais fácil sem dez mil pessoas presentes, mas Confort daria um jeito. A mão ainda doía e era um lembrete das dívidas pendentes, mas não era hora de pensar naquilo.

Gostava de se considerar um predador, daqueles que pressionavam as vítimas até o desespero que antecipava o suicídio. O momento em que a presa buscava as últimas forças e se acreditava capaz de superar a adversidade, investindo com ódio, ignorando o desígnio da Lei do Mais Forte. Esse era o momento do deleite, da evidência da superioridade, do abate crucial. Por isso, ficar no escuro, ouvindo os sons convidativos do velório que acontecia do lado de fora era uma tortura digna dos *Deuses Do Lado De Baixo*, que tanto temia e que julgava reinar sobre os desígnios dos homens.

A vontade era sair do ambiente escuro distribuindo projéteis, mas a necessidade do silêncio exigia imobilidade dele e de seus homens, num espaço exíguo. Esperando o primeiro passo da caça.

A explosão funcionou como um sinal divino. Confort chutou a porta do mausoléu dos Delenda e, diante do inferno, não conseguiu evitar uma gargalhada. Estava em casa.

·•◈•·

Para Raga, havia apenas a ação, a operação cirúrgica visando extirpar o cancro que envenenava o país. As meninas seriam vingadas, e quanto ao luto, apenas metade dele sentia a dor.

– Vamos? – perguntou Sling. O vento tornando suas palavras inaudíveis para os voadores prestes a saltar da Manta Negra.

– Sai da frente, cegueta – disse Ockham, empurrando Sling.

O Primevo jogou-se da Manta Negra com os braços colados no corpo. Depois de dez segundos, abriu as asas axiais e planou por mais cinco segundos antes de abrir o tecido que retardaria sua queda.

Seguiram-no Sling, Kai e Raga, um grupo atípico, mas decidido a resolver a situação de campo o mais rápido possível.

Ockham esperou alcançar a altitude de 100 metros para dispensar os planadores e acionar as manoplas de controle do subjato nas costas.

O voo rasante sobre as cabeças enlutadas das carpideiras, contratadas para lamentar o passamento de Luz Delenda, vítima de súbita indigestão e envenenamento por chumbo, abria um sorriso desmedido na cara tapada pelo capacete inteiriço, típico das tropas de assalto. Computou mentalmente os pontos frágeis das forças governamentais espalhadas pelo cemitério e, enquanto ascendia cortando nuvens mais baixas, transmitia para a base as coordenadas.

A terra tremeu quando os disparos cirúrgicos da Manta Negra dizimaram os soldados da infantaria e o fogo encobria a chegada da segunda leva de guerreiros aéreos. Sling e Kai desenharam um "V" nos céus de Ryoh, atraindo a atenção dos atiradores, cujos esforços foram neutralizados pelas descargas laser da Manta Negra que, eliminou a resistência sem colocar em risco as vidas dos clérigos e do público.

Duzentos homens foram dizimados em três minutos pelos raios, transformando a tarde cinzenta num festival de luzes que variavam do verde ao vermelho. Infelizmente o cheiro de carne queimada e os gritos interrompidos não corroboravam a beleza das descargas energéticas. Logo estava terminada a primeira fase do ataque.

Sling e Kai voltaram de seu esconderijo nas nuvens, acompanhados por Ockham, cada um com um tipo de rifle in. Aparentemente, os soldados da Coroa seriam devastados e o caminho até Lorcas Delenda, tranquilo. Sling viu uma brecha entre as forças reais e mergulhou, voando a quatro metros do chão.

Lorcas Delenda apareceu em toda sua glória escarlate ao fim do corredor, tentando se proteger atrás de um assessor. Sling mirou a cabeça. A bala quebrou a viseira do capacete de proteção que compunha o uniforme de luto da família real, manchando de vermelho a parede do trono improvisado.

O pirata voltou as asas para cima e sobrevoou a multidão em pânico.

– A galinha está no ponto – falou em circuito aberto.

A bordo da Manta Negra, Lohd, Raga e Ronston, antes

inimigos juramentados, comentavam a respeito das possibilidades de se derrubar a Coroa com derramamento mínimo de sangue e como isso poderia alterar as relações com os outros governos de Veracroce.

– Parece que teremos de negociar antes do que esperávamos – disse Lohd – Caíram fácil.

– Seis sujeitos e uma nave derrubaram a Coroa – comentou Ronston – Isso deve ser algum tipo de recorde.

Raga, que desde a morte da família, tornara-se mais taciturno e deixou crescer uma barba desigual no rosto parcialmente tomado pelo aço, preferiu não comemorar.

– Nada caiu ainda. Conheço os trâmites. O pior está por vir.

E como se respondesse à Eminência Parda da Coroa, o mausoléu dos Delenda desabou como se fosse feito de papel.

De dentro dele, os homens de Sátiro Confort, munidos com o que de melhor a Coroa poderia oferecer e portando mangueiras ligadas a tanques que levavam às costas, transformaram as nuvens pesadas em telas nas quais despejaram fogo negro.

As esferas de substância viscosa disparadas pelas mangueiras entrariam em combustão instantânea assim que contatassem qualquer artefato gerador de calor e os motores dos jetipécs eram chamarizes perfeitos, fazendo com que as bolas negras oleosas descrevessem curvas perseguindo-os no céu, ansiosas por transformar suas turbinas em chafarizes de fogo.

Enquanto os aeronautas desviavam de seus caçadores, o material que não os alcançava transformava-se em chuva negra, que dilacerava qualquer inocente que portasse um PortFogo para as cigarrilhas de tabaclone. Em pouco tempo aqueles poupados pelo ataque cirúrgico da Manta Negra sucumbiram graças às explosões e ao incêndio que tomou conta do bosque que circundava o mausoléu.

No meio do inferno, Sátiro Confort comandava seus combatentes, concentrando o fogo de cinco homens contra cada um dos atacantes, mas vendo seus esforços frustrados, pois o calor da mata em chamas atraía a maior parte do óleo, aumentando a confusão. Ockham gritou no intercomunicador.

– Desliguem os motores. Mudem para modo planador e vamos sair daqui. Lohd tranque as localizações de cada um desses sujeitos e transforme-os em pó.

– Impossível – respondeu Conrad Lohd. – Muita interferência.

Não tenho como calcular as posições de cada um e disparos aleatórios só irão piorar as condições.

Kai, Sling e Ockham desligaram os motores e acionaram as asas axiais, flutuando ao sabor das correntes de ar. Imediatamente as bolas viscosas que ainda os ameaçavam abandonaram a perseguição, mergulhando no grande incêndio. Contando com as correntes ascendentes que emanavam do desastre, os três voadores subiram, mas não escaparam da coluna de fumaça que impedia a visão do território.

– Sei quais são minha altitude e direção – falou Sling– mas não tenho a menor ideia de onde pousar.

– Também não enxergo nada, mas a costa fica para o sul – respondeu Kai – Ainda não inventaram fogo imune à água.

– Você anda mal informado – disse Ockham – Já vi lagos em chamas. Mas concordo que é a única saída, vamos para o sul.

No solo, com seus comandados sucumbindo ao caos deflagrados por eles próprios, Confort pensou que talvez fosse hora de bater em retirada. A fumaça, porém, impedia que desse um passo.

Os restos do mausoléu dos Delenda serviam como proteção e lá já estavam dois dos soldados da Coroa sobreviventes. Ao verem Confort, que envergava um uniforme de capitão, chegaram a bater continência, mas foram mortos com dois tiros antes de completarem os gestos.

Confort chutou os corpos para o lado e agachou-se, protegido das chamas pelas paredes semidemolidas. A máscara não conseguia filtrar a fumaça o suficiente. Logo o ambiente ficaria insustentável, mesmo com a armadura revestida de material antichamas.

A solução talvez fossem os mortos, como quase tudo na vida de Sátiro Confort, desde que seu pai morreu deixando-lhe uma casa na Área Vermelha, sua base inicial de prostituição. Os mortos sempre significaram uma nova chance para o Sátiro e não seria diferente agora.

Agarrou os braços dos cadáveres e, com os cadarços das jaquetas e das botas, amarrou-os com se fossem grandes amigos bêbados se reencontrando numa noitada. As cabeças despedaçadas batiam os visores dos capacetes como se tentassem um beijo. Confort largou o cilindro que continha combustível e soltou o filtro de ar, retirando o compressor.

Uma crise de tosse interrompeu o trabalho no momento em

que tentava desencaixar os tanques reserva de oxigênio dos cadáveres e teve de lutar contra os espasmos.

Controlando a tosse, voltou a atenção para os minitanques em suas costas. Inserindo a própria cabeça entre os braços dos mortos, colocou-se como o recheio de um sanduíche onde os cadáveres seriam as fatias de pão. Uniu as fivelas e atou os cintos em torno dos três corpos, ajustando os minitanques nas laterais.

Prendendo a respiração, soltou o conteúdo dos tanques de oxigênio e foi lançado a trinta metros de distância, cruzando o incêndio como um míssil, estatelando-se numa parede. O cadáver às suas costas absorveu o impacto, mas o choque deixou-o tonto por alguns segundos. Nada que o calor opressivo não curasse.

Desafivelou os cinturões, retirou a máscara e abandonou os companheiros de viagem. Não percebeu que, durante a corrida por entre a fumaça, atravessou uma trilha e em sua direção vinha um autogiro com a insígnia dos Delenda.

Reconheceu Lorcas Delenda no banco traseiro do veículo quando quase o derrubaram. Gritou para que parassem, que o recolhessem.

Quando o autogiro real fez meia-volta, pensou que talvez não fosse a melhor das ideias que teve na vida. Correu esperando um tiro nas costas, que não veio.

Quando as lâminas o atingiram, pensou em tudo que queria ter prometido ao pai e jamais cumpriria.

·•◈•·

Ockham chegou à superfície lamentando ter perdido as armas no fundo do mar. Identificou Sling e Kai a menos de dez metros.

– Alguém tem o comunicador operacional ainda? – berrou, sabendo que não seria ouvido. A água tentou entrar pela boca escancarada.

– Isso pareceu coisa de Sátiro Confort – disse Kai assim que se aproximaram – Ronston avisou que ele poderia entrar na dança.

– Mas por quê? O que diabos ele ganha com isso?

– Sabe-se lá que contratos conseguiu com a Coroa – respondeu Sling – As possibilidades de esse sujeito lucrar na Área Vermelha, levando-se em consideração a especialidade profissional, são infinitas. Se Delenda lhe der salvo conduto, ele terá Ryoh nas mãos. Eu não recusaria, não nos meus bons tempos.

– Seus bons tempos são agora – disse Ockham – Hoje você está vivo, ontem não.

– Como filósofo você é um excelente leão de chácara. Vamos embora daqui antes que meu pau congele.

– Grande perda para a humanidade – riu Kai, enquanto acionava um programa de rastreamento num PorTel preso em seu braço – Pronto, Conrad está a caminho.

As águas tremularam evidenciando a aproximação de um autogiro. Ockham pensou que Lohd se movimentava rápido para um piloto com as duas pernas quebradas, até que identificou o símbolo na lateral do aparelho. Mergulhou a tempo de escapar das rajadas, mas ouviu os gritos de aviso de Kai antes de ser engolfado pelas águas que, no final das contas, venceram a disputa para invadir sua boca.

·◆◈◆·

– Até que enfim – disse Raga, de volta à Manta Negra.

– O que foi aquilo? – perguntou Mandell – A Coroa está atacando com um autogiro?

– Não é a Coroa, é Delenda – respondeu Raga – Finalmente saiu da casca.

Lohd lutava com os controles, tentando localizar o autogiro por satélite. As pernas voltavam a doer, dando sinais de vida por trás dos analgésicos.

– Mas Sling matou Delenda!

– Pelo visto, não – respondeu Raga.

– Certo, então não matou. Mas o que diabos Lorcas estaria fazendo no meio desse cenário caótico? Isso é completamente fora do protocolo de defesa da família Delenda.

– Não é mais Lorcas Delenda quem está ali. Assim que Cordélia tomou o Trono, pesquisei o máximo a respeito e descobri que ela participou dos inúmeros combates que seu governo provocou. Ainda bem que certos hábitos não morrem.

– Hábitos não, mas gente sim – disse Ronston – Frite a vadia, Lohd.

Conrad Lohd reprogramou os canhões da Manta Negra e apontou-os para o autogiro dos Delenda.

Os disparos acertaram-no em cheio, mas protegido por algum tipo de campo defletor, o pequeno veículo arremeteu e atingiu a nave maior, comprometendo a estabilidade. A Manta Negra, ainda ferida da explosão causada por Ockham, parecia prestes a se desmantelar e não fosse pela parceria improvisada entre Lohd, Ronston e Mandell desligando motores danificados e redistribuindo a propulsão da nave, tudo acabaria em uma bola de fogo.

– Como essa porcariazinha estuporou a Manta Negra? – gritou Ronston.

– Não faço ideia – respondeu Raga, com os olhos, o natural e o biônico, colados no analisador – Aquilo lá fora, segundo os instrumentos, não existe.

A nave que não existia estava causando um estrago considerável na Manta Negra, arrancando pedaços da fuselagem, numa estratégia que, em condições normais, teria transformado o autogiro em sucata.

– Se isso continuar, vamos cair – falou Mandell – Não temos como enfrentar um inimigo tão próximo.

– Temos sim – Raga largou os aparelhos e, voltando-se para Ronston, perguntou – Para que lado é o arsenal?

·•◈•·

A nave das Monjas Rubras cortou as nuvens de Ryoh, deixando uma trilha esfumaçada. Pola Wikky não imaginava que conseguissem atingir tamanha velocidade em tão pouco tempo, mas sabia que no que dependesse delas, tudo – da vingança contra a irmã sacrificada ao fim da tirania – se resolveria nas próximas horas.

Nanck mantinha o rumo e evitava olhar para Ig Baian, que nesse momento, de olhos fechados, travava uma conversa muda com a nave, instando-a a buscar forças além. Mauzh, ao lado, dedos em pinça pressionando as pálpebras, lutava contra uma dor de cabeça que parecia querer implodir-lhe as têmporas.

Absurdo, impossível e ridículo eram palavras que alternavam o espaço livre de sua mente. Ainda assim, parecia inegável que a técnica de Ig Baian era funcional. E se humanos podiam conversar com naves, além de outras coisas, por que diabos não poderiam tentar uma rede comunicacional? Provocar um motim entre a frota da Coroa era uma ideia que vinha se insinuando desde que vira pela primeira vez a cerimônia de comunhão mulher-máquina. Valia a pena tentar, mas antes precisavam chegar a tempo de definir a situação política e até, quem sabe, tomar o poder numa tacada. Isso, claro, se fosse seguro estender o intercurso *mecanumano* além das Monjas Rubras.

Mauzh gostava de acreditar que estava no controle, mas diante dos eventos dos últimos dois dias, duvidava de sua relevância. Ainda acreditaria no livre arbítrio depois da nave – sabe-se lá como, tecnoempatia, afinidade mecanumana, qualquer coisa – ter acessado seus centros de prazer? Valeria a pena correr o risco de conjurar uma entidade desconhecida para eliminar os velhos demônios caseiros?

Enquanto as dúvidas o imobilizavam, Ig Baian e a nave das Monjas continuavam seu diálogo mudo a caminho do conflito final, seguindo os padrões cibermentais de Raga.

·•◈•·

A explosão teria derrubado uma nave três vezes maior que o autogiro, mas nada aconteceu. Raga recarregou o megadisruptor sônico e decidiu mirar mais abaixo, sob o rotor traseiro, enquanto Mandell manobrava a Manta Negra para proteger a lateral fragilizada pelo ataque anterior.

O ciborgue abriu uma comporta e acertou em cheio a nau inimiga.

– Nem sempre precisamos destruir o inimigo para causar prejuízos – disse Raga – Os escudos especiais parecem proteger o autogiro, mas duvido que evite a labirintite que acabei de causar em seus tripulantes.

Quando parou de rodopiar, o autogiro já estava muito perto do chão e o choque foi inevitável. Raga vestiu um jetipéc e saltou da Manta Negra. Tinha de terminar o serviço.

A dez metros do chão, identificou uma figura saindo do aparelho tombado (que estava caído, mas inteiro). Sem dúvida era a figura descarnada de Lorcas Delenda, vestido com a túnica vermelha do Mosteiro de Veludo. Levantou as mãos e abriu os dedos como um sapo.

Imediatamente o ar deixou de entrar pelas narinas de Raga. Perdendo o controle do jato, tombou a cinco metros de Delenda. Foi arrastado pelo motor que queimava o solo e atingia a perna biônica, derretendo a pele clonada e revelando o aço subjacente.

Delenda aproximou-se. Fechando o punho esquerdo, provocou

uma contração da parte metálica do corpo de Raga, como se um torno invisível o esmagasse. Raga não gritou. Ao bloquear os impulsos para a parte ciborgue de seu corpo, voltou a respirar por vias normais, eliminando a dor.

Apoiando-se em seu lado esquerdo, o ciborgue jogou o peso para frente. Sacou uma arma plástica e atirou um dardo contra Delenda. Tratava-se de um disparador elástico, uma minibesta. Não havia ali nenhum mecanismo eletrônico que pudesse sofrer interferência das entidades que comandavam o rei-rainha.

O dardo furou o campo de força e penetrou na barriga de Delenda, injetando seu conteúdo. Raga saltou num pé só, desequilibrado, em sua direção.

Foi a vez da Eminência Parda ser surpreendida por um golpe de perna de Delenda, que o jogou novamente ao chão. Envolto por um brilho vermelho, Lorcas retirou o dardo e jogou-o longe, murmurando algo parecido com uma prece, combatendo o veneno que o corroía.

Aproximou-se de Raga e desferiu um chute no lado de carne. O braço metálico, inutilizado, nada pôde fazer para evitar que uma faca rasgasse o pescoço, expondo a tubulação que fazia o papel da carótida.

No momento da incisão, porém, um tiro derrubou Delenda sobre Raga. O campo de força não existia mais e o buraco no manto rubro deixava ver a carne das costas enegrecidas, mas isso não impediu Delenda de levantar em busca do novo atacante.

Era Ockham da Casa de Erin.

Os disparos seguintes atingiram Delenda no peito e na barriga.

– Devia ter mirado na cabeça – vociferou a criatura mista que ainda se acreditava Cordélia. Ergueu um braço, jogando a arma de Ockham contra o rosto e quebrando-lhe um dente.

Sling foi o seguinte, ainda gotejando da água do mar. O arremesso da faca foi preciso e atravessou a mão esquerda de Delenda, levantada para defender o rosto. A reação do monarca múltiplo foi imediata e arrancou os óculos de Sling, fazendo-o cair de joelhos, cego, mas abrindo caminho para as lâminas gêmeas de Kai.

O corte duplo abriu um x no peito de Delenda que, arrancando da mão a faca de Sling, usou-a como defesa precária. Um giro e dois golpes cruzados cortaram faca e mão. O ataque seguinte tinha como alvo a cabeça, mas foi detido por uma estranha maça vermelha brilhante que parecia emanar do braço decepado.

A forma protoplásmica engolfou as espadas de Kai e arrancou--as do dono. Na sequência, a maça tomou a forma de uma bola e acertou Kai, derrubando-o.

– Sangue é a resposta para o retorno – gritava Delenda. – Vocês são adubo para aqueles que moravam neste planeta há muito tempo, bem antes de sua espécie rastejar numa poça de lama.

– Lama faz bem para a pele – Sling, apesar de cego, aproximou--se em silêncio, guiando-se pela voz de Delenda, e atingiu a cabeça do monarca com um paralelepípedo de granito retirado do calçamento destroçado.

A maça protoplásmica desapareceu.

– Acertei? Uma pedrada na cabeça resolveu a parada? Desde quando esse pedaço de osso desenvolveu capacidades sobre-humanas?

– As coisas começam a se encaixar – disse Raga, sem demonstrar qualquer desconforto apesar das condições de seu lado mecânico – Pelo visto, estamos lidando com um tipo de inteligência alienígena não corpórea.

– Fantasmas? Possessão? – cuspiu Ockham – Já houve época em que respeitava a sua inteligência.

– Por que não? – perguntou Raga – É fato que os Delenda assumiam personalidades ancestrais. Nunca compreendemos tal fenômeno, mas nos acostumamos com ele a ponto de programarmos o governo para tais eventualidades. Talvez a resposta resida no próprio planeta Veracroce.

– Vou tentar contatar Conrad – disse Kai, enquanto entregava os óculos perdidos para Sling – Vamos sair daqui agora.

– E largar o corpo de Lorcas Delenda para ser consumido pelas chamas que se aproximam? – perguntou Raga.

– Raga está certo – comentou Sling – Podemos usar o cadáver a nosso favor.

Um vento quente interrompeu a conversa. Outra nave se aproximava apesar do fogo na estrada.

– Achei que Mandell estaria tomando conta do espaço aéreo – disse Raga.

– Devem usar algum tipo de camuflagem diferenciada.

– Ainda assim, ele teria a alternativa de identificação visual.

– Melhor preparar o armamento que nos resta. Não identifico o tipo de nave, parece um modelo imperial de mais de trinta anos, mas sem insígnias – Sling ajustava os óculos, buscando qualquer sinal de reconhecimento.

Os três se prepararam, ameaçados pelo fogo e pela aeronave, arrastando Lorcas Delenda e buscando abrigo atrás de algumas pilhas de paralelepípedos.

– Não... sei... por... que... não... lar... gamos... esse... cara... – reclamou Ockham.

– Porque ele é dinheiro – respondeu Sling – Você pode não gostar, mas eu adoro.

Uma figura feminina saiu da nave, que pairava a dois metros do chão. Parecia flutuar como um inseto de inverno, diáfana sobre as lufadas quentes da fornalha que se avizinhava.

Ig Baian, Monja Rubra, tocou o solo destruído com a ponta dos pés. O tecido da blusa deixava antever os mamilos e as ancas formatavam a silhueta num bailado leve demais para ser natural.

– Conrad – berrou Sling ao PorTel – Diga para o Mandell descer agora!

– Não dá! – respondeu Conrad Lohd. – Alguém deve ter invadido os sistemas da Manta Negra. Ela parece obedecer a outros comandos.

Ockham chutou Sling e fez um sinal de silêncio.

Atrás da mulher esvoaçante surgia a figura de Mamba Mauzh.

·•◈•·

Uma das características fundamentais do compartilhamento de personalidades era o sentido de plenitude, de otimismo incontestável que invadia a consciência ressuscitada. Efeito parecido ocorria com seres humanos privados de sono, mas no caso dos mortos redivivos, era pior. Cada nova identidade sentia-se imortal, mesmo que seu corpo fosse maltratado ao extremo.

No caso de Cordélia Delenda, a situação era ainda mais séria. Ela acreditava que nada no mundo físico poderia feri-la e acostumou-se com a dor, encarava-a como um tipo raro e saboroso de estimulante.

Foi por isso que preparou o engodo no funeral com um sósia de Lorcas Delenda no púlpito central, alvo preferencial de qualquer guerrilheiro mais afoito, e deixou para si mesma a ação pura, a emoção da caçada. Equipou um simples autogiro com o melhor campo de força disponível e ainda reforçou-o com seu próprio conhecimento das mandingas tecnopsíquicas que foram as bases da crença das Sacerdotisas de Veludo. A arte de conversar com as animas mecânicas foi sua principal arma para ferir de morte a Manta Negra.

É verdade que esperava um auxílio mais consistente de Confort e sua corja, mas mesmo com a competência fulminante de Raga e dos piratas, a cartada final ainda era dela. Esquecida no chão destruído, com o corpo profanado, reuniu a força vital de toda uma civilização perdida e levantou-se tomada pelo brilho vermelho que vira na infância, depois de sua primeira noite de sofrimento. Agora ela era a Rainha Rubra, embebida na aura de bilhões de vidas extintas há muito tempo, mas das quais o mundo sobre o qual se apoiava – vilipendiado pelos bípedes poluidores, cheios de excrescências e exageros, capazes de consumir mais do que qualquer planeta é capaz de produzir – ainda lembrava. A saudade da civilização perdida reverberava por aquelas montanhas e rios rebatizados, pelos oceanos e cavernas ainda majoritariamente virgens, mas ameaçados pela fome infinita dos filhos da Grande Diáspora.

E ali, de pé diante do fogo, ela seria o arauto da retomada. A vingança, como ela, tinha milhares de rostos.

·•◈•·

– Queremos Argo – disse Ig Baian – Seja ele quem for.

– Moça – falou Sling, ainda sem muita coragem de expor a cabeça a quem quer que fosse que estava atrás da mulher flutuante – Se Mamba disse que temos Argo conosco é porque bateu com a cabeça enquanto estava morto e precisa de tratamento. Argo, caso não tenha sido informada, está morto.

– Queremos o Símbolo Argo, não o homem.

– Elas querem, eu não – Interviu Mauzh – Estou aqui como um tipo de embaixador. Se vocês não derem o que elas querem, as coisas podem ficar esquisitas.

– Como assim “vocês”? Além de morrer sem pedir permissão, mudou de lado?

– Se estou vivo é graças à tripulação dessa moça. Agora, Sling, seria possível calar a boca e fazer o que ela pede?

– Claro! Pode deixar, mas arruma um lugar confortável para esperar sentado, ok?

– Se não resolvermos isso logo, vamos torrar aqui.

– Só você e seu traseiro vira-casacas. Nós temos como fugir daqui a hora que bem entendermos.

– Não têm, não. Antes de descermos, as Monjas assumiram os controles da Manta Negra, assim como estão impedindo que qualquer outra força militar de Ryoh se aproxime. Isso, porém, não vai demorar.

Kai levantou-se.

– Não temos Argo conosco. Ele está a salvo, longe daqui. Talvez com uma conversa chegássemos a alguma conclusão benéfica para todos.

Mamba Mauzh estava cansado dessa correria. Apesar da aventura, queria voltar para o escritório e cuidar da vida. Foi por isso que lamentou quando a bela nave amazona e aparentemente senciente teve sua traseira destroçada por algo que parecia uma bola vermelha.

O susto foi tanto que Mauzh chegou a empurrar Ig Baian para o chão.

Mas a bola vermelha não parava, enchendo as ruas de destroços e poeira negra. O resto da munição de Sling, Ockham e Kai atingiu em cheio o peito rasgado de Lorcas Delenda, mas sem resultado.

– Devolvam o controle de nossa nave! – gritou Ockham para Mauzh e Baian – Só assim conseguiremos revidar.

Infelizmente, Ig Baian estava imóvel, com as mãos nas têmporas. A morte próxima da Dama Jéssica pareceu atingí-la fisicamente.

Felizmente para todos, tanto Nanck Karr quanto Pola Wikki não eram idiotas.

As moças redirecionaram toda energia da Dama Jéssica para os canhões de ré e dispararam dois tiros certeiros, bem no peito de Lorcas Delenda. Numa onda, o vermelho tomou conta do ambiente, engolfando a todos e forçando-os a proteger os olhos.

Todos, menos Singapura Sling. Com os óculos ajustados para filtrar o banho de luz, saiu do esconderijo, encontrou uma das espadas de Kai e, em dois saltos caiu sobre o corpo escalavrado de Lorcas Delenda, cravando a lâmina de cima para baixo entre a clavícula e o osso externo, empurrando até o cabo.

Sem expelir um som, Cordélia Delenda recolheu-se para algum lugar não identificado dentro de seu descendente, deixando apenas um brilho escarlate no fundo dos olhos incrédulos e repentinamente despertos. Lorcas Delenda morreu como viveu, à sombra de uma grande mulher.

·•◈•·

– O rei morreu, vida longa ao novo rei! – falou Conrad Lohd, apontando para Leo Mandell.

– Para todos os efeitos, você é a única força política digna de respeito em toda Ryoh – comentou Ockham – Creio que é também o único capaz de aglutinar em um mesmo partido, gente como, por exemplo, Raga e eu.

– Mas para isso, teria de aprender a ser rei – Raga estava quebrado, mas sua mente continuava precisa. Todos compreendiam que a sobrevivência de Ryoh dependia da união dos presentes e dos poderes que representavam.

O clima na sala era arejado, com as janelas duplas abertas de par em par, deixando uma brisa balançar os ramos de neosamambaia, uma planta natural de Veracroce, mas que parecia bastante com as mais antigas representantes do reino vegetal da Terra. Em torno da mesa, Mamba Mauzh e Volúpia trocavam olhares enquanto Ronston e Vic Nando comparavam dados em um PorTel. Ockham, Lohd e Singapura Sling se serviam de uma jarra de fermentado cuja cor denunciava a origem suspeita. Com Raga e Vic Nando representando os antigos ministérios da Coroa, tínhamos ali o clero e os sindicatos unidos por um objetivo comum. Mas ainda faltava um último elemento, sem o qual não seriam capazes de vencer as futuras adversidades.

A cola que uniria a todos.

– Senhores, – disse Raga, levantando a voz. – É hora da revelação final que, talvez, nos una ainda mais ou, na pior das hipóteses, reinicie a onda de desconfiança e traições que sempre nos caracterizaram.

Ockham manteve os dedos da mão esquerda sobre os botões que acionariam as lâminas da nova luva. Seguro não morreu de velho, estava vivo e saudável.

Pressionando uma tecla do PorTel da mesa, Raga abriu a porta atrás de sua cadeira de metal. Do compartimento anexo, uma sombra adentrou a sala e todos arregalaram os olhos.

Todos menos um. Leo Mandell estava muito feliz em reconhecer o verdadeiro Anton Argo voltando dos mortos.

··◈··

Epílogo

Assim como Raga, Argo sobreviveu ao falso embate. Semanas antes do conflito, ambos haviam se reunido e decidido que a única saída para Ryoh seria uma aparente fase de calmaria, para que os poderes instituídos tivessem tempo de amadurecer e caírem de podres por si próprios. Com Raga inserido no cerne da Coroa e minando sua economia, isso aconteceria em uma geração, tempo suficiente para Argo preparar um retorno triunfante.

Os acontecimentos como sempre, se anteciparam. E o elemento surpresa surgiu na figura de Cordélia Delenda, uma força imprevisível e destruidora. A desconfiança imediata dela em relação à Raga os obrigou a mudar de planos, antecipando o Projeto Leo Mandell, uma pobre vítima dos desmandos da Coroa, mas com o perfil perfeito para encarnar o herói das massas, sem falar na história de sofrimento e perda que o predisporia a assumir o papel do líder, mas sem o passado aventureiro.

– Isso quer dizer, Sling, que foram eles, Raga e Argo, quem mataram minha família? – perguntou Mandell, numa noite de bebedeira.

– Eu não duvidaria – retrucou Ockham terminando um copo e servindo outro.

– Pode ser sim – disse Sling – mas não acredito nisso. Acho que aproveitaram o infortúnio perguntaram "por que não?". Coisas de Raga.

– E de Argo também.

– Também.

Mandell terminou a bebida, estalou os lábios e desceu o copo sobre a mesa com cuidado.

– Pois é – disse, empurrando a cadeira para trás. – Agora, creio, é a minha vez de traçar planos.

Ockham, Sling e Kai trocaram olhares.

– Para todos os efeitos, *eu sou* Argo, o unificador de Ryoh, aquele que trouxe a paz e a justiça.

– Até que um usurpador apareça... – completou Ockham.

– Sim, o que me dá pouco tempo para as investigações.

Mandell levantou-se e jogou o manto púrpura sobre as costas, revelando as medalhas injustas que lhe enfeitavam o peito.

– No máximo em um ano, a verdadeira justiça será implantada em Ryoh. Cabe a vocês três decidirem de que lado estarão quando as lâminas descerem sobre as cabeças.

Mandell retirou-se deixando os três homens sentados em torno da mesa de madeira vagabunda. Ockham, pegando a garrafa e servindo os três copos, foi o primeiro a quebrar o silêncio.

– Acho que logo vamos precisar de algum tipo de grito de guerra.

– Que tal "Rum e Glória"?

Kai levantou o braço.

– Prefiro outra. Que tal "Sem reis, sem regras"?

O bater dos copos selou o acordo.

VIVA MUITO, MORRA JOVEM ***

LIDIA ZUIN

*** Inspirado no universo ficcional de "As Filhas de Cassiopeia", de Hugo Vera.

A CAUDA DO VESTIDO estendia-se da altura das ancas ao chão, dobrando-se em camadas de brilho reluzido pela iluminação ambiente. Arqueada sobre o balcão, a kapuytiana guardava o queixo entre os dedos, observando firmemente, através do espelho por trás da estante de bebidas, o reflexo do bar não muito cheio. Kremikkovianos iam de um lado para o outro, com suas altas estaturas sustentadas por implantes de coluna e de pernas, braços e olhos. Ela franzia o cenho, incomodada com aquele desfile de silício. Contraía as têmporas ossudas, massageando a estrutura que crescia de cima dos olhos e descia na nuca. Seus dois corações tamborilavam ao ritmo da música sintética grunhida dos alto-falantes estourados.

–Matka?

Kaskoa chegou por trás da kapuytiana, aproveitando um ponto cego de sua visão periférica para surpreendê-la com as mãos grossas e de dedos compridos. Ela girou sobre o banco anexado ao balcão, voltando-se para o kremikkoviano. Seus braços longos subiram à altura dos ombros metálicos do nativo, enlaçando-o pela nuca até trazê-lo para perto. Levantou-se devagar, estendendo-se até quase alcançar a altura do outro, que chegava a medir quase dois metros. Nesse movimento, tomou-o num beijo lento e camuflado pelas sombras das luzes movediças.

Sentada numa das mesas à distância, a kapuytiana ainda em fase de amadurecimento se encolhia de frente para uma porção de aperitivos kremikkovianos. Transbordando tédio, debruçava-se sobre a superfície engordurada, por vezes espiando o que ocorria do outro lado do bar, onde sua mãe esperava o dono do estabelecimento. Porém, quando Kaskoa chegou, a pequena de tez verde azulada bufou em resposta, usando as mãos para cobrir os olhos diante da troca de carícias entre os dois. Procurou outro canto dali, que não fosse aquele onde os antigos vasos sanitários se mantinham encardidos e despidos de suas cabines. Piknya era um antigo banheiro público, invadido por Kaskoa e seus amigos, que transformaram aquilo num bar mais ou menos acolhedor. A kapuytiana, então, encontrou no topo de uma das paredes o brilho da tela que transmitia um noticiário do planeta Kremíkkov.

A apresentadora, com seus olhos cobertos por silício e vidro escuro, balbuciava algo em kremikkoviano silenciado pelo modo "mudo". As legendas, na mesma língua, também não serviriam de muita ajuda. Mas bastou ver as cenas seguintes para entender do que se tratava. Uma compilação de imagens do planeta Kapuyt, vídeos que mostravam a comunidade local antes e depois do ataque draconiano, ocorrido há um mês kremikkoviano.

Ao assistir à reportagem, a jovem kapuytiana relembrava as casas feitas de vegetação local, cultivadas em tropismos que orientavam o formato das moradas redondas e recobertas de cipó. As habitantes do planeta caminhavam entre as construções esféricas, vestidas em tecidos simples e brancos, tendo nas cabeças nuas adornos de flores nativas. Logo em seguida, tudo se transformava com um efeito de transição, perdendo os tons de verde para se esmaecer nas chamas provocadas pelo bombardeio draconiano. Nativas ressurgiam correndo, outras sendo engolidas por casas que se despedaçavam no incêndio. A espectadora não precisava daquilo, porque ainda sentia na cabeça o peso da mão da mãe, proibindo-a de ver as irmãs encurraladas entre galhos de árvore flamejantes. Ainda assim, os gritos agudos ecoavam em sua memória, sobrepondo-se à melodia suave que dominava os tilintares do bar.

Instintivamente, ela se levantou, deixando a cadeira cair atrás de si, num susto que fez seus olhos finos e negros crescerem. Longe dali, Matka viu a filha agir estranhamente, tendo, por um momento, driblado suas atenções da face achatada e cinza de Kaskoa. O kremikkoviano dizia algo que acabou se perdendo na surdez de uma kapuytiana atenta aos passos da prole, a qual fugia pelas escadarias de entrada.

– Tsar! – murmurou Matka, subindo à boca os quatros dedos de sua mão.

– Disse algo? – perguntou Kaskoa.

Ela meneou a cabeça, negando. Conversavam em *Interestela*,

falada em toda Liga Interestelar, já que Matka não conhecia o idioma kremikkoviano. Logo, a estrangeira retomava no peito um fôlego que a permitia sorrir largamente, entregando-se outra vez às graças de Kaskoa.

– Hoje à noite, teremos um jantar especial – comentou ele, segurando as mãos da companheira – Já faz algum tempo que estamos juntos e eu gostaria de apresentá-la aos meus amigos.

– Mesmo? – Matka parecia positivamente surpresa – Mas você acha que eles irão gostar de saber que você está saindo com uma kapuytiana? Depois do ataque draconiano contra meu planeta, parece que não somos assim tão bem vistas por aqui.

– Bobagem! – resmungou ele. – Em Kremíkkov todos os seres inteligentes da galáxia são bem-vindos! Além do mais, vocês continuam sendo objeto de desejo dos machos nativos.

Kaskoa ria, referindo-se às várias kapuytianas que, antes do incidente em Kapuyt, foram tentar a vida em Kremíkkov e acabaram como estrelas de holofilmes pornográficos, adquirindo certa notoriedade no nicho. Matka já havia ouvido a respeito, e por causa disso, diversas vezes tornou-se alvo de piadas e insultos gratuitos. Mas naquele momento, como mulher do proprietário do Piknya, um dos bares mais populares da parte baixa da capital Kale-Hisar, o respeito era mantido – ainda que artificialmente.

– Venha, tenho um presente para você.

Ele tomou a amante pela mão, apressando-a para subir a pequena escadaria de entrada do bar subterrâneo. Matka chegou a conferir se Tsar estaria ainda por perto, no beco onde Piknya se situava, mas não viu nada senão alguns meliantes nativos sentados ao lado de contêineres de lixo.

Tomaram rumo às vias aéreas, que se erguiam em várias camadas acima das calçadas e que separavam-se de acordo com o fluxo de veículos e com o destino calculado pelos motoristas. Terminais calculavam a melhor rota e orientavam os usuários a subir ou descer um nível caso lhe fosse mais conveniente. No quarto andar da via aérea, uma grande autonave negra esperava pela chegada do casal, abrindo suas portas conforme a dupla caminhava em sua direção pela plataforma. Lá dentro, isolados num compartimento estofado em branco, seguiriam caminho para um restaurante na alta Kale-Hisar, de acordo com o pedido feito verbalmente por Kaskoa. O computador de bordo sinalizava positivamente, tendo reconhecido os comandos. A partida foi dada.

– E o meu presente? – Matka cruzava os braços, apertando os ombros num gracejo infantil.

Kaskoa adorava. Sorria com os dentes redondos e pequenos, umedecidos pelo constante fluxo de saliva. Pegou de trás do assento uma caixa delgada, em formato de paralelepípedo. Com o embrulho cheio de laços em mãos, Matka demonstrava facilmente o contentamento que a fez abrir o pacote com a avidez de um animal faminto. Encontrou um conjunto de bracelete, colar e brincos em ônix e cristais, combinando com o traje dobrado abaixo das joias: um vestido em cetim de seda negro. Enlouquecida pela beleza dos acessórios e da roupa, não demorou a descer o zíper em suas costas, deixando as alças de sua vestimenta escorregar pelo corpo humanoide e esguio. A kapuytiana queria provar tudo imediatamente, mas antes disso, seria impedida pelo furor que fazia Kaskoa estremecer toda vez que via sua pele verde-azulada despida de tecidos. As mãos grandes e agressivas do kremikkoviano não hesitaram em transformar as vestes de Matka em farrapos espalhados pelo estofado branco.

·•◈•·

Ainda na baixa Kale-Hisar, Tsar teimava em retornar ao Piknya. Sentia que a mãe e o amante já teriam partido àquela altura, uma vez que fazia bons minutos que ela havia se distanciado do bar. Observava a movimentação na rua, sempre preenchida de kremikkovianos modificados: machos de braços grosseiros, fêmeas de pernas longas, ambos vestidos em cores chamativas, tons que chegavam a brilhar na penumbra. Cinco deles riam e conversavam em sua língua, exceto um deles, que mantinha a boca aberta para a saída de uma música agitada e de batidas sintéticas. A jovem entrelaçava os oito dedos das mãos, mordendo os lábios comprimidos num rosado suave. Encolhia-se em sua insignificância diante de um grupo de beberrões a se divertir chutando lixo, quebrando garrafas e compartilhando cápsulas líquidas de narcóticos baratos. Os narcóticos, uma vez ingeridos, não demoravam mais do que alguns segundos até o efeito surtir pelo corpo dos usuários. Entretanto, havia seus efeitos colaterais. Enquanto uns pareciam satisfeitos com a performance da química em seu organismo, outros grunhiam em dor, encolhiam-se e espumavam pela boca.

..◈..

Matka chegava junto de Kaskoa ao topo mais alto de Kale-Hisar, onde se situava o restaurante Ruoka. O estabelecimento ficava no último andar de um dos arranha-céus movediços, que giravam e cintilavam à medida que suas janelas eram atraídas pelo brilho do sol ou das três luas. O movimento era lento o suficiente para não se tornar perceptível àqueles que jantavam nas entranhas do edifício, mas quem estava de fora, podia observar o serpentear de quarenta e cinco andares afunilando-se nas alturas. A kapuytiana preenchia os olhos com os detalhes arquitetônicos do estabelecimento: paredes translúcidas, tapeçarias detalhadas e mesas com tampo de cristal. Segurava o braço de Kaskoa com força, provocando um sorriso malicioso da grande boca do seu amante.

– Não há nada disso no seu planeta?

Ela respondeu que não. E então, tratou de se concentrar na mesa de kremikkovianos que se levantavam à chegada dos dois. Bastou cada um dos três levantar a mão direita à altura do ombro, dando-lhes as costas dos dedos, para sinalizar as boas-vindas ao casal. Matka olhou para Kaskoa, como se perguntasse se deveria fazer o mesmo, mas ele não respondeu a tempo.

– Então, finalmente vamos conhecer a kapuytiana que vem tirando seu sono – brincou um dos presentes, que era pouco maior que Kaskoa e tinha próteses dentárias salientes.

– Oh, sim – adiantou outro convidado.

– A famosa...? – questionou o terceiro e último.

– Matka dla Puud – completou a kapuytiana. – É um prazer conhecê-los.

Os cavalheiros se entreolharam, guardando risos de escárnio nas gargantas comprimidas em colarinhos. Kaskoa puxou a cadeira para que Matka se sentasse.

– Estes são Kurja, Terav e Rasva – apontava Kaskoa, conforme a ordem dos cumprimentos feitos.

Matka apertou os olhos, forçando um sorriso preguiçoso. Observou que cada um dos presentes iniciava conversas entre si ou com Kaskoa, invariavelmente tocando a superfície da mesa, de onde brotaria um menu reluzido em cristal sensível ao toque. Escolhiam seus pratos e bebidas, trocando comentários. A kapuytiana hesitou por um instante, então acionou o dispositivo à sua frente. Ocupou-se com a própria refeição enquanto eles se entretinham com conversas em kremikkoviano. Ficou irritadíssima pela desvantagem, parecendo ainda mais estupefata aos olhos de Kaskoa. Ele, no entanto, ignorou o incômodo de Matka, dedicando-se a discutir o que ser parecia mais importante naquele momento.

O garçom chegou pouco depois, entregando os pedidos.

– Dizem por aí que esses empregos, secundários e terciários, logo vão desaparecer – comentou Terav, referindo-se ao serviçal.

– Ouvi falar que algumas companhias estão investindo na produção de autômatos inteligentes em grande escala – acrescentou Rasva.

– Não serão assim, tão inteligentes, mas pelo menos serão mais espertos do que você – disse Kurja, rindo com as sobrancelhas contraídas.

Kaskoa achava graça, enquanto Matka se preocupava apenas em fazer sua refeição isoladamente. Porém, conseguia traçar o perfil estereotipado de cada um dos kremikkovianos: Terav, o sabichão; Rasva, o imbecil; Kurja, o arrogante. Vez ou outra, o trio olhava para ela, esperando alguma reação aos seus comentários maldosos, às piadas ou a qualquer coisa que dissessem mesmo num idioma que ela não compreendia. Rapidamente, a kapuytiana percebeu que todos estavam competindo sua atenção, querendo conquistar o interesse da estrangeira. Ela limpava os cantos da boca com o guardanapo que havia pousado nos joelhos.

– É... Logo mais essas máquinas irão nos chutar também – concluiu Kaskoa, mastigando de boca aberta e sorrindo para Matka.

– Como vão as coisas no Piknya? – provocou Kurja.

A kapuytiana instantaneamente arregalou os olhos. Os três presentes perceberam o interesse dela, por isso, resolveram tecer em *Interestela* nobres e vastos elogios quanto aos seus estabelecimentos na baixa Kale-Hisar. Kaskoa fixou em si mesmo uma expressão facial de indiferença, ainda que por dentro remoesse de raiva – Piknya não ia tão bem assim. Mesmo que eles estivessem exagerando ou mentindo, faziam aquilo muito bem. De certo modo, era até proposital.

– Acho que vou comprar um novo apartamento na alta Kale-Hisar. Sei lá, está entrando tanto crédito na minha conta, que estou a fim de esbanjar – disse Rasva, alisando a barriga redonda.

– Pois eu devo guardar meus créditos extras para quando esses tais novos autômatos forem lançados. Quero ser o primeiro a comprá-los! – acrescentou Terav.

– Eu devo gastar numa boa noitada mesmo – finalizou Kurja, acendendo seu fumo.

Quando os três convidados pareciam satisfeitos do assunto e do banquete, cruzaram os braços e esperaram por um parecer de Kaskoa, que tomava sua bebida nervosamente. Matka notou a inquietação do amante, interpretando aquilo como sua grande chance.

– Que maravilhoso jantar. Estou muito feliz em conhecê-los. Kaskoa e eu ainda temos uma noite longa pela frente, então, já estamos indo.

A kapuytiana se levantou, fazendo com que todos os outros também se erguessem, como demonstração de respeito. Kaskoa pareceu contente com a atitude da acompanhante. Usava um lenço, retirado de um dos bolsos do traje, para secar o suor que se acumulava na própria testa. Todos se cumprimentaram, erguendo as mãos até o ombro. Desta vez, Matka também participou do ritual. A dupla deixava o restaurante Ruoka e os três kremikkovianos para trás, já que provavelmente eles permaneceriam mais um tempo brindando e conversando sobre assuntos irrelevantes. A kapuytiana agarrou o braço do amante, cochichando-lhe ao pé do pequeno ouvido.

– Não se preocupe com eles. Piknya ainda será o maior e melhor bar da baixa Kale-Hisar.

– Que suas palavras se tornem verdade – murmurou ele, já entrando na autonave.

·•◈•·

Tsar finalmente foi avistada pelo grupo, que cessou sua baderna para se aproximar da estrangeira solitária.

– Ei, a kapuytiana! – comentou uma kremikkoviana de peruca amarela, provavelmente a líder do bando – E aí? O que está fazendo sozinha por aqui? Cadê sua mãe?

– Não sei – tinha a face espremida em amargura – E também não quero saber.

Os cinco kremikkovianos uivaram juntos, rindo da reação da outra.

– Se os draconianos não a mataram, já está no lucro, hein? – disse outro, com desenhos azuis ao redor dos olhos esbugalhados.

– Cale a boca, não fale isso! Ela deve ser uma sobrevivente – repreendeu a kremikkoviana – Vem cá, não liga pra esse retardado – ela estendeu a mão biônica, coberta por uma camada de silicone na cor de sua pele – Meu nome é Nikki.

A kapuytiana hesitava em responder o cumprimento, mas logo cedeu.

– Tsar.

– Mas que nome legal! – exclamou o de desenhos azuis nos olhos.

– Freddo, você é um imbecil! – Nikki ria – Vem com a gente, Tsar. Vamos dar uma andada por aí.

Nikki conseguiu conquistar a atenção de Tsar. Assim que ela teve os quatro dedos da jovem kapuytiana em sua mão mecânica, puxou-a para si, fazendo com que se desencostasse da parede. Enlaçou-a pelos ombros, ainda que a Tsar fosse mais baixa.

– Você parece legal. Pode andar com a gente, se quiser. Damos essa noite como amostra grátis – disse Nikki, já caminhando pela rua, junto dos outros quatro amigos.

Tsar sorriu. Por algum motivo, ela também sentia afinidade pelo grupo, principalmente por Nikki. Eles não tinham um cheiro muito agradável, que ainda se misturava com a fumaça do fumo que consumiam, mas não era um problema maior do que ficar sozinha, às sombras da mãe que não a assumia para o amante. Andavam devagar e cantavam, dançando conforme um dos integrantes abria a boca novamente e deixava escapar da sua garganta um feixe de luz colorida e música agitada.

– Como é que funciona isso aí? – perguntou a kapuytiana, aproximando-se do rapaz boquiaberto.

Ele apontava para a própria boca, abaixando-se para que Tsar pudesse enxergar o que havia lá dentro. Os olhos pretos cresceram junto ao corpo arqueado, como se todo ele fosse cair dentro do vão formado na face do kremikkoviano. Quando mais próxima, com a luz ofuscando sua vista, descobriu um pedaço de metal anexado ao céu da boca dele, como se fosse o centro de comando de todos seus dentes metálicos e porosos, tal como o tampo de um alto-falante. Dali também saía o brilho colorido, transformando-se em cores, sendo que algumas os olhos dela nem conseguiam captar. A kapuytiana estava visivelmente impressionada.

– Por que vocês fazem isso?

– Ah, porque é legal – concluiu Nikki – Na verdade, todos kremikkovianos têm o costume de implantar pernas e braços para melhor aproveitarem suas curtas existências. Vivemos cerca de 35 anos-padrão apenas, mas buscamos nos melhorar para aumentar nosso tempo de vida, com a ajuda da engenharia genética e de implantes cibernéticos. Há notícias de que alguns de nós chegaram aos 50!

– Só isso? Kapuytianas matriarcas têm o triplo dessa idade...

– Pois é. Está vendo como as coisas são injustas? – a kremikkoviana cotovelava Tsar, achando graça – Além disso, nossas melhorias são muito bacanas, não são?

– *Yerkar aprel, umirat mladi*! – gritou Freddo, de braços estendidos para cima.

– Viva muito, morra jovem – traduziu a líder.

Tsar sorria largamente, empolgadíssima com a forma de pensamento daquele grupo tão singular. Novamente voltavam a dançar, recolhendo de dentro de seus bolsos mais alguns exemplares das cápsulas que haviam tomado minutos atrás. A kapuytiana olhava com curiosidade faminta, quase chegando a verbalizar uma súplica. Nikki, no entanto, já antecipava. Sua mão mecânica chacoalhava as pílulas entre os dedos fechados. Remexia o membro artificial pelas orelhas de Tsar, estimulando-a a tentar agarrar o que queria para si. A kapuytiana logo tomou o pulso da kremikkoviana nas mãos, apertando-a com a força de sua vontade. Abriu a boca, estendendo a língua arroxeada entre os dentes pequenos e pontiagudos.

– É mesmo uma das minhas – disse Nikki, despejando dois comprimidos para dentro da boca de Tsar.

Kaskoa havia se acomodado na poltrona de frente para a parede translúcida de seu apartamento, uma cobertura na alta Kale-Hisar. Observava o tráfego das autonaves, com a face franzida em tensão. Ainda remoía as conversas no Ruoka. Matka chegou pouco depois, vestida numa longa camisola de seda marfim. Apoiou-se no encosto do assento.

– Estou preocupado com o Piknya.

– Como assim?

– Se aquela porcaria não começar a lucrar de verdade, é provável que os outros três o tomem de mim.

– Mas vocês não têm um trato, algo do tipo? – Matka alisava a cabeça nua, ainda úmida do banho recém-tomado.

– Nosso trato é lucrar e manter a ordem na baixa Kale-Hisar. Tomamos conta de quase todos os estabelecimentos comerciais daquele lugar. Só que, por causa de umas e outras burradas que fiz, acabaram me deixando somente com o Piknya.

A kapuytiana preferiu não dizer nada.

– Eles devem estar tramando algo contra mim – continuou ele. – Aquilo não é normal. Éramos cinco antes, sabia? Mas acabamos matando um dos nossos, por causa das besteiras que ele fez.

– Não deve ser nada parecido com a sua situação, certamente.

– O pior de tudo é que era quase a mesma coisa. Temos esse trato, um acordo. Como grupo, sobrevivemos da confiança mútua. E é o lucro que gera isso. Se ele não acontece ou estagna... – o kremikkoviano tinha a expressão entristecida, preferindo não completar a frase – No mínimo, teríamos que ganhar três vezes mais do que gastamos, para ser suficiente conforme o estipulado.

Matka deslizou até chegar à frente de Kaskoa, encontrando no colo dele um lugar para se acomodar. Abraçou-o pelo pescoço.

– Eles não vão fazer nada com você. Estavam apenas querendo aparecer e provocá-lo para que você mostrasse suas fraquezas.

Kaskoa passava a mão pela cabeça, sentindo uma leve dor no implante de coluna e ombros.

– É, pode ser que sim.

– Que tal organizarmos um evento no Piknya, só para seus sócios e amigos próximos? Assim, você estará no *seu* território, tendo tudo sob seu controle – a kapuytiana brincava com o tecido do hobby de Kaskoa.

Ele ainda ponderou por uns instantes, remexendo os olhos pelo chão preto e lustroso.

– É uma ótima ideia – sua boca cresceu gigante num sorriso grato – Ah, o que seria de mim sem a minha kapuytiana?

Kaskoa a tomou nos braços, fazendo-a gritar em surpresa. Partiram diretamente para cama, onde ele a recompensaria pelo conselho.

·•◈•·

Tsar gargalhava, trançando as pernas no caminho para um clube na baixa Kale-Hisar. O grupo teria que enfrentar uma fila para conseguir entrar no Toutai, instalado no térreo de um antigo cortiço de vinte andares. O prédio de ângulos retos era escuro como o concreto que cobria as ruas de toda a capital. Para amenizar, os donos do estabelecimento instalaram iluminações coloridas e hologramas que passeavam por um corredor magnetizado, ao redor da fila. Kremikkovianas emuladas em luz tridimensional dançavam e estendiam o braço, chamando pelos clientes enfileirados. Nikki achava engraçada a forma como elas se insinuavam, por isso, imitava os gestos para Tsar.

– Que coisa estranha! Em Kapuyt, não tínhamos nada disso.

– O que? Vocês não saíam para *pegar* uns kapuytianos? – perguntou Freddo.

– Não existem kapuytianos, somos todas do mesmo sexo. Ou melhor, somos assexuadas, mas preferimos nos tratar como fêmeas – Tsar cruzava os braços, olhando o garoto com um sorriso bobo e ébrio.

– Elas são hermafroditas, Freddo – Nikki se apoiava no ombro do colega – Reproduzem assexuadamente entre si, só por questão de sobrevivência.

– Não temos o costume de nos relacionarmos senão nas épocas de acasalamento – completou Tsar.

– Que loucura! – disse Freddo – Achei que faziam como nos meus holofilmes pornôs!

Nikki levou a mão à face, cobrindo-a em desgosto. Tsar ainda não havia ouvido nada sobre aquilo, então apenas riu, dando de ombros. A fila andava e eles finalmente entrariam em Toutai. Diante dos vários lasers decorativos, pista luminosa e um mezanino oferecido para clientes especiais, o grupo se desfez, alguns indo dançar e outros, como Nikki, preferindo o bar. A kapuytiana seguiu a líder, com quem mais havia se identificado. Ambas se debruçaram na superfície negra e plástica, esperando que um barman a atendesse.

– Duas doses de Pekel – disse ela ao funcionário.

– O que seria isso? – antecipou a kapuytiana.

Nikki gesticulou para que ela aguardasse. Observavam os braços mecânicos do barman, que despejava o conteúdo de duas garrafas num mesmo copo de bordas já cobertas por um pó azulado. O líquido rubro dissolvia a transparência da outra bebida. Depois disso, ele ainda jogou para cima os recipientes vítreos, pegando-os no ar para preparar a segunda dose. Tsar e sua nova amiga tomaram as taças em mãos, brindando o primeiro dos vários drinques que provariam naquela noite.

– *Yerkar aprel, umirat mladi*! – arriscou Tsar.

A kremikkoviana riu, aplaudindo o esforço e a memória da kapuytiana. Antes das bebidas fazerem efeito, Nikki levou Tsar para a pista de dança, perfurando feixes de luz roxa que se moviam até esverdearem. Esferas amarelas se multiplicavam pelas paredes, recortadas pelos lasers vermelhos vindos de algum canto do clube. Tsar ficou imóvel diante da amiga, que já se esbaldava com os braços para cima, os pés deslizando ao ritmo da música.

– Nikki... – Tsar estendia o braço, tentando chamar a amiga antes que entrasse em transe.

Ela instantaneamente parou de dançar, percebendo que a kapuytiana estava tímida. Havia uma solução. Nikki retirou de dentro do bolso do casaco de plástico verde mais alguns comprimidos. Enfileirou-os na ponta do dedo mecânico, esperando por Tsar, com o braço estendido. A kapuytiana achou graça na proposta, mas também concordava que assim seria mais fácil de ela se deixar levar. Por isso, abocanhou o dedo de Nikki, levando as pílulas para a garganta num movimento de sucção. Mesmo depois da outra já ter ingerido as cápsulas, a kremikkoviana não afastava a digital de seus lábios, pressionando-os até encaixá-los na mão, com o polegar abaixo do queixo de Tsar.

Observava as pálpebras da kapuytiana pesarem, encontrando-se e tremendo, convulsionando os longos cílios embaraçados. Úmidas, as órbitas negras vertiam em lágrimas quentes, que deslizavam no rosto contraído em riso e gozo. Tsar já sentia os primeiros efeitos dos comprimidos, que misturavam suas percepções e lhe retirava a tensão do corpo. Por um momento, ela deixou as pernas fraquejarem, obrigando Nikki a tomá-la nos braços antes que caísse no chão. A kremikkoviana gargalhava, tentando reanimá-la com uma mão sob seu braço, já que a outra segurava um copo de bebida.

Mas a kapuytiana desfalecia violentamente, jogando a cabeça para trás e o corpo para baixo. Nikki não teve outra opção senão largar o copo, para segurar Tsar com suas mãos mecânicas. A bebida voou para o lado, atingindo as costas de um grandalhão, com altura acrescida pelos implantes de coluna e pernas, além dos braços artificiais expostos pela roupa justa. Ele se voltou rapidamente para trás, encontrando a dupla rindo, já entregues ao chão.

Sentadas, punham a mão na boca, tentando conter a gargalhada. O brutamonte não perdoou.

– Quem foi que jogou bebida em mim? – ribombou a voz grave e impositiva.

Nikki e Tsar apontavam uma para a outra, silenciadas pela pergunta ameaçadora. O grandalhão não gostou nada da reação delas, ainda mais porque os amigos que o acompanhavam haviam achado graça na forma como uma culpava a outra. A raiva dele se repercutiu em um chute contra o quadril de Nikki, que instantaneamente gritou, encolhendo-se no chão.

– Ria agora! – ameaçou.

Ouvindo a movimentação na pista, Freddo e os outros três integrantes do grupo se aproximaram do lugar. Ficou a cargo do jovem de desenhos nos olhos resolver o impasse com o valentão, enquanto o restante afastava Nikki e Tsar da pista de dança que, cedo ou tarde, iria se transformar no ringue da dupla de machos. A briga já se anunciava com uma troca de empurrões, de dedos impositivos e de gritos que se sobressaíam à música. Uma roda se formou em volta dos dois, até que Freddo retirou seu casaco e se mostrou pronto para o desafio. Como o outro kremikkoviano não estava sozinho, sobrou para o resto do grupo de Nikki também participar da confusão. Ainda sentadas no chão, Nikki e Tsar riam, abraçando-se enquanto os colegas trocavam socos e pontapés por cima da pista de dança, que se coloria em prismas de luzes a cada passo dado pelos brigões.

Nikki não teve dúvida. Aproveitou a fragilidade e o torpor de Tsar para tocar-lhe nos lábios, beijando-a timidamente. A kapuytiana olhou surpresa, não exatamente entendendo o que significava aquele gesto, mas quis repetir.

..◆..

Kaskoa havia gasto alguns dias organizando a reunião íntima no Piknya. Antes da data, precisaria reformar o clube, fazer alguns ajustes que extinguiriam o cheiro do esgoto que ainda insistia escapar pelos sanitários desativados. Os azulejos que circundavam o lugar foram higienizados, assim como o carpete vermelho escuro que forrava o chão. Os empregados do bar trocaram as lâmpadas queimadas, depois ajeitando as garrafas de bebidas expostas nas prateleiras espelhadas. Os alto-falantes também foram trocados, conforme o aviso dado pela kapuytiana. Aliás, tanto ela quanto o amante chegariam logo, em seus trajes formais e preenchidos de joias. Ele havia metido na cabeça que eles precisavam ostentar suas posses, já que os convidados eram importantes figuras não só da cidade de Kale-Hisar, mas de todas as partes do planeta.

– Fique calmo, tudo vai dar certo – dizia Matka, enquanto secava os filetes de suor na testa de Kaskoa.

– Espero que sim. Espero mesmo. Sinto que essa noite vai ser decisiva.

– E longa – acrescentou a kapuytiana – Vamos entrar.

Desceram lentamente os degraus que os levavam do beco para dentro do Piknya, que agora tinha um odor muito mais agradável e iluminação ambiente capaz de confortar os clientes. Os funcionários de Kaskoa estavam devidamente posicionados atrás do balcão polido. O kremikkoviano sorria contente, ajeitando o colarinho do traje formal. Matka também parecia mais aliviada, desvencilhando-se dos braços do marido para poder ajeitar uns últimos detalhes nas mesas. Por um momento, chegou a pensar em Tsar, ao ajeitar o assento onde ela esperava pela mãe, dias antes de seu sumiço. Não era bem saudade o que sentia, mas aflição e peso na consciência. Entretanto, nem teve tempo de se flagelar, já que os convidados chegavam um após o outro, perfeitamente alinhados com o horário do evento.

O casal cumprimentava um por um, levantando a mão direita à altura do ombro. O que parecia estranho à kapuytiana acabou se tornando um movimento automático, já que teve de repetí-lo ao menos trinta vezes. As mesas logo estavam circundadas por kremikkovianos e suas companhias. Matka notou com curiosidade, que outros nativos, assim como fizera seu amante, também haviam se envolvido com kapuytianas como ela. Mas o trio que havia conhecido pouco tempo atrás a tiraria de sua meditação, abordando-a efusivamente com uma série de elogios à sua aparência e ao delicioso perfume adocicado que a envolvia. Kaskoa, ocupado com outro amigo no balcão do bar, não chegava a prestar atenção no quarteto formado à beira da escadaria.

– É, parece mesmo que nosso velho amigo está se dando bem com o Piknya. Quem sabe não liberamos mais um clube para ele? – sugeriu Kurja.

– Bem, na verdade, precisaríamos dar uma olhada nas estatísticas – recomendou Terav.

– Até porque, esta é uma festa fechada. Não é mesmo, Matka? – Rasva enfiava as mãos dentro do casaco longo.

– Sim. Eu disse a Kaskoa que seria interessante reunir os amigos e sócios, para futuros investimentos – comentou, segurando as mãos atrás dos quadris.

– Ora, ora. Que raça ambiciosa é a sua! – Kurja ria, pegando uma taça de bebida de cima da bandeja de um garçom que passava – Já que é assim, deve ter algo a dizer sobre o andamento do Piknya.

– Não sei se devo. Kaskoa não gosta que eu me meta em seus negócios... – ela remexia os olhos, torcendo os lábios.

– Uma hora ou outra, ele irá nos contar mesmo – antecipou Terav, já se servindo de um aperitivo.

– Bem, a verdade é que ele está um pouco mal dos negócios. Os créditos estão se minguando e ele está com medo de deixar isso transparecer – Matka corria as mãos pelo pescoço, sentindo-se desconfortável – Mas não digam que comentei isso com vocês. Ele não gosta, mas estou preocupada...

O trio se entreolhou. Sem dar nenhum tipo de aviso, partiram em direção ao balcão, no terminal de pagamentos. De longe, Matka assistia à abordagem silenciosa dos kremikkovianos que, depois de alguns instantes, conseguiram acessar um extrato de créditos despendidos pelos clientes de Piknya. Levaram algum tempo para raciocinar o que viam, até que se reuniram num cochicho de olhares cruzados, como se preparassem algo. A kapuytiana percebeu que a atenção deles estava voltada para Kaskoa, que ria e provava um drinque entregue pelo barman. Ela notou também que eles tinham as mãos dentro de seus casacos, retirando juntos o que a meia-luz do bar e àquela distância revelavam ser três pistolas de raios.

Matka subiu as mãos ao rosto, à altura das orelhas, cobrindo-as à medida que a rajada de feixes de energia rasgava o ambiente, estilhaçando espelhos, atingindo convidados e, finalmente, Kaskoa. O largo peito do kremikkoviano recebeu pelo menos oito rajadas antes de ceder, fazendo-o cair de joelhos antes de ter seu rosto esfregando-se ao chão. Os presentes acabaram fugindo escadaria acima, temendo que o trio continuasse seus disparos. A kapuytiana não conseguia se mexer, fixada em sua expressão de horror. Rasva guardou a arma, aproximando-se cautelosamente de Matka.

– Pedimos desculpa, mas... São negócios – o kremikkoviano tentava abraçá-la, acolhendo-a em seus braços curtos em comparação ao grande abdômen.

Ela permitiu ser acolhida pelos braços do assassino, dando uma última olhada para o rosto disforme de Kaskoa, estendido no chão como um pedaço de entulho. Matka chorava, mas não necessariamente sentia o pesar, sendo levada para fora do lugar, e colocada em uma autonave. Encolhia-se no veículo sem saber o seu destino. Algo lhe dizia que saberia contornar qualquer situação perigosa, independente do que acontecesse.

O trio tomou a direção do Piknya provisoriamente para si, decretando que o bar fecharia por tempo indeterminado para manutenção e restauro. Enquanto isso, Terav fumava, olhando para o lado de fora da janela. Autonaves passavam rapidamente diante de si, enquanto lá embaixo, a baixa Kale-Hisar fumegava e tremia suas estruturas ao som alto dos clubes noturnos. Rasva bebia qualquer coisa que achou na geladeira do veículo e Kurja tinha os braços passados sobre o assento de Matka. A kapuytiana secava as últimas lágrimas com um lenço oferecido por ele.

– Você sabia que isso podia acontecer – arriscou Kurja.

– Kaskoa havia comentado que vocês eram cinco...

– E comentou que o quinto de nós foi morto por não conseguir lidar com os negócios, mas apenas se envolver em romances passageiros? – perguntou Terav, olhando-a pelo canto dos olhos.

A kapuytiana hesitou, contraindo os olhos e movendo a cabeça negativamente.

– E sabe o que fizemos com a garota com quem ele estava saindo? – Rasva provocava, deixando escapar saliva por entre os lábios úmidos de bebida. Ria desajeitadamente, os pulmões falhando.

Matka continuou quieta. Kurja colocou a mão no queixo dela, fazendo-a virar para si.

Rasva, sentado ao lado de Terav e de frente para os dois, ajoelhou-se no interior da autonave até alcançar Matka, estendeu a mão e tocou sua perna, exposta entre a fenda do vestido. A kapuytiana encarava cada um deles, deixando suas pálpebras baixarem numa tranquilidade estranha para a situação. Na verdade, ela os tinha sob seu controle, ao menos enquanto conseguisse adivinhar os movimentos dos três. Terav também se aproximava, como se atraído por algo que a kapuytiana emanava. As seis mãos deslizavam pelo corpo da estrangeira estendida no estofado, com as pernas cruzadas sobre o colo de Kurja. Ela tomou dos dedos de Rasva o fumo que ele apreciava, tragando longa e confiantemente.

A primeira sensação que Tsar teve ao acordar foi a maciez de um colchão tão agradável quanto a pele que a tocava nas costas. Nikki a abraçava por trás, respirando pesadamente enquanto dormia. A kapuytiana tomou cuidado para não acordá-la, levantando-se lentamente até poder recolher as roupas do chão e vesti-las. Caminhou até a janela, sentando-se no parapeito. Abotoava a blusa conforme observava o movimento das autonaves, que voavam tão próximas do cortiço a ponto de fazer as cortinas voarem e os objetos mais leves tremerem.

Já fazia anos desde a última vez que havia visto sua mãe, pensou ela. E apesar de tentar retomar as memórias do planeta Kapuyt antes da invasão dos draconianos, quando Matka ainda dedicava-se às filhas, tudo que lhe vinha à mente eram as imagens promíscuas de quando ela cedia aos agrados de Kaskoa.

Tsar havia visto no noticiário a notícia da morte do amante de sua mãe ser ecoada por todos os cantos de Kale-Hisar. E agora, ela tentava imaginar onde a mãe havia se metido.

– Ei! – Nikki acordava preguiçosamente, girando na cama até encontrar a jovem kapuytiana sentada à janela. Sua silhueta perturbava o movimento das cortinas.

Tsar respondeu com um aceno e um sorriso. Seus dentes brilhavam em azul. Justamente por isso, a kremikkoviana franziu o cenho.

– O que foi? Parece triste.

– Oh... Pelo visto meus dentes me denunciaram outra vez... Malditos implantes!

Nikki se levantou, abraçando a namorada. Apertava-a com carinho, procurando lá fora o lugar para onde Tsar olhava.

– Está novamente sentindo saudade da sua mãe?

A kapuytiana apenas suspirou, sem precisar acrescentar nada.

– Vocês deveriam fazer as pazes – Nikki corria os dedos metálicos pelo rosto de Tsar – Já passaram por tanta coisa... Ela deve ter um motivo para ter se envolvido com Kaskoa.

– Não sei. Ela mudou bastante depois que viemos para cá.

– Bem, ela viu duas filhas morrerem. E a outra fugiu dos braços dela.

– Não a defenda, Nikki. Ela nem me assumia como filha para Kaskoa. Eu era obrigada a ficar discretamente rondando os dois, caso não quisesse ser realmente deixada para trás.

A kremikkoviana desistia de discutir. Achou suficiente apenas agradar a outra, acariciando-a até que ela se permitisse chorar e recompor o ânimo.

Anoitecia em Kale-Hisar. As três luas, cada uma em um canto distinto do céu, mostravam suas sutis diferenças na transição da fase minguante para nova.

– Vem. Vamos dar uma volta.

Nikki se afastou, vestindo uma roupa que achou jogada num canto do chão. Calçou os sapatos e pôs na cabeça a icônica peruca amarela. Tsar adorava o estilo dela, mas não tinha coragem de acompanhá-la. Por isso, escondia-se em trajes mais discretos, normalmente em tons neutros. Andavam de mãos dadas e, ultimamente, tinham se distanciado um pouco do grupo. Freddo sentia ciúmes, mas nada que a kremikkoviana não pudesse contornar com suas piadas ácidas. Elas caminhavam tranquilas pelas ruas da baixa Kale-Hisar, decidindo onde passariam aquela noite. Nikki já havia compartilhado com Tsar algumas cápsulas que restavam no bolso de sua calça justa. Esperava que aquilo pudesse tirar a kapuytiana de seu estado depressivo.

E havia dado certo. Quando finalmente escolheram um clube, Nikki assistiu a Tsar dançar da forma mais desinibida como jamais havia experimentado. A kremikkoviana ria surpresa. Chegou a tentar acompanhá-la, mas acabava esbaforida e com a boca seca. Deixou-a sozinha na pista, recorrendo-se ao bar. A kapuytiana, já aquecida pela agitação, retirava o casaco e o deixava no chão. O corpo esguio da humanoide deslizava com a música, muitas vezes perdendo a noção de espaço e perturbando a diversão dos outros. Havia aqueles que se incomodavam, mas deixavam passar, outros ousavam fazer companhia. Um jovem, com apenas um olho modificado, sorria ao vê-la rodeando-o. Provocativa, Tsar punha a mão nas costas do estranho, correndo os quatro dedos até alcançar a nuca dele, onde finalmente se dependuraria, jogando o próprio corpo de um lado para o outro.

Nikki conversava com o barman, não percebendo que a namorada avançava sobre o rapaz, que já a tinha entre os braços. A kapuytiana o controlava, perturbando seus sentidos e percepções. Um cheiro específico contaminava seu olfato, persuadindo-o irremediavelmente. Os dentes dela brilhavam vermelhos, em um sorriso cirurgicamente ampliado. Tsar transpirava, os filetes de suor delineando o rosto delicado. Ela trazia o kremikkoviano para perto de si, afastando-o da pista até encurralá-lo numa das paredes do clube. Agarrou-o pela roupa, pressionando-o com o peso de seu corpo. Então, o largou repentinamente, desfilando em direção ao banheiro e chamando-o com os dedos.

Ele a seguiu, invadindo o sanitário feminino. As cabines pretas, todas abertas, estavam à escolha e à pressa da dupla. Tsar logo o jogou para dentro da primeira, fechando a porta atrás dos dois. Sentado sobre o vaso, ele recebia a kapuytiana em seu colo. Desajeitadamente, os dois tentavam ao mesmo tempo retirar um a roupa do outro, ainda que não conseguissem cessar o beijo violento que travavam. Tsar se contorcia, deixando que o nativo a tocasse, sentindo seu corpo aquecido e úmido. Ele a observava com obsessão, enquanto as mãos de Tsar se escondiam atrás dos quadris, de onde ela retiraria uma faca, até então oculta e presa à sua calça. Sem perceber, o jovem corria a língua pelo pescoço da garota, até que ela o afastou, agarrando sua nuca endurecida pelo implante de coluna.

Os olhos negros e ávidos de Tsar observavam as veias saltadas no pescoço esticado e grosso do kremikkoviano. Com um grito instintivo, ela desferiu o corte numa das artérias, tingindo-se com o negrume do sangue nativo. A vítima caiu desfalecida, provocando um ruído grave e oco no banheiro. Passos rápidos se aproximaram em seguida, ecoando no piso do banheiro, acompanhados na sequência de pesados golpes contra a porta da cabine.

– Tsar? É você quem está aí?

Era Nikki gritando.

Ela não respondeu. Preferiu abrir a porta, a faca entre os dedos. A kremikkoviana tinha lágrimas nos olhos e ódio nos lábios, que tremiam em nervosismo. Tomou a namorada pelo braço, puxando-a para fora do banheiro até que saíssem dali. Não cessaram a fuga até Nikki sentir que estavam a uma distância consideravelmente grande, em um beco aparentemente escuro o suficiente para não serem vistas.

– Não acredito que você fez isso de novo! – Nikki murmurava, ainda que a força despendida servisse para um grito abafado – Eu juro que eu não acredito!

Ela escondia o rosto úmido de lágrimas entre as mãos. Tsar não chorava, mas tinha o olhar vidrado em um ponto qualquer. A namorada golpeava a parede, com socos e chutes acompanhados de grunhidos.

– Você está completamente insana! Doente! – insistia a kremikkoviana, andando de um lado para o outro, agarrando os fios plásticos da peruca amarela – Não dá mais para você ficar descontando a raiva que você tem da sua mãe nos machos da minha espécie!

– Nikki... – Tsar arriscou dizer, mas foi silenciada pela mão da outra.

– Cale a boca! Por favor, não diga absolutamente nada – ela apontava o dedo para a namorada, ameaçando-a – Dessa vez você foi longe demais! Até quando terei que acobertar seus crimes? Você está descontando em quem não tem culpa de nada!

– Ah, não tem? Será que você esqueceu que o seu povo sempre tratou o meu como lixo, como um bando de prostitutas? – Tsar tentava não gritar, oscilando o volume da voz – Nem os humanos, com aquela pose sempre arrogante, são tratados assim por vocês. Ah, mas é claro, eles são seus parceiros comerciais, não? Nós, não. Somos apenas uma espécie que foi expulsa de seu mundo pelos malditos draconianos e que mendiga um canto para viver nos mundos da Liga Interestelar! – A kapuytiana cruzava os braços, mostrando a indiferença típica de um psicótico. – Além do mais, quem vai sentir falta daquele imbecil?

– Você está tão louca que não percebeu que matou o filho do Terav, sua retardada! Você simplesmente assassinou o primogênito de um dos caras que mandam nesta porcaria de cidade!

Tsar arregalou os olhos, em um surto de culpa. Passava as mãos pelo rosto, sentindo o corpo sujo de sangue kremikkoviano. Do alto de suas cabeças, sirenes de resgate médico berravam junto de outras autonaves que pousavam bruscamente. Nikki abriu a tampa de um duto de esgoto, jogando a faca lá dentro, junto com a camiseta que a kapuytiana vestia. Retirou seu casaco cobrindo sua namorada com ele.

Saíram correndo outra vez, tentando se afastar do local. As duas seguiam sem muita direção, até acabarem encurraladas em uma rua sem saída, justamente o beco onde ficava o Piknya. O bar, agora reformado, estava novamente aberto, com novos adornos luminosos na escadaria imersa no subsolo.

O casal desceu os degraus rapidamente, encontrando o estabelecimento redecorado, com as paredes espelhadas e um novo equipamento de efeitos especiais que acompanhava a reprodução da música sintética agitada. Nikki franziu o cenho, observando a pequena massa de clientes acumulando-se na pista de dança. Segurava Tsar pela mão, com força.

– Acho melhor nos misturarmos. Se vierem para cá, ao menos estaremos escondidas no meio da multidão.

A kapuytiana concordou. Ambas seguiram em direção ao grupo, apertando-se entre braços e pernas que se remexiam ritmadas pela trilha sonora. O efeito das cápsulas ingeridas pelas duas começava a ser distorcido pelo alto nível de tensão, fazendo-as alucinar. Viam sombras horríveis nas faces dos presentes, enquanto a música se tornava um choro agressivo e escandaloso. Tsar começou a lacrimejar ao sentir a cabeça doer fortemente, mas Nikki pediu para que ela aguentasse por um tempo. Até que ao ritmo foram acrescentadas batidas muito mais estridentes e descompassadas. Não eram uma nova sequencia de percussão sintética, mas sim disparos de pistolas de energia, que imediatamente dispersaram o bando concentrado na pista.

Tsar se agarrou a Nikki, perdendo o equilíbrio conforme cada kremikkoviano fugia para uma direção diferente, tentando esconder-se de qualquer rajada de feixes de energia. Mesmo aos tropeços, conseguiram se manter em pé. Somente cessaram os passos incertos quando as costas encontraram a parede ao fundo do bar.

– O que está acontecendo aqui?

De trás do balcão, uma kapuytiana muito bem vestida saía às pressas, gritando para os três kremikkovianos armados, parados na entrada de Piknya. Nikki abraçava Tsar, empurrando a cabeça dela contra o próprio ombro. A namorada parecia em choque, pois tremia violentamente em seus braços.

– Eu quero saber quem deu ordem para vocês chegarem assim, no meu bar – continuava a kapuytiana, até ser surpreendida pela chegada de um novo kremikkoviano.

– Matka, querida. Sinto lhe informar, mas acho que você está em péssimos lençóis – disse Terav, trazendo na mão uma pistola já apontada para a testa da nova dona de Piknya.

Os clientes todos haviam se jogado no chão ou se escondido debaixo das mesas. Modificado, o bar agora possuía também plataformas onde jovens kapuytianas dançavam para atender aos desejos visuais dos clientes. Elas permaneciam agarradas aos seus pedestais, assistindo aos acontecimentos com certa passividade e calma.

– O que quer dizer com isso, Terav? – Matka tinha as mãos erguidas, rendendo-se.

– Não foi suficiente você ter vomitado seus feromônios e encantos para cima de nós? Sei que foi você quem tramou as mortes de Rasva e Kurja para poder ficar com tudo que era nosso. Da mesma forma que fez com Kaskoa, não foi? – Terav destravava a pistola, segurando-a com ambas as mãos. – Aqueles idiotas não perceberam o quão astuta uma kapuytiana poderia ser. Mas eu conheço bem essa sua espécie maldita!

– Lá vem você de novo com essa história – ela tanto desdenhava quanto debochava, dando de ombros, remexendo os dedos das mãos.

– Matka, simplesmente desista. Se antes eu suspeitava, agora eu tenho certeza. Você conseguiu seduzir meus amigos, roubou tudo que era deles, mas eu não permitirei que uma estrangeira tome o controle da baixa Kale-Hisar – Terav meneava a cabeça negativamente. – Este é o seu desejo mais profundo, não? Ter o poder sobre tudo.

– Eu não matei seus amigos imbecis. E eles assinaram documentos que me asseguravam a posse de seus bens, caso algo lhes ocorresse. – ela sorria confiante. – Fui muito boa para cada um deles. Era o mínimo que podiam fazer por mim.

O kremikkoviano transpirava extremamente irritado. Tremia os olhos negros, lembrando-se bem das longas orgias de seus amigos junto a Matka, onde ele mesmo muitas vezes participou. Estava mais do que claro que ela os tinha sob seu domínio, convencendo-os a fazê-la única herdeira de seus bens. E sabia muito bem como ela o tinha feito. Seu poder de sedução sempre foi hipnótico, ainda mais para mentes fracas como as de seus parceiros. Contudo, Terav não se conformava em acreditar que a biologia da kapuytiana era capaz de expelir substâncias sutis que os tornava reféns da vontade alheia, manipulando-os ao seu bel prazer, usando o sexo como sua principal arma. Havia descoberto tal técnica recentemente, e se indignava de ter sido todo esse tempo enganado. Sem dúvida ele poderia ser o próximo a cair em sua armadilha. E ciente de tudo isso, planejava calmamente sua vingança contra Matka. Porém, o assassinato de seu filho havia sido a gota d'água para que finalmente agisse.

Perdido em seus pensamentos, ele já sentia as narinas achatadas sendo preenchidas pelo perfume exalado pela kapuytiana. Ela parecia-lhe mais agradável aos seus olhos. Mais bela e mais desejada. Sentiu-se excitado, e ao perceber isso, voltou a si, grunhindo em resistência.

– Nem tente fazer isso comigo! – Terav ajustou a arma, sacudindo-a para a direita, como se quisesse apontar algo – Olhe para aquele canto, vagabunda!

Matka observou por cima dos ombros, visualizando as namoradas encolhidas contra a parede ao fim do bar. Como Nikki cobria a cabeça de Tsar, ela não conseguiu reconhecer sua filha de primeiro momento.

– São apenas duas garotas. E daí?

– Aquela kapuytiana desgraçada matou meu filho!

– E daí? – repetiu Matka, com mais intensidade e sarcasmo.

– A *sua* querida filha matou o *meu* filho! – Terav gritou, cuspindo gotas de saliva tão trêmulas quanto restante de seu corpo.

A kapuytiana franziu o cenho, escarnecendo.

– Eu não tenho filha.

– Ah, não tem? – ele balançou a cabeça, sinalizando para que um de seus capangas fosse até o fim do bar e capturasse a jovem.

Desfilando por entre os kremikkovianos jogados no chão, o capanga se dirigiu até ela, agarrando Nikki pela roupa, afastando-a rudemente. Na sequência, imobilizou Tsar, passando o braço por seu pescoço. Ameaçava-a com a arma encostada em sua têmpora.

Matka assistia a tudo, até que se voltou outra vez para Terav.

– Não faço ideia de quem seja – concluiu a atual proprietária do Piknya, no mais desdenhoso dos tons de voz.

– Sua desgraçada! Você sabe muito bem que ela é sua filha! – gritou Nikki, que já havia se rendido ao choro outra vez – É Tsar, aquela que você abandonou há anos.

Matka oscilou por um instante, mas mesmo assim, continuava afirmando não conhecer aquela que tremia entre os braços do kremikkoviano, não conseguindo formular nenhuma frase porque a boca borbulhava em saliva. Os efeitos colaterais das cápsulas surtiam.

– Ora, se não é sua filha, então, podemos resolver isso muito mais facilmente – disse Terav, balançando a arma na direção do empregado que segurava Tsar. – Atire nela!

O outro chegou a destravar a arma, pronto para dispará-la, até que foi surpreendido pela sombra e berro de Nikki. Ela segurava uma garrafa em mãos, pronta para golpear o capanga pelas costas. No entanto, ele se apressou em redirecionar a pistola, atirando diretamente contra a testa da jovem. O feixe mortal de energia a atingiu fazendo com que sua corrida cessasse, empurrando-a alguns centímetros para trás até finalmente o corpo desfalecer.

Tsar conseguiu se desvencilhar do capanga, urrando algo incompreensível. Atirou os joelhos contra o chão, jogando-se sobre o corpo da namorada. A cabeça pressionada contra a pista de dança escondia-se entre os fios plásticos da peruca amarela, tingindo-se de rubro. Tsar a virou para cima, erguendo-a no colo. Ainda grunhia, com a boca preenchida de saliva que não conseguia engolir. O choro não descia calmo, mas em soluços e gemidos horríveis, tão doloridos quanto o pranto que Matka ouviu por toda Kapuyt no dia em que os draconianos invadiram o planeta.

– Chega!

No mesmo instante em que Matka gritou, as kapuytianas sobre as plataformas mostraram-se munidas de micrometralhadoras, as quais dispararam indiscriminadamente contra os atiradores de Terav. A líder, por sorte, conseguiu se jogar no chão a tempo, podendo assistir ao corpo de Terav remexendo-se conforme as cápsulas microexplosoras lhe atingiam sequencialmente, por segundos intermináveis. Ela ria, estirada sobre a pista de dança, enquanto os três atiradores também caíam mortos.

Matka se levantou durante a correria formada pelos clientes que finalmente tomavam coragem de fugir daquele ambiente hostil. Ignorando o fato, ela aplaudia as companheiras kapuytianas que, além de dançarinas, também eram suas guardiãs contratadas. Afinal, ela conhecia a política da parte baixa da cidade e sabia que, assim como haviam dado um fim em seu falecido amante, um dia poderia chegar a sua vez.

– Ah, queridas... Queria dizer que este é o fim, mas se preparem para uma nova leva de kremikkovianos que virão para tentar me matar – dizia Matka, com as mãos na cintura.

As cinco kapuytianas riam, recarregando suas armas. Enquanto isso, a dona do Piknya e herdeira dos demais clubes da região, se dirigia até Tsar, que ainda estava agarrada ao corpo de Nikki. Agachada, tentou tocar o rosto da filha, sendo imediatamente repelida por um golpe. Tsar olhava a mãe com ódio, tendo o cenho franzido por cima dos orbes obscurecidos pela raiva. Matka se surpreendeu com a reação.

– Filha, você não percebe que salvei sua vida?

Tsar respirava com dificuldade, ofegando em furor.

– Mas... – Matka se fragilizava, suspirando – Acima de tudo, queria o seu perdão.

A filha não respondia, apenas aninhava o corpo inerte da namorada, correndo seus dedos pelo seu rosto sem vida.

– Sejamos racionais, Tsar – insistiu ela. – Por mais horríveis que tenham sido as coisas que fiz, você também não tem se comportado muito bem – Matka encarava a filha, ajeitando-se ao se pôr de cócoras – Você também usou seus feromônios para atrair vítimas e matá-las por puro gosto. Eu tenho minhas fontes. Acha que não sei o que se passa com você? – a mãe sorria, como se buscasse cumplicidade. – Sem dúvida compartilhamos o mesmo ódio por esses kremikkovianos sujos que tanto nos usaram e rejeitaram desde que fugimos do nosso mundo.

A jovem kapuytiana apertava os olhos, irrepreensível. Com certa repulsa, engoliu a saliva acumulada entre os dentes, esforçando-se para que a náusea não a vencesse. Balançava a cabeça, negando a comparação.

– Não adianta negar, minha filha. Você é como eu. Assuma sua responsabilidade nisso tudo. Tudo o que aconteceu aqui foi por sua culpa! – Matka gritava irritada, apontando o dedo em direção à entrada do bar. – Eu ao menos soube lidar com a situação e me livrar dos meus inimigos de maneira mais sutil e eficiente. E você?

Cabisbaixa, Tsar ainda acarinhava Nikki. Com um longo suspiro, ela finalmente se desvencilhou do corpo da namorada, deixando-a no chão, com as mãos entrelaçadas sobre o peito. Levantou-se, ficando de pé diante da mãe que logo também se ergueria, sobrepondo-se à altura da filha. Mesmo assim, Tsar não parecia intimada.

Matka insistiu no ataque:

– E com todo esse ódio que você tem dentro de si, minha filha, ainda não compreendo o seu envolvimento com essa garota nativa. Ao menos foi bom isso ter terminado.

Tsar ignorou sua mãe. Abaixou-se novamente e estendeu a mão até alcançar a cabeça de Nikki, retirando-lhe a peruca amarela. Observou-a por alguns momentos, tendo os fios ensanguentados sobre as mãos. Sem saber como reagir, Matka assistia sua filha vestir o acessório, deixando-a para trás logo em seguida e abandonando o Piknya sem dar satisfações.

– Você não pode fazer isso comigo! Não pode me deixar outra vez! – a mãe ameaçava.

Mas Tsar não respondeu. Apenas subiu os degraus e partiu. Olhou para o céu noturno, notando as luas que baixavam entre os altos arranha-céus do horizonte, agradecendo por poder respirar o odor forte da baixa Kale-Hisar e por encontrar tantos kremikkovianos dançando, bebendo e rindo logo adiante, pelas calçadas dos cortiços. Ela ainda os odiava, mas Nikka estava ali, eternizada nos becos, nos clubes, nas danças e na peruca amarela que Tsar ostentava na cabeça. "Viva muito, morra jovem", murmurou Tsar, emulando o tom da namorada. "Você viverá para sempre em mim."

INFERNO DE DANTÈS
MARCELO AUGUSTO GALVÃO

A TRANQUILIDADE NA *ENFANT TERRIBLE* foi violentada pelos alarmes estridentes dos sensores, ensurdecendo a tripulação de mercantes reunida na ponte de comando.

– Senhor, – o imediato se voltou para o comandante da nave bazar – detectamos um Local de Interesse Prioritário no planeta abaixo.

O imediato mostrou o holograma que brotara no meio da ponte exibindo uma esfera esverdeada, identificada como 4223 Jötunn e com uma silhueta hexagonal se destacando no equador e perguntou:

– O que faremos?

O comandante notou o brilho de cobiça nos olhos do subordinado ao perguntar e a apreensão nos rostos dos outros tripulantes – ele sabia bem o quanto era tentador mandar uma equipe para explorar o local.

Mas também tinha conhecimento da punição aos que desobedeciam as leis naquela parte da galáxia.

– Isto não é assunto nosso. Tudo que vamos fazer é alertar o Grão-Mercante. – Apontou o console de comunicação – O Grão-Mercante informa ao Aglomerado, o Aglomerado convoca o Alto Comando da Armada...

O comandante observou o holograma e a silhueta no centro, agora pulsando em um vermelho da cor de sangue.

–... e eles enviam os Fuzileiros Xenocientistas.

1.

A única janela envidraçada na sala metálica mostrava uma paisagem de montanhas verdejantes, banhadas pelo sol quente no alto do céu azul, um cenário de beleza natural que sem dúvida combinaria com um *resort* de primeira linha. Não era o caso de Gólgota Sirius, colônia penal localizada na periferia do Aglomerado Solar e lar de homicidas, genocidas e outros tipos de criminosos.

Criminosos como Dantès Mercuria, que agora olhava para a mulher de uniforme militar negro e dourado sentada à frente.

– Sou a capitã xenohistoriadora Capadócia Blæk e minha visita aqui é de natureza confidencial, Dr. Mercuria. Se algo do que eu disser vazar, sua pena será automaticamente quintuplicada.

Estava explicada a ausência de câmeras de vigilância ou carcereiros no recinto. Mercuria viu a oficial de cabelos ruivos se ajeitar na cadeira de metal, o uniforme de serviço dos fuzileiros parecendo justo demais no corpo musculoso, como se não estivesse acostumada a usá-lo, sentindo falta do seu traje de combate.

Uma sensação que Mercuria conhecia bem há três anos.

Blæk estendeu a palma da mão direita sobre a mesa e uma gota prateada feito orvalho brilhou no centro da luva negra para, com um zunido, se expandir e alcançar a forma de uma datasfera espelhada do tamanho de um crânio humano adulto. O prisioneiro viu por um breve momento o reflexo do próprio rosto – olhos castanhos de um tom mais claro que a pele marrom, nariz largo, boca grande emoldurada por um cavanhaque negro – antes que imagens de mapas estelares corressem pela superfície do dispositivo.

– Cinco horas atrás, uma equipe de fuzileiros foi enviada para explorar um local recém-descoberto próximo a uma das nossas fronteiras com a Concórdia Titânica. As primeiras leituras dos sensores indicaram um sítio arqueológico de origem *nifugkam*.

O homem se retesou ao ouvir a última palavra. Naqueles últimos anos em Gólgota, Mercuria – um dos maiores *experts* na extinta civilização galáctica – só tivera contato com Xenoarqueologia através de artigos de revistas científicas, as mesmas que nunca mais aceitariam qualquer material seu, agora que era *persona non grata* no meio acadêmico.

– O problema – a capitã continuou – é que perdemos a comunicação com o grupo minutos após o pouso em 4223 Jötunn. Como se já não fosse o suficiente, o serviço de inteligência informou que tanto a Concórdia quanto um clã de Saqueadores tomaram conhecimento do sítio.

Isto significava que a Legião Estelar, o correspondente em Titã ao Corpo de Fuzileiros Xenocientistas, fora enviada para o planeta.

Quanto aos Saqueadores – como eram chamados os cientistas e mercantes que exploravam de maneira independente a galáxia –, estes raramente se envolviam em combates; numa batalha entre fuzileiros e legionários, apenas aproveitavam os despojos que porventura sobrassem.

– Fui designada pelo Alto Comando a reunir uma equipe para resgatar o primeiro grupo. O que eu preciso é de um especialista em *nifugkams*, como é o seu caso.

Os olhos do xenoarqueólogo ficaram pequenos de desconfiança. Sentindo como se caminhasse em um terreno firme que, de repente, revelava ser areia movediça, Mercuria se curvou sobre a mesa de metal e disse:

– Você quer minha ajuda nesse resgate, mas – ele mostrou as mãos algemadas – o que eu ganho em troca já que não faço mais parte dos fuzileiros?

Blæk estendeu o dedo indicador e tocou a datasfera. A superfície do dispositivo se agitou e o mapa estelar foi substituído por uma imagem com caracteres alfanuméricos.

– Um acordo. Se realizar a missão com sucesso, sua pena será comutada em um terço.

Dantès Mercuria se encostou de novo na cadeira, o cérebro agitado em calcular quantos anos mais precisaria para cumprir a longa sentença.

Sentença recebida por um crime que não cometeu.

– Basta encostar aqui sua mão para concordar com os termos do acordo. – Blæk girou a esfera na direção do prisioneiro. – É uma chance, Dr. Mercuria, de sair um pouco mais cedo daqui.

Ela tinha razão. Fora dali, poderia voltar a respirar o ar puro do *terraformado* planeta Marte, sua mundo natal. Voltaria a comer um verdadeiro prato da culinária *creole*–marciana e participar de uma cerimônia do *vodou martien* para agradecer aos *lwhas* pela liberdade adquirida. Reencontraria a família, jogaria hóquei no gelo, até mesmo veria Ursalyn e...

E então a sensação de pisar em areia movediça retornou quando um pensamento relampejou pela mente de Mercuria, tão forte que fez o corpo estremecer.

Ele trouxe as mãos algemadas ao peito, se afastando da datasfera.

– O que vocês estão escondendo?

– Escondendo? – Blæk levantou uma sobrancelha ruiva – Está tudo bem explicado no acordo.

– Fui fuzileiro por tempo bastante para saber como o Alto Comando pensa, portanto não me trate como um recruta, capitã. Não sou o único especialista em *nifugkams* do Aglomerado, o que só mostra o desespero de vocês em virem até aqui.

Blæk abriu a boca para falar, mas mudou de ideia. Foi o suficiente para Mercuria ver o brilho nos caninos dela, do tipo que se encontrava em implantes metálicos capazes de destroçarem qualquer material. A capitã xenohistoriadora, concluiu, deveria ser uma exímia combatente em curta distância. Ele continuou:

– Isto significa que outros cientistas especialistas não estão disponíveis no momento. Caso do tenente Zander Zhen ou – as palavras seguintes tropeçaram nos lábios de Mercuria – ou da major Ursalyn Crux.

– A *coronel* xenoarqueóloga Crux – a militar o corrigiu – é a líder da expedição perdida e Zhen é o segundo em comando.

Ela encarou o prisioneiro com olhos tão frios quanto o metal que revestia a sala e continuou:

– Estou aqui por esta proposta e vou fazê-la somente mais uma vez. É pegar ou largar.

Mercuria voltou o olhar para a esfera agora no centro da mesa. Havia algo a mais na história de Blæk, que ela não contara ou talvez nem soubesse, pois era raro um oficial de alta patente como coronel liderar uma missão de campo.

O que mostrava que a expedição ao planeta era de extrema importância.

Mas não foi apenas por este motivo que Dantès Mercuria encostou a mão na datasfera, selando o acordo.

É porque aquela também seria a chance, após três longos anos, de rever Ursalyn Crux.

·•◈•·

Um cheiro metálico impregnava o ar das ruínas do sítio arqueológico em 4223 Jötunn. Agachada atrás de uma comprida coluna espiralada decorada com caracteres *nifugkams*, a coronel Ursalyn Crux tentava entender como a sua expedição acabara em desastre.

Primeiro, a tempestade repentina que surgiu logo após o pouso da nave auxiliar do cruzador *Ilium*, forçando a equipe a se abrigar dentro da gigantesca estrutura *nifugkam* que, mesmo tendo visto dias melhores, era um lugar mais seguro contra os raios e ventos do planeta.

Depois, a constatação pelos sensores dos trajes de combate de que as ruínas eram maiores do que se pensava: com corredores, salas e câmaras de extensões labirínticas, seriam necessárias semanas para explorar todo o local.

E então vieram os sons de gritos, rugidos, rajadas de rifles e explosões ecoando pelo seu comunicador. Mais de cinco horas haviam se passado do pouso e nenhum dos subordinados respondia ao chamado.

E lá estava Crux, encurralada em um enorme salão, cercada pelas ruínas de paredes, colunas e móveis destroçados. As paredes tremiam, não só devido aos ventos, mas também aos abalos sísmicos que assolavam 4223 Jötunn – não era à toa que planetas como aquele eram apelidados de *Inferno* pelos fuzileiros.

O odor de metal ficou forte. Crux sabia bem que sua origem era o ferro presente na hemoglobina do sangue humano.

Para ser mais precisa, sangue dos outros soldados xenocientistas.

A militar conferiu a munição do rifle de assalto que empunhava na mão direita. Na outra, segurou com força o poliedro azulado de oito faces que descobrira minutos antes, um objeto pequeno e de aparência insignificante.

E com o poder de mudar o destino da humanidade.

Ao engatilhar a arma, Ursalyn Crux estava certa de que seu nome seria lembrado por muito tempo depois daquele dia. Só ainda não sabia se entraria para a História como heroína ou apenas como mais uma baixa de guerra.

2.

A Guerra das Ruínas.

Era este o nome dado ao mais recente conflito entre o Aglomerado Solar e a Concórdia Titânica, os dois maiores governos interestelares da galáxia, envolvendo trilhões de cidadãos espalhados por centenas de planetas. Uma rixa nascida décadas atrás entre Terra e Titã e que, depois de quase obliterar totalmente os lados, levou a um armistício – na realidade, uma cortina de fumaça para uma guerra fria em que cada parte tentava ganhar os corações, mentes e territórios de culturas alienígenas encontradas pela galáxia, todas de nível tecnológico inferior ao daqueles governos.

Uma guerra fria que começou a esquentar com a descoberta das ruínas de uma antiga civilização, e da tecnologia que estas abrigavam, muito mais avançada do que qualquer coisa já inventada pela humanidade: maravilhas que ajudaram os *nifugkams*, como se autodenominavam os alienígenas, a conquistar a galáxia milhares de anos atrás, até que conflitos internos e externos, aliados a desastres ecológicos, os levaram ao declínio.

Pelo menos era o que os xenocientistas – biólogos, arqueólogos, paleontólogos, filólogos e historiadores – dos dois lados concluíram. O que realmente importava era que a descoberta dos artefatos havia revolucionado a vida dos habitantes do Aglomerado e da Concórdia: motores de propulsão mais rápida que a luz, replicadores de alimentos, câmaras de clonagem, e muitas, muitas armas dos mais variados tipos, de não letais a canhões com capacidade de devastar planetas em um piscar de olhos.

O problema era que nem toda engenharia reversa fora capaz de replicar a tecnologia. Sendo alguns daqueles dispositivos únicos e extremamente valiosos, ficou evidente que os dois governos interestelares fariam de tudo para conseguir um maior número de artefatos no menor tempo possível.

E quando o trabalho em sítios arqueológicos em planetas ou estruturas espaciais abandonadas se tornou peri goso, foi criado o Corpo de Fuzileiros Xenocientistas: um grupo de homens, mulheres e animais prontos para reclamar o acesso às ruínas e, se preciso combater o inimigo.

Tudo para resgatar maravilhas tecnológicas que dariam vantagem a um dos lados na Guerra das Ruínas – principalmente armamentos, como aqueles empregados pelos fuzileiros e que Dantès Mercuria estava desautorizado a usar na condição de ex-militar.

– O quê? – Ele se voltou para Capadócia Blæk, agora caminhando por um corredor da *Machu Picchu*, a nave da Armada Solar com destino a 4223 Jötunn. – E como faço se for atacado pelos legionários?

– Não se preocupe, seu traje de combate será configurado no modo defensivo básico. – Eles se aproximaram de uma escotilha que se abria automaticamente no final do corredor – Apenas me obedeça, faça tudo que for possível para o sucesso da missão e dentro de alguns anos estará solto para fazer o que quiser da vida.

– Inclusive contrabandear artefatos – disse a voz grave do outro lado da escotilha aberta, de onde um fuzileiro encarava Mercuria. – Afinal, duvido que seja convidado para palestras com esse currículo de saqueador de antiguidades.

Mercuria observou o tenente xenoarqueólogo Gunther Otsuchi. Seu antigo rival da Academia de Xenociências continuava com o corpo em forma e o mesmo bigode loiro e farto como da última vez que o havia visto, três anos atrás; a diferença era que agora os pelos disputavam espaço com os implantes metálicos e plásticos que se espalhavam pelo crânio.

O consultor se voltou para a capitã:

– Ele também faz parte da equipe?

– Otsuchi é um dos fuzileiros mais competentes da Armada do Aglomerado Solar. É natural que esteja na expedição.

– Sem contar que posso impedir você de levar alguma peça do sítio como suvenir.

– Tenente, isto não são modos de dar as boas-vindas ao consultor da nossa missão – Blæk disse, passando entre os dois homens e seguindo em frente.

– Sim, senhora. – Otsuchi resmungou com os olhos cravados em Mercuria, enquanto entravam na ponte de comando. O capitão da *Machu Picchu* saudou os três e apontou para um mapa flutuando no centro do holotanque.

– Esta é a última localização conhecida da coronel Crux – Pornchai Niratpattanasai mostrou a planta de uma estrutura hexagonal em 4223 Jötunn e depois a figura de uma nave na órbita do planeta – Assim como a do *Ilium*, o cruzador responsável pelo transporte do esquadrão dela.

Além da equipe de Blæk, a ponte abrigava cinco tripulantes, incluindo um *alteranimal*. O mapa holográfico se desdobrou, mostrando pântanos e florestas por toda a extensão daquele mundo com atmosfera respirável. Niratpattanasai explicou que não havia assentamentos alienígenas na superfície, assolada diariamente por tempestades severas e por frequente atividade sísmica, assim como pelas erupções de vulcões em atividade, cenário bem diferente de milênios atrás quando existia vida alienígena. O sítio só fora detectado pelos sensores da nave bazar *Enfant Terrible* devido à rara calmaria nas condições climáticas.

Não havia dúvida de que 4223 Jötunn fazia jus ao apelido de Inferno.

– Você contará com o melhor batedor que dispomos – Niratpattanasai fez um gesto para que o alteranimal se aproximasse do holotanque.

– Cabo Baskerville se apresentando, senhora – O fuzileiro disse, prestando continência. A capitã analisou por alguns instantes o perfil canino dele: as orelhas em pé, o focinho alongado, o pelo negro e escovado que sumia por baixo do exoesqueleto humanoide que o sustentava na posição bípede.

– Bem-vindo ao grupo, cabo. Espero que tenha experiência em missões de resgate.

– Sim, senhora – grunhiu em um ruído que ficava entre o latido original e a voz propagada pela coleira no pescoço, um dispositivo que funcionava tanto como laringe artificial quanto uma câmara para coleta de dados audiovisuais.

Mercuria se aproximou do holograma e observou as seis gigantescas colunas espiraladas que se erguiam de cada vértice da estrutura, traços da arquitetura típica *nifugkam*. E o mais interessante: assinalavam a importância do edifício.

– O que é isso? – ele apontou para o ícone de uma onda sonora ao lado do mapa.

– É a última mensagem enviada pela equipe. – Niratpattanasai tocou o símbolo. – Devido à forte interferência do clima, conseguimos captar apenas parte do áudio.

– Perímetro seguro estabelecido. – A voz tensa de Ursalyn Crux soou pela ponte da *Machu Picchu* para depois ser engolfada pela estática – ...um sinal de atividade hostil. Repito, nenhum sinal de atividade hostil.

Pausa. Quando voltou, a coronel gritava para se fazer escutar acima do barulho de vento e chuva ao fundo:

– As ruínas do sítio se assemelham à descrição dos dados recuperados na batalha de Lodi-Ribeiro. Estou certa que... –

A estática arranhou os ouvidos na *Machu Picchu*.

–... vável localização do Octomecano e... – Outra pausa – Um momento, estamos detectando atividade na área...

Estática.

– Mas o que é aquilo? Lara e Zhen, assumam posição defensiv...

Estática de novo. O ruído de uma explosão tomou conta da mensagem, antes de Crux gritar:

– Retrocedam, rápido! Precisamos nos reagr...

Um som estridente amputou a voz da coronel.

O ícone holográfico se apagou.

– O que aconteceu em Lodi-Ribeiro? – Mercuria quebrou o silêncio que havia se seguido ao fim da gravação. Até onde sabia, o planeta era famoso no Aglomerado Solar pelos excelentes vinhos produzidos.

– Seis meses atrás, encontramos ali um laboratório *nifugkam* abandonado debaixo da superfície. – Blæk disse – A Concórdia também teve acesso à informação, ela mandou legionários e tivemos uma batalha com baixas em ambos os lados e muitos feridos. – Ela olhou de soslaio para o rosto de Otsuchi – Como resultado, conseguimos conhecimento inédito e uma pista sobre o Octomecano.

Depois de encarcerado em Gólgota Sirius, Mercuria pensou que nunca mais ouviria aquelas palavras. O tal artefato era citado em documentos importantes da Última Era – o período em que os *nifugkams* estavam divididos em uma sangrenta guerra civil – e considerado a arma derradeira que mudaria o curso do conflito. Após a extinção da civilização, culturas posteriores como os *hadowes* e os *enusagis* haviam procurado o mecanismo, ainda que ninguém descobrisse a sua verdadeira finalidade; apenas sabiam que aquele dispositivo único, construído pela facção que estava no poder, tinha o formato de um pequeno octaedro azul.

Por isso mesmo que para alguns estudiosos o artefato não passava de uma lenda ou, na melhor das hipóteses, propaganda política. Dantès Mercuria não fazia parte desse grupo, afinal dedicava-se há anos ao seu estudo até ser enviado para a colônia penal.

– Agora entendo o motivo de me escolherem.

Ela concordou com a cabeça.

– E dentro de duas horas, veremos se valeu a pena contatá-lo, Dr. Mercuria. Esse é o nosso tempo de viagem ao Inferno.

·•◈•·

A coronel Crux sabia que seu tempo se esgotava.

Todas as partes do corpo da militar doíam, por mais que a inteligência artificial do traje de combate já tivesse lhe ministrado os primeiros socorros com a aplicação intravenosa de analgésicos. Cambaleando por um corredor estreito, ela tentava descobrir uma saída do labirinto, algo nada fácil com os sentidos entorpecidos também pela fadiga.

Mas pelo Octomecano, agora guardado em um compartimento no traje, tudo valia a pena. Como se a peça fosse um amuleto que lhe permitiria prosseguir na fuga, Crux a buscou, querendo segurá-la outra vez.

O octaedro não estava mais lá.

Ela refez a procura; o resultado foi o mesmo. De alguma forma, o artefato caíra quando corria pelas ruínas. O que precisava fazer era retraçar seus passos até o local em que o perdera.

Algo simples, se não fosse pelo rugido que ecoava de algum lugar das profundezas das ruínas.

3.

– Chegou a hora de mostrar sua utilidade na missão, Dr. Mercuria – Blæk apontou para o que restava de uma enorme estátua na entrada do sítio arqueológico, iluminada pelas lanternas dos trajes.

Nuvens pesadas tomavam conta por completo da atmosfera de 4223 Jötunn, cobrindo o horizonte enquanto relâmpagos estilhaçavam o céu cinzento do planeta. Na realidade, aquilo era uma pausa entre duas fortes tempestades previstas no dia e que permitira a nave auxiliar da *Machu Picchu* pousar com segurança. Ao menos era uma boa notícia para os fuzileiros depois da descoberta feita ao chegarem ao sistema estelar.

– Detectamos os destroços da *Ilium* em órbita – O comandante Niratpattanasai informara assim que o planeta ficou ao alcance dos sensores – Nenhum sinal de cápsulas salva-vidas.

Mercuria sentira as entranhas gelarem: nada impedia que Crux e seu grupo também estivessem mortos naquele momento.

A equipe de Blæk desembarcara em uma clareira a um quilômetro do sítio. Milênios de abandono fez a vegetação densa engolir com voracidade o local: era difícil dizer onde começavam as ruínas e acabava a floresta. O verde se mesclava ao cinza da estrutura *nifugkam*; árvores de copas imensas e raízes grossas se infiltraram por fissuras, resultando em paredes e muros desabados.

Com as botas chapinhando nas poças d'água que rodeavam o sítio, os fuzileiros avançaram pelo terreno dentro dos descomunais e pesados trajes de combate. Adaptados pela engenharia reversa a partir dos originais *nifugkams*, sempre lembravam a Mercuria os uniformes dos primeiros astronautas terrestres. Mas, ao invés do branco imaculado que era a cor predominante neles, estes eram revestidos por uma película de camuflagem que se adaptava automaticamente ao ambiente.

No centro do torso brilhava a insígnia holográfica do Corpo de Fuzileiros Xenocientistas: o desenho estilizado de um pergaminho e de uma espada cruzados um sobre o outro, tendo ao fundo o sol e a frase *Ex parietinis, scientia* ao redor.

Das ruínas, o conhecimento. Palavras que Dantès Mercuria se orgulhara de pronunciar anos antes e que agora sequer constavam no traje básico que usava.

A chuva acalmara o suficiente para Baskerville se adiantar ao grupo e cumprir a função de batedor. Sem o traje de combate que só atrapalharia seus movimentos e carregando um rifle compacto nas mãos, ele levantou o focinho no ar e depois o abaixou no solo, as duzentos e vinte milhões de células olfativas nas narinas úmidas procurando por algum tipo de perigo.

Após alguns segundos investigando a área, confirmou com a cabeça que o lugar estava seguro.

Foi quando se depararam com a estátua no que outrora fora um jardim.

– É uma representação do patrono local – Mercuria disse, observando a escultura manchada pela umidade e quase oculta por trepadeiras que se enroscavam nela.

Mesmo assim, era possível discernir uma figura humanoide feita à semelhança dos *nifugkams*: alta e delgada, de torso triangular e com quatro membros, além de dois longos apêndices de aparência tentacular saindo do meio das costas, vestindo uma túnica que chegava ao meio das pernas. A cabeça comprida e com quatro pares de olhos tinha o topo danificado pelo tempo, bem como as mandíbulas que lembravam as das aves da Terra.

Era um fato conhecido que os *nifugkams* erguiam obras de arte em suas construções para simbolizar a proteção dos patronos – entidades sobrenaturais que intercediam perante Radoss, a divindade única a qual adoravam desde a Primeira Era –, numa veneração não muito diferente da dos santos dos neocatólicos ou dos *lwhas* do vodu marciano professado por Mercuria.

– Parece ser Krazin, o patrono da tecnologia e da guerra. – Otsuchi olhou a estátua da cabeça aos pés. Mercuria ergueu uma datasfera para analisar a escultura.

– É possível, mas a deterioração avançada nela impede que eu faça uma conclusão neste momento.

– Se é Krazin – o tenente se virou para Blæk, desprezando o comentário do consultor –, então estamos diante de um laboratório ou de um arsenal.

– Só tem um jeito de descobrir – a xenohistoriadora disse,

enquanto o antebraço direito zunia. Pedaços do traje se destacaram da superfície, deslizando, girando e se juntando até montarem um rifle de assalto que a capitã tratou prontamente de engatilhar – Vamos entrar.

E cruzou o umbral do gigantesco portão da construção.

·•◈•·

Meia hora depois, não haviam encontrado qualquer traço da primeira expedição. O prédio era formado por cômodos dos mais diversos tamanhos, a maioria inacessível devido aos escombros do teto e das paredes bloqueando as portas ou pela floresta que forçara o caminho, numa invasão que servia como lembrança de quem mandava no planeta. A descoberta se resumira a vestígios de móveis – assentos, mesas, armários e objetos variados de decoração sem qualquer valor – espalhados pelos recintos e apodrecidos pela umidade. O grupo agora se encontrava em uma extensa câmara, atulhada de detritos e poças d'água, com os sensores dos trajes nada detectando de anormal.

Um rosnado atraiu a atenção dos três xenocientistas.

– O que achou, cabo? – Blæk viu o alteranimal apontar o canto sudeste do salão. Ao contrário do resto do aposento, corrompido por manchas escuras de umidade e dando ao lugar um tom monocromático, a parede ali brilhava como se tivesse recebido uma recente camada de tinta vermelha.

Uma verificação próxima revelou que a substância era sangue e, logo abaixo dele, quatro corpos amontoados, vestidos no que restava dos trajes de combate.

Legionários Estelares.

– O que sobrou deles. – Blæk disse, sondando os cadáveres – Os ferimentos não combinam com os danos causados por nossas armas. Parece que foram revirados pelo avesso. – Mostrou as entranhas espalhadas pelo piso, quebrando em amarelo e vermelho a monocromia do ambiente. Os sensores do traje apitaram e a capitã voltou a consultá-los – Um dos legionários ainda está vivo.

Com a arma engatilhada, ela se aproximou do inimigo agonizante.

– O que aconteceu aqui, soldado?

– Atacados... – O rosto do legionário era uma brilhante e viscosa polpa vermelha – Não conseguimos cumprir... cumprir a... m-missão.

– Quem foi o atacante? – Blæk viu o homem tentar responder, os lábios apenas golfando sangue – Qual era a missão?

A resposta foi um grunhido e depois o silêncio. Blæk se afastou do cadáver.

– Vou acessar os biodiários deles para descobrir o que aconteceu.

Ela se referia ao dispositivo de gravação audiovisual que todo traje levava, registrando os movimentos dos seus usuários.

– Nada. Os dados foram completamente apagados.

– Mas que tipo de lugar é esse? – Otsuchi se aproximou de um *rack* fixo numa parede contendo vários objetos compridos e de ponta rotunda, praticamente do mesmo tamanho que o rifle dos fuzileiros. O tenente retirou um deles e o avaliou com cuidado – Não é uma biblioteca, um arsenal e muito menos um laboratório.

– Também não me parece um lugar a ser protegido por Krazin – Blæk se virou para Mercuria. – O que acha?

O consultor levantou sua datasfera, na qual um holograma se projetou, mostrando a estátua da entrada em tamanho real.

– Em um primeiro momento, realmente se assemelha ao patrono da guerra e da tecnologia. Vejam o resto de uma lança empunhada pelo tentáculo esquerdo ou o pedaço de um escudo ao lado dos pés. Porém, se retirarmos a sujeira acumulada nesses últimos milênios, – As marcas do tempo eram apagadas do holograma conforme os dedos de Mercuria deslizavam pelo dispositivo – notamos que a lança é um cetro e o escudo, na realidade, um baú com joias. E, assim, ao invés de Krazin, temos no lugar Danarala.

Otsuchi olhou para o artefato que segurava e depois para Mercuria.

– A patrona do comércio e das artes?

O consultor concordou com a cabeça e estendeu os braços para mostrar o ambiente ao redor.

– É mais do que isso. Pela disposição dos aposentos, inscrições e decoração, eu diria que este local se assemelha a um estabelecimento comercial no qual *nifugkams* da classe alta poderiam relaxar e se divertir.

– Como uma colônia de férias?

– Levando em conta que Danarala também era a patrona do amor, eu diria que está mais para uma construção onde eles satisfaziam seus prazeres carnais.

Otsuchi levantou uma sobrancelha.

– Um bordel?

– Exato. E para realizarem suas fantasias usando apetrechos de estimulação sexual, como este aí. – Apontou para o objeto que o fuzileiro carregava.

Otsuchi devolveu rapidamente o artefato ao *rack*.

Do outro lado da câmara, Baskerville rosnou.

– Não estamos sozinhos. – disse, erguendo o rifle. O gesto foi repetido por todos, com a exceção óbvia de Mercuria.

O silêncio no salão era interrompido apenas pelas goteiras chapinhando no piso sujo de detritos conforme o grupo avançava, os fachos das lanternas mostrando uma porta à frente do batedor. Um rangido ecoou quando as folhas da entrada deslizaram para os lados.

As três armas apontaram para lá. No meio da luz intensa das lanternas surgiu uma figura de cabelos negros e curtos, a superfície do traje de combate oscilando entre várias camuflagens – deserto, selva, neve –, evidenciando os danos sofridos nele. A silhueta deu um, dois, três passos até desabar no piso alagado.

E Mercuria correu na direção do corpo inconsciente da coronel xenoarqueóloga Ursalyn Crux, sua ex-professora e amante.

4.

Dantès Mercuria sempre atribuía ao avô materno o interesse que tinha por arqueologia. Crescendo em Petit Häiti, uma das inúmeras cidades étnicas de Marte, ele ouvira Jean-Patriq contar como seu povo deixara o continente terrestre chamado África para viver na parte ocidental da ilha centroamericana Hispaniola, em uma terra que ficou conhecida como Haiti, e de como séculos depois chegaram até Marte. Mas o avô não se limitava aos relatos históricos: faziam parte do repertório as lendas que misturavam as culturas de várias religiões da Velha Terra – candomblé, *santería*, vodu, *hoodoo*, entre outras – que se mesclariam no planeta vermelho, dando origem ao que era conhecido hoje como *vodou martien* e da qual ele era um respeitado *houngan*, o sacerdote responsável pelas cerimônias.

Sempre curioso, Mercuria se deixou fascinar pelo que absorveu nas holosimulações de História durante a época escolar. E enquanto seus irmãos e primos se tornavam mercantes – e, no caso de um primo considerado ovelha negra, até mesmo Saqueador –, ele decidiu ser xenoarqueólogo. E para isso, não havia melhor caminho do que se inscrever no Corpo de Fuzileiros Xenocientistas, onde começou a estudar os *nifugkams*. Lá, percebeu a semelhança entre a religião alienígena e o vodu marciano – se estes veneravam os *lwhas*, aqueles prestavam homenagens aos patronos – e como o declínio da civilização iniciara com uma longa guerra civil.

Algo não muito diferente do que acontecia agora entre o Aglomerado Solar e a Concórdia Titânica, outrora um só povo.

Mercuria logo se destacou nas aulas e em missões de campo, sendo o soldado mais novo a ser promovido ao posto de capitão, motivo de orgulho para a família. Da mesma forma, era inevitável que se tornasse alvo da inveja dos companheiros.

Gunther Otsuchi era um desses alunos. No início, se tratava apenas de uma competição saudável entre os fuzileiros, mas que em algum tempo se tornou acirrada por uma simples razão:

Ganhar o coração de Ursalyn Crux, a professora especialista em *nifugkams* e orientadora no doutorado. Uma batalha que Otsuchi perderia quando Dantès se tornou o favorito dela, dentro e fora da academia. A partir daí, a rivalidade entre os dois homens cresceria, terminando somente com a prisão de Mercuria pelo furto de antiguidades.

Uma denúncia anônima levara a uma inspeção no seu aposento e a descoberta de pinturas *enusagis* desaparecidas de uma expedição anterior; pela beleza, aquelas peças eram cobiçadas por Saqueadores e o mercado negro dos colecionadores particulares. Na época, corria um boato de que havia um espião entre os fuzileiros, alguém que não apenas desviava artefatos como também repassava informações confidenciais aos Legionários Estelares.

Em meio ao clima de paranoia, a corte marcial foi conduzida com extremo rigor e em completo segredo, sem ninguém fora do processo ter conhecimento de quais ou quantas peças foram encontradas, com a possibilidade ainda de Mercuria receber a pena capital.

Ao final, ele conseguira escapar da morte, mas não da acusação de furto. A corte anunciou a sentença em uma audiência aberta ao público para servir de exemplo aos fuzileiros. Acorrentado, Dantès Mercuria viu na primeira fila o semblante devastado de Jean-Patriq e os olhos úmidos de Ursalyn.

Assim como o sorriso cheio de satisfação de Otsuchi.

5.

– Eu sou uma historiadora, não uma médica – Blæk disse para um exasperado Mercuria – Mas pelo que vejo, os ferimentos da coronel não são graves.

O xenoarqueólogo observou o torso de Crux subir e descer vagarosamente, deitada em um canto da câmara. Apesar do rosto sujo de sangue e poeira, Ursalyn continuava tão bonita quando da última vez que Dantès a tinha visto, três anos antes. Durante aquele tempo encarcerado, ela não o visitara pessoal ou virtualmente e o ex-fuzileiro sabia qual era o motivo: não caía bem, aos olhos do Alto Comando, uma oficial em ascensão se envolver com um condenado.

Blæk prosseguiu:

– Vamos aguardar que ela recupere a consciência para obter seu relatório oral. – A capitã se referia ao fato de também não conseguir acessar os registros dos biodiários de Crux, aparentemente corrompidos pelos danos no traje.

– Relatório? É só nisso que você pensa?

– Ainda estamos numa missão, Dr. Mercuria. Preciso saber o que aconteceu com a primeira expedição.

– Não precisa mais. – Otsuchi anunciou ao lado de Baskerville. Os dois fuzileiros haviam inspecionado a área de onde Crux surgira – Encontramos o resto do grupo, mortos tal como os legionários. E nem sinal dos biodiários.

– Então, o que eles enfrentaram? Qual é a sua avaliação da situação, Mercuria?

O consultor franziu o cenho por um instante antes de responder.

– Era comum que estabelecimentos deste tipo empregassem um sistema de segurança na forma de uma sentinela cibernética, tanto para defender as habitantes de intrusos como para vigiá-las e evitar fugas. Algo similar aos eunucos usados nos haréns que conhecemos da história da Velha Terra. – Mercuria cofiou o cavanhaque – Os *nifugkams* eram inteligentes o bastante para não guardarem o Octomecano em um local óbvio como uma base militar, laboratório ou bibliot....

O chão tremeu, interrompendo o consultor.

– Outro abalo sísmico – A capitã consultou os sensores. – Adoraria deixar agora este Inferno, mas vamos aguardar a coronel despertar. Enquanto isso, – ela se virou para Otsuchi e Baskerville – Assegurem o perímetro.

·•◈•·

O som da ventania atravessava as paredes da construção, chegando aos ouvidos de Mercuria – um prenúncio da tempestade que cairia em breve no planeta. Quase uma hora havia se passado desde o encontro com Crux; a coronel continuava inconsciente, enquanto a capitã Capadócia Blæk, em um canto da câmara, tentava se comunicar com a *Machu Picchu*, sem sucesso.

Culpa da interferência climática, Mercuria pensou. Ou talvez o cruzador tivesse sido destruído pela nave dos Legionários, assim como fizera com o *Ilium*. Sentado ao lado de Crux, ele não podia deixar de notar como o perfil de Baskerville, de pé na entrada do salão, lembrava o de Anúbis, o deus egípcio da morte.

Sem dúvida, aquilo não era um bom presságio.

O xenoarqueólogo não era o único a observar ali. Por diversas vezes, flagrara Otsuchi a fitá-lo com um olhar corrompido por inveja. Mercuria soubera, através do avô em uma visita à Gólgota Sirius, que Crux nunca respondera às investidas do tenente após a prisão, preferindo se concentrar no trabalho.

– D-Dantès...? – A voz de Crux, retornando à consciência, soou débil, como se estivesse no fundo de uma caverna – É você mesmo?

– Não fale muito. Poupe sua energia para sairmos daqui.

– Pensei que estivesse delirando. – Ela se apoiou nos cotovelos, tentando se sentar, enquanto a camuflagem do traje se estabilizara em um tom de cinza, mesclando-se ao ambiente das ruínas – Como saiu da prisão?

Mercuria explicou o acordo que fizera com Blæk e tudo que acontecera até o momento. Encostada na parede, flexionando os braços e as pernas, Ursalyn parecia aliviada.

– É bom revê-lo depois de tanto tempo. Eu nunca entendi o motivo de você furtar aquelas pinturas *enusagis*.

– Eu nunca fiz aquilo, alguém plantou os artefatos. E eu sei quem foi – ele olhou de soslaio para Otsuchi, concentrado em vigiar a entrada do salão –, mas isto não interessa agora.

– O que aconteceu por aqui, coronel? – Blæk se aproximou, a frustração estampada no rosto mostrando que não estabelecera contato com a *Machu Picchu*. Crux suspirou antes de narrar como detectaram uma espécie de sistema de defesa no sítio; o ataque inesperado fizera o grupo se dispersar, perdendo-se no labirinto que era a construção *nifugkam*. Sozinha, ela explorara as ruínas até encontrar o Octomecano, para então ser atacada de novo e perdê-lo durante a fuga.

– E agora preciso recuperar o artefato.

– Não é recomendável procurarmos com a sentinela por aí. E com a tempestade a caminho, não teremos como retornar ao –

– Dediquei boa parte da minha carreira em busca do Octomecano e não vou desistir, capitã. Precisamos refazer meu caminho e... – A coronel olhou para o cabo Baskerville – ...de alguém que o rastreie.

Crux chamou o batedor e explicou a situação. De imediato, ele se colocou de cócoras, o focinho a centímetros do solo cheio de entulhos.

– Por aqui – declarou, seguindo em direção da porta pela qual a coronel viera.

6.

– Tem alguma coisa errada aqui.

Uma hora mais tarde e após cruzarem diversos cômodos em ruínas, o grupo caminhava em fila única por um estreito corredor subterrâneo, liderado por Baskerville e seguido por Crux, Mercuria, Blæk e Otsuchi. A coronel se virou para a capitã.

– Do que está falando?

– Meu traje não registra qualquer coisa desde o instante em que deixamos a câmara. O exoesqueleto de Baskerville não utiliza biodiário, mas e quanto aos de vocês?

O resto do esquadrão verificou os respectivos controles e concordou com a capitã.

– E as leituras dos sensores também não estão precisas, como se todos sofressem do mesmo defeito. Ou de alguma interferência. – Blæk engatilhou o rifle – Não gosto disso.

– Não importa. – Crux encolheu os ombros – Vamos avançar. Quanto mais cedo acharmos o Octomecano, mais rápido saímos daqui. Prossiga, cabo.

O grupo entrava numa câmara enorme. Crux observou o ambiente.

– Lembro-me de passar por aqui – A luz da lanterna mostrava

um pedaço do piso que desmoronara, deixando um poço escuro no lugar – Aquele buraco leva a um pavimento inferior e – Crux parou de falar quando o chão tremeu outra vez.

Mas agora o terremoto foi acompanhado por um som diferente – um estrondo como o de um trovão.

Ou o rugido de uma fera furiosa.

E a parede à esquerda dos fuzileiros explodiu em uma nuvem de pó. Detritos voaram pelo salão enquanto as lanternas se viravam na direção, iluminando um vulto no meio da poeira que baixava. A origem era *nifugkam*, não havia dúvida: torso triangular, quatro membros, um par de tentáculos, oito olhos distribuídos pelo crânio longo e com a mandíbula saliente feito um bico.

A semelhança acabava aí.

A sentinela media quatro metros de altura, o dobro de um *nifugkam* padrão. O corpo não era apenas envolvido por um traje de combate, similar ao usado pelos fuzileiros – carne e armadura eram uma coisa única, com o esterno e as costelas se destacando na superfície da pele-carapaça cinzenta e viscosa. As manoplas terminavam em três garras curvadas como foice; já os tentáculos tinham a extensão coberta por espinhos; a exceção eram as pontas dos apêndices, cada uma levando um dispositivo metálico ali implantado.

Os quatro pares de olhos amarelos se cravaram na equipe antes do bico enorme se partir e a criatura urrar, a língua felpuda se contorcendo, hálito embolorado espalhando-se pelo ar.

A sentinela avançou.

Capadócia Blæk e Gunther Otsuchi dispararam os rifles, ao mesmo tempo em que os trajes erguiam capacetes ao redor dos crânios. Mercuria viu as rajadas de energia atingirem em cheio o centro do tórax da criatura.

Ela continuou a se mover.

Aquelas armas não seriam o suficiente, Blæk concluiu.

– Atualizar para canhão – ela ordenou e os rifles de assalto zuniram, se desmantelando enquanto outras partes do traje se destacavam para dar forma a um canhão rotativo de oito canos e com capacidade de quinhentos disparos de energia por segundo.

Blæk e Otsuchi ergueram as novas armas. Os canhões giraram e as trevas na câmara foram tingidas por um brilho vermelho, ofuscando a visão. Mercuria sabia que, àquela distância, nada sobreviveria aos disparos.

Estava enganado: a criatura prosseguia como se nada tivesse acontecido, os tentáculos chicoteando o ar e se lançando na direção dos fuzileiros. Blæk, Crux, Baskerville e Mercuria saltaram para o lado, conseguindo se desviar.

A mesma sorte não teve Otsuchi. Um dos apêndices enlaçou seu torso, arrastando-o para perto da sentinela; o outro se enroscou em uma, duas, três voltas ao redor do capacete. Sob a forte pressão, fissuras se alastraram como se a superfície fosse a casca de um ovo e, com um estalo, o topo do traje se partiu em pequenos pedaços, mostrando a cabeça do fuzileiro.

O tentáculo então se desenrolou e a ponta metálica se abriu como uma flor – a diferença eram as pétalas de lâmina cortante, que giraram e se fecharam antes do apêndice penetrar a boca de Otsuchi.

O tenente se debateu, os membros se contorcendo em espasmos, conforme o tentáculo espinhoso descia garganta abaixo.

Capadócia Blæk se virou para o grupo:

– Saiam daqui!

Mercuria avançou para a saída, mas viu que Baskerville não se movera: Ursalyn Crux agarrara o ombro do exoesqueleto dele.

– Preciso que me ajudem a buscar o Octomecano. Isto é uma ordem – completou, ao ver a dúvida nos olhos do alteranimal. Este assentiu e acompanhou a coronel, que já pulava no poço escuro. Desarmado e sem alternativa, Mercuria fez o mesmo, descendo por um pequeno monte de entulho na sala abaixo.

– Eu sei que está aqui – Cruz disse, a lanterna iluminado o chão coberto de detritos, enquanto Baskerville farejava o lugar. De repente, o batedor apontou com a mão para um amontoado de lixo no canto:

– Ali.

A coronel se debruçou sobre o entulho, usando as mãos para escavar e sendo auxiliada por Baskerville e Mercuria.

– Acho que o encontrei – O xenoarqueólogo notou um brilho azulado entre a sujeira e tirou dela um octaedro.

– Finalmente! – Crux gritou, arrancando-o com um safanão das mãos de Mercuria – Depois de tantos anos, o Octomecano é nosso. Os *hadowes*, os *enusagis*, todos eles tentaram, mas só eu consegui achá-lo.

A luta continuava no piso acima, o som de berros e do sibilar de rajadas de energia chegando à sala. Mercuria não prestava atenção na batalha: ele se concentrava em desenvolver uma ideia que estalou na sua mente ao ouvir uma palavra.

Enusagis.

E quando chegou à conclusão, a sensação de pisar em areia movediça voltou com força.

– Como você sabia sobre os artefatos *enusagis* furtados? – ele disse e, vendo a confusão no rosto de Crux, explicou – Se meu julgamento foi secreto, como descobriu esse detalhe?

– Eu, hã, – O entusiasmo dela tinha desabado como as ruínas ao redor – eu escutei alguns comentários no Alto Comando.

– O segredo da corte marcial é absoluto – Mercuria se aproximou de Crux. Baskerville, ao lado da coronel, tinha as orelhas em pé, interessado na conversa – Só quero que me responda como soube.

Ursalyn Crux levantou a mão e a manopla do traje se transformou em uma pistola. Com um gesto rápido, apontou a arma para Baskerville e disparou. A rajada atingiu o torso do alteranimal, o impacto forte o bastante para jogá-lo no outro lado da sala e cair de costas em meio ao entulho, o rifle rolando para longe; em pane, o exoesqueleto se debatia como um inseto.

A coronel mirou no perplexo xenoarqueólogo.

– Por que fez isso? – Os olhos de Mercuria se estreitavam, sua mente lutando com o raciocínio que se desenhava na mente – Você teve algum envolvimento na minha prisão?

Os lábios dela se abriram em um sorriso.

– Eu sou uma agente da Concórdia, infiltrada nos fuzileiros com a missão de repassar informações e artefatos para a Legião. Mas quando as suspeitas do Alto Comando sobre um traidor aumentaram, precisei desviar o foco da investigação que começava a recair em mim.

Mercuria sentia como se afundasse em areia movediça até o queixo.

– E plantou as pinturas no meu quarto e fez a denúncia.

– Foi necessário. Sua pesquisa estava avançada e seria uma questão de tempo para conseguir o Octomecano. Sem a prisão, eu não estaria aqui segurando o segredo que dará vantagem imediata à Concórdia nesta guerra – ela sorriu. – O planejado era recuperar o artefato e entregá-lo aos legionários aqui. E para não ter testemunhas, eu deveria eliminar Zhen, Lara e o resto da equipe. Esta é a razão dos biodiários não funcionarem.

Ela mostrou um pequeno cilindro dentro de um compartimento do traje.

– Este dispositivo anula qualquer registro feito por eles e também interfere nos sensores. Assim, ninguém saberia da minha participação na morte do grupo e eu continuaria a espionar os fuzileiros até o dia da vitória total da Concórdia. Só não contávamos com a sentinela *nifugkam* para atrapalhar o plano. De qualquer maneira, não posso deixar testemunhas.

E ergueu a pistola para a cabeça de Mercuria.

Um clique metálico soou na sala.

Ursalyn Crux se virou na direção do ruído: Baskerville, agora livre do exoesqueleto inútil, saltava sobre a espiã. O rosnado do fuzileiro se misturou ao grito de Crux, com dentes enterrados no seu pescoço, até um brilho vermelho surgir entre os dois corpos e Baskerville desabar no chão com um ganido. A coronel engatilhou de novo a pistola e se voltou para Mercuria.

Apenas para vê-lo agarrar um bastão no meio do entulho, levantá-lo e abaixá-lo – com a força de quem jogava hóquei no gelo – no seu crânio.

Crux cambaleou, sangue jorrando de um corte na testa, e berrou – não somente pela dor, mas porque o Octomecano caíra de sua mão. Mercuria ergueu o bastão e se preparou para golpear a espiã mais uma vez.

E então a terra tremeu e o mundo começou a desmoronar debaixo dos seus pés.

O terremoto balançou a construção, desequilibrando os dois ex-amantes, pedaços do teto se soltando. Com um estalo, uma fissura desceu pela parede, crescendo e cruzando o solo entre eles, os separando por um profundo fosso.

– Não! – Crux gritou ao ver o Octomecano rolar pela rachadura. Com um pulo, ela se jogou para aparar o octaedro azulado.

Não conseguiu: o artefato caiu nas entranhas do Inferno.

A terra urrou de novo. A fenda se alargou, engolindo metade da sala, junto com a coronel. Caído, Mercuria viu o teto ceder para enterrar Ursalyn Crux sob toneladas de escombros.

O Inferno parou de gritar.

O silêncio era total. Após alguns segundos, o xenoarqueólogo escutou um gemido; Mercuria se levantou, apoiado no bastão, e foi até um canto do cômodo. Baskerville gania, a respiração fraca no tórax aberto pela rajada de energia.

– Aguente firme, soldado. – Ele disse, colocando-o com cuidado nos braços – Um fuzileiro nunca é deixado para trás.

A lanterna do traje iluminou uma porta desobstruída do outro lado da sala, mas Mercuria não teve tempo de alcança-la: o teto à frente desabou e uma figura enorme surgiu do meio da nuvem de pó.

A sentinela retorcia os tentáculos cobertos de espinhos, avançando na direção do xenoarqueólogo até se deter de repente, gemer e cair com um estrondo no solo.

Uma silhueta se desprendeu das costas da criatura. Capadócia Blæk se ergueu, sangue alienígena de um amarelo pútrido manchando os lábios; a mandíbula artificialmente estendida retornou com um estalo ao lugar, enquanto os caninos metálicos se retraíam. Mercuria estava certo desde o início: a militar era mesma uma excelente combatente a curta distância.

Afastando uma mecha de cabelos ruivos do rosto, a capitã notou a ausência de Ursalyn Crux e do Octomecano, observou Baskerville ferido e o xenoarqueólogo segurando o bastão sujo de sangue – na realidade, um dos apetrechos *nifugkams* de estimulação sexual.

– Espero que tenha uma boa explicação para tudo isso, Dr. Mercuria.

·•◈•·

Dantès Mercuria não tinha uma boa explicação para tudo aquilo. Ou, pelo menos, uma crível o suficiente, já que Crux e o Octomecano desapareceram nas ruínas do sítio arqueológico, devastado pelas lavas de um vulcão que entrou em erupção minutos depois dos três sobreviventes serem resgatados pela *Machu Picchu* – que, por sua vez, estivera ocupada em órbita com a nave dos Legionários, destruída após uma longa batalha.

Enquanto Baskerville era hospitalizado e Blæk relatava aos seus superiores o fracasso da missão, Mercuria voltou para Gólgota Sirius; sem o resgate do artefato, a pena não seria mais comutada. Da mesma forma, ninguém acreditou na nova alegação de inocência, culpando a condecorada coronel Ursalyn Crux – o traje de Mercuria não conseguira gravar a confissão da verdadeira criminosa.

O xenoarqueólogo estaria condenado a passar boa parte da sua vida na colônia penal, se não fosse pelo cabo Baskerville e graças à sua câmera de coleta de dados audiovisuais, que diferente dos biodiários, registrara todo o diálogo entre Crux e Mercuria.

Era o desfecho definitivo da missão.

Duas semanas mais tarde, Dantès Mercuria se encontrava à beira do mar em Petit Häiti, onde acabara de realizar uma oferenda a Agwe Bleu, o *lwha* das águas e protetor de pescadores e que, na versão marciana, também protegia aqueles que viajavam pela imensidão do espaço, tão profundo e misterioso quanto o oceano.

Agora inocentado e libertado, decidiu que continuaria a carreira de xenoarquéologo. Desta vez, não mais recebendo ordens da Armada Solar: depois de contatar o primo ovelha negra da família, Mercuria atuaria de forma independente, viajando ao lado dos Saqueadores para explorar as riquezas da galáxia.

Após muitos anos, Dantès Mercuria deixou um sorriso aflorar nos lábios, segurando um vinho da melhor safra de Lodi-Ribeiro numa mão e vendo a oferenda – um barquinho azul de velas brancas – navegar pelo oceano de Marte.

AS FILHAS DE CASSIOPEIA –
A OFENSIVA DRACONIANA
HUGO VERA

1.

Amadeos estava de olhos vidrados, boquiaberto diante dos dados preliminares recém-analisados da última incursão ao interior da cratera. As informações eram exibidas na fina e transparente tela de eletrocristal, no laboratório da nave arqueológica Albatroz, há mais de quatro meses na superfície de Mirzam VII. Seus colegas de expedição mostravam-se igualmente estarrecidos com a descoberta. Definitivamente aquele artefato provinha de uma avançada civilização milenar, que provavelmente há muito sucumbira por algum motivo ainda desconhecido.

— Mas isto é fantástico! — disse Amadeos, ainda com as mãos trêmulas. — Em todos os meus anos de exoarqueologia jamais havia me deparado com algo assim.

— Devemos informar nossas descobertas imediatamente — sugeriu Baffine, coçando seu cavanhaque enquanto analisava as informações. — A Liga pode ficar em apuros se isso cair em mãos erradas.

— Nas mãos dos draconianos, você quer dizer — disse Sariah, a única mulher do grupo. Baffine assentiu.

— Esqueceram que estamos explorando ilegalmente esse planeta? — resmungou Amadeos. — Não podemos avisar a Liga, ao menos não enquanto não concluirmos nosso trabalho. Primeiro temos que ter todas as informações em mãos, e depois decidiremos o que fazer.

— Não acredito que a Liga vá nos punir — falou Ferdinald, cruzando seus braços. — Quando tiverem em mãos o que descobrimos, não só nos perdoarão pela nossa falta, mas também nos agraciarão com medalhas de heroísmo!

Naquele instante, uma menina entrou no laboratório, trazendo consigo seu ursinho de pelúcia.

— Quando vamos voltar para casa, mamãe?

Os quatro arqueólogos interromperam a conversa, voltando sua atenção para a criança. Amadeos enrubesceu, cerrando os punhos e encarando Sariah.

— Já lhe pedi para que oriente sua filha a não mais entrar em nosso laboratório! Aqui não é lugar para crianças!

Sariah correu para junto de sua filha, pegando-a no colo. Com seus cinco anos de idade recém-completados, a pequena Myrvina era querida por todos, com exceção de Amadeos, cujo repúdio a qualquer tipo de criança já era bem conhecido por seus colegas.

— Em breve partiremos para casa — disse a mãe. — Mas enquanto não partimos, quero que você fique em sua cabine junto aos seus brinquedos.

— Mas eu quero brincar lá fora, mamãe!

— Já conversamos sobre isso. O sol está muito forte e os ventos levantando muita poeira. Isso não faria bem à sua saúde. Sendo assim, vá para seu quarto. Assim que terminar aqui eu me juntarei a você, tudo bem?

A menininha respondeu que sim com a cabeça, agarrando seu ursinho e voltando por onde tinha vindo.

Amadeos fitava a mulher, com suas sobrancelhas franzidas e torcendo o canto da boca, em uma expressão nada amistosa.

— Maldita hora em que concordei que você trouxesse sua filha nessa expedição!

— Já disse várias vezes que eu não tinha com quem deixá-la! — exaltou-se Sariah. — Desde que o pai dela morreu, somos somente ela e eu. Além disso, você disse que precisava muito dos meus serviços, me convencendo de que eu era a única que poderia ajudá-lo nessa expedição. Trazer minha filha junto foi a condição para eu vir, está lembrado? E creio que até o momento correspondi suas expectativas, não?

Ferdinald aproximou-se da arqueóloga, tocando-lhe o ombro.

— Não é hora de discutirmos — disse em tom apaziguador. — Temos que prosseguir com o trabalho. Não sei quanto a vocês, mas não me sinto a vontade em ficar neste planeta miserável por muito mais tempo. Esqueceram que segundo o Tratado de Tau Ceti, o sistema Mirzam agora pertence aos draconianos e não mais à Liga? Quanto antes terminarmos nosso trabalho, mais depressa poderemos partir.

Baffine concordou.

Invocado, Amadeos puxou sua calça para cima, ajeitando-a na cintura.

— Certo. Vocês venceram. Baffine, calibre os termossensores. Ferdinald, prepare nossos trajes e equipamentos. Vamos fazer uma nova incursão e colocar aqueles malditos robôs para trabalhar. Sariah, faça uma cópia desses dados e guarde-os como se fosse sua própria vida. Não podemos correr o risco de perdê-los em caso de avaria no computador.

Amadeos se retirou do laboratório acompanhado pelos outros dois homens. Enquanto isso, Sariah retirava de seu pescoço uma correntinha de ouro com o pingente cristalino que ornava seu colo. Era um MHD — *micro-holodrive* — dispositivo de dados em forma de joia, discreto e eficaz, muito utilizado naquele tempo. Com grande capacidade de armazenamento, podia ser levado a qualquer lugar, sem chamar atenção.

Sem demora, ela introduziu o pingente na fenda apropriada do console do computador, ordenando que o *backup* dos dados fosse processado. Poucos segundos depois, a cópia estava feita.

Terminado o procedimento, Sariah prendeu a correntinha de volta ao pescoço e dirigiu-se corredor afora ao encontro de Ferninald, para auxiliá-lo com os equipamentos.

2.

Prosseguindo com a escavação do artefato, centenas de robôs atuavam no interior da cratera, entre autômatos antropoides, robôs-escavadeiras e robôs-perfuratrizes. Inteligências artificiais comandadas de perto pelos arqueólogos que supervisionavam atentamente seus trabalhos, coordenando cada uma de suas ações.

O vento que antes soprava forte no exterior da nave parecia diminuir, deixando o tempo propício para uma nova caminhada na superfície inóspita daquele mundo. A distância entre a Albatroz e a borda da cratera não era grande, cerca de trinta metros, bem menos que a profundidade que os arqueólogos deveriam descer até o local da escavação.

No vestiário, Amadeos, Ferdinald e Baffine colocavam seus trajes de expedição. Sariah posicionava-se na cabine de comando, pronta para monitorá-los remotamente.

De repente, os sensores sinalizaram a presença de outra nave, pousando nas proximidades.

— Por Cassiopeia! Draconianos! — exclamou a mulher.

Imediatamente ela informou seus colegas através do intervisor, apenas ouvindo na sequência o choque de seus calçados contra o solo enquanto corriam pelos corredores da nave. Sariah abandonou a cabine de comando, encontrando-se com Amadeos no laboratório.

— Temos que apagar todos os dados! — falou o arqueólogo, acessando o computador, dando os comandos necessários para excluir as informações. — Não podemos deixar que eles tenham acesso aos dados da nossa descoberta. Fez a cópia que pedi?

— Está aqui comigo — disse ela, exibindo o pingente pendurado ao pescoço. — Mas de quê adiantará você apagar os dados do computador? Mesmo que escapemos, não poderemos levar o artefato conosco. E sendo assim, cedo ou tarde os arqueólogos deles terão conhecimento do que é aquilo, assim como nós.

— Sei disso, mas ao menos dificultaremos um pouco as coisas para eles caso tenham acesso ao nosso computador. Tentarei enviar um pedido de socorro à Liga. Não há alternativa, teremos que revelar nossa atual posição se quisermos auxílio. Teremos que torcer para que os nossos diplomatas salvem a nossa pele.

— Deixe que eu faça isso. Enviarei o alerta.

— Não! Vá cuidar de sua filha! E reze para que escapemos desta com vida.

Pela primeira vez, Amadeos pareceu realmente se preocupar com a menina, ganhando por um momento a admiração de Sariah. Sem hesitar, a mulher correu para os alojamentos em busca de sua filha. E ao chegar lá, encontrou Myrvina brincando com jogos tridimensionais, pulando no ar em meio a cogumelos multicoloridos, flores animadas e borboletas fosforescentes. A mãe interrompeu a brincadeira ajoelhando-se diante da filha, envolvendo-a em seu corpo, de tão pequena e magra que era. Beijou-lhe a testa, acariciando seus cabelos vermelhos.

Sariah pegou a filha no colo, levando-a consigo até um dos módulos de fuga. Abriu-o e colocou a menina no assento acolchoado, prendendo-a com o cinto de segurança. Como a maioria dos veículos espaciais, a Albatroz também possuía módulos de fuga para abandonar a nave em casos de emergência. No entanto, tais módulos eram utilizados somente no espaço, nunca em terra firme. Sariah calculou mentalmente que a força gravitacional de 1/4 do planeta permitiria que o impulso dos propulsores de fuga fosse suficiente não só para lançar Myrvina ao espaço, mas também para enviá-la além da órbita de Mirzam VII, onde ativaria os motores sub-luz e enviaria um sinal de socorro na frequência da Liga Interestelar. Com sorte, a menina se afastaria do sistema estelar e seria resgatada antes que pudesse ser encontrada pelos draconianos.

— Preste atenção, minha filha. Aconteça o que acontecer, saiba que eu te amo muito, viu? — Sariah retirou a correntinha, colocando-a no pescoço da filha. — Leve essa joia com você. Ela é muito importante. Todo o amor da mamãe está nela. Não a tire do pescoço em hipótese alguma, nem a entregue a ninguém, está bem?

A menininha concordou, balançando a cabeça. Sariah deu as últimas orientações, indicando o pequeno refrigerador no interior do módulo, com mantimentos suficientes para alimentar um adulto por quatro dias. Ela também mostrou o dispositivo que poderia ser utilizado como banheiro. Com dor no coração, a mulher se despediu da menina, deixando uma lágrima cair pela face.

— Por que você está chorando, mamãe? Aonde você vai? — indagava a menina, mas a mãe não respondeu, fechando a porta do módulo de fuga, esboçando um sorriso amarelo.

Sariah seguiu de volta pelo corredor. Seu coração batia acelerado, imaginando que a essa altura os draconianos já teriam desembarcado de sua nave e estariam se aproximando da Albatroz. Depressa, correu para a cabine de comando, acionando a sequência de lançamento do módulo de fuga. Deixou tudo preparado, mantendo sua mão próxima ao botão de ignição. Estes procedimentos poderiam ser realizados de dentro do próprio módulo, mas ela nunca os confiaria à sua filha. Myrvina era muito pequena para compreendê-los e mesmo que ela entendesse a real gravidade da situação, Sariah acreditava que sua filha pudesse hesitar, não agindo a tempo quando o momento certo chegasse.

Amadeos, Ferdinald e Baffine chegaram quase ao mesmo tempo à cabine de comando. O chefe da expedição acreditou que conseguiria fazer a Albatroz decolar antes da chegada dos inimigos, mas Ferdinald garantiu que os motores não seriam ativados a tempo para uma decolagem.

De repente, a Albatroz tremeu com o som de trovão. Os draconianos haviam explodido uma das portas de acesso e não tardariam a encontrá-los.

Os homens-lagartos entraram em bando pelo estreito corredor central da nave, empunhando seus rifles de plasma e percorrendo o curto caminho até o comando. Acuada, a tripulação levantou as mãos para o alto, aguardando as próximas instruções.

Os soldados draconianos abriram caminho para aquele que parecia ser o líder. Mais alto e truculento que os humanos, ele se aproximou com sua imponente armadura negra e polida, com detalhes prateados nas bordas. Seus olhos grandes exibiam a coloração rubídia típica daquela espécie, assim como as pupilas em finos riscos verticais, que somadas à pele verde-aspargo e cascuda, davam uma expressão animalesca ao inimigo.

— Vocês violaram nosso território! — rosnou o líder, esbaforindo pelas profundas narinas de seu focinho enrugado e exibindo grande boca com dentes grandes e pontiagudos. O alienígena falava um parco *Interestela*, porém perfeitamente compreensível.

— Não representamos ameaça para o Império Draconiano — interveio Amadeos, falando cautelosamente. — Nós já estamos de partida.

A grande cauda do líder draconiano bateu três ou quatro vezes no chão, evidenciando sua impaciência.

— Piratas... A escória da galáxia — disse ele, virando-se para seus subalternos.

— Não somos piratas! Somos arqueólogos! — gritou Sariah, em um súbito momento de desespero, chamando a atenção do líder draconiano. Ela só pensava na pequena Myrvina, encerrada no interior do módulo de fuga. Pressentindo o pior, certificou-se de que estava próxima o suficiente do painel de controle.

O draconiano encarou-a sem exibir qualquer expressão.

— Não importa o que vocês são, humana — e voltando-se para os soldados, disse: — Matem todos eles!

Não houve tempo para qualquer pedido de clemência. E antes de sentir as rajadas de plasma em si, Sariah baixou rapidamente sua mão, levando-a ao botão de ignição, dando início ao lançamento de Myrvina. Um forte estrondo pôde ser ouvido, abafando os gritos de agonia dos arqueólogos, enquanto o estremecer da Albatroz indicava uma partida bem sucedida. E antes de seu último suspiro, Sariah levou seus pensamentos à sua filha amada, desejando-lhe sorte em sua nova jornada.

3.

Nos arredores de Cidade Capital, encontrava-se o lendário Templo de Cassiopeia, situado ao topo do monte Achird. Fundado como uma academia de ciências, o Templo tornou-se o guardião do conhecimento e da sabedoria humana no decorrer dos séculos. O interior de suas muralhas de rocha e hiperaço protegia a sede da *doutrina cassiopista*, filosofia criada por Andrômeda Barnabari, uma jovem e bela cientista, morta durante a tomada do Templo pelos demônios de Aldebaran na Grande Guerra Galáctica, que culminou com a destruição da velha Terra há quinze séculos.

Um tenebroso período de crise havia se instalado nas antigas colônias espaciais, como consequência da perda do poder centralizador exercido pela Terra, dispersando a humanidade pelas estrelas.

Centenas de anos se passaram, e, graças ao árduo trabalho realizado pelos discípulos e seguidores de Andrômeda, uma nova doutrina foi disseminada, na promessa do reestabelecimento da paz galáctica. Desta forma, uma nova união de mundos foi possível. Terra Longínqua, a mais próspera e desenvolvida das antigas colônias terrestres, orbitando a estrela binária de Eta Cassiopeia, liderou o movimento que criaria a Liga Interestelar, reunindo não somente as colônias humanas, mas também atraindo para seu seio espécies estrangeiras, que tinham afinidade com os ideais da Liga.

Desde então, o Templo de Cassiopeia, cuja influência abraçava todos os seguimentos da nova sociedade interestelar, sempre estivera presente nas mais importantes decisões da Liga. Reunia seu já estabelecido clero na figura das assim chamadas "andrômedas", as sacerdotisas que defendiam os princípios da doutrina cassiopista, na eterna manutenção da paz galáctica, geração após geração.

Como de costume, as sete andrômedas — escolhidas segundo a tradição não só por sua inteligência e habilidades, mas também por sua beleza, inspirando-se nos dotes da lendária Andrômeda original — estavam reunidas na Câmara das Decisões, discutindo assuntos de grande relevância. Havia certa tensão no ar. Os nativos de Alpha Draconis novamente estavam na pauta de reunião.

— Não me agrada em nada a pressão desses reptiloides — resmungou Anilleya, enquanto observava o holograma tridimensional flutuar, transmutando-se em gráficos, textos e imagens projetadas do centro da grande mesa oval. — Nós estamos respeitando os termos do Tratado de Tau Ceti. Porém, precisamos de tempo para cumprí-lo. Será que eles não podem ser mais pacientes?

Ela trajava sua túnica vermelha de seda capelliana, levemente ajustada ao seu corpo curvilíneo, envolta de adornos dourados bordados às mangas, cintura e decote, tal como as demais sacerdotisas.

— A paciência não é uma das virtudes cultivadas pelos draconianos, irmã — Drâmia jogou os longos cabelos encaracolados para trás, ajeitando-se na cadeira. — Eles têm pressa em explorar as minas de dalimântium que *nós humanos* descobrimos.

— Os conflitos nos povoados de Vlasdávia estão aumentando a olhos vistos e parece que o Conselho tem ignorado isso solenemente — manifestou-se Adora. — Os colonos devem ser retirados logo, ou vocês já se esqueceram do massacre de ocorreu anos atrás em Mirzam VII?

— Eu nunca vou me esquecer do que aconteceu naquele planeta. — respondeu Anilleya secamente.

Diante daquela declaração, todas ficaram em silêncio, mal encarando umas as outras. Elas conheciam a história. Há quase uma década, Anilleya havia sido recém-ordenada sacerdotisa do Templo, integrando finalmente o seleto time das Filhas de Cassiopeia depois de oito anos de preparação. A nova andrômeda mal havia recebido as bênçãos no Altar das Graças, quando a notícia sobre a morte dos arqueólogos em Mirzam VII chegou retumbante ao salão cerimonial, logo ao término de sua posse. Não houve como não se abater ao saber das mortes de Sariah, sua única irmã biológica, e de sua sobrinha Myrvina.

— O tempo passou, mas ainda sentimos sua perda, irmã Anilleya. — disse Waleri, quebrando o curto silêncio e segurando a mão da companheira.

— As informações que recebemos são desanimadoras — disse Drâmia. — Muitos colonos recusam-se a deixar o planeta. Eles têm adquirido armas de contrabandistas ilegalmente e, ao que parece, estão dispostos a resistir aos draconianos

Pluara, a menor de todas, levantou-se indignada do seu assento:

— Isso é um absurdo! O que eles querem? Guerra?

— Provocar os draconianos é uma grande tolice — a jovem Síbyla fez um beicinho. — Mas o que o Templo poderá fazer que já não esteja sendo feito pelo Conselho Interestelar?

— Podemos enviar uma nova nota ao Conselho, manifestando nossa indignação com o atraso na desocupação de Vlasdávia e reforçando nossa preocupação com os milhares de cidadãos que vêm sendo ameaçados — falou Anilleya. — Ou, podemos tomar uma decisão mais radical, enviando uma de nós até Vlasdávia.

— Anilleya está certa! — apoiou Pluara. — A presença de uma andrômeda em Vlasdávia pode ajudar a convencer os colonos a abandonar o planeta.

— Isso não fará diferença alguma — manifestou-se Tharísia, que desde o início da reunião havia permanecido calada. Com seus 37 anos de idade, a bela morena era a mais velha daquela geração de andrômedas, e talvez a que tivesse a maior influência diante das demais. — Até que ponto esses colonos merecem nossa preocupação? São um bando de aventureiros, em busca de lucro e riqueza e que mal se importam com o que acontece ao resto da galáxia. Não creio que devamos arriscar o envio de uma de nós a uma região perigosa como aquela, onde a ameaça draconiana é uma constante e onde um ataque é iminente.

Waleri, Adora e Pluara ficaram indignadas. As três acreditavam que, independente de qualquer coisa, a Liga Interestelar deveria abraçar seus cidadãos onde quer que estivessem. Já as demais andrômedas não se manifestaram, embora Drâmia e Síbyla se afinassem claramente com o pensamento de Tharísia.

Percebendo a evidente divisão de opiniões, Anilleya interviu.

— Lembremos que é de orientação de nossa Mãe Cassiopeia que estejamos atentas às ameaças a paz galáctica. Se os draconianos estão colocando em risco os colonos de Vlasdávia, temos que defendê-los.

Tharísia riu em deboche, atraindo para si os olhares curiosos das outras sacerdotisas.

— Deixe-me ver se eu entendi: aqueles colonos desrespeitam as decisões do Tratado, provocam os draconianos e ainda temos que correr para defendê-los? Perdoem-me, irmãs, mas o Templo de Cassiopeia já fez o que deveria ter feito ao usar a nossa influência e diplomacia para firmar um acordo de paz com Alpha Draconis e demarcar de uma vez por todas a fronteira oriental da Liga Interestelar. Vlasdávia agora pertence aos draconianos e se os colonos não querem deixar o planeta por não aceitarem o Tratado, que eles sofram as consequências de suas decisões.

Naquele instante, Komara — a Mãe Cassiopeia — entrou na Câmara das Decisões. O silêncio das andrômedas foi sepulcral. Todas fizeram uma reverência enquanto a líder das sacerdotisas passava, exibindo sua imponência sob a túnica púrpura que trajava. Fios de cabelos grisalhos começavam a surgir em sua cabeleira volumosa cor de chocolate e seu olhar misterioso parecia sondar os pensamentos de cada uma das presentes. Ela tomou assento, entrelaçando os dedos das mãos sobre a mesa.

— Isso não é correto, Tharísia — repreendeu a Mãe, olhando para a morena ao seu lado sem alterar seu timbre de voz, sempre sereno e pacificador. — Como pode dizer isso? São cidadãos da Liga. Devemos zelar por suas almas também. Não podemos abandoná-los à própria sorte.

— Sinto muito, Mãe — Tharísia baixou o olhar. — O inconformismo dessa situação tomou conta das minhas emoções.

A líder sacerdotal segurou em sua mão, esboçando um singelo sorriso, olhando a seguir para as outras andrômedas.

— Anilleya tem razão quando diz que algo deve ser feito — disse, finalizando a discussão.

Tharísia se voltou para Anilleya, lançando-lhe um olhar gélido e rancoroso. A morena tinha ciúmes da companheira, embora fizesse de tudo para ocultar estes sentimentos. Ela acreditava que Anilleya havia tomado seu posto de "preferida" da Mãe Cassiopeia desde que viera de Sírius à Terra Longínqua. Embora a sábia líder sacerdotal nunca houvesse declarado preferência alguma por qualquer uma das suas sete andrômedas, sutis indícios pareciam sinalizar de sua parte um carinho maior pela andrômeda dos cabelos dourados em determinados momentos. E Tharísia enxergava isso como uma ameaça às suas pretensões de um dia substituir a velha Komara na liderança do Templo de Cassiopeia.

— Apesar de tudo, ainda insisto que Vlasdávia não deva ser nossa maior preocupação no momento — disse Tharísia para todas as sacerdotisas. — O Conselho Interestelar já está debruçado sobre este problema e tenho certeza de que eles encontrarão uma solução adequada.

— Eu não duvido da competência do Conselho — insistiu Anilleya. — Porém, acredito que a presença de uma andrômeda em Vlasdávia poderia ser o ponto chave para convencer de vez os colonos a partirem. A maioria deles segue a doutrina cassiopista. Temos que usar isso a nosso favor. Eles precisam ser orientados para que não nos causem novos problemas.

Tharísia levantou-se de seu assento, ajeitando sua túnica e abandonando sua posição à mesa. Em meio ao silêncio do ambiente, onde o quase inaudível zumbir do projetor holográfico mal era percebido, seus calçados chocavam-se contra o piso grafite e impecavelmente encerado, criando expectativa. Os olhares das andrômedas acompanhavam a cena intrigados com o ar impassível da morena.

— Eu discordo da sua posição — disse ela, acariciando os longos cabelos lisos e loiros de Anilleya, enquanto a encarava com indiferença. — Não podemos nos expor neste momento tão delicado. Se há um lugar que mereça a presença das andrômedas neste momento é Épsilon Eridani, que ameaça abandonar a Liga.

O diagrama daquele sistema estelar apareceu flutuando sobre a mesa, sobrepondo os gráficos luminosos de Vlasdávia. Irritada, Anilleya levantou-se, empinando seu narizinho e cruzando os braços.

— Proponho uma votação — disse ela para Komara. — Que as Filhas de Cassiopeia decidam sobre Vlasdávia.

Tharísia arqueou as sobrancelhas, mas não se intimidou com a proposta da irmã. Fez uma reverência e afastou-se da loira, retornando ao seu assento.

— Que as Filhas de Cassiopeia decidam — referendou Komara.

A votação foi rápida e aberta. Adora, Waleri e Pluara votaram a favor, erguendo suas mãos. Já Tharísia, Drâmia e Síbyla mostraram-se claramente contrárias à ideia. O voto decisivo caiu nas mãos de Anilleya, cuja opinião todas já sabiam.

Tendo seu ponto de vista derrotado, Tharísia voltou-se para Anilleya.

— Já que você acredita que precisamos enviar uma de nós à fronteira, por que você não se voluntaria? Creio que você é a andrômeda mais indicada para esta missão. Astuta, inteligente, perspicaz. Seus olhos seriam os nossos naquele *mundinho necessitado*. Em quem mais confiaríamos senão em você?

— Eu diria o mesmo de você, *querida irmã*. — rebateu a loira. — Mas não posso indicar alguém que foi contrária à decisão.

Houve um pequeno burburinho entre as demais sacerdotisas. Percebendo a polêmica instaurada, a Mãe Cassiopeia declarou:

— Não havendo outra voluntária para essa missão, referendo a partida de Anilleya em missão para Vlasdávia.

4.

A nave mercante rumava pelo hiperespaço para o sistema estelar Bellatrix, com destino à cidade espacial de Bukhanos, encravada em meio ao asteroide de mesmo nome. Mercadores eram sempre bem-vindos nos sistemas estelares distantes dos principais centros populacionais da galáxia. Ainda mais em Bukhanos, com sua economia amplamente sustentada pelo comércio.

Bob Gamal e Juan Savac já haviam feito a pré-venda de muitas de suas mercadorias através de contatos subetéricos realizados com antigos e tradicionais clientes. Escolher Bukhanos como local de entrega era uma opção necessária, afinal, o comércio de cyberdolls havia sido proibido pela Liga Interestelar há mais de 10 anos. Contudo, cyberdolls ainda rendiam algum lucro nos mundos distantes. Sucesso garantido, essas mulheres e homens artificiais eram programados para satisfazerem as mais imaginativas fantasias sexuais daqueles que os adquiriam. Boatos afirmavam que tais robôs humaniformes eram melhores na cama que a mais desenvolta das prostitutas, embora houvesse quem duvidasse disso. A curiosidade sem dúvida era um dos chamarizes responsáveis pelo sucesso do produto.

Savac passava pelos corredores de caixas empilhadas do andar inferior da nave, fazendo a última conferência nos lotes que seriam descarregados. Durante a checagem, em um canto obscuro do depósito, uma descoberta deixou o mercador desconsertado.

— Ei, Bob! Temos uma intrusa aqui embaixo! — gritou ele, pressionando o intercomunicador preso à cintura.

A jovem garota estava deitada sobre uma colcha remendada estendida no chão. Ao seu lado, uma trouxa com seus objetos pessoais. Ouvindo a movimentação, ela acordou assustada, percebendo a aproximação do mercador. Acuada, sentou-se encostada em uma pilha de caixas sem ter como escapar. Não parecia ter mais do que 15 anos de idade, e a julgar pela aparência, não devia tomar um bom banho há muitos dias.

Bob Gamal desceu as escadas correndo, ainda sem acreditar nas palavras de seu companheiro. Diante da constatação, sua pele pálida enrubesceu, brotando gotículas de suor em sua testa enquanto seu beiço tremia em indignação.

— O que você está fazendo aí, garota? De onde você veio?

Temerosa, ela olhava para os dois homens que a encaravam, mas não conseguia falar.

— Vamos! Responda! Ou quer ser atirada ao espaço?

— Quando vocês estavam em Ross 614 — disse ela gaguejando — ouvi vocês dizerem a um homem sobre a viagem que fariam para

Gliese. Achei que poderia pegar uma carona. Eu não podia mais ficar naquele mundo.

— Hummm... Acho que estou me lembrando dela — falou Savac ao colega. — É a garota que foi expulsa daquele bar. Ela estava pedindo um prato de comida, ou algo assim. Mas pelo visto não tinha como pagar.

Os olhos de Gamal pareciam faiscar.

— Isto aqui não é um albergue, mocinha! — disse ele. Embora de baixa estatura, sua carranca enrugada com sobrancelhas grossas e barba por fazer era bastante intimidadora.

— Acalme-se, Bob. — Em tom mais brando, Juan Savac encurvou seu corpo alto e magro, tentando intervir. — Não vê que é só uma menina? Como você se chama?

— Meu nome é Myrvina.

— E como você pensava sobreviver à viagem?

— Trouxe água. E também algumas frutas e pão luttariano. Ah, e tenho uma caixa de biscoitos de chocolate. Quer um?

Savac olhou para o interior da trouxa, balançando a cabeça em reprovação.

— Duas maçãs, uma banana e três pães velhos? E essa caixa de biscoitos? Não deve ter mais do que sete ou oito deles aqui. Isso aqui não irá alimentá-la até chegarmos a Gliese. Sua água também não durará tanto tempo assim. Além do mais, antes de Gliese, faremos uma parada de dois dias em Bukhanos.

Admirada com a notícia, Myrvina exibiu uma expressão de desânimo. Estava cansada, fraca e com fome, e não esperava que a viagem para Gliese fosse durar tanto.

— Onde está sua família? Por acaso está fugindo deles? Ou é alguma criminosa?

— Não sou criminosa e não tenho família.

— Oh, já sei. Você deve ser uma andarilha — debochou Gamal. — Sempre vagando pelo espaço sem um rumo definido, não? Afinal, de que mundo você veio, garota?

— Eu não sei dizer...

— Como assim não sabe? — Savac arqueou as sobrancelhas. — Oh, entendi. Você não quer nos falar, não é? Tudo bem... Veja, não podemos oferecer muito, afinal tudo aqui é racionado. Mas creio que possamos ceder alguma comida.

Bob Gamal arregalou o olhar, voltando-se furioso para o companheiro.

— Essa garota irá comer nossa comida? Oh, não. Isso não. Você sabe que o que temos já é bem pouco para termos que dividir com uma estranha.

— Não se preocupe, Bob. Ela pode ficar com a minha parte.

Myrvina esboçou um sorriso, agradecendo a gentileza, fazendo uma sutil reverência com a cabeça.

— Você é um idiota em dividir sua cota de alimento com ela — disse Gamal, indignado.

— Ora, não seja tão rabugento, Bob. Além disso, eu posso sobreviver alguns dias com metade da minha cota. Logo estaremos em Bukhanos e poderemos repor nossos mantimentos, tal como havíamos planejado.

Savac voltou-se para Myrvina e prosseguiu:

— Você precisa urgente de um banho também. Como pensava em chegar à Gliese sem ao menos uma ducha regular? Desse jeito você desembarcaria fedendo por lá, tão suja quanto um mendigo. Como pensava em se virar assim? Venha comigo e mostrarei onde você poderá se banhar. Providenciarei alguma roupa para você vestir. Sem dúvida entre essas caixas haverá alguma cyberdoll do seu tamanho que não se importará em ceder algumas de suas roupas.

— Oh, muito obrigada, senhor! — Os olhos verdes da garota brilharam radiantes. — Não sei como poderei lhe pagar todos esses favores.

— Em breve chegará o momento em que você saberá muito bem como fazer para nos pagar — disse Gamal, entredentes, dando um tapinha na nádega esquerda da jovem.

A dupla de mercadores trocou olhares silenciosos, e Myrvina não pôde deixar de notar o sutil sorriso que brotou dos lábios daqueles homens, que desenhavam o contorno do seu corpo com o movimento de seus olhos.

5.

Anilleya caminhava pelos jardins floridos do Templo, sob a luz dos dois sóis naquela manhã de primavera. Ela decidiu sentar-se em um dos bancos rústicos de pedra, diante do pequeno lago cristalino em forma de meia-lua, acionando o infocubo sobre a palma da sua mão.

O murmurar da cascata artificial disposta ao centro do lago

acariciava os ouvidos da andrômeda que, focando sua atenção ao aparelho, não percebeu a aproximação da pupila que vinha em sua direção desde os grandes arcos de marfim na entrada do Templo, caminhando pela estrada de lajotas pasteis entre as roseiras, exibindo seus cabelos negros soltos ao vento.

— Mandou me chamar, mestra?

A jovem Stjerne avizinhou-se timidamente, fazendo uma breve reverência, segurando o vestido alvo que quase tocava a grama do jardim.

— Sim, minha querida. Atrapalhei seus estudos?

— Não, mestra. Eu estava auxiliando as outras pupilas na sala de física ultraquântica.

Anilleya sorriu para a pupila, pedindo para que a moça se sentasse ao seu lado. Stjerne já trilhava há dois anos o longo caminho que percorreria para tornar-se uma missionária do Templo, ensinando e propagando a filosofia cassiopista. Aluna exemplar, talvez um dia, caso seu esforço fosse digno de merecimento, pudesse substituir alguma das atuais sacerdotisas quando estas chegassem à Idade da Transição e deixassem o sacerdócio para tornarem-se *venerandas* até o fim de suas vidas.

— Estou partindo para uma missão na fronteira. Irei para Vlasdávia, e quero que vá comigo — disse a andrômeda.

— Com você? Puxa, eu... eu... nem sei o que dizer! — Os olhos de Stjerne reluziram em felicidade. — Será uma honra acompanhá-la.

Anilleya estava certa de que Stjerne se tornaria uma ótima andrômeda no futuro e achava que já estava mais do que hora de colocá-la na ativa fora das muralhas do Templo, apesar dos seus recém-completados 17 anos de idade.

A andrômeda exibiu o objeto translúcido à aprendiza.

— Como sabe, a Liga Interestelar e o Império Draconiano travam disputa dos sistemas estelares da fronteira oriental desde o começo do século.

Naquele mesmo instante, o infocubo projetou o mapa galáctico, destacando a região de fronteira. Anilleya prosseguiu:

— Essas disputas nos levaram a conflitos em Flamaris e Dionédia. E isto nos obrigou a firmar o Tratado de Tau Ceti, que definiu nossas atuais fronteiras.

O infocubo projetava agora um globo azul-esverdeado.

— Este é Vlasdávia, no sistema estelar Régulus. Segundo o novo Tratado ele pertence agora ao Império Draconiano. Nossa presença junto aos colonos será fundamental para convencê-los a deixar aquele mundo, coisa que eles se recusam terminantemente a fazer. Posso contar com você nessa missão?

— Sim, claro que sim! — respondeu Stjerne eufórica.

— Ótimo! Quero que entre em contato com estes dois indivíduos — a andrômeda entregou o infocubo à pupila. O objeto relacionava os dados de dois militares, exibindo suas imagens em uma de suas laterais cristalinas:

Capitão Aldus Canárian — Com seus 41 anos recém-completados, era um dos mais eficientes homens da Armada Interestelar. Tinha experiência na pilotagem de caças espaciais e no comando de astronaves de batalha. Também era especialista em armamentos. Pessoa de confiança, condecorado várias vezes pela sua boa prestação de serviços, era fiel aos preceitos da Liga Interestelar e grande devoto da filosofia do Templo de Cassiopeia. Estes e outros atributos apresentados pelo infocubo eram mais que suficientes para que ele as auxiliasse na missão.

O outro, tenente Yeshk — Um veganiano tido por Canárian como o seu melhor homem, embora Yeshk fosse hermafrodita. Com experiência em armas e naves espaciais, havia feito várias missões na fronteira, conhecendo muito bem as estrelas da região.

— Diga para virem ao Templo e me procurarem com urgência — ordenou a andrômeda. — Nos reuniremos junto às demais andrômedas para discutir os detalhes desta missão. Quanto a você, o infocubo fornecerá maiores informações a respeito. Estude-o!

Stjerne assentiu fazendo uma reverência.

6.

Marconi caminhava pelas ruas estreitas de Bukhanos, vestindo sua usual jaqueta de couro sintético e chocando seus coturnos contra o solo. Desviando do vai-e-vem de pessoas, buscava pelos comerciantes com quem havia marcado um encontro de negócios.

A cidade espacial não era grande e sob suas cúpulas não havia grandes atrativos. No geral, predominavam os estabelecimentos comerciais, onde viajantes podiam fazer suas compras durante a breve estadia no local. Todos sabiam que quem visitava Bukhanos sempre estava em busca de novos negócios. Vendia-se, comprava-se e trocava-se todo e qualquer tipo de mercadoria, desde o mais simples parafuso até a mais moderna das grandes astronaves, das mais finas roupas da última moda aos mais variados alimentos transgênicos. Produtos livres de impostos, comercializados longe das autoridades da Liga Interestelar.

À bem da verdade, aquele pedaço de rocha, orbitando um sistema estelar sem qualquer interesse comercial ou estratégico, não fornecia motivos suficientes para que a Liga Interestelar focasse seus olhos naquele mísero e insignificante ponto no universo. E Marconi sabia que, em vista disso, a cidade espacial era constantemente frequentada pelos piores elementos do Quadrante: desde piratas espaciais, a contrabandistas, traficantes de armas e entorpecentes e até mafiosos, que quando não tratavam de negócios, divertiam-se nos bares, cassinos e bordéis locais.

Entretanto, Marconi não se intimidava. Era um hábil conhecedor das lendárias artes marciais da antiga Terra e seu próprio porte físico era intimidador. Alto, musculoso e de poucos sorrisos, aquele homem truculento ganhava o respeito da maioria apenas com o olhar. E como se não bastasse portava sua cromada KWP-33, sempre oculta sob a jaqueta.

Sentado à mesa, bebia uísque siriano enquanto aguardava seus contatos no popular Dungenous Bar. Observava as dançarinas kapuytianas se esfregarem nas gaiolas e postes de dança, exibindo-se em seus trajes sumários e provocativos. Viu a chegada de um grupo de eridanianos. Eram sete ao todo, provavelmente piratas. Marconi não os encarou. Não estava lá para buscar encrenca, embora tivesse certeza que em caso de briga quebraria facilmente os pescoços daqueles fora-da-lei.

— Sr. Marconi? — A voz surgiu por cima de seu ombro. — Desculpe-nos o atraso. Tivemos alguns contratempos no desembarque.

O homem truculento virou para encarar a dupla de mercadores. O mais alto dos dois continuou:

— Podemos nos sentar? Eu sou Juan Savac e este é o meu sócio Bob Gamal. Tal como combinamos, trouxemos um bom material para que possa escolher o que melhor lhe satisfizer.

— Afinal de contas, nossa alegria é dar prazer aos nossos clientes! — Disse Gamal com um sorriso débil. — Bem, não somos exatamente *nós* que daremos *o prazer*, mas... O senhor entendeu, não é mesmo?

— Sim, sim. Chega de conversa e vamos direto aos negócios.

Savac colocou o holocônico sobre a mesa e da ponta superior

do pequeno aparelho foi projetada a imagem holográfica tridimensional que exibia todo o catálogo virtual e interativo de produtos, fazendo-os flutuar poucos centímetros acima.

— Temos humanoides de todos os tipos — esclareceu Savac. — Loiras, morenas, ruivas, mulatas, negras, altas, baixas, com seios pequenos, médios e grandes, quadris largos e estreitos. Temos inclusive taucetianas, ou mesmo kapuytianas, se preferir. Nossa coleção de modelos masculinos também está disponível, com o tamanho de pênis que desejar. Temos também...

A apresentação de Savac chamou a atenção dos frequentadores do Dungenous, que esticavam seus pescoços curiosos com o que ocorria naquela mesa. Todos sempre estavam atentos a tudo em Bukhanos, qualquer coisa poderia significar uma ótima oportunidade de negócio. E as proibidas cyberdolls eram algo que sempre chamava atenção.

Os olhos sobre seus ombros e o burburinho gerado incomodaram profundamente o grandalhão, especialmente ao sentir a aproximação de um dos piratas eridanianos.

— Muito bom, muito bom — disse o humanoide esguio, de pele amarelo-limão e bandana azul turquesa cingindo a cabeça ovalada. — Divertir-se com uma dessas na solidão da noite interestelar deve ser fascinante, não? Gostaríamos de conhecer seus produtos, caros mercadores.

Nesse momento, os outros eridanianos aproximaram-se por trás daquele que parecia ser o chefe do bando. Não possuíam uma expressão amistosa.

— Seria um prazer apresentar-lhes o nosso catálogo, caro senhor — disse Gamal, engolindo seco. — Assim que terminarmos nossa negociação com o cavalheiro aqui.

— Estamos com pressa, mercador — chiou o líder eridaniano. — Deve nos dar prioridade no atendimento.

Os mercadores entreolharam-se incomodados, consultando-se silenciosamente com o olhar, enquanto buscavam uma saída diplomática adequada para escapar daquela situação constrangedora. Quando Savac resolveu manifestar-se, Burk Marconi levantou-se da cadeira, encarando o eridaniano de frente.

— Creio que devem esperar a vez de vocês.

A montanha de músculos intimidou o eridaniano, mas só por poucos instantes. Seguro do apoio de seus comparsas, o líder rangeu os finos dentes arredondados, enquanto levava suas mãos esqueléticas ao coldre onde jazia uma pistola eletroneurônica.

— Sua valentia irá lhe custar a sua própria vida, humano idiota.

E antes que o humanoide pudesse sacar sua arma, Marconi desferiu um soco certeiro no queixo protuberante daquele ser, atirando-o ao solo. Os outros comparsas, surpresos com a rápida ação do humano, sacaram suas armas, mas não tiveram tempo de utilizá-las. Marconi retirara de sua jaqueta sua KWP-33, disparando sem pestanejar, atingindo três dos piratas. O pânico tomou conta do bar, fazendo seus frequentadores esconderem-se debaixo das mesas e atrás do balcão. Alguns mais espertos fugiram pela saída de emergência, saindo sem pagar suas contas.

Entre mesas derrubadas e copos estilhaçados ao chão, Marconi esquivou-se de uma das descargas eletroneurônicas emitidas pela arma de um deles, girando seu corpo e golpeando seu ofensor com o coturno no meio do estômago. Em seguida, deu uma cotovelada no eridaniano que correu para acertá-lo por trás.

Savac e Gamal estavam trêmulos, ocultos sob a mesa. O baixinho buscou sob o blusão sua pistola de raios. Sempre a trazia consigo, prevendo situações como aquela. Contudo, antes que pudesse agir, Marconi já havia eliminado outros dois com os microexplosores da sua KWP-33. De pé, restava apenas o chefe dos piratas eridanianos, humilhado pela derrota e com as mãos erguidas ao alto.

— Pegue sua nave e suma daqui antes que eu o parta no meio! — ameaçou Marconi, segurando o oponente pelo colarinho.

Abatido, o pirata abandonou o local, não antes de jurar vingança. Aos poucos, os clientes do Dungenous voltavam às suas mesas, aliviados por terem sobrevivido a mais uma das frequentes discussões que o bar costumeiramente presenciava.

— Quero ver as mercadorias pessoalmente — disse Marconi, bebendo em uma só golada o resto de seu uísque ainda sobre a mesa.

Gamal e Savac entreolharam-se.

— Claro, claro. Como quiser, senhor. — disse o baixinho. — Como já disse, estamos aqui para atendê-lo. Pelo visto o senhor procura um modelo especial, não? Uma alpha-centauriana, talvez?

Marconi não respondeu. Intimidados, os mercadores recolheram o holocônico e guiaram o grandalhão à nave mercante, atracada no espaçoporto da cidade.

7.

Após descer do transporte, Anilleya e Stjerne entraram pela área de embarque restrita do espaçoporto de Terra Longínqua. A pupila ainda não havia se acostumado a ver sua mentora sem a tradicional túnica vermelha. Vestia um traje *collant* inteiriço e preto, que as andrômedas utilizavam em missões espaciais, e que possuía lindos desenhos estilizados em vermelho aos ombros, colo e braços, descendo até a altura dos punhos, trazendo também o brasão do Templo de Cassiopeia ao lado esquerdo do peito. Por ajustar-se em todo seu corpo, a vestimenta realçava ainda mais seus atributos físicos, tão admirados pelos homens e tão invejados pelas mulheres que por elas passavam. Na altura de seus 36 anos, Anilleya estava em sua melhor forma. E não era para menos; um de seus rituais matinais era cuidar religiosamente de seu condicionamento físico.

Stjerne sonhava um dia ser tão bela quanto sua mentora, e se o universo conspirasse a seu favor, utilizaria em missão um traje como aquele, e não o *collant* azul e grafite destinado às pupilas. Seus pensamentos desanuviaram-se quando Anilleya chamou sua atenção, indicando a presença de Canárian logo adiante, frente ao hangar onde estava estacionada a nave que as levaria a Vlasdávia.

A pupila notou que a andrômeda abriu um largo sorriso ao ir de encontro ao capitão, dando um abraço mais que fraterno naquele homem. Parecia ser algo mais íntimo, envolvendo um forte sentimento. Tentou conter o sorriso que teimou em surgir no canto de sua boca.

Aldus Canárian era um homem muito bonito. Seu ar galanteador e voz empostada davam-lhe certo charme. Alto e forte, de pele bronzeada e cabelos castanhos penteados para o lado, seus olhos escuros pareciam ter sua atenção totalmente voltada aos movimentos da bela andrômeda, mal notando a presença da pupila, mesmo quando esta fora apresentada.

— É bom revê-lo, Aldus.

— A recíproca é verdadeira, Ani.

Yeshk recebeu as mulheres a bordo da Cartagena, balbuciando com sua pequena boca palavras de boas-vindas em idioma veganiano, enquanto o par de antenas que saia de suas têmporas balançava fora de sincronia para frente e para trás. Stjerne tomou a iniciativa de cumprimentar o tenente, sentindo a suavidade daquela delicada mão de quatro dedos finos e compridos, todos desprovidos de unhas.

— Espero que o Templo esteja certo na decisão de não convocar um número maior de naves para escoltá-la — disse o capitão à andrômeda. — Esses mundos da fronteira oriental não são flor que se cheire, Ani. Você sabe muito bem disso. Piratas espaciais estão sempre à espreita. E se existe uma ameaça draconiana, deveríamos levar conosco belonaves da Armada, e não somente esta insignificante corveta espacial.

— Você sempre preocupado com tudo, não? Minha visita à Vlasdávia tem caráter assistencial, Aldus. Levar uma frota de belonaves conosco não seria interessante, pois poderíamos ser mal interpretadas caso os draconianos estejam nos monitorando à distância. Não queremos que pensem que é uma provocação. Temos que evitar atritos, se quisermos evitar uma nova guerra galáctica.

Canárian não mudou sua opinião, mas respeitou o ponto de vista de sua velha amiga.

Após as realizações dos procedimentos de partida, não tardou para que a Cartagena decolasse rumo ao espaço, tendo seu casco flagelado pelos raios solares da binária Eta Cassiopeia enquanto abandonava Terra Longínqua, preparando-se para o salto hiperespacial.

8.

Sozinha, Myrvina aproveitou a ausência dos seus anfitriões para caminhar livremente pelas dependências da nave mercante. Embora ela tivesse manifestado o desejo de desembarcar, eles a convenceram a ficar no interior do veículo espacial, sob a alegação de que Bukhanos era uma cidade perigosa demais para uma jovem como ela. Trancada por fora, Myrvina não reclamou.

Ela sabia que após as refeições que havia recebido, o banho e o alojamento cedido para que descansasse com maior conforto, muito em breve aqueles homens a cobrariam por tudo aquilo. Sendo assim, deixá-la escapar seria um péssimo negócio. Eram mercadores de fronteira, e ela já conhecia gente como aquela. Por trás das palavras melosas de Savac, e da mudança de comportamento do grosseiro Gamal – agora tratando-a com mais gentileza – não precisava ser muito inteligente para saber o que lhe seria cobrado pela viagem até Gliese.

Sentia-se um tanto vulgar ao vestir as novas roupas cedidas

pelos mercadores. Trajava um vestido justo, cujo comprimento não chegava à metade de suas coxas e que, além de valorizar seus quadris, exibia inteiramente suas costas e destacava seus seios em um convidativo decote. Mesmo sabendo que as roupas "doadas" pelas cyberdolls eram as únicas disponíveis, a impressão que tinha é que aqueles homens queriam prepará-la visualmente para o que viria depois. Embora estivesse conformada com a situação, a ideia de tê-los mais tarde entre suas pernas a enojava.

Em vista disso, a garota desceu até o depósito, no intuito de abrir algumas das caixas das cyberdolls, buscando outra roupa pudesse ser menos ousada e a qual se sentisse melhor em vestir. Entretanto, enquanto vasculhava as dezenas de caixas, foi flagrada pelos mercadores que acabavam de chegar junto a um desconhecido.

— Ei, menina! O que está fazendo aí? — questionou Gamal desconfiado. — Quem autorizou abrir essas caixas?

Marconi aproximou-se junto aos mercadores, encarando a jovem com um olhar misterioso. Assustada, Myrvina mal conseguia falar.

— Bob, leve a menina para o alojamento — indicou Savac. — Precisamos atender nosso cliente.

Sem pensar duas vezes, Gamal pegou Myrvina pelo braço que, mesmo protestando, na tentativa de explicar-se, foi arrastada escadaria acima deixando Savac e Marconi sozinhos no depósito.

— Peço desculpas pelo imprevisto. — disse Savac. — Mas não se preocupe, mostrarei as melhores cyberdolls que temos, e sem dúvida o senhor ficará encantado!

— Aquela garota... —interrompeu Marconi, pensativo. — Ela é amante de algum de vocês?

— Ela? — Juan Savac riu em deboche. — Não, claro que não. Ela é só uma clandestina a bordo. Uma andarilha. Nós entramos em acordo e vamos levá-la para Gliese. Ela quer recomeçar sua vida por lá. Mas, por que pergunta?

— Ela é bem bonitinha, não? Peitinhos apontando aos céus, bundinha empinada, coxas grossas e carinha de anjo... Quanto vocês querem por ela?

— Pela garota? — Savac engoliu seco. — Está querendo comprar a garota?

— Ora, não se faça de tolo. Ninguém transporta uma andarilha se não tiver outro interesse por trás. Sei muito bem como elas se espalham pelo Quadrante, em busca de uma nova vida, seja indo para as Minas de Kalinna ou para as plantações de Myraxanie, ou até aos pastos de Gourlínea. E ouvi dizer que os bordéis de Gliese estão repletos de belas andarilhas que migraram para lá em busca de trabalho. Por acaso estão negociando a garota para algum puteiro daquele planeta?

— Bem... Nós apenas estávamos...

— Vamos, homem! Não precisa dar desculpas esfarrapadas. Sou um lobo do espaço e sei muito bem como funcionam as coisas. Diga logo seu preço! Tenho certeza que posso pagar por ela mais do que o mais luxuoso bordel de Gliese.

Juan Savac estava atônito. Para ele, vender humanoides artificiais, mesmo que ilegalmente, não era problema algum. No entanto, nunca havia comercializado gente de verdade. Aquilo não parecia ser ético. Porém, ficou imaginando quanto poderia obter em troca daquela jovem garota perdida.

— Preciso antes conversar com meu sócio. Mas creio que podemos fazer um bom negócio, por um preço justo.

9.

Para Stjerne, sua primeira viagem interestelar a serviço do Templo era mais do que ela esperava. Sentia-se animada a fazer de tudo para cumprir seus deveres da melhor forma, com o intuito de não decepcionar Anilleya.

Logo no primeiro dia procurou inteirar-se de tudo que podia na Cartagena, desde o sistema de navegação, ao suporte de vida, passando pelo sistema de reciclagem de dejetos e o controle de armas.

Ficava na ponte de comando junto a Yeshk, auxiliando-o sentada diante do painel de comando. A jovem divertia-se ao conversar com o veganiano, não só pelo seu sotaque sibilante ao falar *Interestela,* mas também pelas histórias das suas aventuras na Armada, as mais ousadas e absurdas possíveis. Se ela não soubesse da tradição e cultura dos veganianos que os impediam de mentir, facilmente taxaria as narrativas como autênticas histórias de pescador.

Enquanto isso, Anilleya caminhava pelos corredores fazendo um breve reconhecimento da nave, sendo frequentemente reverenciada pela tripulação. Após a passagem da andrômeda, homens admiravam sua beleza, sussurrando entre si comentários que muitas vezes beiravam a lascívia. Enquanto isso, mulheres se aproximavam para cumprimentá-la, hipnotizadas com seu andar superior. Alguns dos tripulantes eram mais exagerados, quase se ajoelhando ao piso durante sua transição pelos setores.

Apesar de estar acostumada com aquele tipo de reação, a sacerdotisa não gostava de tamanha adoração, fazendo questão de esclarecer que ela era apenas uma pessoa comum como qualquer outra ali, independente da posição que ocupava. Contudo, era difícil tirar da cultura popular a aura de misticismo em torno das belas Filhas de Cassiopeia, as fundadoras da Liga Interestelar, guias científicas e espirituais e mentoras de toda a humanidade unida, entre outros títulos a elas atribuídos.

Tentando deixar de lado sua vida sacerdotal, ao menos por enquanto, finalmente ela pôde ter alguns momentos íntimos no camarote do capitão, em um jantar a dois onde pôde conversar mais a vontade com seu velho amigo, sem a interferência dos demais.

As horas passaram, e a tranquila viagem pelas estrelas permitiu ao casal uma noite de amor sem interrupções. Exaurida após o clímax da segunda transa, a andrômeda estava deitada de lado na cama, envolta em lençóis sedosos que pareciam acariciar seu corpo nu. Anilleya era abraçada por trás por Aldus Canárian, sentindo seu calor enquanto deixava o sono lentamente tomar conta de si, satisfeita por estar mais uma vez junto dele.

10.

— Acorde, mocinha. Acorde! — disse o homem truculento, dando tapinhas no rosto de Myrvina, em uma tentativa frustrada de ser delicado com aquela grande e calejada mão.

A garota despertou lentamente, percebendo-se deitada em uma modesto leito.

— Onde estou? — desorientada, ela sentou-se à cama, olhando para aquele que a observava sentado ao seu lado. — Você é aquele homem...

— Sou Burk Marconi, seu *novo dono*. Eu a comprei daqueles vendedores de cyberdolls.

— Novo dono? Comprou? Espere um momento, como vim parar nessa cama?

— Você foi dopada pelos mercadores antes que a entregassem a mim. Acho que julgaram que você não concordaria com a negociação.

— Mas é claro que eu não concordaria! Quem eles pensam que eu sou? Uma daquelas prostitutas cibernéticas que eles vendem a qualquer um? — Ela fez uma pausa, engolindo seco. Voltou-se para aquele homem e disse: — Você e eu... Nós fizemos...

— Se nós transamos? — Marconi a encarou seriamente, contraindo os lábios. De repente, explodiu em gargalhada, dando um tapinha no joelho da garota, que olhou assustada sem entender. — Você até que é bem jeitosinha, moça. Mas, não. Não transamos.

— Não entendo. Pensei que tinha dito que havia me comprado.

— Sim, mas não para esses fins, e sim para libertá-la das garras daqueles dois idiotas. Creio que foi um bom investimento. — Marconi retirou do bolso interno de sua jaqueta um cartão de identificação, exibindo à moça. — Sou um agente da Inteligência. Você está a bordo da minha nave particular, o Estrela Perdida. Tenho monitorado seus passos há algum tempo, mocinha, desde que soube da sua existência. A última notícia que tive a seu respeito foi sua entrada no espaçoporto de Ross 614. Depois disso, perdi seus passos. Imaginei que tivesse partido em alguma das naves que deixaram o planeta naquele dia. Difícil foi identificar em qual delas.

— E porque você tem me perseguido? Olha, se você é algum tipo de tarado eu...

— Não, menina. Não é nada disso — Marconi riu, divertindo-se com a expressão preocupada da garota. — É uma longa história. Explicarei no caminho para Terra Longínqua, está bem? Apenas confie em mim.

11.

A lágrima solitária que escorria pela face não negava seus sentimentos. Ainda estava estarrecida em saber da verdade revelada pelo rápido exame a que fora submetida. Em poucos minutos, aquele homem conseguiu mudar a sua vida e não sabia o que dizer nem o que fazer diante de tal constatação. Apenas preferiu se recolher em um canto qualquer e meditar. Myrvina estava sozinha, sentada na cabine de comando do Estrela Perdida, contemplando as estrelas na janela panorâmica. Ela suspirou, sentida.

O agente havia se mostrado um cavalheiro ao optar dormir em um leito pequeno e estreito demais para seu tamanho no alojamento secundário. Era a primeira vez que um homem, estando sozinho com ela, se recusava a tê-la junto a si sobre uma cama.

Isso ganhou a admiração da garota, que passou a enxergá-lo com outros olhos. Burk Marconi era um homem de beleza rude, mas mesmo assim atraente. Os olhos eram cor-de-mel, seus cabelos castanhos e curtos, sempre espetados em gel, e sua barba por fazer. Meditando sobre isso, Myrvina concluiu que não se importaria se aquele homem, que aparentava ser uns 20 anos mais velho, quisesse transar com ela. Sentindo-se atraída pelo brutamonte, quase lamentou o fato disso não ter acontecido, quando teve seus pensamentos desanuviados ao observar o ponto cintilante no monitor do painel adiante. Olhou para a janela a sua frente e, entre as estrelas, não conseguiu enxergar o que os sensores já identificavam: um veículo espacial se aproximava.

Os caracteres luminosos da tela indicaram a procedência da nave. Constatando a informação, um arrepio tomou conta de todo corpo da garota, que mal conseguiu se levantar do assento. A única coisa que conseguiu fazer foi gritar.

— Mas que diabo está acontecendo por aqui? — indagou Marconi, que tendo acordado assustado com o grito da menina, saiu do alojamento às pressas, correndo pelo pequeno e estreito corredor até a cabine. Ele apareceu diante dela com a cara amassada de sono e trajando apenas uma cueca boxer. Myrvina teria admirado os atributos físicos do agente, se não estivesse assustada o suficiente para isso.

— Draconianos! — foi a única coisa que ela conseguiu dizer, apontando para o monitor.

Imediatamente, Marconi tirou a garota de sua frente, tomando assento. Uma nova sondagem constatou o fato: era uma belonave. A maior que já havia visto.

— O que esses desgraçados estão fazendo em nosso território?

Os instrumentos indicavam que os draconianos estavam realizando uma sondagem à distância. Não era um bom sinal. O mau pressentimento se confirmou quando o computador de bordo constatou a aceleração daquele monstruoso veículo, indicando uma aproximação cada vez maior.

— O que faremos? — questionou Myrvina, beirando o pânico.

— Acalme-se. Faremos uma manobra evasiva e cairemos fora daqui.

Ele acessou o mapa galáctico pelo computador de bordo, procurando por mundos amigos próximos, os quais pudessem se refugiar. Porém, não havia muitas opções. As colônias humanas estavam a dezenas de parsecs de distância, e mesmo os mundos estrangeiros membros da Liga estavam a dias de viagem. Myrvina sugeriu que retornassem para Bukhanos, mas já estavam distantes demais para darem meia-volta.

Analisando todas as possibilidades, encontrou no mapa um possível destino.

— Talvez seja nossa única chance.

Myrvina acompanhava apreensiva a briga de Marconi com os instrumentos do painel de controle. As mãos grandes daquele homem pressionavam botões e deslizavam por painéis cristalinos sensíveis ao toque, em movimentos frenéticos e descompassados, sem qualquer lógica aparente, enquanto os monitores continuavam a indicar a aproximação gradual do inimigo.

Marconi olhou para a garota de pé ao seu lado e sentiu compaixão. Estendeu sua mão a ela, apertando-a com delicadeza.

— Nós ficaremos bem. Acredite!

Ele sabia que suas palavras mansas não seriam suficientes para acalmá-la, mesmo assim julgou conveniente tentar. Marconi acessou o computador de bordo e preparou um registro de sua viagem, anexando gravações e o resultado do exame laboratorial feito em Myrvina. Enviou todas as informações à Central de Inteligência em Terra Longínqua, com orientações expressas de que deveriam ser repassadas ao Templo de Cassiopeia. Preferiria entregar os dados analisados pessoalmente, mas não podia se dar ao luxo de reter informação. Não naquele momento.

— Segure-se firme, moça!

Os propulsores superluminais foram acionados a toda potência. Marconi havia programado o computador de bordo para executar diversos saltos hiperespaciais, cada um levando a nave para um ponto aleatório da galáxia, de modo a despistar a belonave inimiga.

— Não estou mais vendo os lagartos nos sensores. — disse Marconi. — Acho que conseguimos enganá-los.

A nave havia se desviado mais de 50 parsecs de sua rota original durante a fuga. No monitor, a estrela Régulus aparecia em um gráfico luminoso, com seu atípico formato ovalado e exibindo as órbitas dos seus dezoito planetas. Marconi traçou o curso para o planeta número cinco, colocando a nave em piloto automático.

— Vlasdávia não é exatamente nossa melhor opção de fuga — disse o agente, girando seu assento em direção da garota. — Mas pelo menos lá poderemos conseguir apoio de algumas naves da Liga para nos escoltar até Terra Longínqua.

A viagem até Vlasdávia durou apenas algumas horas. Marconi tentou sem sucesso contatar as naves da Liga Interestelar que acreditava ainda estarem em órbita, ou mesmo na superfície planetária. Acessando o painel de controle, verificou que os instrumentos de sondagem não identificavam a presença nenhum veículo espacial. Sua expressão de desânimo foi evidente.

— Estamos com problemas? — perguntou Myrvina, encolhendo-se no canto da cabine de comando.

— Eles não estão mais aqui. Acho que chegamos tarde demais — Marconi juntou as mãos como se fosse fazer uma prece, colocando os cotovelos sobre o tampo do painel e encostando as pontas dos dedos nos lábios. Cerrou os olhos e suspirou, buscando em sua mente o próximo passo a ser dado.

— E o que faremos?

— Pelo visto, todos foram embora, mas as instalações construídas pelos colonos ainda permanecem. Talvez possamos passar alguns dias na superfície antes de partirmos. Se os draconianos ainda estiverem atrás de nós, Vlasdávia seria o último mundo onde nos procurariam. Ao menos por enquanto, já que eles começarão a ocupação do planeta somente no próximo mês, tal como acordado no Tratado de Tau Ceti. Mas até lá, já teremos partido de volta à Terra Longínqua em segurança. Vamos descer ao planeta e esperar.

12.

Após o último dentre as dezenas de saltos hiperespaciais realizados na viagem, a Cartagena finalmente se aproximava de Régulus V, ou Vlasdávia, como era conhecido. O disco luminoso azul-esverdeado do planeta aos poucos tomava conta dos monitores da ponte, exibindo as finas nuvens alvas que o cortavam horizontalmente em formas irregulares.

A tripulação comemorou a viagem bem sucedida, tendo a alegria interrompida pelo alerta dado pelo veganiano.

— Não consigo contato com a colônia, capitão. Sem resposta. — As antenas de Yeshk envergavam para frente, demonstrando impaciência. — O sinal está limpo, sem quaisquer interferências que pudessem bloquear a comunicação. Não há uma única faixa de frequência em atividade no momento.

— E onde estão as naves da Liga que deveriam estar em órbita do planeta? — questionou Stjerne frente ao painel de controle, sentada ao lado do tenente. — Elas não deveriam aparecer em nossos sensores?

— Sim. A menos que estejam orbitando o lado noturno do planeta neste exato momento.

De repente, um lampejo de ideia fez a andrômeda dirigir-se ao veganiano.

— Rápido! Faça uma sondagem em busca de formas de vida no planeta. Configure os sensores para buscar somente o padrão humano, separando-o das formas de vida nativas.

Yeshk atendeu. Alguns momentos de expectativa e por fim, a resposta: nenhuma forma de vida encontrada.

— Isto é impossível! — exclamou o capitão. — Como podem mais de quinze mil indivíduos desaparecerem assim? Aonde iriam?

— Talvez eles finalmente tenham decidido abandonar o planeta — disse Stjerne, querendo participar da conversa. — Isso justificaria o fato de não termos conseguido contato com as naves da Liga. Talvez elas já tenham partido, levando consigo os colonos, não?

— Não, isso não. — O capitão cruzou os braços, visualizando os dados apresentados no monitor. — Mesmo que os colonos tivessem decidido de última hora abandonar o planeta, a evacuação total demoraria alguns dias. Nós ainda encontraríamos as naves em órbita. E mesmo que tivessem evacuado todos os colonos antes de chegarmos, o comando da Armada teria nos avisado para que não viajássemos até aqui inutilmente.

Após um breve silêncio na ponte, Stjerne sugeriu ao capitão:

— Sendo assim, talvez os colonos estejam todos lá embaixo ainda. Quem sabe a essa distância os instrumentos não estejam sondando incorretamente a superfície planetária?

— Não creio. Esta é uma das melhores corvetas da Armada e seus instrumentos de sondagem são de última geração. Teríamos identificado alguma coisa — afirmou Canárian. — Alguma variação atmosférica? Sinais de radiação?

— Traços de radiação, mas a esta distância é difícil precisar melhor — relatou Yeshk. — Espere! Os instrumentos acabam de sinalizar a presença de uma pequena nave não identificada.

O capitão cruzou os braços, visualizando a andrômeda que o fitava logo ao lado, com as mãos à cintura. E pelo olhar, ela sabia o que ele tinha em mente.

— Só nos resta uma opção — disse Canárian. — Vamos pousar e investigar.

13.

Os poucos povoados estabelecidos no planeta se concentravam na região equatorial, onde a temperatura sempre amena não passava dos 16 °C. Com sua pressão atmosférica baixa, vegetação rasteira e espécies de animais nativos de pouca relevância, o único atrativo de Vlasdávia eram mesmo suas minas de dalimântium, o raro mineral de propriedades radioativas, tão apreciado na galáxia. Todavia, a radiação identificada na superfície não tinha origem nas jazidas de dalimântium no subsolo.

Anilleya e Stjerne caminhavam por um dos povoados localizado próximo a área de pouso da Cartagena, enquanto a brilhante Régulus banhava suas costas com os raios do entardecer, descendo vagarosamente rumo às montanhas a oeste. Elas trajavam seus escafandros antirradiação, devidamente ajustados em seus corpos, permitindo boa flexibilidade, embora ainda dificultassem consideravelmente seus movimentos.

Acompanhadas pelo capitão Canárian e o tenente Yeshk, juntamente a outros quatro soldados. Todos estavam armados com fuzis microexplosores e comunicavam-se pelo rádio de seus capacetes, observando curiosos através do visor transparente algumas peças de vestuário masculino e feminino espalhadas pelo chão. Calças, camisas, vestidos, roupas íntimas, levemente sujas por uma estranha poeira cinza que parecia tomar conta das calçadas e ruas desertas.

Olhando a volta constataram os sobrados e casas vazias. Somado ao silêncio reinante, só quebrado pelo som do vento e das portas entreabertas que rangiam, davam um ar fantasmagórico ao pequeno povoado. Vitrines de estabelecimentos comerciais estavam estilhaçadas e girocarros estavam estacionados de qualquer maneira, não respeitando as normas usuais de trânsito.

— A nave desconhecida encontra-se do outro lado do povoado — informou Yeshk. — Meus sensores não indicaram nenhum tipo de movimentação ainda.

Empunhando o infocubo, Anilleya apontava-o para todas as direções enquanto o aparelho fazia a sondagem do ambiente. Ela preferia utilizá-lo, aos instrumentos de seu escafandro. O objeto sinalizava que os níveis de radiação variavam, indicando claros sinais de radiação ionizante. Com base nas informações coletadas, a andrômeda já concluía o que havia acontecido por ali.

— Foi uma bomba de hipernêutrons — esclareceu a sacerdotisa. — Deve ter explodido nas proximidades do povoado. Os hipernêutrons emitem feixes de partículas nucleares de alta potência, que não só danificam o material genético dos seres vivos, mas também destroem completamente as moléculas orgânicas. Isso explica o pó que encontramos por toda parte e as roupas espalhadas pelo chão.

— Então foram desintegrados? E assim resolvemos o problema do desaparecimento dos colonos de Vlasdávia... — falou Sjerne, levantando o pé direito e observando a marca da pegada que sua bota deixara sobre a fina poeira cinzenta — Na verdade, estivemos pisando sobre eles desde o início.

— Milhares de vidas — balbuciou o veganiano, sensibilizado. — Todas perdidas!

— Malditos draconianos! — protestou Canárian. — Tínhamos até o final do mês para desocupar o planeta! Como puderam fazer isso?

— Eles foram bem engenhosos — observou a andrômeda. — Ao usarem os hipernêutrons, preservaram todas as instalações construídas pelos colonos, já que os feixes de partículas não afetam aquilo que é inorgânico. Com as casas e as estruturas das minas de dalimântium intactas, os draconianos poderão reaproveitar tudo aquilo que foi implantado por aqui, assim que a radiação baixar.

— Uma engenhosidade mórbida — lamentou Yeshk. — Temos que informar o comando da Armada, capitão.

— Não antes de descobrirmos que nave é aquela. Se tudo nas redondezas foi vaporizado, então quero saber o que eles ainda fazem por aqui.

Saindo pela outra extremidade do povoado, seguiram rumo à nave desconhecida, em meio ao terreno tomado por um gramado rasteiro e ervas nativas, permeado de formações rochosas que pareciam brotar da terra. Logo, avistaram o veículo espacial além de uma elevação do terreno, pousado sobre uma planície de pedregulhos, próximo ao riacho que abastecia o povoado.

— Capitão! Estou recebendo um alerta de aproximação — Yeshk visualizava as informações dos sensores de seu traje no visor de seu capacete em holografias bidimensionais a um palmo de seus olhos. — Está a poucos metros de nós.

Aldus Canárian olhou preocupado para Anilleya. Estava determinado a protegê-la do que quer que fosse e lamentava profundamente ter confiado na andrômeda quando esta refutou a ideia de solicitar reforços para aquela missão.

Fazendo sinal para o tenente e os outros soldados, empunhou seu fuzil microexplosor, indicando que as mulheres ficassem logo atrás. Imediatamente, Yeshk tomou posição, cobrindo a retaguarda.

Anilleya não deixou por menos. Seu treinamento em armas na época em que ainda era uma simples pupila não poderia ter sido em vão. Colocando-se a postos, sacou do cinturão sua TKS, uma pistola de raios prateada e pequena, porém eficiente.

Stjerne estava assustada, mas buscava se acalmar. Logo em sua primeira missão já se deparava com uma situação de perigo iminente. Não era exatamente como imaginava que seria, mas pensou que, se tudo terminasse bem, teria muitas histórias para contar às outras pupilas.

Estavam agora a vinte metros da nave, escondidos atrás de algumas das rochas que circundavam o local, protegendo-se de possíveis ameaças e atentos a qualquer movimento.

— Fiz contato com a Cartagena, enviando imagens desta nave — disse Yeshk. — O computador confirmou que é um veículo fabricado na Liga Interestelar, mas de procedência desconhecida.

— A nave pertence à Central de Inteligência — disse a voz rouca, imediatamente captada pelo comunicador interno do capacete do tenente. Os demais também escutaram a transmissão.

— Quem está aí? — indagou o capitão Canárian olhando para os lados, mas sem nada encontrar. Tenso, tinha seu dedo indicador sobre o gatilho do fuzil pronto para agir. Bastava-lhe uma única e suave pressão.

Uma sombra apareceu por detrás de uma das rochas, revelando por fim a presença do estranho, que também caminhava sob a proteção de um escafandro antirradiação. Ele exibia a sua KWP-33, apontada para o chão.

— Quieto! Não se aproxime! — ordenou o capitão. — Largue sua arma e identifique-se.

Os soldados apontaram suas armas para o homem desconhecido que parou, levando seu olhar à sacerdotisa, reconhecendo-a sob o visor.

— Ani... Só podia ser você. Veio me salvar?

— Burk! — exclamou a andrômeda, colocando a pistola de volta ao cinturão e correndo na direção daquele homem.

Anilleya deu um abraço um tanto desajeitado em Marconi, pois o escafandro não permitiu que o contato fosse maior. O choque dos capacetes foi inevitável.

Canárian aproximou-se da andrômeda, sem perder o oponente de vista.

— Conhece esse homem?

A andrômeda soltou seus braços, voltando-se ao capitão. Mas antes que pudesse responder, Marconi esclareceu a dúvida.

— Meu nome é Burk Marconi, agente da Inteligência categoria alfa-zero, em viagem para Terra Longínqua.

— Terra Longínqua? — indagou Yeshk logo atrás, balançando suas antenas em sinal de desconfiança enquanto se aproximava. — Você está bem longe do seu destino, meu rapaz.

— O que você faz aqui? — perguntou Anilleya afobada. — Pensei que nunca mais o veria.

— Você tentou se livrar de mim uma vez, Ani, mas Burk Marconi não é um homem fácil de eliminar. — O agente deu uma breve gargalhada, incomodando o capitão que não o perdia de vista. Percebendo que era o único a rir por ali, Marconi se recompôs, voltando-se para a andrômeda.

— Não estava nos meus planos encontrá-la justamente agora, mas sim em Terra Longínqua. Porém, já que o destino assim o quis, eu tenho algo a lhe dizer.

A andrômeda torceu o nariz. Sem pensar, ela pegou o agente pelo braço, puxando-o consigo a passos apertados, afastando-se consideravelmente do grupo.

— Destino? — questionou ela sussurrando. — Depois de tudo que você fez? Você esteve me seguindo todo esse tempo? O que você está esperando de mim?

— Pensei que tivesse ficado feliz em me ver.

— E fiquei! Mas mesmo assim não posso me esquecer de tudo o que você fez e...

— Ani, por que você está cochichando?

Naquele momento, Anilleya percebeu que mesmo se distanciando dos demais, todos poderiam ouvi-la pelo rádio. Sua pele enrubesceu a olhos vistos, mesmo sob o visor do capacete. Sem palavras para prosseguir, mal conseguiu encarar o capitão que a observava naquele instante em uma silenciosa busca por explicações.

— Eu não estava seguindo você! — defendeu-se Marconi, quebrando todo o constrangimento. — Mas de certa forma tudo o que eu estava fazendo era *por você!* Talvez você nunca me perdoe pelas coisas que fiz, e não é seu perdão que estou buscando, mas sim minha própria redenção. Se um dia eu lhe fiz mal, hoje quero lhe fazer o bem. Por isso, estive nesses últimos anos viajando por toda a galáxia, em uma investigação paralela ao meu trabalho na Inteligência. E hoje, posso dizer, olhando para seus olhos, que *eu a encontrei*, Ani. Eu a encontrei *para você!*

14.

Anilleya aguardava junto aos demais na ponte de comando. Buscava inutilmente manter a serenidade, na vã tentativa de conter a ansiedade que insistia em tomar conta de si. Com certa relutância, ela havia aceitando a sugestão do capitão para que o encontro fosse realizado a bordo da Cartagena. Canárian imaginou que, para uma ocasião como aquela, seria melhor para a andrômeda estar mais a vontade, livre do escafandro antirradiação e na segurança do interior da corveta espacial. Afinal, não podiam esquecer que Vlasdávia havia sido atacada pelos draconianos, e portanto, qualquer exposição demasiada na superfície do planeta poderia ser perigosa.

Burk Marconi também comprou a ideia, e assim pôde preparar o espírito de Myrvina que não esperava que tal encontro fosse acontecer tão cedo. A bordo da Cartagena, e após passar pela câmara de descontaminação, Myrvina, sempre acompanhada de Marconi, foi direcionada por dois tripulantes à ponte. Seu coração palpitava acelerado e as mãos transpiravam.

Quando a garota ruiva viu a andrômeda diante de si, não teve outra reação a não ser deixar as lágrimas caírem. Estática, ela observava aquela linda mulher se aproximar com seu andar altivo e seus olhos em um azul faiscante, tal como lembrava que eram os de sua mãe.

— Está tudo bem, querida — disse Anilleya, segurando as duas mãos da sobrinha. — Você não está mais só.

Myrvina não se conteve e abraçou a sacerdotisa em um pranto

doído. As lágrimas também vieram para Anilleya, que não só retribuía o abraço, mas também afagava os finos cabelos vermelhos da garota, um pouco mais baixa que ela, beijando-lhe a testa.

Logo ao fundo, os demais acompanhavam a cena, igualmente emocionados. Yeshk lamentava não poder chorar tal como via Stjerne fazê-lo ao presenciar o encontro. Os veganianos não possuíam glândulas lacrimais, porém o tenente exibia toda sua sensibilidade com as antenas abaixadas, quase tocando suas têmporas salientes, permitindo-se ouvir um ronronar gutural, muito semelhante ao dos felinos.

Enquanto tia e sobrinha conversavam, Canárian aproximou-se discretamente do agente da Inteligência, medindo-o com o olhar. O capitão ainda desconfiava das reais intenções daquele homem e embora não reconhecesse, deixava transparecer claramente o ciúme que sentia arder dentro de si.

— Sr. Marconi... Disse que estava em missão para Terra Longínqua, mas, ao que parece, seguiu um caminho totalmente oposto em sua viagem. Afinal, por que veio à Vlasdávia?

— Era o mundo mais próximo onde eu poderia buscar ajuda — respondeu Marconi desinteressado.

— Problemas com sua nave?

— Antes fosse. Encontrei pelo caminho uma belonave draconiana e tive que fugir às pressas. Quando cheguei a Vlasdávia, deparei-me com o mesmo cenário que vocês; um povoado desértico, sem ninguém que pudesse me ajudar. Explorei todo o terreno e nada encontrei, até que captei suas transmissões de rádio.

Anilleya se aproximou dos dois, trazendo Myrvina consigo.

— Precisamos sair do planeta e retornar com urgência à Terra Longínqua — disse ela, acariciando a mão da sobrinha. — Não restam dúvidas de que os draconianos estão declarando guerra à Liga Interestelar.

O capitão concordou.

— Iniciarei os preparativos para decolagem.

— Ei! E a minha nave? — indagou Marconi. — Não posso simplesmente abandoná-la por aqui.

— Você virá conosco — respondeu o capitão, em tom impositivo. — Estará mais seguro na Cartagena. Sua nave ficará protegida dentro de nosso hangar.

15.

Vlasdávia era um singelo quanto-minguante deixado para trás enquanto a Cartagena ganhava velocidade saindo da órbita do planeta.

Alheia aos procedimentos de partida na ponte, Anilleya estava em seu alojamento, sentada à cama junto a Myrvina. Ter a sobrinha há muito desaparecida diante de si era como trazer sua irmã de volta à vida. Seus traços eram muito parecidos aos de Sariah, com a boca pequena e o característico furinho no queixo, marca registrada da família. A diferença mais evidente ficava para as sardas no rosto e os cabelos ruivos, que sem dúvida puxaram a genética do pai, já que Sariah tinha os cabelos loiros assim como os da andrômeda. O mesmo para os olhos, que embora o formato se assemelhasse aos da mãe, tinham cor de esmeralda, contrastando com o azul celeste que Sariah e Anilleya compartilhavam.

Myrvina usava agora um *collant* cedido por Stjerne, aproveitando que as duas jovens tinham aproximadamente a mesma estrutura física, embora os quadris da ruiva fossem mais largos e os seios um pouco mais volumosos.

— Ver você com esta roupa me dá certo orgulho, sabia? — Anilleya encarava-a fixamente nos olhos, encantada com a presença da sobrinha. — Quem sabe um dia você não queira dedicar sua vida ao Templo assim como eu fiz? Sua mãe sempre implicou comigo pela minha escolha, mas posso lhe dizer que não me arrependo disso.

— Seria uma honra seguir os seus passos, tia.

— Tia? — Anilleya riu. — Sabe de uma coisa? É muito engraçado ouvi-la me chamando assim.

Aproveitando a privacidade cedida pelo resto da tripulação, Anilleya dedicou algumas horas de conversa com a sobrinha, querendo saber tudo o que havia acontecido desde seu desaparecimento.

— Disseram na época que não houve sobreviventes ao massacre. Para mim é um milagre você estar aqui.

Myrvina explicou que se lembrava pouco dos últimos instantes vividos com sua mãe. Disse apenas que se recordava de seu rosto observando-a além do espesso vidro de proteção do módulo de fuga, momentos antes dele ser ejetado às estrelas.

Quanto ao seu desaparecimento, relatou aquilo que havia escutado de Marconi.

— Burk me explicou que durante uma investigação de rotina que fazia na fronteira, ele encontrou por acaso registros antigos sobre o meu resgate. Ele disse que o que chamou sua atenção foi o fato de eu ter sido encontrada a pouco menos de um parsec de Mirzam. Daí em diante, ele deduziu que eu pudesse ter alguma ligação com o massacre ocorrido naquele planeta, e ao calcular minha idade e cruzar informações, ele teve esperanças que eu pudesse ser a sobrinha da andrômeda Anilleya. Ele estava certo.

— E quem a resgatou?

— Uma nave kremikkoviana, que transportava turistas ao planeta florestal de Tramauri. Ao que parece eles captaram o sinal de socorro e me resgataram. Pelo menos é o que Burk concluiu diante das informações que ele teve acesso. Ainda me lembro da expressão daqueles seres estranhos. Eu nunca havia visto um kremikkoviano na vida, com seus implantes cibernéticos ao corpo. Aquilo me assustava e eu só lembro que chorava muito e sentia falta da minha mãe.

— Ao menos você teve sorte de não ter sido pega pelos draconianos.

— Mas bem que eles tentaram, tia. Lembro do capitão da nave ordenando ações evasivas aos berros, enquanto a tripulação tentava acalmar os turistas em meio ao ataque draconiano. Os lagartos também haviam seguido o meu sinal. Muitos morreram no ataque e a nave ficou à deriva, aguardando o golpe final que acabaria com tudo. Felizmente, uma nave de patrulha da Armada, que também havia captado o sinal de socorro, apareceu para nos salvar. Pelo que me lembro, a batalha entre os patrulheiros e os draconianos não foi longa, e terminou com a destruição dos lagartos e o salvamento dos poucos turistas que restaram. Entre eles, eu.

— E quando a patrulha a salvou, eles não conseguiram identifica-la através dos dados do seu módulo de fuga? Sem dúvida havia informações indicando sua procedência, não? Como puderam ser tão displicentes ao relatar que todos haviam morrido em Mirzam, sendo que você estava viva?

— Burk me disse que as informações que teve acesso indicavam que a nave kremikkoviana havia sofrido graves avarias e o computador de bordo teve seus registros corrompidos. Se o capitão daquela nave realmente registrou a procedência do meu módulo de fuga, essa informação se perdeu no ataque draconiano. Burk me disse que o próprio módulo de fuga não aparece no relatório gerado pela patrulha. Ele disse que provavelmente foi destruído no ataque, assim como grande parte da nave de turismo que se perdeu no espaço. Parece que os poucos sobreviventes resgatados eram turistas comuns, mas nenhum deles humano. Sendo assim, ninguém sabia explicar exatamente de onde eu havia surgido, alguns mal falavam o *Interestela*. No final, fui tida como uma completa desconhecida, cuja origem era indeterminada, sem família e sem destino. A única coisa que eu sabia era o meu próprio nome.

Myrvina relatou ainda que ao retornarem de sua missão, os patrulheiros a entregaram ao conselho tutelar de Prócyon, que a encaminhou para o orfanato local.

— Foram anos terríveis. Você não imagina o que passei para sobreviver às feras daquele lugar.

— Muito me admira você falar isso. Sempre ouvi dizer que o sistema educacional de Prócyon era um dos melhores de toda a Liga.

— Estudar era a única coisa boa que eu fazia por lá. De resto, eu era sempre motivo de chacota e alvo de insultos das outras crianças. Chamaram-me de "amiga dos dragões" após saberem da história do resgate e apanhei muito nas muitas brigas em que estive envolvida, mas não por minha vontade, juro! Porém, depois de tantas confusões, eu já estava farta daquele lugar. Decidi fugir para nunca mais voltar para lá. Eu queria na verdade era encontrar minha mãe, pois eu não admitia que ela pudesse estar morta. Se eu havia sobrevivido, por que ela também não?

Anilleya ouvia atentamente a história da sobrinha, e algumas vezes não conteve as expressões de admiração e espanto, ou mesmo os olhos cheios de lágrima que insistiam em brotar nos pontos críticos da narrativa. Em especial aos anos seguintes, onde Myrvina havia migrado de planeta em planeta, buscando sobreviver, sempre escondida em cargueiros espaciais ou pegando carona com contrabandistas, muitas vezes usando sua jovialidade e seu corpo esbelto como moeda de troca, saciando os desejos sexuais de homens e mulheres.Chegou a fazer trabalhos ilegais aqui e ali, e até realizou pequenos furtos, tendo fugido várias vezes da polícia quando era descoberta. Myrvina envergonhava-se de tudo isso, mas mesmo assim relatou detalhadamente cada fato que recordava.

Compadecida com tudo, Anilleya abraçou-a com ternura, jurando que nunca a abandonaria. Ao encarar a sobrinha de frente, não pôde deixar de comentar sobre a pequena joia que ela possuía ao pescoço, a qual havia notado desde o primeiro momento em que a vira. Imaginou que fosse um presente de alguém, talvez um comerciante com quem houvesse deitado, ou produto de algum furto que tivesse realizado.

Questionada, Myrvina esclareceu que havia sido um presente de sua mãe, a única lembrança que tinha daquela que havia salvado sua vida. Falou também que por muitas vezes tentaram tirar-lhe a correntinha, relatando que o pingente havia sido o motivo de muitas das brigas que enfrentou dentro e fora do orfanato.

Olhando a beleza judiada da sobrinha, imaginou que por muitas vezes ela havia preferido entregar seu corpo em troca de um prato de comida a trocar a joia por dinheiro ou algo de valor que bancasse seu sustento. Admirada com a determinação da garota em proteger tal objeto, a andrômeda fez menção de tocá-lo, mas recuou.

— Posso vê-lo de perto? — disse ela, apontando ao pingente.

Myrvina concordou com certa relutância, desatando o fecho da correntinha e entregando a joia na mão da sacerdotisa. Anilleya olhou interessada para o pingente, segurando-o com o polegar e o indicador, observando-o contra a luz fluorescente do teto.

— Sua mãe disse a você o que realmente era esse objeto quando lhe entregou?

— Disse apenas que era importante, e para que eu não o entregasse a ninguém. É um simples adorno, não?

— Não exatamente. Você nunca se perguntou o motivo dela não querer que você entregasse isso a outras pessoas?

Myrvina encolheu os ombros, sinalizando que não com a cabeça. A andrômeda esclareceu:

— Isto aqui é um tipo de MHD. Sua mãe deve ter armazenado aqui informações muito importantes que talvez não quisesse que caísse nas mãos de estranhos. Sariah era uma importante exoarqueóloga e vivia explorando os mais variados mundos da galáxia em busca de artefatos valiosos de civilizações antigas.

— Acha que contém alguma importante descoberta da minha mãe?

— É o que parece. Ele deve estar protegido com algum tipo de senha. Se você não se importar, minha pupila poderia extrair o conteúdo armazenado nesse pingente, se é que há mesmo algo guardado aí dentro. Stjerne é boa nisso. Fique tranquila, ela não o danificará. E caso se trate de alguma descoberta relevante, talvez fosse interessante divulgarmos aos meios científicos, dando os devidos créditos à Sariah. Sem dúvida seria uma homenagem póstuma que nós poderíamos fazer à memória da minha querida irmã, e sua amada mãe.

Myrvina titubeou, mas por fim concordou. E pela primeira vez em uma década, a garota tinha seu pescoço livre do peso de um importante segredo que ela mesma desconhecia.

16.

Na ponte de comando, Stjerne tentava extrair o conteúdo do pingente. Embora jovem, ela tinha uma bagagem grande de conhecimento quanto a todo tipo de tecnologia que se pudesse supor. Para ela, decifrar o enigma de um MHD em forma de joia não seria trabalho algum, se comparado a outras tarefas que já havia realizado na Academia de Ciências do Templo de Cassiopeia.

O pingente foi inserido em um leitor holográfico, irradiando na tela cristalina do painel de controle as informações do único arquivo nele contido. Estava criptografado, decepcionando Myrvina que acompanhava o procedimento ao lado da pupila.

— É um código cifrado, não é? Você consegue mesmo decodificá-lo?

Stjerne lançou seus olhinhos puxados à ruiva, sentindo-se excitada com o desafio.

— Claro que sim. Vou quebrar esse código já!

Com o auxílio do computador de bordo, Stjerne lançou os comandos necessários, tomando o devido cuidado para não corromper o arquivo. Sabia que aquele nível de criptografia estava vinculado a um programa de autoproteção, onde a primeira tentativa de violação danificaria o conteúdo sem qualquer possibilidade de restauração.

A andrômeda também aguardava pela resposta próxima das garotas, acomodada em um dos assentos da ponte. Confiante de que Stjerne teria sucesso, ignorava o processo, levando seu olhar sereno para Burk Marconi, que do outro lado da ponte conversava com o capitão Canárian, discutindo sobre a possibilidade de guerra entre as duas maiores potências do Quadrante. Ela não conseguia definir o que estava sentindo dentro de si. Ao observar Marconi, via-o com admiração e enorme gratidão por ter trazido sua sobrinha de volta para si. Sabia que ainda precisava ter uma séria conversa em particular com aquele que um dia havia roubado-lhe o coração, e que em seguida a decepcionara profundamente. Mas além da gratidão e da admiração pelo ato realizado, ter Marconi novamente diante de si após tantos anos trazia-lhe recordações que mexiam muito consigo.

Ele não havia mudado muito. Estava mais velho, e um pouco mais forte, porém continuava com aquela beleza rude a qual Anilleya tanto se encantou no passado. Era estranho vê-lo conversar com Aldus Canárian, o seu novo e não declarado amor. O capitão era um homem sério e dedicado, um perfeito cavalheiro e grande soldado da Armada Interestelar. Talvez o homem mais bonito que ela já havia encontrado. Sabia tratá-la com carinho e elegância, e era um excepcional amante. Frente aquela situação, por um momento a andrômeda não soube dizer o que sentia, perdendo-se em seus pensamentos, dividida entre o passado e o presente.

— Consegui! — comemorou Stjerne.

A pupila enviou os dados descriptografados à tela principal da ponte a pedido da andrômeda, com a devida autorização do capitão. Instantes depois, todos podiam finalmente visualizar o conteúdo do pingente.

Myrvina não conseguiu entendê-lo por completo. À bem da verdade, ela não conseguiu entender nada. Os termos eram técnicos demais para sua compreensão e diante disso sentiu-se envergonhada, pois percebia que faltava-lhe o conhecimento necessário. Pela primeira vez na vida lamentou não ter continuado seus estudos.

Diferente da garota, os demais pareciam impressionados com o que viam.

— Por Cassiopeia! — exclamou a pupila. — Se isso for verdade...

— Isso *é* verdade — murmurou a andrômeda, levantando-se do assento e caminhando para junto das duas jovens. — Mas poderia não ser, pelo bem de todos nós.

Marconi mordeu o lábio inferior, sentindo-se pela primeira vez impotente diante de uma crise. Ele que sempre se vangloriou por sua valentia e por sua criatividade em encontrar soluções, viu o quão insignificante era diante de tal revelação.

— Você disse que estas informações possuem dez anos? — questionou Canárian à andrômeda, já sabendo da resposta. Ele continuou: — Muitas coisas podem ter acontecido neste período de tempo, principalmente se os draconianos localizaram o artefato. Devemos informar o Conselho Interestelar.

Anilleya suspirou. Seu semblante preocupado fez Myrvina

estremecer. Julgou-se culpada por algo que mal compreendia, acreditando que, se tivesse entregado seu pingente antes a alguma autoridade, talvez toda aquela situação pudesse ter sido evitada há muito tempo.

— Aldus, preciso de sua ajuda.

— Tudo o que quiser, Ani.

— Diante do que estamos vendo, o ataque à Vlasdávia pode ser apenas a ponta do iceberg daquilo que poderá acontecer. Abra um canal de comunicação direto com o Templo de Cassiopeia. Prioridade Um. Preciso falar urgente com a Mãe Cassiopeia a respeito disso. Estarei em minha cabine. Transfira a comunicação para lá, por favor.

17.

Era início de noite em Cidade Capital. Eta Cassiopeia A e B já haviam se escondido no horizonte, embelezando o poente com um crepúsculo vermelho-arroxeado que gradativamente dava espaço a negritude da noite daquele hemisfério de Terra Longínqua.

No Templo de Cassiopeia, Komara havia interrompido o jantar das andrômedas, convocando-as para uma reunião de emergência na Câmara das Decisões. A notícia da chegada de uma transmissão subetérica de Anilleya em Prioridade Um só podia significar problemas.

De volta à mesa oval, as Filhas de Cassiopeia se acomodavam nos assentos ao redor, enquanto Komara autorizava o recebimento da comunicação.

As luzes do ambiente diminuíram de intensidade e do centro da mesa projetava-se a holografia tridimensional de uma agigantada Anilleya em uma imagem vívida flutuando ao alto, exibindo-a somente da altura dos seios ao topo da cabeça.

Como tradicionalmente era feito, Anilleya utilizava a saudação protocolar:

— Salve, Mãe Cassiopeia, líder máxima e guardiã do Templo.

— A que devemos seu contato, irmã Anilleya?

— Trago más notícias. Vlasdávia foi atacada pelos draconianos antes do prazo final de desocupação. Não há sobreviventes. Os indícios dizem que a ação foi recente, tendo ocorrido provavelmente nas últimas 48 horas.

Um burburinho tomou conta da sala. O inconformismo espalhou-se entre as sacerdotisas. Anilleya prosseguiu:

— Conforme investigação preliminar, foram utilizados hipernêutrons para dizimar os colonos sem causar danos às estruturas ali construídas. Embora a Liga tenha firmado o Tratado cedendo Vlasdávia aos draconianos, ao meu ver, o ataque deixa claro as intenções de guerra de Alpha Draconis ao escolherem nos atacar a aguardar nossa retirada.

— Era de se prever... — resmungou Tharísia às demais andrômedas.

Komora ignorou tal comentário.

— Além disso... — continuou Anilleya: — Uma nave da Inteligência registrou a presença ilegal de uma belonave draconiana em território da Liga Interestelar. Segundo relato do agente Burk Marconi, a belonave chegou a persegui-lo, mas ele conseguiu despistá-la, fugindo para Vlasdávia em busca de auxílio, onde nós o encontramos. Em conversa com o agente, chegamos à conclusão que os draconianos estavam do nosso lado da fronteira. Realizavam uma sondagem visando provavelmente uma futura ação naquela região. Em vista disso, creio que os sistemas estelares Zeta Leporis, Épsilon Ceti e Kantare poderão estar sob ameaça draconiana.

— Mas isso é terrível...

— Há mais uma informação, Mãe. Sem dúvida a mais importante de todas. O agente Marconi constatou após uma minuciosa investigação que minha sobrinha Myrvina está viva. Ele a levava para Terra Longínqua, porém, a mudança de curso de sua nave ao fugir dos draconianos permitiu nosso reencontro em Vlasdávia. Os dois estão agora a bordo da Cartagena.

Ao escutar o relato, Tharísia torceu o canto da boca e franziu a testa. Cruzando os braços, não conteve os pensamentos, exteriorizando-os à andrômeda em missão.

— Fico feliz em saber que reencontrou sua sobrinha, irmã Anilleya. Nós recebemos o informe do agente Marconi tratando do assunto. Questiono, entretanto, se não é muita pretensão de sua parte encarar isso como a informação mais importante a nos relatar diante do massacre ocorrido em Vlasdávia?

Anilleya engoliu seco, rebatendo a provocação da outra sacerdotisa.

— Tharísia, eu considero *sim* essa informação de grande relevância, pois minha sobrinha tinha consigo dados coletados pela minha irmã Sariah, gravados em um MHD entregue a ela quando criança e que podem ser vitais para a segurança da Liga Interestelar.

A loira fez uma breve pausa, como se pegasse coragem para continuar o relato.

— Há dez anos, quando Sariah explorava um sítio arqueológico em Mirzam VII, foi encontrado um artefato surpreendente, fabricado por uma antiga civilização que havia habitado aquele planeta desértico. O objeto, segundo sondagem feita na época da descoberta, possui cerca de 50.000 anos, e encontrava-se no subsolo do interior de uma grande cratera. Provavelmente escondido propositalmente. É uma espécie de bomba em formato cilíndrico de quase 16 quilômetros de extensão, que remete lembranças àquela que destruiu a antiga Terra, só que esta parece ter um poder de devastação muito maior e sua finalidade vai além da destruição de mundos.

— E o que leva você a crer nisso?

— Sariah concluiu isso ao decodificar as informações encontradas em uma espécie de manual de instruções, inserido no arcaico computador acoplado ao artefato e que minha irmã teve acesso. Ela conseguiu decifrar apenas parte das orientações, mas o suficiente para termos uma ideia do que essa máquina faz.

A imagem de Anilleya sumiu, sendo substituída por uma animação holográfica, simulando uma nebulosa estelar. Enquanto as imagens eram transmitidas, a andrômeda continuou o relato:

— Esse artefato é o que batizamos de *Criador de Estrelas*. Como podem ver nos gráficos, a possível detonação dessa máquina criaria ao seu redor uma densa nuvem de gás e poeira, criando também uma pseudosingularidade gravitacional que comprimiria o gás e toda concentração de matéria existente na nuvem para um ponto central, obrigando-a a produzir energia, gerando pressão térmica suficiente para conter um possível colapso. Teríamos a partir daí um núcleo estelar, basicamente um gigantesco reator de fusão nuclear processando toda a matéria do meio interestelar à volta, transformando elementos químicos de peso atômico menor em elementos de peso atômico maior, ocorrendo assim uma grande liberação de energia. A contração cada vez maior da nuvem de gás ao redor geraria o característico formato esférico e se autoaqueceria, fazendo com que elétrons se separarem dos prótons ionizando completamente o hidrogênio, criando uma espécie de glóbulo de energia que poderia atingir um diâmetro de aproximadamente 1,5 milhão de quilômetros. A contração gravitacional, além de gerar toda a energia irradiada também iniciaria um movimento de rotação estelar. Pronto! Esse é o processo de criação de uma nova estrela no universo, a diferença é que essa máquina foi desenvolvida para realizar tudo isso em uma velocidade ultra-acelerada, fazendo com que tenhamos uma estrela jovem em poucos meses, ao contrário dos milhões de anos que a natureza levaria para criar uma naturalmente.

O silêncio reinou na Câmara das Decisões. A imagem de Anilleya voltava a ser projetada.

— Isso é uma grande *abominação*! — manifestou-se a Mãe Cassiopeia.

A discussão reinou entre as andrômedas, temerosas diante da revelação. Embora reconhecessem que era uma fantástica tecnologia que poderia ser muito bem estudada pela Academia de Ciências, e de onde se poderia extrair muitas outras surpresas tecnológicas ainda não imaginadas pelos cientistas da Liga Interestelar, todas concordavam que aquilo poderia ser utilizado como uma arma apocalíptica nunca antes imaginada.

— Imaginem só! A simples detonação de uma bomba como essas criaria uma onda de impacto capaz de destruir tudo que estiver próximo a ela — colocou-se Pluara. — Poderia destruir planetas inteiros se detonada próximo a eles!

— E mesmo que essa bomba não seja detonada próxima a mundos habitados, a simples criação de uma estrela nova nas cercanias de um sistema estelar poderia causar alterações gravitacionais no espaço à volta a ponto de tirar planetas de suas órbitas originais, afastando-os ou aproximando-os de seus sóis — concluiu Drâmia. — Mundos congelariam ou arderiam, tornando a vida impossível. Isso seria tão catastrófico quanto!

— Que inteligência criaria tal monstruosidade? — questionou Síbyla. — Qual seria a finalidade de criar estrelas artificiais, sendo que o universo nos oferece incontáveis delas?

— Não tenho essa informação — respondeu Anilleya. — Os dados que temos apenas indicam que essa avançada civilização, se não sucumbiram, provavelmente não se encontram mais neste quadrante da galáxia. Afinal, nunca encontramos uma espécie com tamanho avanço tecnológico. Se a tivéssemos encontrado, nós a reconheceríamos. Ao que parece eles deixaram esse artefato como seu legado antes de partirem. Como Mirzam VII é um planeta dentro dos atuais limites do Império Draconiano, não sabemos se aqueles reptilianos tiveram acesso ao artefato após a morte de Sariah. Mas, como é praticamente certo que isso tenha ocorrido, creio que podemos estar correndo grande perigo há muito tempo, sem nem ao menos sabermos disso. Daí a conclusão de que o extermínio ocorrido em Vlasdávia talvez seja apenas o início de algo muito maior que estaria por vir.

Komara não quis ouvir mais nada. A conclusão era óbvia, assim como as ações que tomaria a partir de então.

— Fez um ótimo trabalho, irmã Anilleya. Entrarei em contato imediatamente com o Conselho Interestelar, solicitando a convocação da Armada, antes que seja tarde demais. Peço que retorne a Terra Longínqua o mais rápido possível. É triste dizer isso, mas definitivamente estamos em guerra.

18.

Myrvina estava sozinha no refeitório. De cabeça baixa, mal tocara no alimento que esfriava na bandeja. Amuada, pensava em tudo o que havia acontecido nos últimos dias. Saber que não estava mais só no universo era reconfortante e ter sua única família na figura de uma tia carinhosa, que era um dos símbolos da paz galáctica e adorada em toda Liga Interestelar, já seria motivo suficiente para causar inveja a todas aquelas crianças do orfanato que a agrediram em sua infância. Entretanto, a notícia sobre o Criador de Estrelas arrebatou-lhe qualquer alegria que pudesse ter. Sentia-se culpada ao trazer consigo, com dez anos de atraso, uma notícia aterradora como aquela.

Seus pensamentos foram interrompidos ao perceber a porta se abrindo e ver Stjerne entrar no ambiente, atravessando entre as extensas mesas retangulares até o freezer. Quando a pupila percebeu a presença de Myrvina ao canto do refeitório, cumprimentou-a com um aceno.

— O que faz aqui sozinha? — perguntou, pegando um pacote de comida congelada. — Pensei que estivesse junto à Anilleya.

— Estou apenas pensando na vida. — respondeu Myrvina, forçando-se a comer a refeição.

— Pensar na vida faz bem — disse a pupila colocando sua comida dentro do forno micro-ondas. — Desde que nossas conclusões nos façam seguir adiante, ao invés de nos prender no passado.

Myrvina colocou-se a refletir em cima daquelas palavras, notando o grau de maturidade da aprendiza da andrômeda. Stjerne era somente dois anos mais velha que ela, e sem dúvida não havia passado pelos percalços que a ruiva passara durante a vida. Vinha de uma família nobre da Estrela de Barbard, onde viveu sob as gigantescas cúpulas geodésicas do segundo planeta, protegida do ambiente hostil daquele mundo. Entretanto, a moça preferiu abandonar o meio encerrado onde habitava, com todo luxo e as mordomias tecnológicas de suas grandes cidades, partindo para a vida monástica do Templo de Cassiopeia. Myrvina questionava-se o que levaria uma moça como aquela deixar de lado sua família, amigos e todas as comodidades de seu lar, para se dedicar ferrenhamente à doutrina cassiopista.

Trazendo a bandeja com o alimento já aquecido, Stjerne pediu permissão para se sentar junto a Myrvina, que consentiu indicando-lhe o assento a frente.

— Como é conviver entre as andrômedas? — indagou a ruiva curiosa.

— É uma experiência maravilhosa. Todas são dotadas de grande sabedoria e é encantador sentir minha sede por conhecimento ser saciada graças à ajuda delas. Como nossas mentoras, elas nos proporcionam uma oportunidade única de conhecer o universo como ele realmente é, e entender que a evolução moral da humanidade deve acompanhar sua evolução intelectual e científica para que tenhamos a paz duradoura que tanto almejamos na galáxia.

— Fico encantada em ouvir isso. Desde pequena sempre ouvi coisas lindas sobre as andrômedas, sobre seu trabalho na divulgação da ciência e no estímulo à caridade e ao assistencialismo. Muitas vezes me imaginei como uma delas, sabia? Principalmente nos momentos de solidão e ódio, quando eu era usada e desprezada por homens e mulheres nos mundos por onde passei, onde mal se importavam com quem eu era, de onde eu havia vindo ou o que seria de mim. Hipócritas que se diziam cassiopistas, pregando a paz na galáxia e criticando as ações dos draconianos na fronteira, mas que mal se importavam com uma única pessoa que precisava de um prato de comida, de um cobertor elétrico para os dias de frio ou mesmo de um simples carinho nos dias de choro e tristeza. Se eu fosse uma andrômeda, talvez teriam me tratado melhor. Ao menos eu seria respeitada.

Stjerne se compadeceu com a nova amiga, notando o olhar

rancoroso e sem brilho enquanto esta lamentava a má vida que havia tido.

— Este é o seu passado, Myrvina — a pupila sorriu-lhe não só com os lábios, mas também com seus olhinhos orientais, que pareciam esticar ainda mais. — Sua nova vida começou. Em breve, estaremos em Terra Longínqua e tenho certeza que a mestra Anilleya dará toda assistência que você não teve.

— Acha que eu posso ser feliz um dia?

— Mas é claro que sim! Todos nós nascemos para ser felizes. Às vezes, por causa de nossas escolhas, ou mesmo por ações e eventos alheios às nossas vontades, acabamos por nos perder. Entretanto, devemos tomar tudo isso como experiência, utilizando nossa sabedoria para o bem e a paz, convertendo tristeza em alegria e seguir em frente.

— Suas palavras me consolam.

— Sua tia tem me ensinado muito. Você também deveria aprender com ela.

Myrvina sentiu-se confortada. Desde que conhecera Stjerne, havia simpatizado com ela. Atenciosa e prestativa, julgou que a pupila poderia ser a melhor amiga que sempre quisera ter, mas que sua vida sempre havia negado. E admirando-a, pensou que poderia ser como ela, quem sabe ingressando nos caminhos da doutrina cassiopista, dedicando-se também aos trabalhos no Templo.

De repente, o alarme soou no interior da Cartagena, colocando todos em estado de alerta. Alguns dos tripulantes saiam de seus alojamentos, adiando o período de descanso e rumando para os setores onde trabalhavam. O choque de suas botas contra o piso dos corredores podia ser ouvido do interior do refeitório, atraindo a atenção de Myrvina e Stjerne.

Em meio à correria e sob as luzes vermelhas que se acenderam, ambas deixaram o refeitório sem terminar seu almoço, dirigindo-se para a ponte de comando, desviando de um ou outro soldado que corria contra o fluxo.

Chegando ao destino, depararam-se com um capitão cheio de vigor, dando ordens e passando instruções aos seus comandados. Na grande tela cristalina, o gráfico exibia oito veículos espaciais draconianos seguindo adiante. Três deles se distanciavam da formação daquele grupo, dando meia-volta e traçando curso de interceptação à Cartagena, enquanto as demais continuavam a seguir sua rota original.

Myrvina sentiu um arrepio correr-lhe a espinha ao perceber a gravidade da situação, enquanto Stjerne aproximou-se do veganiano, tentando colocar-se a par da situação.

— Encontramos os draconianos em nosso caminho, jovem pupila. Acabamos flagrando-os invadindo o nosso espaço, e para nossa surpresa, verificamos que eles seguem com destino idêntico ao nosso.

— Terra Longínqua! — exclamou Stjerne.

Anilleya surgiu na ponte, ignorando as reverências de alguns dos tripulantes, cruzando todo o espaço até o capitão Canárian, que comandava a todos de pé, atento aos gráficos e imagens exibidos nos monitores.

— Conseguiremos escapar?

— Faremos o melhor para isso, Ani. Mas algo me diz que o comitê de boas-vindas insistirá para que participemos da festa.

— Capitão, recebemos um sinal de abordagem — alertou o veganiano. — Estão ordenando que nos entreguemos sem resistência.

— Quer dizer que esses lagartos invadem nosso território e nós é que temos que nos entregar sem resistência? Envie mensagem de alerta para todas as bases da Armada em um raio de 100 parsecs. Passe nossas coordenadas.

Burk Marconi surgiu na ponte de comando, parando junto à porta. Cruzou os braços e ficou a observar em silêncio a tripulação em ação. Percebendo a presença do brutamonte, Myrvina dirigiu-se até ele, sendo seguida pelos olhos curiosos de Stjerne. Era evidente que a ruiva tinha sentimentos por aquele homem. Ela tinha-o como seu salvador, e talvez isso a levasse a sentir por ele mais que gratidão. Marconi envolveu Myrvina com seu braço direito, segurando-a no ombro e puxando-a para junto de si, como se quisesse protegê-la de todos. Anilleya visualizou a cena de canto de olho, quando sua atenção voltou-se ao chamamento de Canárian.

— Eles estão se preparando para nos atacar, Ani. Quero que vá junto com as garotas para os módulos de fuga.

Ao ouvir aquilo Myrvina arregalou o olhar, abraçando Marconi com toda sua força. Em suas memórias vinham novamente os momentos derradeiros junto a sua mãe Sariah a bordo da Albatroz.

— Não, Aldus. Vamos permanecer aqui até o final.

— Não seja tola, Ani! Poderemos morrer!

Anilleya o ignorou. Canárian sabia que ela agiria assim. Já a conhecia o suficiente para saber o quanto ela poderia ser teimosa.

Entretanto, não quis perder seu tempo tentando convencê-la de algo que ela já havia decidido. Voltou sua atenção aos instrumentos da ponte, traçando junto ao tenente Yeshk as estratégias de defesa.

— Ativar blindagem! Preparar postos de batalha!

Olhando para a grande tela, constatou que as três naves draconianas continuavam a seguir seu curso de interceptação. O computador de bordo as identificava como naves do tipo D: veículos espaciais com capacidade para 30 ou 40 tripulantes, pouco maiores que a corveta espacial da.

— Eles querem nos intimidar... — murmurou o capitão.

— Naves inimigas mantendo seu curso, senhor — disse o veganiano. — Sem dúvida são naves batedoras, protegendo a retaguarda inimiga.

Canárian coçou o queixo, desconfiado.

— Se são naves batedoras, devem estar escoltando algo muito importante. Belonaves, talvez?

— Nossos sensores só identificaram oito veículos espaciais. E nenhum deles é uma belonave. Tentei ampliar o alcance ao máximo, mas não consegui localizar nada além das cinco outras que continuam se afastando.

— Essas são somente naves retardatárias, veganiano — disse Burk Marconi com certa arrogância, interrompendo o diálogo entre o capitão e o tenente. — Foram deixadas propositalmente atrás para impedir a aproximação de naves como a nossa. Sem dúvida existem outras mais adiante, talvez com poder bélico maior. Os draconianos fazem isso para que suas naves maiores não desperdicem seu tempo com naves como a nossa, guardando esforços e focando suas atenções em um alvo mais relevante. O melhor a fazer, capitão, é evitarmos o confronto direto. As naves que se aproximam são pequenas, mas eu não subestimaria seu armamento.

— Virou meu conselheiro agora, Sr. Marconi? — questionou Canárian secamente. Definitivamente o capitão não havia encontrado nenhuma afinidade com o agente da Inteligência.

— Estão atacando! — alertou Yeshk.

Um tremor foi sentido na Cartagena, fazendo as luzes da ponte piscar.

— Fomos atingidos por torpedos termonucleares, capitão. A blindagem ainda resiste.

— Retribua os cumprimentos, tenente!

A Cartagena ajustou seus canhões, disparando pulsos de plasma em duas das naves inimigas, atingindo certeiramente os alvos, porém sem danos aparentes.

— Mudar o curso! Vamos sair do plano da eclíptica.

Enquanto a Cartagena fazia manobras, seu casco inferior foi subitamente atingido por um intenso raio de energia, drenando parcialmente o campo de força da blindagem. O interior da corveta espacial estremeceu, causando um apagão temporário. A energia retornou após quase 10 segundos de escuridão. O capitão pedia apoio do setor de engenharia para estabilizar a nave, quando foi novamente atingida. A pseudogravidade oscilou, fazendo com que a tripulação perdesse o peso de seus corpos por poucos segundos, alguns chegando a flutuar alguns centímetros acima do piso, antes que o sistema fosse restabelecido e a força gravitacional normalizada.

— Temos que sair daqui. Esses lagartos malditos querem acertar nossos propulsores a todo custo! — Canárian olhou para a andrômeda, percebendo seu olhar preocupado. Sabia que ela não se apavoraria facilmente. Era uma mulher forte, destemida e com um autocontrole invejável.

As naves draconianas traçavam novo curso de interceptação, lançando feixes de partículas energizadas que atingiam a blindagem da corveta com extrema violência. O alerta de emergência disparou em toda nave, enquanto painéis de controle entravam em curto-circuito. Os purificadores de ar não conseguiam dar conta do desagradável odor de queimado que tomou conta da ponte.

— Disparem os canhões! Acertem esses desgraçados!

Os pulsos de plasma atingiram uma das naves inimigas, desestabilizando seu escudo defletor. Insistindo nos disparos, e aproveitando-se do momento de fraqueza do inimigo, a Cartagena acertou por fim os motores do veículo draconiano, causando uma intensa explosão termonuclear que iluminou o casco da corveta, espalhando os fragmentos em meio à escuridão cósmica.

Não houve tempo para comemorar.

Outra nave draconiana manobrou por baixo da Cartagena, realizando uma trajetória rasante, passando a menos de quarenta metros de distância, disparando sem piedade o feixe de partículas a queima-roupa. A blindagem já enfraquecida da nave da Armada cedeu, permitindo com que fosse feito um rasgo no casco inferior, atingindo o depósito de equipamentos e parte da sala de máquinas, danificando um dos geradores de energia.

A pseudogravidade oscilou mais uma vez e as luzes se apagaram definitivamente. Ativadas as luminárias de emergência, o capitão voltou-se para o Burk Marconi, pedindo que ele tirasse as três mulheres da nave. Anilleya protestou, mas foi ignorada por Canárian. Ela insistiu:

— Não vou deixá-lo, Aldus! Iremos juntos até o fim.

— Não me obrigue a ordenar que meus homens arrastem você até lá! — rosnou o capitão. — Sr. Marconi, leve-as daqui!

A andrômeda sentiu-se perdendo o controle de suas emoções. Suas mãos estavam trêmulas e sentia os olhos umedecerem. Canárian havia dado as costas para ela, voltando sua atenção aos instrumentos de comando. Ela o conhecia bem e sabia o quanto era avesso a despedidas. Temeu que aquele fosse um adeus derradeiro, e assim, correu ao encontro do capitão, puxando-o pelo braço e virando-o para si. Anilleya beijou-o nos lábios, segurando o rosto daquele homem com suas duas mãos, enquanto as lágrimas escorriam pela face.

Não disseram nada um para o outro.

Uma explosão no casco externo fez a Cartagena rodopiar pelo espaço.

— Estabilize! — ordenou o capitão aos berros, dando novamente as costas para a andrômeda, auxiliando o sargento Mikaelo junto ao leme.

De coração apertado, Anilleya caminhou rumo à saída, chamando consigo sua pupila e encontrando Myrvina e o agente junto à porta.

— Temos que sair daqui, Ani — disse Marconi gentilmente, estendendo-lhe a mão.

Anilleya olhou para o brutamonte e em seguida para sua mão estendida. Hesitou por alguns instantes, mas por fim aceitou o amparo do velho amante.

Stjerne e Myrvina seguiram adiante pelo corredor, correndo rumo ao hangar no nível inferior. Anilleya foi logo atrás junto a Marconi, que não só segurava sua mão, mas também a conduzia com a mão espalmada levada acima da lombar da andrômeda, como que orientando-a a continuar seguindo em frente com um leve empurrar, inibindo-a de olhar para trás.

— O infocubo! — alertou a sacerdotisa. — Não posso deixar a nave sem ele!

Na ponte, o capitão ordenava que novos disparos fossem

realizados contra as naves inimigas, enquanto a força de empuxo ascendia a nave, ao mesmo tempo cessando com o movimento giratório.

À medida que os canhões de plasma disparavam pulsos incessantes nas naves inimigas, Aldus Canárian finalmente olhou para trás, observando o acesso de saída da ponte. Estava vazio.

19.

Marconi e Myrvina estavam de volta ao Estrela Perdida. Desta vez, acompanhados. As portas do hangar da Cartagena abriram-se, e a pequena nave foi lançada ao espaço a toda velocidade.

O agente manobrou o veículo, fazendo-o descender de volta ao plano da eclíptica, girando-a para posicioná-la no curso original. Ao fazê-lo, a manobra permitiu que Anilleya e suas protegidas pudessem visualizar pela janela panorâmica da cabine de comando a minúscula Cartagena se afastando pela esquerda, acompanhada das duas naves batedoras que persistiam no ataque, todas quase se confundindo com o brilho das estrelas ao fundo. Mesmo assim, as explosões ainda eram visíveis àquela distância.

— Não tínhamos o que fazer ali, Ani... — falou Marconi, quebrando o silêncio. — O capitão Canárian tomou a decisão correta em garantir sua segurança. Ficar na Cartagena seria um erro.

A andrômeda não respondeu. Ela apenas observava em silêncio as minúsculas naves perderem-se na imensidão cósmica, até não mais poderem ser vistas, ao mesmo tempo em que acariciava o infocubo em suas mãos.

Stjerne fez sinal à Myrvina, indicando que se retirassem, deixando os dois velhos amigos a sós. A jovem ruiva relutou em deixar Marconi, mas diante da insistência da amiga, acabou seguindo-a até os alojamentos.

Sozinhos, Anilleya e Marconi se encararam pela primeira vez desde que haviam abandonado a corveta espacial. A andrômeda suspirou profundamente, soltando o ar como se expelisse toda a tristeza e amargura que pudesse ter dentro de si. Seus olhos azuis não estavam mais úmidos, embora ainda permanecessem levemente inchados. Contudo, seu semblante parecia agora mais sereno que antes.

— Você tem razão, Burk. Preciso seguir adiante com a minha missão.

— Sinto muito pelo capitão. Mas se isso serve de consolo, tenho certeza que ele sairá dessa — Ele levantou-se do assento de comando, colocando-se de pé diante dela. — Precisamos agora pensar o que faremos. Seguindo esse curso, encontraremos as outras naves draconianas que seguem adiante em poucas horas. Porém, se isso acontecer, e se elas se voltarem contra nós, estaremos indefesos. Esta é apenas uma nave da Inteligência destinada a serviços secretos. O Estrela Perdida não possui armamento pesado nem blindagem preparada para enfrentar um ataque como o que ocorreu à Cartagena.

Anilleya concordou. Ela ativou o infocubo, que reluziu em um branco leitoso, projetando as informações do Criador de Estrelas. O artefato apareceu em uma imagem parcial, exibindo suas dimensões: *16 x 10 x 9 Km.*

— Gravei as informações que extraímos do pingente de Myrvina no infocubo e pedi para que ele as analisasse em paralelo ao computador da Cartagena.

— E o que o infocubo pode nos revelar a respeito?

— Não muito mais do que já sabemos, mas ele me ajudou a meditar sobre as alternativas que temos. Veja, o Criador de Estrelas não é uma nave espacial, ele não possui sistema de propulsores de empuxo ou superluminais. Sozinho ele não poderia se deslocar pelo espaço.

— Ou seja, se os draconianos estiverem mesmo de posse dessa coisa, e tiverem a intenção de utilizá-la contra Terra Longínqua, teriam que alojá-la em uma nave.

— Em uma nave gigantesca! Note mais uma vez as dimensões do objeto.

A projeção fazia a representação holográfica girar lentamente 360º, indicando em caracteres luminosos as suas características.

— Os draconianos precisariam de uma nave descomunal — prosseguiu Anilleya, manipulando o infocubo. — Consultando o infocubo, é fácil constatar que Alpha Draconis não possui nenhuma nave de tal porte que seja capaz de transportar o Criador de Estrelas até Terra Longínqua.

— São informações confiáveis?

— Todos os registros que o infocubo possui são extraídos do banco de dados do Templo de Cassiopeia, que por sua vez é alimentado *também* pelas informações obtidas junto a Agência de Inteligência da Liga Interestelar. O *seu* empregador, querido.

Burk Marconi sorriu. Recordou-se de quando a andrômeda e ele ainda estavam juntos, e que ela sempre o chamava assim na intimidade. Ao perceber o deslize que havia cometido, Anilleya enrubesceu.

— O fato é — tornou ela, com certo nervosismo em sua voz, tentando disfarçar sua reação — que nem o Império Draconiano, nem a Liga Interestelar, possuiriam um veículo espacial suficientemente grande para transportar o artefato de Vlasdávia a qualquer lugar que fosse. A menos que nos últimos dez anos os draconianos tenham construído algo que permitisse seu transporte.

— O que é perfeitamente possível — completou o agente impaciente. — Preciso de um café, urgente. Venha comigo.

Marconi indicou o caminho à andrômeda, seguindo pelo corredor até a cabine ao lado, utilizada como seu escritório. Apontando para uma das poltronas, pediu que Anilleya se sentasse, enquanto pegava duas xícaras na máquina de café expresso instalada à parede, uma das comodidades que fez questão de reivindicar à Inteligência, após anos de bons serviços prestados.

— Então o que você está sugerindo é que procuremos uma nave gigante, de tamanho compatível com o Criador de Estrelas, ou seja, suficientemente grande para armazená-lo.

— Exatamente — respondeu ela, pegando uma das xícaras e levando à boca, sorvendo delicadamente o delicioso líquido negro. Seu paladar agradecia profundamente, a ponto de fazê-la fechar os olhos, sentindo o aroma e o sabor de um bom cafezinho que há muito não bebia. Ela prosseguiu: — Se conseguirmos localizar tal nave, se é que ela existe, e impedi-la de se aproximar de Terra Longínqua, poderemos impedir sua destruição.

— Me ocorreu um pensamento — Marconi também bebericava o café, enquanto acomodava-se na outra poltrona. — Acha que os draconianos poderiam copiar a tecnologia do Criador de Estrelas e fabricar novas máquinas como aquela?

— Talvez... Embora não saibamos o grau de complexidade que um artefato como aquele apresentaria, lembrando que é uma tecnologia de mais de 50.000 anos, e ainda assim muito a frente do nosso conhecimento científico. Para mim, o funcionamento de tamanha máquina apocalíptica ainda é um mistério.

O alarme disparou, ecoando por toda a nave.

Imediatamente, Burk Marconi correu de volta à cabine de comando, verificando os instrumentos. O Estrela Perdida estava em rota de colisão com um corpo estranho, não identificado no mapa estelar do computador de bordo.

— O que é aquilo? — perguntou a andrômeda, aproximando-se por trás do agente. — Um asteroide?

— Pelo tamanho e características, é bem provável que sim. Essas porcarias vivem atrapalhando nossa navegação. Achei muito estranho o computador de bordo ter disparado o alerta de emergência. O piloto automático deveria ter desviado sozinho desse corpo traçando novo curso para o salto hiperespacial. Bem, não importa! Felizmente ele ainda está muito distante. Assim teremos tempo para fazer o desvio.

O agente entrou com os comandos necessários no painel, determinando assim uma nova rota, afastando-se do asteroide pela direita.

— Viu? Fácil e simples — disse Marconi em um sorriso debochado.

— Não tão simples — alertou a andrômeda, apontando para um dos monitores. — Ele está se movendo em nossa direção!

— Impossível. Calculei sua órbita para fazer o desvio.

— Aquilo não é um asteroide, Burk. Só pode ser uma nave disfarçada — e concluindo o raciocínio, Anilleya arregalou os olhos, temerosa. — É a nave do Criador de Estrelas!

Anilleya segurou o infocubo com as duas mãos junto ao peito, percebendo a presença de Myrvina e Stjerne logo atrás, já cientes do novo perigo em que se encontravam. A andrômeda fez um sinal com o olhar à sua pupila, que assentiu sem questionar.

Burk Marconi novamente brigava com os controles. Mas antes que pudesse fazer alguma coisa a respeito, um raio trator emanado da nave-asteroide aprisionou o Estrela Perdida, impedindo quaisquer manobras evasivas.

Estavam encurralados.

20.

A Armada Interestelar partiu em contra-ataque, interceptando as naves draconianas que cruzavam a fronteira oriental em grande número, tendo atacado Kantare, Zeta Leporis e Épsilon Ceti, tal como Anilleya previra. O inevitável confronto entre a Liga Interestelar e o Império Draconiano se deu menos de 24 horas depois do desaparecimento da Cartagena nas proximidades de

Ardana-4. Batalhas ferrenhas começaram a ser travadas entre as estrelas, não somente contra naves batedoras, mas também belonaves de guerra, cruzadores e destroieres espaciais.

Em toda a fronteira oriental, os mundos da Liga entravam em alerta. Em Gamma Crucis a população das cidades tentava se abrigar como podiam. Muitos abandonando seus lares, fugindo para além dos grandes vales ou mesmo as florestas, em uma fuga desesperada, gerada pela descoberta da aproximação de uma frota de naves draconiana.

Não só os mundos humanos eram atacados. Os mundos estrangeiros associados à Liga padeciam da fúria draconiana. Fontes identificavam a entrada de mais de seis mil naves inimigas, de todos os tipos, e que seguiam direto à Terra Longínqua, trazendo terror por onde passavam. Em Delta Pavonis, os humanoides escarlates protegiam-se nas montanhas geladas daquele mundo glacial, no aguardo do apoio e amparo da Armada. Enquanto isso, os aracnoides das luas de Myraxanie escondiam-se no subsolo, temendo o ataque a seus mundos.

Os ataques draconianos eram precisos, como se soubessem realmente onde devessem atacar. Suas estratégias de guerra levaram muitos a acreditar que espiões dentro da Armada poderiam estar repassado aos inimigos informações vitais à segurança da Liga.

Notícias chegavam à sede do governo em Cidade Capital, onde o Conselho Interestelar se reunia junto ao Comando da Armada, buscando táticas para minimizar os ataques e expulsar de vez os inimigos do território.

Verificando os mundos atacados e a localização das batalhas estelares que se disseminavam por todo território, estava claro para os comandantes da Armada que Alpha Draconis pretendia abrir um extenso corredor de passagem, desde Vlasdávia até Terra Longínqua, por onde enviavam mais e mais belonaves de guerra.

Entretanto, dos 27 pontos de combate assinalados pelo Comando da Armada, nenhum deles trazia informações da suposta nave que traria o temido Criador de Estrelas para o coração da Liga Interestelar. A ausência de evidências trazia sérias dúvidas quanto sua existência.

Enquanto isso, o Templo de Cassiopeia fazia sua parte. Em missões de emergência, andrômedas foram enviadas aos mundos próximos às zonas de conflito, visando dar apoio moral, espiritual e científico aos habitantes daqueles mundos, auxiliando os trabalhos das missionárias e venerandas dos templos locais. O simbolismo de suas presenças trazia conforto e esperança tanto a humanos quanto a estrangeiros.

As Filhas de Cassiopeia lamentavam a perda de contato com Anilleya, temendo que ela houvesse sucumbido diante das forças draconianas. Não havia o que fazer a não ser aguardar por notícias. E a guerra galáctica só estava começando.

21.

Gorn'Wa observava o objeto cúbico cristalino que segurava diante das janelas do observatório, ignorando o breu espacial do exterior. Sua curiosidade em saber como funcionava aquele estranho aparelho era latente, mas mesmo assim mantinha-se sereno, estudando-o calmamente.

Em verdade, seu foco principal era outro. Ansiava pela chegada das ordens do Alto Comando, visando cumprir aquela que ele próprio chamava de "gloriosa missão", a mais importante de sua carreira na Frota Imperial. Havia se preparado por dez anos, comandando desde a retirada do artefato descoberto em Mirzam VII até a adaptação realizada naquele asteroide, transformando-o em uma colossal nave de transporte, ocultando assim o gigantesco objeto alienígena sob uma carapaça rochosa.

A nave-asteroide fazia agora sua viagem inaugural e sem retorno. Não trazia consigo armamentos pesados, afinal, ela em si era a própria arma. Blindada com o melhor escudo defletor já produzido em Alpha Draconis, era escoltada discretamente por dezenas de naves batedoras e belonaves de guerra, que a circundavam em um raio de até dois parsecs, sempre distantes de modo a não chamar atenção, dando a aparência de que o asteroide desconhecido vagava solitariamente pelo cosmo em uma rota não definida. Contudo, tais veículos espaciais estavam sempre a postos, prontos para agir em caso de qualquer ameaça.

Gorn'Wa sentia-se seguro e julgava que nada poderia impedir o audacioso plano. De volta ao objeto cúbico, olhava suas faces totalmente desprovidas de quaisquer detalhes na superfície, e que dava um ar ainda mais misterioso. Espiões em Terra Longínqua já haviam mencionado por alto suas propriedades, mas jamais imaginaria que teria a sorte de ter um objeto desses em mãos. Se pudesse extrair seu conteúdo, isso lhe traria muito prestígio, e sem dúvida teria créditos para alçar cargos maiores dentro da Frota Imperial. E talvez, com a graça do Imperador, pudesse se tornar seu Ministro da Guerra. Ou, quem sabe, governador de alguma província importante.

Contudo, apenas uma pessoa poderia auxiliá-lo a desvendar os segredos contidos naquele objeto.

— Traga-os aqui! — ordenou ele, pressionando o intercomunicador peitoral de sua armadura. — Já é hora de finalmente nos conhecermos.

Não demorou muito para receber a presença tão aguardada de seu Chefe de Segurança, trazendo consigo os prisioneiros de guerra.

— Aqui estão eles, comandante — disse o subalterno em alto e claro *draconis*.

O comandante deu meia-volta, observando os quatro humanos ao fundo, escoltados por uma dúzia de soldados armados com seus rifles de plasma. Calmamente, dirigiu-se até eles com o característico caminhar draconiano, em pernas arqueadas e passos firmes, arrastando sua cauda no piso de lajotas termoplásticas.

Em *draconis*, Gorn'Wa questionou ao imediato se os prisioneiros haviam sido bem tratados, deixando evidenciar um brilho em seu olhar avermelhado ao constatar a presença ilustre da andrômeda. Caminhou até ela, improvisando uma desajeitada reverência, acompanhada de uma breve risada de sarcasmo.

— Salve, guardiã do conhecimento humano — disse o comandante, em um quase perfeito *Interestela*. — É um prazer recebê-la a bordo da nossa *Krãonia Fanor'Krapio*.

— Gostaria de poder dizer o mesmo — respondeu Anilleya em draconis, surpreendendo o comandante.

— A fama das andrômedas não é conhecida somente em seus mundos, mas também em todo Império. E vejo que possuem muito mais qualidades do que costumamos a ser informados.

Anilleya não se manifestou. Ao notar que o líder draconiano tinha o seu infocubo em mãos, mordeu o lábio inferior, enquanto seu olhar ardia em um ódio contido e que ela buscava não manifestar.

O comandante tornou a caminhar, circundando os prisioneiros, olhando atentamente para cada um deles. Aproximando-se de Stjerne, levou sua mão ao semblante da pupila, tocando-a com seus dedos ásperos e gélidos, passando-os pelo nariz, lábios e sobrancelhas, em uma curiosidade silenciosa. O mesmo fez com Myrvina, que transpirava na testa, tamanho era seu nervosismo.

— São suas discípulas? — indagou o comandante à andrômeda.

Anilleya confirmou.

— Ótimo! Vocês três presenciarão ao fim da Liga Interestelar e de tudo aquilo que acreditam! — falou o comandante quase rosnando, exibindo seus dentes afiados. Sua voz retumbava naquele ambiente silencioso, tornando-se mais ameaçadora ainda.

Gorn'Wa tinha pouco mais de dois metros de altura, e apesar disso, sua estatura era considerada mediana para o povo draconiano, cuja espécie atingia facilmente os dois metros e meio. Ele abaixou sua cabeça, aproximando-a da face de Myrvina para sentir seu cheiro, permitindo que a garota percebesse sua respiração forte e bem audível muito perto de si.

— Vocês humanos não são tão fedorentos como dizem — comentou ele, observando na sequência a expressão carrancuda de Burk Marconi. — Ao menos não as fêmeas de sua espécie.

Embora alto, o agente da Inteligência parecia nanico diante da imponência do draconiano, que se avizinhou encarando-o. Marconi tinha os olhos roxos e escoriações na face. Sua camiseta estava rasgada à altura do peito e possuía grandes manchas de sangue visíveis sob sua jaqueta aberta.

— E este aqui? — questionou ele ao Chefe de Segurança. — Parece que apanhou um bocado.

— Ele tentou reagir no momento da abordagem, meu comandante. Mas conforme suas ordens, poupamos a vida de todos eles. — O subalterno exibiu a KWP-33 que havia tomado do agente. — No entanto, ele atingiu dois de nossos soldados com esta arma, antes que pudéssemos imobilizá-lo.

Gorn'Wa pegou a arma delicadamente das mãos do Chefe de Segurança, observando-a de perto.

— Interessante... Carregada com cartuchos microexplosores, não? Imaginei... Ela tem um desenho prático e um peso razoável, própria para vocês, humanos. Será que com nossas garras teríamos dificuldade em manipular uma dessas?

Sem hesitar, o comandante empunhou a arma disparando-a contra o abdômen de Marconi, que com o impacto, foi atirado longe.

— Não! — gritou Anilleya. Ela tentou correr em seu socorro, mas foi impedida por um dos soldados.

Abatido ao solo, a respiração do agente se tornou rápida e ofegante. Ele se contorcia em dor enquanto Anilleya lutava contra aquele que a segurava, tentando atirar-se diante do homem que um dia fora parte fundamental de sua vida. Era uma luta em vão. Precisava fazer algo antes que fosse tarde demais. Se ao menos pudesse tocá-lo... Se conseguisse usar seu infocubo...

Ao seu lado, a andrômeda ouvia os gritos de desespero de Myrvina e, pela primeira vez, percebeu o quanto Burk Marconi também representava para sua sobrinha.

Uma poça rubra crescia por debaixo do homem estirado no chão. Com os olhos arregalados em terror, Anilleya voltou a fitar Marconi e notou a palidez mórbida em seu rosto, indicando o pouco tempo que ainda lhe restava. Com um nó na garganta, a andrômeda tentava impedir inutilmente que seus olhos marejados deixassem escapar as lágrimas que se formavam em abundância, enquanto notou que os lábios do homem se mexiam, balbuciando algumas palavras com dificuldade:

— ...precisa... forte... por mim...

Ela concordou, engolindo seco, tentando ignorar a terrível dor que afligia seu peito. Via Marconi tossir e regurgitar sangue, enquanto em sua impotência, Anilleya presenciava a vida daquele com quem ela havia compartilhado tantos momentos se esvair diante de si, sem que ela nada pudesse fazer para impedir.

Os lábios do agente novamente se mexeram. Mas desta vez, o som das palavras não veio. Contudo, o lento movimento dos lábios evidenciou a clara mensagem final que ele queria passar à andrômeda: "Eu te amo...".

Comovida, Anilleya pensou em uma resposta. Qualquer que fosse! Mas antes que pudesse reagir, viu os olhos de seu antigo amor se tornarem vazios e sem vida.

Aos prantos, Myrvina novamente tentou se aproximar do agente, mas os soldados continuaram a impedi-la. Ela debateu-se em desespero ao perceber que Marconi enfim sucumbira, cessando o escândalo somente quando Stjerne se jogou contra ela, abraçando-a com força na tentativa de acalmá-la para evitar o pior.

Ainda presa pelas garras do draconiano, Anilleya olhava para o corpo de Marconi, balançando a cabeça negativamente. Seus lábios tremiam em revolta.

Deliciando-se com a cena, Gorn'Wa aproximou-se, dando-lhe um tapinha no rosto na tentativa de despertar sua atenção.

— Deixe para chorar pelas centenas de milhões que perderão suas vidas, dando a vitória ao Império assim que ativarmos a *Krãonia Fanor'Krapio*.

Furiosa, Anilleya encarou o draconiano, acreditando-se capaz de matá-lo com as próprias mãos se assim permitissem.

— Não precisamos do seu teatro! — protestou ela rangendo os dentes. — Mate-me logo e acabe de uma vez por todas com isso!

— Não lhe darei esse prazer tão cedo, doce andrômeda. Antes do seu fim, preciso de você — Gorn'Wa empunhou o infocubo, colocando-o diante da sacerdotisa. — Mostre-me como funciona e pouparei suas vidas.

Anilleya franziu a testa, olhando para Stjerne de canto de olho.

— Vamos! — insistiu ele. — Eu sei muito bem o que representa esse aparelho para vocês, andrômedas. Todas as informações sobre tudo o que poderíamos imaginar estão contidas aqui dentro. Matemática, história, descobertas científicas, invenções, armamentos, diagramas de naves estelares... Não só todo o conhecimento humano está armazenado aqui, mas também todos os seus segredos mais relevantes. Sabemos que esse aparelho traz consigo uma cópia de todos os registros armazenados no Templo de Cassiopeia. E nós precisamos deles. Serão muito úteis ao Império.

— E suponho que você quer que eu o ajude nisso, não?

— Sei que somente as andrômedas conseguem acessar o aparelho. Ele é sensível somente ao seu toque, e sei que qualquer tentativa de violação poderia danificá-lo. Sendo assim, você me ajudará a extrair o conteúdo desse aparelho. Caso se negue, terei que eliminar suas discípulas, assim como eu fiz com aquele outro.

Naquele mesmo instante, os soldados apontaram seus rifles de plasma para as duas garotas. Anilleya manteve-se calma, buscando não hesitar diante da ameaça, embora imaginasse o quanto Stjerne e Myrvina deviam estar apreensivas. Fitou o maquiavélico draconiano, torcendo o canto da boca.

— Não faça nada a elas. Eu vou colaborar.

— Eu sabia que tomaria a decisão mais sensata. Honestamente, devo dizer que essa missão saiu melhor do que eu esperava. Quem diria que eu teria uma andrômeda e seu precioso infocubo? — o comandante draconiano estendeu sua mão, entregando o objeto à andrômeda. — Faça-o agora!

De posse do infocubo, Anilleya ativou-o, fazendo-o brilhar diante dos olhos satisfeitos de Gorn'Wa.

— Ótimo! — disse ele. — Diga-me agora o que precisamos para enviar seus registros para nossos computadores.

— Os dados poderão ser transferidos via ultraondas — explicou a andrômeda. — Porém, para transferir os registros para outro equipamento, não basta ativá-lo, é necessário desbloqueá-lo.

— E o que está esperando para fazê-lo?

— Preciso que elas me ajudem — disse, indicando Stjerne e Myrvina. — Uma andrômeda não pode desativar os protocolos de segurança sozinha. Para isso são necessárias duas testemunhas vinculadas ao Templo de Cassiopeia, que precisarão entrar com suas identificações de DNA para o acesso e reconhecimento da liberação dos dados.

Gorn'Wa comprimiu os olhos, desconfiado. No entanto, não teve alternativa a não ser atender o pedido da sacerdotisa, recordando-a que havia vários soldados a sua volta, prontos para dispararem se assim fosse preciso. Anilleya garantiu que compreendia a situação.

As duas garotas se aproximaram da andrômeda, em um caminhar cauteloso. Myrvina olhou para a tia, repleta de interrogações em sua mente. Ela não tinha qualquer vínculo com o Templo de Cassiopeia, tampouco era uma pupila para ter participação naquilo. Diante disso, duvidava que fosse útil naquela tarefa e suspeitava das reais intenções da andrômeda. Já Stjerne, seguiu firme e confiante, levando a amiga pelo braço, fazendo um sutil sinal com seu olhar, pedindo que Myrvina confiasse nas intenções da mentora.

— Meninas, sei que nunca fizeram esse procedimento, mas eu irei ensiná-las — Anilleya colocou-se entre as duas, empunhando o infocubo. — Preciso apenas que vocês toquem na superfície quando eu der o sinal, está bem?

O comandante draconiano e os soldados acompanhavam a cena nas proximidades, curiosos com o ritual. Enquanto isso, a andrômeda inseria comandos no infocubo, tocando as faces translúcidas do objeto. Olhou para Stjerne e em seguida para Myrvina, dando o sinal:

— Agora!

No momento em que as duas garotas tocaram o objeto, seus corpos foram tomados por uma tênue aura eletromagnética enquanto um círculo de energia se expandiu do centro do infocubo com tamanha velocidade, irradiando por todo o ambiente como um intenso relâmpago, iluminando o observatório de forma quase cegante e gerando uma poderosa descarga elétrica em alta voltagem, derrubando ao chão todos os draconianos presentes.

O odor fétido de pele draconiana chamuscada imperava no

local, causando uma leve ânsia nas três mulheres. Os soldados abatidos tinham seus corpos retorcidos, enegrecidos com as evidentes queimaduras.

Stjerne abraçou a andrômeda em uma alegria que não cabia em si. Através dos olhares trocados anteriormente, sabia que sua mentora tinha um plano, e que deveria estar preparada para ele. A pupila estava ciente que não procedia aquela história de "duas testemunhas vinculadas ao Templo" para desbloquear o infocubo, tal como Anilleya fez o comandante draconiano acreditar. Ao ouvir aquilo, só teve mais certeza de que a qualquer momento a andrômeda iria agir.

Myrvina também se sentia aliviada. Sem entender ainda o que havia acontecido, olhou para os lados e não acreditou que o desprezível Gorn'Wa havia sido abatido tão facilmente. Dando-se conta disso, correu finalmente até o corpo do agente, ajoelhando-se diante dele e deixando novamente suas lágrimas escorrerem pelo semblante. Ela não compreendia o que sentia por aquele homem, se apenas uma forte gratidão ou uma repentina paixão. A única certeza que tinha era que jamais o esqueceria.

Vendo o compadecimento de sua sobrinha, Anilleya também se aproximou do corpo de Marconi, agachando-se ao lado e abraçando Myrvina.

— Apesar da sua truculência, ele era um bom homem... E um bom amigo — disse ela de olhos úmidos, consolando a garota. — Precisamos ir. Logo descobrirão o que fizemos aqui. Sem dúvida outros draconianos aparecerão e não podemos depender somente do infocubo para nos salvar.

— Temos que voltar para o Estrela Perdida, mestra — disse Stjerne com convicção.

— Não antes de darmos um jeito no Criador de Estrelas — disse ela pegando a KWP-33, deixada caída ao chão.

22.

Embora a estrutura da nave-asteroide fosse gigantesca, a parte destinada à tripulação era diminuta, não se estendendo por mais do que algumas poucas centenas de metros quadrados. Não seria difícil encontrar o acesso ao Criador de Estrelas. Mas o problema real não era exatamente encontrá-lo, mas sim se esquivar da segurança draconiana, que ainda transitava pelo interior do veículo espacial.

Anilleya e suas protegidas corriam pelas dependências nave, escondendo-se por detrás de colunas de estruturas metálicas ou mesmo às esquinas de intersecções dos corredores.

Haviam tido sorte até então, e os poucos draconianos que encontraram no caminho não perceberam a presença das mulheres, sempre sorrateiras e precisas em seus movimentos, graças às orientações da andrômeda.

Enfim, Anilleya havia encontrado o elevador de acesso à máquina apocalíptica. O Criador de Estrelas estava a trezentos metros acima de suas cabeças, já que toda a estrutura habitável da nave encontrava-se na parte inferior do asteroide. De arma em punho, ela abriu as portas do elevador, indicando que Stjerne e Myrvina entrassem, enquanto dava-lhes cobertura. Ela lamentou que sua pistola TKS estivesse esquecida em algum lugar nos alojamentos do Estrela Perdida. Seria muito útil nas mãos de Stjerne, que também sabia manipulá-la.

A viagem de elevador até o destino derradeiro demorou pouco menos de dez minutos. Uma eternidade para quem estava em fuga tentando não ser descoberto pelos inimigos, até que finalmente as portas se abriram no último andar. Anilleya saiu primeiro, apontando a KWP-33 para os lados, atenta a qualquer movimento.

Stjerne levava o infocubo consigo. Ativado, ele fazia a sondagem do ambiente, orientando-as por onde seguir. E lá estava o Criador de Estrelas, a colossal máquina cilíndrica, tão grande que apenas uma mínima fração podia ser observada da posição onde elas se encontravam, tomando praticamente todo o campo de visão.

Protegido no interior do grande complexo montado no interior do asteroide, o Criador de Estrelas estava entremeado de repletas estruturas metálicas que se cruzavam ao alto, em hastes compridas de hiperaço que pareciam fazer o desenho de uma estranha e gigantesca teia de aranha. A grande máquina alienígena exibia sua superfície em cor de ferrugem, trazendo as marcas dos 50.000 anos em que ficou oculta sob o solo de Mirzam VII.

As mulheres estavam em uma espécie de mezanino que circundava a máquina, protegida por um cercado que de tão extenso se perdia de suas visões. Elas prosseguiram sua busca percorrendo o interminável mezanino, contornando o Criador de Estrelas sempre intocável às suas mãos, até que o infocubo cintilou nas mãos de Stjerne, mudando de branco leitoso para um verde fosforescente. As inscrições que apareceram em uma de suas faces não deixaram dúvidas:

— Encontramos o reator, mestra!

A sacerdotisa visualizou uma passarela metálica ligava o mezanino ao reator logo adiante. Aliviada, ela pegou o infocubo da pupila, preparando-se para o ato final. Cautelosamente, caminhou sobre a estreita passarela, aproximando-se finalmente do Criador de Estrelas. Apontou o infocubo à superfície lateral daquela máquina, confirmando a sondagem realizada por Stjerne.

— Uma andrômeda nunca abandona seu infocubo — disse Anilleya às duas garotas. — Mas hoje veremos uma exceção à regra.

Foram breves momentos, mas para ela, pareciam ser os mais tensos desde que partira de Terra Longínqua. Ela programou o infocubo e torcia para que aquilo funcionasse. Terminada a inserção de comandos, a sacerdotisa aproximou o objeto do Criador das Estrelas. Um puxão violento o fez chocar-se contra a superfície, graças às travas magnéticas que foram ativadas no infocubo.

Estava feito. Ninguém mais o tiraria dali.

— Vamos sair daqui. Depressa! Temos pouco tempo agora.

Enquanto as três mulheres corriam pelo caminho de volta rumo ao elevador, Anilleya explicava para suas protegidas o que havia feito. Era sabido que o infocubo possuía muitas propriedades e funções além da usual fonte de informações, como era costumeiramente utilizado. Myrvina pôde constatar isso de perto ao ver os draconianos serem eletrocutados no observatório da nave. Porém, o que ela não sabia era que além de poder ser usado como uma arma em potencial, o infocubo também poderia ser utilizado como um dispositivo explosivo.

— Ativei o sistema de autodestruição do infocubo. Quando ele entrar em colapso, explodirá junto ao reator do Criador de Estrelas. Se os cálculos não estiverem errados, os danos que a explosão causará possivelmente detonarão essa máquina infernal. Sendo assim, temos menos de vinte minutos para abandonarmos esse asteroide e salvarmos nossas vidas.

Anilleya mal tinha terminado sua explicação quando sentiu o calor da rajada de plasma passar próximo ao seu braço esquerdo, atingindo a parede rochosa. E a seguir outra rajada, e mais outra, que poderiam tê-la atingido, se ela não se esquivasse.

— Draconianos! — alertou Myrvina.

As três fugitivas correram o mais rápido que podiam. Logo atrás, cinco soldados as perseguiam, disparando sem piedade com seus rifles de plasma. Não tardou para que as luzes de emergência cintilassem no teto do mezanino enquanto o estridente alarme ecoava por todo o complexo.

A andrômeda deu proteção às duas garotas atirando contra os inimigos enquanto elas entravam de volta ao elevador. Cerradas as portas, o elevador desceu, em sua longa viagem até o hangar nos níveis inferiores.

Durante o trajeto, a sacerdotisa concluiu que não havia um grande batalhão de soldados servindo naquela missão. Ao que parece, os draconianos estavam tão confiantes que seus planos dariam certo que não se preocuparam em reforçar a segurança no interior do asteroide. Eles jamais imaginariam que capturariam uma andrômeda, e que esta, ao ser trazida a bordo, colocaria tudo a perder.

Chegando ao hangar, elas desceram do elevador às pressas, ainda sob o ecoar estridente das sirenes de alerta. Anilleya atirou nos controles do elevador, impedindo assim seu funcionamento, retardando a vinda dos seus perseguidores do último andar.

Mas não havia acabado. Ao fundo, ouvia-se os rosnares de outros soldados que surgiam por um acesso lateral, iniciando uma nova perseguição. Myrvina pôde contar sete ou oito draconianos, parecia pouco, mas ainda assim era número suficiente para abatê-las facilmente.

Adiante, a andrômeda avistou o Estrela Perdida na pista de pouso, acompanhado por outras duas naves medianas, que provavelmente seriam utilizadas pelos draconianos para fuga, no momento em que programassem a detonação do Criador de Estrelas.

Dando cobertura, Anilleya ordenou que Stjerne levasse Myrvina consigo até a nave, seguindo-as logo atrás enquanto disparava os microexplosores contra os draconianos. Anilleya atingiu dois dos soldados, tendo a impressão de ter acertado um terceiro, mas não parou para confirmar. Os demais se aproximavam em fúria, sedentos de vingança.

Stjerne ativou a abertura da nave pelo painel externo de emergência e a rampa de acesso desceu em uma vagarosidade tamanha que ela mal esperou que tocasse o solo, pulando sobre sua superfície e puxando a amiga ruiva junto a si. Já no interior do Estrela Perdida, rumou para a cabine de comando, ligando os sistemas da nave e soltando as travas magnéticas de pouso.

Anilleya desconhecia totalmente a estrutura interior de uma nave draconiana, mas julgou que encontraria alguma espécie de painel de controles para a abertura das comportas a partir do hangar. Sem isso, não conseguiriam partir, mesmo que pudessem colocar o Estrela Perdida em movimento. Entretanto, sem o infocubo para auxiliá-la com seus sensores, abrir as comportas em meio àquela perseguição tornava-se uma tarefa quase impossível.

Correndo entre pilares e módulos de carga que jaziam no interior do hangar, a sacerdotisa empunhava sua arma, atenta a todo movimento. Correu a distância entre um módulo e outro, atraindo várias rajadas de plasma que atingiam as estruturas metálicas do ambiente, gerando rombos chamuscados nas paredes e colunas de sustentação.

Finalmente, Anilleya encontrou uma cabine de controles em um canto obscuro do hangar, graças à indicação de uma placa de sinalização. Sabia que tinha pouco tempo. O painel que encontrara, com seus botões, sensores de toque e pequenas alavanca, tinha seus indicadores em escrita draconiana. A andrômeda deu graças por ser fluente no idioma dos reptiloides, recordando-se que sempre detestou estudá-lo em seus anos como pupila.

De repente, um vulto aproximou-se com tal velocidade que não permitiu que Anilleya sequer pudesse disparar sua arma. Um golpe certeiro com a coronha do rifle de plasma dado pelo soldado derrubou a andrômeda ao chão, permitindo a chegada de outros dois draconianos que rapidamente apontaram suas armas para a mulher.

Anilleya tentou reerguer-se, mas estava zonza demais para isso. Suas pernas cederam, quando foi amparada pelo soldado que a golpeou. Ele levantou-a segurando-a com suas garras, apertando seu pescoço a ponto de sufocá-la.

— Sei que não irão me matar — disse ela em draconis, com dificuldade em respirar. — Sou muito valiosa para o seu Império.

Mas talvez a sacerdotisa estivesse enganada. Sem o infocubo, e longe dos interesses do comandante Gorn'Wa, ser uma Filha de Cassiopeia não tinha nenhuma relevância para aqueles soldados, ainda mais às vésperas da destruição de Terra Longínqua. Sem pestanejar, os draconianos empunharam seus rifles, preparando-se para exterminá-la, quando foram surpreendidos por feixes de partículas disparados pela pistola TKS nas mãos de Myrvina.

A garota corria em direção à andrômeda, gritando enlouquecida enquanto disparava com a pistola, vendo diante de seus olhos furiosos o sangue púrpura jorrar do pescoço de um dos soldados, ao ter sua cabeça arrancada. O draconiano ao seu lado urrou em dor ao sentir seu braço ser cortado fora pelo raio luminoso, tal como uma fina lâmina extremamente afiada, enquanto aquele que prendia a andrômeda com suas garras tinha a virilha perfurada, fazendo-o disparar seu rifle de plasma acidentalmente. O calor da rajada, embora não tivesse acertado Anilleya diretamente, causou-lhe uma grave queimadura ao atingir de raspão em seu braço esquerdo.

O soldado caiu de joelhos, rezingando enquanto uma saliva viscosa escorria pela bocarra. Ele preparou o rifle para um novo disparo, mas antes que tivesse sucesso, foi novamente atingido pelos raios da TKS de Myrvina que, tomada de profundo ódio, rasgou-lhe a cauda, arrancando-a de seu corpo. Caído em dores ao chão, foi novamente ameaçado pela garota ruiva, que apontou a pistola para sua cabeça enrugada.

— Deixe-o, Myrvina. — falou Anilleya, segurando o braço ferido. — Não perca tempo com isso. Precisamos sair daqui.

A andrômeda ativou por fim a abertura das comportas no painel da cabine, fugindo junto a sua sobrinha rumo ao Estrela Perdida. Naquele momento, os soldados que a perseguiam no último andar enfim apareceram, vindos por outro acesso ao hangar.

Myrvina e Anilleya subiram a rampa de costas, ambas disparando com suas armas sem poupar munição. As mãos de Myrvina há muito transpiravam e ansiava por terminar logo aquilo.

Ao perceberem que os procedimentos de descompressão haviam sido iniciados, os soldados decidiram evadir-se do ambiente, pois sabiam que o vácuo dominaria todo o hangar em pouco tempo.

A bordo da nave, Anilleya ordenou que a pupila recolhesse a rampa, selando de vez o acesso ao Estrela Perdida, enquanto as comportas do hangar se abriam, exibindo o ébano espacial estrelado.

23.

A nave-asteroide ficava para trás a cada instante e não mais podia ser visualizada a olho nu sem o auxílio dos videotelescópios.

Em velocidade de empuxo, o Estrela Perdida seguia em sua fuga desesperada. Stjerne preparava os propulsores superluminais para a entrada no hiperespaço enquanto Myrvina cuidava de Anilleya, cortando a manga do uniforme com uma tesoura e retirando o tecido collant, de modo a expor todo o ferimento. Era uma queimadura de segundo grau, que foi prontamente anestesiada pelo *spray* antisséptico retirado da maleta de primeiros socorros encontrada na cabine de Burk Marconi. Em seguida, o ferimento foi besuntado de pomada reparadora e enfaixado com gaze.

A andrômeda estava orgulhosa de sua sobrinha, não somente por ter salvo sua vida, mas pela mulher destemida que havia se tornado. Acariciou-a no rosto e voltou-se para Stjerne.

— A que distância estamos?

— Estamos a 85 milhões de quilômetros, mestra.

— Ainda não é o suficiente. E os propulsores superluminais?

— Não estão respondendo. Creio que Marconi colocou algum sistema de segurança no Estrela Perdida para que ninguém pudesse saltar para o hiperespaço levando sua nave embora.

— Pode quebrar o código de acesso?

— Estou tentando. Quanto tempo temos?

— Pode acontecer a qualquer momento.

O clima de tensão reinou dentro da pequena nave. Stjerne transpirava, lutando com o computador de bordo para conseguir acesso aos propulsores superluminais, e a cada negativa, seu coração apertava mais e mais em desespero. Tentava concentrar-se, pois sabia que não podia perder a calma naquele momento crucial. Cerrou os olhinhos puxados, buscando inspiração, descansando o semblante nas pequenas mãos espalmadas.

E subitamente, aconteceu.

Um clarão iluminou o Estrela Perdida, ofuscando suas câmeras traseiras e inundando as bordas da janela panorâmica, permitindo com que o intenso brilho chegasse ao interior da nave, obrigando os sensores a ativar o filtro solar na janela.

— Tarde demais! — exclamou a andrômeda. — O processo de criação estelar foi iniciado... Rápido! Ative a blindagem de proteção.

Os sensores da nave captavam as oscilações gravitacionais originadas no ponto onde antes a nave-asteroide se encontrava, enquanto o escudo defletor do Estrela Perdida era flagelado por raios gama e raios-X. A megaexplosão havia gerado uma bolha energética luminescente que crescia a alta velocidade, dando a impressão que engoliria o universo inteiro.

— Os gases em expansão poderão nos atingir com a força

suficiente para que sejamos destruídas com o impacto — explicou Anilleya, apreensiva. — A onda de choque deverá chegar em poucos segundos. Precisamos sair daqui!

— Consegui ligar os motores, mestra! — comemorou Stjerne. — Porém, os reatores precisarão de mais algum tempo para serem totalmente calibrados. Veja! — Ela apontou para o monitor que exibia em gráfico o carregamento de energia dos reatores. O indicador mal ultrapassava 65%. — Jamais conseguiremos fazê-lo a tempo. Sinto muito, mestra.

Em um ímpeto, a andrômeda aproximou-se da pupila girando o assento de comando e colocando-a de frente para si, apontando com o dedo indicador em riste:

— Lembre-se, Stjerne: uma andrômeda *nunca* desiste! Acione os propulsores agora!

— Mas, mestra! Podemos ser aniquiladas com o colapso dos reatores se eles não forem devidamente calibrados.

— Apenas faça!

Atendendo a mentora, Stjerne deu início à sequência de partida. O timer no painel indicava contagem regressiva de cinco segundos.

"Cinco... Quatro..."

Mas antes que a contagem pudesse ser finalizada, o Estrela Perdida foi bruscamente atingido pela onda de choque estelar, sendo envolvido pela nuvem pesada de gás que era lançada do centro da megaexplosão. O chacoalhar sentido foi tamanho a ponto de ser comparado ao mais terrível dos terremotos. O sistema elétrico entrou em pane, fazendo as luzes apagarem e acenderem freneticamente até deixarem a cabine de comando em completa escuridão. Com o painel de comando em curto-circuito, a pseudogravidade foi interrompida e o alarme soou, indicando o rompimento do casco e o escape da atmosfera para o exterior, comprometendo a pressão interna, enquanto os monitores alertavam que um dos propulsores de empuxo havia sido destruído, sendo arrancado da estrutura da nave e atirado ao espaço, enquanto o veículo espacial rodopiava, sendo empurrado sem rumo pelo espaço.

"Dois... Um... Ativar!"

Os propulsores superluminais lançaram o Estrela Perdida ao hiperespaço, em um curso indefinido, escapando das demais ondas de choque supersônicas que se seguiram em meio a enorme quantidade de gás e energia turbulenta injetada no espaço interestelar, criando gigantescos filamentos gasosos multicoloridos em um raio de 17 bilhões de quilômetros. Em meio a nebulosa que se expandia, o colapso gravitacional e as colossais reações termonucleares formavam lentamente o disco luminoso de uma protoestrela.

Nascia aquela que viria posteriormente a ser chamada pelos astrônomos de *A Estrela de Marconi*.

24.

O braço de Anilleya já estava curado da queimadura. Ela havia sido prontamente atendida assim que o Estrela Perdida aportou na cidade espacial em órbita de Lacaille 8760, no caminho de volta à Terra Longínqua. No curto período em que esteve por lá, a andrômeda se atualizou quanto ao andamento da guerra com os draconianos: novos cruzadores e belonaves inimigas atravessavam a fronteira, deflagrando batalhas homéricas contra a Armada Interestelar, interrompendo as rotas comerciais em dezoito pontos do Quadrante. Os noticiários também exaltavam a bravura dos humanoides de Gamma Crucis por enfrentarem a ofensiva draconiana em seu sistema estelar, além de ressaltar a vitória da Armada em Capella e Póllux. Todavia, Anilleya sabia que aquilo era só o começo. A fúria dos homens-lagartos de Alpha Draconis, agora sem sua mais poderosa arma, cairia com toda sua força sobre os mundos da Liga Interestelar.

De volta ao Templo de Cassiopeia, Anilleya foi recebida por Komara no salão principal. A andrômeda caminhou rumo à sua líder, atravessando todo o ambiente, novamente envolta em sua túnica sacerdotal vermelha, cuja cor parecia tornar-se mais viva ao reluzir os tímidos raios solares que transpassavam os vitrais coloridos logo pela manhã. A Mãe Cassiopeia saudou a chegada de sua andrômeda dileta, pegando suas duas mãos e beijando-as enquanto a Anilleya ajoelhava-se, baixando a cabeça em reverência.

Após relatar toda sua aventura à Komara, ela recebeu os informes referentes aos trabalhos de suas irmãs andrômedas: Drâmia desempenhava um ótimo trabalho assistencial no distante sistema estelar Spica, enquanto Pluara cuidava dos refugiados denebianos após a derrocada da Armada na batalha de Deneb Kaitos. Mais próxima de Terra Longínqua, Waleri levava seu apoio à base militar em Groombridge 1618, dando força aos soldados que partiriam para novas batalhas nos confins da Liga Interestelar, tentando frear o avanço draconiano.

A noite chegava e, para surpresa de Anilleya, havia sido preparada uma recepção em sua homenagem, com a presença dos mais relevantes representantes da sociedade, entre membros do Conselho Interestelar, políticos, militares, burocratas e empresários, além das venerandas, missionárias e pupilas do Templo.

Posicionado no púlpito central, Jon Pardano, presidente do Conselho Interestelar e líder máximo da Liga, realizou um breve discurso diante da multidão de dois mil convidados, enaltecendo as qualidades de Anilleya e agradecendo seus feitos em nome de toda galáxia. Em cerimônia irradiada pelo subetérico para todos os mundos da Liga Interestelar, Anilleya agora era reconhecida como uma autêntica heroína, recebendo das mãos do velho presidente a Medalha Terra-Lua, a mais alta honraria que um cidadão interestelar poderia receber.

Ovacionada com aplausos entusiasmados do público presente, a andrômeda agradeceu, dizendo-se feliz por ter cumprido sua missão e ressaltando que ainda havia muito a fazer, pois a terrível guerra ainda não havia terminado.

Ao canto, Myrvina aparecia com sua pele devidamente maquiada, como nunca estivera antes, com lábios cor de rubi e olhos pintados em preto, ressaltando o brilho esmeralda de suas íris. Seus cabelos hidratados e agora tingidos em um vermelho-terra, haviam recebido um tratamento digno de uma Filha de Cassiopeia. A nova pupila estava radiante, trajando sua túnica alva e ornada em fios de prata, em um esplendor que arrancava suspiros de homens e mulheres que admiravam sua beleza, enquanto ela acompanhava sorridente ao lado de Stjerne as homenagens à sua tia heroína.

Encerrando a cerimônia, Komara subiu ao Altar das Graças, cumprindo os rituais finais. Chamou Anilleya para junto de si, que subindo os degraus do altar, ajoelhou-se mais uma vez diante da Mãe Cassiopeia. Ela receberia a coroa de flores de zintra, o símbolo máximo da beleza, do conhecimento e da sabedoria humana, e que a tornaria a sucessora legítima na liderança do Templo de Cassiopeia.

25.

A andrômeda Tharísia acompanhou toda a cerimônia em pé, na lateral esquerda do altar junto a Adora e Síbyla. Remoída de inveja e contrariada com a vitória de Anilleya, viu seus sonhos de suceder

Komara caírem por terra. Não sorriu por uma única vez durante o evento.

Chegada a hora dos cumprimentos, Tharísia retirou-se do salão cerimonial, chamando a atenção das demais andrômedas. Abandonar os rituais do Templo não era do seu feitio. Mesmo assim, ela deixou a cena discretamente, sem dar quaisquer satisfações a quem quer que fosse.

Ela correu pelo acesso lateral, passando pelos pilares de mármore e desviando de um ou outro funcionário do Templo que ia encontrando pelo caminho, sem dar qualquer atenção às reverências que recebia. Seguiu firme em seu caminho, cruzando todo o pátio central até o complexo inferior, entrando pela passagem do armazém, dirigindo-se para além dos portões de carga e descarga de mantimentos dos depósitos, despistando a sempre vigilante Guarda do Templo. Seguindo por um estreito corredor, dirigiu-se até uma passagem pouco conhecida, oculta da maioria dos moradores e funcionários do Templo, e que dava acesso ao exterior das muralhas setentrionais, próximas ao abismo.

Tharísia olhou para trás, buscando qualquer um que pudesse tê-la visto sair, mas nada encontrou. E após toda a jornada rumo ao lado externo do Templo, deixou seu corpo cair, ajoelhando-se no gramado do jardim de entorno, escondida entre as rochas que beiravam o precipício e os arbustos de flores de calípona. Seu pranto veio com uma mistura de ódio e tristeza, enquanto os olhos úmidos encaravam revoltosos o céu estrelado, onde nem a beleza poética das três luas de Terra Longínqua parecia chamar sua atenção. Fizera tudo o que estava ao seu alcance para assumir a liderança das andrômedas. Agora, o sentimento de frustração era latente em sua alma.

Tinha em suas mãos um pequeno comunicador subetérico que trouxera consigo, cuja frequência de transmissão diferenciava da usualmente utilizada pela Liga Interestelar. Limpou suas lágrimas e colocou o peculiar aparelho cilíndrico próximo aos seus lábios, onde sussurrou palavras em *draconis*, ignorando a aproximação de um vulto que vinha em sua direção, e que a perseguira a distância desde que saíra do salão cerimonial.

— Passarei novas informações em breve, assim que tivermos os novos relatórios vindos do Comando da Armada — dizia Tharísia ao pequeno comunicador. — A situação aqui se tornou insustentável e não poderei apoiá-los na liderança do Templo, conforme planejado. Mesmo assassinando Komara, eu não seria mais a nova Mãe Cassiopeia. Anilleya foi oficializada como sua sucessora. Sendo assim, se desejam mesmo vencer essa guerra, o Templo precisa ser destruído, pois ele é a força que alimenta a Liga Interestelar e o câncer que impede a vitória do Império.

Antes que pudesse terminar seu discurso ao comunicador, Adora surpreendeu Tharísia ao aproximar-se dela. A andrômeda dos cabelos cacheados estava estarrecida, observando a morena ajoelhada na grama, compreendendo muito bem o que estava acontecendo ali.

— Tharísia! Isso que você está fazendo... É traição!

26.

Findada a cerimônia, iniciou-se o coquetel para os convidados ao som de uma animada música ambiente. Entre conversas e risos, muitos convidados faziam o possível para se aproximar da andrômeda heroína que desfilava pelo salão cerimonial, saudando-a com suas taças de champanhe taucetiano, em gratidão pelo seu feito. Alguns faziam-lhe reverências e outros queriam beijar-lhe as mãos.

Anilleya nunca se acostumaria com a idolatria dos cassiopistas. E mediante aos últimos acontecimentos, tinha a certeza de que tais bajulações aumentariam a seu contragosto. Mais adiante, a andrômeda avistou Myrvina e Stjerne, que corriam aos seus braços, abrindo caminho entre a multidão. As pupilas traziam consigo um convidado inesperado, para alegria de sua mentora.

— Aldus! — exclamou Anilleya. — Você está vivo!

O capitão Canárian, vestindo seu traje militar de gala, foi ao encontro de sua amada, exibindo um gentil sorriso. Feliz por novamente ver o brilho daqueles olhos azuis, ele puxou a sacerdotisa para si, beijando seus lábios com um ardor apaixonado, sem se importar com os demais convidados. Logo atrás dele, o veganiano Yeshk também surgia, balançando suas antenas em alegria ao reencontrar a amiga andrômeda.

Diante da presença de seus amados, Anilleya sentiu-se completa. Entretanto, um fio de pensamento conectou-a a lembrança do sorriso largo de Burk Marconi, lamentando não ter dito que o perdoava por tudo.

— Felicidades, querida irmã.

Tharísia avizinhou-se sem que ela percebesse, estendendo os braços e demonstrando uma receptividade não vista desde o início da cerimônia. Apesar da breve desconfiança, Anilleya aceitou o abraço da companheira sacerdotisa, sentindo desta um carinho fraterno que nunca sentira antes.

— Tenho certeza que quando Komara chegar à Idade da Transição, você assumirá as obrigações da liderança do Templo com justiça e nos guiará sabiamente como uma verdadeira Mãe Cassiopeia.

— Obrigada, Tharísia. Mas para isso precisarei do apoio de todas as minhas irmãs.

— E você o terá — a morena fitou a loira com uma máscara de ternura no semblante, ocultando como podia seu sentimento de frustração.

— Mas ainda não é hora de falarmos sobre a Transição — disse Anilleya, contraindo os lábios. — Quando estive refém na nave-asteroide, constatei que o comandante draconiano tinha muitos dados a nosso respeito. Informações que não são compartilhadas com pessoas comuns e que não costumam circular as rodas de conversa dos cidadãos interestelares. Para você ter uma ideia, ele sabia muito sobre nossos infocubos, embora não tudo, para nossa sorte. Sem dúvida estão passando informações para o inimigo, e ao que parece isso também está ocorrendo dentro da Armada e até do Conselho. Temos que identificar esses espiões e detê-los o quanto antes.

— Só aqui no Templo, temos centenas de pessoas trabalhando, entre missionárias, pupilas e venerandas, além dos outros funcionários. — afirmou Tharísia de braços cruzados. — Você propõe que investiguemos cada um deles?

E antes que Anilleya pudesse opinar a respeito, Síbyla apareceu aos prantos, cruzando a multidão em direção às sacerdotisas.

— Adora está morta!

O impacto da inesperada notícia não poderia ser outro. Canárian e as pupilas não puderam deixar de ouvir e aproximaram-se estarrecidos, formando um semicírculo a volta das três andrômedas, questionando sobre o ocorrido. Yeshk fez um sinal a um dos garçons, solicitando um copo de água para sacerdotisa, que soluçava em um pranto descontrolado, chamando atenção dos convidados à volta.

— Ela foi jogada do precipício! — esclareceu Síbyla com dificuldade, falando com a voz embargada.

Tharísia abraçou-a, colocando a cabeça dela sobre seu ombro, afagando seus longos cabelos ondulados, tentando acalmá-la.

— Pelos dois sóis! Mas quem poderia ter feito algo tão horrível? — questionou Anilleya, abalada.

E enquanto consolava Síbyla, Tharísia encarou Anilleya com um olhar sombrio, sem nada dizer.

NO VÁCUO VOCÊ PODE OUVIR O ESPAÇO GRITAR

CARLOS ORSI

O MUNDO DESMORONA AO REDOR de Yevgeny Todorov, e ele desmorona junto. A cadeira de comando despenca ao seu lado, quicando com força no teto e depois na antepara esquerda do passadiço.

O estrondo da cerâmica contra o metal é quase reconfortante: dadas as circunstâncias, representa um sinal de *normalidade*.

A queda parece interminável, como se o centro em direção ao qual tudo se projeta estivesse fugindo mais depressa do que as coisas conseguem cair – o que é exatamente o caso.

Todorov olha para os dedos, que lhe parecem estranhamente desfocados, e fica sem saber o quê, afinal, está se desmanchando – se os átomos de suas mãos, se os dos olhos ou os do córtex visual.

De algum lugar, de toda parte, a voz de Ama chega a seus ouvidos:

– Métrica em redefinição... Processo concluído em trinta, vinte e nove, e oito, e sete...

·◆◈◆·

Ao encerrar seu turno anterior no passadiço, três noites antes da dissolução da realidade como a conhecia, o arweinydd Todorov estava a dez dias de casa. Quando seu turno recomeçara na manhã seguinte, o tempo de viagem tinha aumentado para dez anos – e isso, se ele concordasse em deixar o corpo para trás.

– O que houve, navegador? – perguntou Todorov, posicionando-se na cadeira de comando, em um dos polos do anel de controle que ocupava todo o perímetro do passadiço da NAA *Beldurgabe*. – A meteorologia não havia previsto nenhuma variável periódica dentro do envelope da missão. Supernova?

– Azar, arweinydd – respondeu a is-gapten Eshani. – Uma anã

branca colidiu com um pulsar a ponto três-quatro-sete ano-luz daqui. O reflexo adstringente atingiu todos os portais gravíticos em um raio de três parsecs do evento, e não há previsão de reabertura.

"E nós ficamos bem no meio da zona de quarentena", pensou o arweinydd, esfregando as mãos para gerar um pouco de calor. O is-arweinydd Järvinen, responsável pelo turno da noite, gostava de manter o passadiço frio, e o suporte de vida era lento para responder à mudança de equipe.

Elevando a voz – Todorov não viu motivo para manter a consulta ao computador de bordo privada – ele perguntou:

– O que me diz, Ama? Status?

– As ondas gravitacionais do evento estreitaram a capacidade de banda de todas as rotas de subespaço a que temos acesso – explicou o cérebro artificial da *Beldurgabe*. – Enviar matéria a destinos *não locais* está, por enquanto, fora de consideração. Ainda temos alguma capacidade de transmissão de dados, mas de baixíssima qualidade. Insuficiente para o salva-vidas.

– Entendido.

Se a banda de dados fosse suficiente, teria sido possível, numa emergência, transmitir os padrões mentais de toda a tripulação para a base estelar mais próxima, a dez anos-luz dali, onde novos corpos seriam gerados para recebê-los.

Com a comunicação subespacial limitada, porém, qualquer transmissão do tipo teria de ser feita no espaço comum – o que implicava um tempo de viagem de dez anos para o sinal.

– A missão prossegue – determinou o arweinydd. – Qual a previsão para inserção em órbita do artefato?

– Oito horas – respondeu Eshani.

– É bem provável que tudo já esteja normalizado até lá – diz Todorov. Vamos aproveitar que ainda é possível mandar mensagens e avisar a base que estamos bem e prosseguiremos com o programa.

– Entendido – disse o is-gapten Toglu, oficial de protocolo e comunicações. Juntamente com Eshani e com o gapten Muraj, oficial de segurança, ele completava a equipe que sempre trabalhava ao lado de Todorov no passadiço.

A maior parte da tripulação havia optado por corpos masculinos nesta viagem – a opinião de que a testosterona é útil para lidar com o desconhecido estava na moda de novo, depois de duas ou três gerações em baixa. Psicólogos atribuíam a revalorização do masculino à belicosidade dos tempos atuais, principalmente ao aumento na atividade dos ádvenas.

A navegadora Eshani era uma das poucas exceções à regra. Mas Eshani era um caso à parte: ela mantinha o mesmo design somático básico, da cor dos cabelos à genitália interior, em qualquer situação. Comentava-se, à boca pequena, que quando Todorov assumia um corpo feminino – o que quase sempre fazia, para relaxar em suas folgas – os dois eram amantes.

Ainda assim, a presença da *persona* feminina de Eshani havia causado surpresa, mesmo entre os colegas que a conheciam há tempos e já estavam acostumados a suas idiossincrasias.

Porque a missão atual da *Beldurgabe* era vista como especialmente perigosa. O "NAA" antes do nome significava "Nave de Astrofísica e Astrografia". Um vaso científico, portanto.

Mas a presente viagem os levara à periferia de Vanaheim – como era chamada a região da galáxia onde se acumulavam os vestígios de uma antiga raça de exploradores espaciais, apelidados de "deuses".

Os sistemas centrais de Vanaheim eram a província de historiadores e arqueólogos e, lá, tanto os ceidwadols quanto os ádvenas trabalhavam, ostensivamente, lado a lado, em colaborações que já haviam desvendado muito sobre a espécie – ou espécies, esta era uma das questões controversas da historiografia – que precedera os filhos do *Homo sapiens* na conquista da Via-Láctea.

Mas, na periferia, os dois ramos herdeiros da espécie humana original travavam uma guerra fria – pois era lá que os deuses, aparentemente a fim de proteger a enorme população civil de sua cultura, haviam guardado (escondido?) suas armas mais poderosas, seus experimentos mais radicais.

A maior parte das relíquias "divinas" achadas na periferia tinha sido encontrada por acaso, ou em missões de exploração, mas o "artefato", como Todorov o chamara, representava um caso à parte.

Embora muito da linguagem dos "deuses" ainda precisasse ser decifrada, grandes avanços tinham sido feitos na compreensão do código binário usado em sua matemática e registros astronômicos.

Na leitura de um conjunto de cartas celestes, os cientistas tinham encontrado o símbolo de *planeta* seguido por um sufixo que, de acordo com os linguistas, parecia indicar natureza *artificial*.

As coordenadas desse "planeta construído" eram dadas, num

sistema que usava como referenciais o centro da Via-Láctea e de galáxias próximas.

Extrapolar, em linhas gerais, a evolução dessas posições ao longo dos milênios não tinha sido muito difícil.

Com uma dose moderada de probabilidade e de intuição para dar conta de imponderáveis como a passagem de buracos negros desgarrados ou ondas de choque vindas de fora do Grupo Local, o "envelope da missão" tinha sido definido: um volume de espaço com o formato de um abacate e 1% de ano-luz em seu eixo maior.

– Sondas de perímetro? – perguntou o arweinydd.

– Três gigadoses de nanorrobôs foram disparadas durante o turno do is-arweinydd Järvinen – respondeu Eshani. – O enxame deve completar a análise holográfica do alvo dentro de poucos minutos.

– Dados preliminares?

– Taxa de sobrevivência dos sensores, 67% – informou Muraj. – Dentro do esperado. Mas por pouco. Condição magenta?

Todorov assentiu com um movimento da cabeça. Não disse nada, mas um mapa hidrográfico de pequenos vincos de apreensão ganhou forma nos cantos de sua boca e ao redor dos olhos.

Era esperado que parte dos bilhões de robôs microscópicos, lançados pela nave para funcionar como sensores avançados, se perdesse no caminho até o alvo. Membros do enxame corriam risco permanente de fritura por raios cósmicos, de acabarem esmagados em colisões com micrometeoritos ou, simplesmente, desabilitados por efeitos quânticos.

Uma taxa de destruição excessiva, no entanto, poderia indicar a presença de uma força hostil, atuando para ocultar-se. O nível crítico ficava em torno de 50%. Dadas às circunstâncias, a escalada da condição de defesa, de amarelo para magenta, era apenas prudente.

Os pensamentos do arweinydd foram interrompidos pela voz de Eshani:

– Telemetria chegando.

– Ama?

– Dados integrados.

– Na tela.

No centro do anel de comando, a esfera holográfica de símbolos, números, curvas, pontos, cores e formas que descrevia a posição da *Beldurgabe* em relação à Vanaheim, aos portais e à sua vizinhança imediata, foi substituída por um sólido geométrico de faces multicoloridas, onde cada matiz representava uma camada de dados, codificava um tipo de informação.

– Desativar *overlay* – ordenou o arweinydd, e a imagem foi imediatamente substituída pela de um objeto quase esférico, e quase tão escuro quanto o espaço vazio ao seu redor. – Vamos lá, pessoal. Para que estou olhando?

– Volume e diâmetro aproximadamente iguais aos da Lua da Terra – disse Eshani. – Mas massa muito menor. Provavelmente oco...

– A forma é um icosaedro truncado, com uma esfera inscrita – completou Ama, interrompendo a navegadora. – Temperatura, ponto três-nove-nove acima da radiação de fundo. Albedo, ponto zero-oito-quatro. Composição...

Uma estática baixa preencheu o canal de áudio usado pela mente da nave. Todos aguardaram em silêncio, até que Todorov ergueu a voz:

– Composição? Ama? Do que esse negócio é feito?

– Casco externo, blindagem de liga cerâmica típica da tecnologia de Vanaheim – o computador de bordo articulava as palavras como se estivesse aprendendo a pronunciá-las naquele mesmo instante. Parecia balbuciar – Es-fe-ra interna... in-ter-na...

A estática retornou. A um sinal de Todorov, o oficial de segurança acionou o is-arweinydd Järvinen para que cuidasse do assunto.

– O que é isso? – Toglu apontava para um trecho da imagem onde uma das facetas do planeta artificial parecia arredondada. – Ama disse que a coisa era um icosaedro, certo?

– Järvinen aqui – a voz do imediato entrava no canal particular de Todorov, inaudível para o restante do anel de controle. – Ama foi atacada. Algum tipo de vírus...

– O círculo marca um trecho da superfície que está fora da cobertura das sondas de perímetro – disse Eshani, respondendo à pergunta do oficial de comunicações.

– Fora? – Muraj soava chocado.

– Condição vermelha – determinou o arweinydd. – Desconectar sondas – ordenou, ponderando que qualquer vírus que tivesse atacado Ama teria de ter entrado pelos sinais de telemetria emitidos pelos nanossensores.

O alarme de postos de combate estava começando a soar dois segundos antes do primeiro impacto.

·•◈•·

Acelerar asteroides contra o alvo fazia parte da estratégia básica dos ádvenas, cujo lema era *usar tudo o que o espaço tivesse a oferecer*: a energia das estrelas como alimento, a suave pressão da luz como propelente, as nuvens moleculares como lar.

A maioria dos ádvenas era máquina e gente em partes equivalentes, e quase todos tinham perdido a capacidade de sobreviver em uma superfície planetária sem cuidados especiais. Viajavam nus pelo espaço, mas precisavam de armaduras para caminhar sobre a grama.

O bloco maciço de ferro e irídio que Cabeça jogara, com as próprias patas, contra a *Beldurgabe* provavelmente não teria causado grandes danos mesmo se a nave estivesse com os escudos desligados, mas certamente chamara a atenção dos ceidwadols, os "caretas" que insistiam em se arrastar no fundo de poços de gravidade e em manter as inteligências, artificial e natural, escrupulosamente separadas.

"Se bem que isso pode ser uma vantagem para eles agora, dadas as circunstâncias", pensou Cabeça, ao mesmo tempo em que sentia o equivalente cibernético de um arrepio na espinha ao tentar imaginar o destino de seu complemento, a mente sintética que atendia pelo nome de Cauda.

O contra-ataque dos ceidwadols não demorou a vir, sob a forma de uma lança de micro-ondas que teria cortado Cabeça ao meio, se ele tivesse ficado parado esperando por ela. O que, obviamente, não fez.

Numa situação normal, Cabeça teria pedido a Cauda para estabelecer contato com o computador de bordo dos ceidwadols, mas no momento isso era impossível.

Agora, no entanto, que tinha a atenção dos sensores de curto alcance da nave, talvez conseguisse estabelecer um canal de comunicação.

·•◈•·

– O ádvena diz que está sozinho – Toglu não tivera muita dificuldade em traduzir o código binário de letras e números que Cabeça havia proposto. As mensagens estavam sendo trocadas por meio de pulsos de laser infravermelho de baixa intensidade. – Seu...

"complemento" sofreu algum tipo de acidente nas vizinhanças do artefato.

– Com que metade estamos falando, então? – perguntou Muraj. – A humana ou a máquina?

– A que está lá fora é a parte predominantemente humana – respondeu o oficial de comunicações. – Mais leve, menos poder de processamento, maior mobilidade no vácuo.

– E o que deseja, afinal? – quis saber Todorov.

– Aparentemente, ele precisa de nossa ajuda para resgatar sua outra parte.

– É arriscado, arweinydd – disse Muraj. – Foi muito estranho termos perdido contato com Ama imediatamente antes do ádvena nos procurar.

– Se entendi bem, ele ficou sem seu complemento, o módulo de inteligência artificial que completa sua identidade, um pouco antes de nós perdermos Ama – ponderou Todorov. – É bem possível que ambos tenhamos o mesmo problema, com uma causa comum.

– O artefato?

– Ou alguma coisa *no* artefato.

A navegadora, que vinha acompanhando a conversa em silêncio, decidiu que esse era um bom momento para interferir:

– Mas o que ele *sabe* do artefato?

– Mais do que nós, aparentemente – disse Toglu. – A descrição que nos enviou do objeto bate com a que temos, e ele acrescentou ainda que a área onde seu complemento desapareceu coincide com a brecha circular em nossa cobertura de sensores. Além disso, ele diz saber do que é feita a esfera que está dentro da armadura geométrica.

Muraj coçava uma sobrancelha, impaciente:

– E do que é, então?

Toglu abriu um sorriso forçado:

– Só vai nos contar se o deixarmos vir a bordo.

Todorov tossiu, dizendo:

– Bem, isso resolve tudo. Não temos exoesqueleto para emprestar.

– Ele disse que consegue fazer um, com as sobras do asteroide que jogou na gente.

Muraj corou:

– Com todo o devido respeito, arweinydd, isso é muito perigoso. Os ádvenas...

– Não merecem confiança, eu sei. Mas quem disse que *nós*

merecemos a deles? Vamos, vamos! Convidemos o andarilho das estrelas a entrar.

·◈·

Cabeça trabalhou depressa.

Usando os maçaricos de precisão, os sensores e os bisturis de diamante que tinha embutidos em suas mil patas e quinhentas bocas, aplicando os gabaritos arquivados em sua memória permanente, atacou cada um dos fragmentos da rocha espacial que usara para chamar a atenção dos ceidwadols, devorando molécula e metal indistintamente.

Seu corpo segmentado foi reconstruído sob a forma de uma armação reforçada capaz de mantê-lo ereto e móvel na esmagadora gravidade de 3,7 m/s^2 que reinava a bordo da *Beldurgabe*.

Infelizmente, a maior parte dos sistemas de síntese bioquímica ficava a abordo da Cauda, então ele não tinha como fazer crescer ossos e músculos adequados rápido o bastante.

Mesmo assim, a criatura que o is-arweinydd Järvinen recepcionou na escotilha de atividade extraveicular parecia surpreendentemente humana.

Não sendo de todo ingênuo quanto à psicologia dos ceidwadols, Cabeça optara por seguir, o mais de perto possível, o *layout* do gênero *homo*, a fim de deixar seus anfitriões mais à vontade.

O corpo que decidira construir tinha contorno feminino. O volume extra dos "seios" estava sendo usado para acomodar sistemas redundantes de inteligência e sensoriamento. Já o dos "quadris", para encaixar estruturas mais robustas de suporte, além de servomotores extras.

A "pele" era levemente morena, embora emitisse um brilho prateado quando iluminada sob certos ângulos. Não havia pelos ou cabelos. Os olhos, multifacetados como os de um inseto, não tinham íris.

Assim que a atmosfera foi restaurada na escotilha, Järvinen fez as honras da nave:

– Bem-vinda a bordo, senhora...?

– Cometa – respondeu o ádvena, usando o nome pelo qual o duo Cabeça-Cauda era conhecido. – É uma honra estar aqui, obrigado. O senhor é o arweinydd?

– *Is*-arweinydd – corrigiu Järvinen. – O arweinydd Todorov, líder da missão, a espera na sala de reuniões.

– O computador da nave parou de responder, certo?

Todorov agradeceu silenciosamente por Muraj ter ficado no passadiço. O fato do(a) ádvena saber da desativação de Ama teria feito a paranoia natural do chefe de segurança explodir.

– E por que você diz isso? – perguntou Toglu.

Cometa sorriu. Um sorriso lindo, pensou Eshani, já semi-hipnotizada pela forma feminina da visitante, ao mesmo tempo em que tentava empurrar para o fundo da mente a questão, que insistia em aflorar à consciência, de se o design da armadura incluiria também funções erógenas.

– Minha contraparte desapareceu – foi a resposta do ádvena. – Presumi que o problema que a afetou tivesse atingido outras inteligências artificiais do setor.

– E por que você presumiria isso? – desta vez a questão partia de Eshani, tentando chamar a atenção do visitante para si.

– Ah, é claro. Vocês ainda não sabem.

– *O que* não sabemos? – Todorov considerava-se um homem tolerante, mais diplomata e cientista que militar, mas a situação toda beirava o insuportável. Sem acesso aos portais e sem inteligência artificial, a *Beldurgabe* era como um ovo sem casca, um alvo fácil pairando no espaço.

Além disso, ele conseguia cheirar os feromônios que Eshani estava emitindo na presença do ádvena.

Sentidos aguçados para o estado endócrino da tripulação faziam parte do kit básico de um corpo de arweinydd, e Todorov devia estar acostumado a variações assim, mas a excitação sexual de sua amante o irritava, e não havia nada que pudesse fazer a respeito.

– A composição do núcleo do... – Cometa fez uma pausa, dando-se conta de que o planetoide artificial não havia sido batizado ainda – objeto lá fora. – Antes que o arweinydd conseguisse dizer algo para manifestar, mais uma vez, sua impaciência, o ádvena deu voz a sua divagação: – "Objeto", aliás, é uma palavra tão desajeitada... Proponho chamarmos a coisa de Mímr, que tal? Ficaria coerente com Vanaheim.

– Mímr? – perguntou Eshani.

– Uma cabeça decapitada, preservada em ervas por Odin e que oferecia oráculos, na mitologia nórdica – explicou Toglu, sem emoção.

– Exatamente – concordou Cometa, radiante. – Um nome apropriado, se posso dizer. Afinal, o núcleo de Mímr é feito de computrônio puro.

– Computrônio... – Todorov repetiu, com a voz neutra, depois do silêncio que se seguira à revelação do ádvena, todos tentando compreender as implicações do que havia sido dito.

Aquele era o nome genérico do estado assumido pela matéria quando cada um de seus componentes mais básicos – quarks, glúons, léptons – converte-se num processador de dados.

O custo de produção era enorme e as condições de armazenamento, puro pesadelo. A estimativa oficial era de que houvesse menos de cem quilos do material *em toda a galáxia*.

Ama continha um núcleo de computrônio com menos de um grama – a massa era medida em elétron-volts. Todorov se deu conta de que era provável que a contraparte do ádvena também tivesse uma pitada do material em seu interior.

Toglu voltou-se para o ádvena com incredulidade:

– Você está dizendo que aquela coisa lá fora é uma massa de computrônio do tamanho da Lua?

– Se a Lua a que você está se referindo é a Lua da Terra, sim, isso mesmo – respondeu o visitante. – Minha teoria é de que os deuses deixaram esse supercomputador aqui há milhões de anos, calculando sabe-se lá o quê, e que ele de alguma forma cooptou os fragmentos em minha contraparte e na nave de vocês.

– Faz sentido – comentou Toglu. – Se o problema é complexo o bastante para manter um planeta de computrônio ocupado por milhões de anos, qualquer nanograma extra pode fazer a diferença.

– E o que podemos fazer a respeito? – quis saber Eshani.

– Se soubéssemos em que problema Mímr está trabalhando, talvez descobríssemos uma forma de libertar os nossos pedaços de computrônio da obsessão por ele – respondeu Toglu.

– Como? Ama não responde.

– Suponho que Ama seja a inteligência artificial de vocês, e que as únicas interfaces que têm com ela são áudio, vídeo, no máximo código de máquina. Muito limitado. Se vocês conseguirem localizar minha contraparte – disse Cometa – e me derem cobertura, eu posso ir até ela, e tentar uma interface neural direta.

– Vamos ao passadiço – respondeu Todorov, levantando-se. – Nossos nanossensores estão desativados, mas temos os registros do que eles viram enquanto orbitavam Mímr.

·•◈•·

– Com todo o respeito – Muraj mantinha as mãos para trás, crispadas de encontro à coluna; era tudo o que podia fazer para não explodir em insubordinação –, é uma *loucura*. Se o planetoide é mesmo feito de computrônio, ele representa o recurso mais valioso já descoberto pelo homem. Dar acesso a isso ao ádvena...

– O ádvena já tem acesso a isso – contra-argumentou Todorov. – Ela poderia ter flutuado até lá quando quisesse, sem se dar ao trabalho de parar para falar conosco. E a metade artificial dele está em poder de Mímr, assim como Ama.

– Só temos a palavra *dele* quanto a isso – respondeu o oficial de segurança.

– Järvinen?

– O problema de Ama está no núcleo de computrônio, sem dúvida – disse o is-arweinydd. – O complexo de quarks e glúons está processando *alguma coisa*, só que não temos como saber o que é. Mas detectamos uma troca intensa de neutrinos com Mímr. Parece comunicação.

Todorov assentiu, com um movimento da cabeça:

– Foi por isso que mandei reativar os nanossensores. O que quer que esteja influenciando Ama não depende dos canais normais.

– Vocês fazem ideia de qual é a capacidade de processamento *daquilo*? – Muraj soava como um lobo acuado.

O is-arweinydd fechou os olhos e massageou o próprio pescoço com as duas mãos antes de responder:

– Os teóricos falam da possibilidade de haver uma massa crítica de computrônio, a partir da qual o computador resultante seria capaz de simular o Universo observável com um grau de definição impossível de distinguir da coisa real. Nesse caso, nós mesmos poderíamos estar vivendo dentro de um globo de computrônio e não notar...

– E que massa é essa? – interrompeu Todorov.

– Ninguém sabe. Digo, ninguém foi capaz de pôr um número definitivo nela: o poder do computrônio cresce exponencialmente com o número de partículas. Mas esse estágio hipotético, capaz de simular todo o Universo, tem um nome: Mente de Deus.

– E é isso que você acha que tem lá fora?A Mente de Deus?

– Com a adição das massas de computrônio que nós e o ádvena trouxemos? Do meu modo de ver, nada impede que aquela coisa seja não só a mente, *mas Deus em pessoa*.

·•◈•·

Enquanto o alto comando da nave discutia a natureza do problema, Toglu e Eshani entretinham o convidado.

– Mímr – a voz do ádvena, em sua forma feminina, provocava um arrepio nada desagradável na nuca da navegadora. – Imagino para quê os deuses criaram aquilo.

Eles estavam no passadiço, todos juntos à estação de Eshani, que tentava obter alguma telemetria sobre a posição da Cauda. A imagem holográfica do icosaedro negro dominava o centro do anel de controle.

– Os arqueólogos nunca encontraram sinal de computrônio em Vanaheim – disse Toglu. – Havia a hipótese de que os deuses não tivessem tido acesso à substância... Ou porque alguma lei da física era diferente na época deles, ou porque, ao menos nesse aspecto, nossa tecnologia se mostrou superior.

O ádvena riu.

– Bem, mais um golpe para o orgulho humano. Os deuses não só inventaram os portais gravíticos, como ainda por cima tinham computrônio. Só que resolveram juntar tudo o que tinham num lugar só.

– Você acha que aquela bola é toda matéria processante que a civilização de Vanaheim conseguiu criar?

– Ah, tenho quase certeza disso.

– E por quê?

– Porque ela é *insuficiente*. Mímr é uma... *máquina*. Uma máquina inadequada para o que quer que seja seu propósito. Se não fosse inadequada, não teria precisado sequestrar os recursos miseráveis de sua nave e de minha contraparte. Agora, se os deuses tivessem sido capazes de fazer Mímr autossuficiente...

– Eles teriam feito – completou Toglu. – Faz sentido. Os deuses deram àquela coisa todo o computrônio que tinham, e nem isso bastou.

– Bastou para o quê? – perguntou Eshani, manipulando os controles para melhorar o contraste da imagem do icosaedro.

– Essa é a grande questão, certo? – Toglu sorriu.

– Não – discordou Cabeça. – A grande questão é como soltar minha contraparte... E o computador de vocês, claro.

Eshani imaginou se o ádvena estaria sentindo algum tipo de desconforto, por conta da separação de suas partes. Será que o visitante amava sua contraparte? Ou sentia falta dela num sentido mais físico, como uma vítima de amputação, antes que o corpo seja regenerado? Os ádvenas seriam capazes de sentir dor?

A is-gapten confessou a si mesma que sabia muito pouco sobre esses filhos pródigos da humanidade, e quase tudo o que pensava conhecer a respeito deles se baseava em boato e preconceito.

Os ádvenas, no geral, desdenhavam os portais e até mesmo a transmissão de padrões mentais, preferindo viajar lentamente entre as estrelas, reconstruindo e reiventando seus corpos e identidades ao longo de milênios em trânsito pela galáxia.

Enquanto um ceidwadol podia preservar o mesmo núcleo de personalidade por séculos – teoricamente, por toda a eternidade – os ádvenas eram assustadoramente promíscuos com seus egos, recriando-os, mesclando-os, fundindo-os e descartando-os sem nenhuma reserva.

A identidade atual dessa "Cometa", por exemplo, poderia desaparecer para sempre no momento em que as duas partes da persona original se reencontrassem.

– Ali – disse a navegadora, mais uma vez empurrando para o fundo da mente a questão de se o corpo atual do visitante seria capa de algum tipo de interação íntima com indivíduos de carne e osso. – A região circular na superfície de Mímr, onde não obtínhamos cobertura... Há um efeito de polarização do vácuo que neutraliza a telemetria, mas posicionei os nanossensores numa tangente, junto ao terminador e ao longo horizonte, e consegui uma leitura indireta. Mesmo com Ama desativada, a nave ainda tem poder de computação suficiente para gerar um modelo. Aqui.

O holograma, no centro do anel, passou então a mostrar uma pirâmide truncada, marcada, em seu topo, por uma cratera – um túnel afunilado de paredes perfeitamente lisas, com abertura em forma de elipse. Um complexo conjunto de cores e texturas tomava conta da abertura.

– O túnel mergulha em direção ao centro da massa de computrônio – disse Toglu. – É como o fosso de uma mina...

– Preste atenção na geometria daquilo – o tom de voz do ádvena tornara-se áspero. – Não é um círculo, afinal. É um paraboloide. Vocês sabem o que isso quer dizer.

Eshani e Toglu trocaram olhares.

– Uma *antena*? – respondeu, pelos dois, o oficial de comunicação. – Mas para quê? Transmissão ou recepção?

– Depende do que ela tem no foco – disse Eshani, contendo-se para não acrescentar, "é óbvio". – Vamos reajustar os sensores... Prioridade alta, ponto focal...

O túnel parabólico pareceu crescer na tela do holograma – para os espectadores, era como se se vissem projetados para o interior da cratera.

Depois de algum tempo a amplificação da imagem finalmente desacelerou e, por fim, parou. O código de cores e formas indicava que o primeiro plano estava tomado pelo foco matemático da depressão. Ali, parecia haver uma plataforma e, sobre ela, um curioso objeto, extremamente delgado, que só se via em silhueta – mas que parecia ser o par de asas de uma colossal borboleta.

– Este é o foco – disse Eshani. – Mas *o que é* o foco?

– Cauda – respondeu o ádvena. – O objeto no foco é a minha contraparte artificial.

·•◈•·

A bordo da nave auxiliar, Eshani e Cabeça viajavam em silêncio. A missão era levar o pequeno veículo diretamente para o interior da antena-cratera de Mímr, e retirar Cauda dali.

O uso da nave havia sido uma solução de compromisso: inicialmente, Cabeça tinha se resolvido a voar diretamente para lá – sendo impedida, apenas, pela interferência de Muraj. O chefe de segurança era da opinião de que o arweinydd vinha sendo por demais complacente com o ádvena, e o próprio Todorov havia concordado que franquear ao hóspede acesso irrestrito à massa de computrônio seria levar a cortesia um pouco longe demais.

Sentindo a tensão entre os oficiais da *Beldurgabe*, Cabeça concordara em viajar a bordo de algo tão desajeitado quanto um veículo com sistema de suporte de vida. Intelectualmente, ela sabia que jamais teria conseguido localizar sua contraparte tão rapidamente sem a ajuda dos sensores da nave e que, portanto, alguma tolerância era necessária. Instintivamente, no entanto, o ádvena estava esmagado – de claustrofobia, singrando o espaço num volume tão pequeno; de ansiedade, sem saber o que, afinal, tinha acontecido com a Cauda.

Ele havia controlado bem as suas emoções durante o tempo a bordo da nave maior, quando a questão do destino de Cauda ainda se encontrava em aberto; agora, no entanto, a tensão era quase mais do que conseguia suportar. Se seu corpo fosse capaz, Cabeça estaria suando frio.

Por isso, o silêncio. Como todos os povos nômades desde os primórdios da história, os ádvenas eram intensamente falantes – mesmo que, na maioria das vezes, a "fala" se desse por meio de feixes de micro-ondas.

Notícias de amigos distantes, a descrição de lugares desconhecidos, informações sobre os costumes e a história de outras tribos, tudo isso era precioso para os ádvenas. A oportunidade de trocar impressões sobre a vida e o Universo com um ceidwadol, então, era algo que nem o mais tímido dos andarilhos das estrelas deixaria passar em branco.

Mas Cabeça estava ansioso. Preocupado. Isso mantinha sua boca fechada.

A presença de Eshani a bordo tinha sido uma derrota para Muraj. Ele queria ter acompanhado o ádvena, mas a is-gapten apontara o óbvio – que sem a consciência de Ama para controla-la, a nave auxiliar teria de ser pilotada em modo 100% manual, coisa que apenas ela, a navegadora, seria capaz de fazer com segurança.

Eshani saboreva o silêncio. Seu controle sobre a nave era quase inconsciente – os dedos deslizavam sobre o painel como se tivessem vontade própria; a trajetória traçada até o centro da cratera era uma curva de queda livre, como a que seria traçada por um asteroide que fosse sugado para lá, não por curiosidade, apreensão ou ansiedade, mas pela sutil curvatura do espaço-tempo.

Isso deixava sua mente consciente livre para mergulhar na questão do desejo que sentia pela forma do(a) ádvena. O que haveria, neste corpo de cores nada naturais, com olhos de inseto, que a atraía tanto?

A divisão milenar da humanidade entre ádvenas e ceidwadols tinha seu ponto de clivagem exatamente na definição do "humano" – mais precisamente, os ceidwadols se preocupavam muito com isso, enquanto que os ádvenas apenas davam de ombros e deixavam que sua tecnologia e seus instintos os levassem para onde quer que fosse.

A is-gapten se perguntava se o método da outra tribo não seria mais prático, simples e fácil.

Alerta de impacto!

– Quê? – a voz sintetizada do sistema de defesa da nave arrancou Eshani de seus devaneios, e o relevo do painel sob seus dedos assumiu uma realidade imediata, urgente.

– Mímr está atirando em nós – foi tudo o que Cabeça disse.

A nave auxiliar não tinha um anel de comando, mas uma simples tela de situação diante dos controles, onde informações sobre a posição do veículo e as condições nos arredores eram representados como ícones e equações ou, dependendo do caso, em detalhadas imagens tridimensionais.

O alerta havia ativado automaticamente o modo tridimensional de realidade aumentada, aonde cada holograma vinha acompanhado de uma série de rótulos e codificações coloridas.

O que a tela mostrava, então, era um grupo de cinco mísseis voando em formação, tendo como destino o casco externo da nave auxiliar.

Eshani conhecia a tática – era improvável que algum piloto espacial da galáxia a desconhecesse: quatro objetos marcando os cantos de um trapézio, o quinto ao centro, um pouco mais adiante.

Era a solução mais simples e elegante para realizar um bombardeio no vácuo: o míssil central iria para o impacto frontal direto (ou atrairia o fogo antimíssil). Dos demais, dois iriam aos flancos, um à barriga e um, à retaguarda.

– Sem espaço de manobra, aproximação rápida demais – disse Eshani, entrando automaticamente na cadência fria e impessoal do oficial tático. – Dependemos das defesas da nave.

Os escudos da nave auxiliar resistiram ao míssil frontal. Baterias de defesa deram conta dos laterais e do traseiro, mas o da barriga pegou o veículo em cheio.

A tela de situação se apagou por completo.

– Só temos energia para sistemas de emergência – disse Eshani, com a voz neutra, olhando para um minúsculo monitor na base do painel de controle, um quadrado luminoso que era a única peça que ainda brilhava dentro da nave.

– Mímr está atacando de novo – afirmou Cabeça. – Outro quinteto. Impacto em sessenta segundos.

– Como você...? – a is-gapten não concluiu a pergunta. Era óbvio, ela disse a si mesma, como o ádvena *sabia:* um corpo construído para viajar nu pelo espaço certamente tinha sentidos que transcendiam os sensores de curto alcance de uma nave auxiliar.

– Posso voar para fora daqui – disse Cabeça, falando depressa. – E você?

– Tenho um corpo fresco me esperando na enfermaria da *Bedurgabe*, não se preocupe. Só preciso fazer a transmissão.

Cabeça ficou alguns instantes a observá-la enquanto, na superfície de seu cérebro, uma parte especialmente dedicada do córtex acompanhava cada passo dos cinco novos mísseis; se não houvesse um vácuo ao redor, provavelmente já seria possível ouví-los chegando. Por fim, disse:

– Tenho uma ideia melhor. Venha. Dê-me a sua mão.

··◈··

A nave auxiliar desabrochou numa rosa feérica de chamas, projetada em silêncio no centro do anel de comando da *Beldurgabe*.

– Aquele planetoide está armado – o is-aweinydd Järven não se desculpou por articular o que era mais do que evidente.

– Aquela *coisa* está trabalhando junto com o ádvena – grunhiu Muraj. – Sou só eu que enxergo isso?

– Aquela *coisa* – Todorov falava pausadamente, como se se dirigisse a uma criança especialmente limitada – é, com toda probabilidade, o computador mais poderoso do Universo. Se quisesse acabar com a gente, não precisaria...

– Ali – Järvinen chamou a atenção dos dois oficiais. – O ádvena sobreviveu à explosão.

A imagem no centro do holograma expandiu-se, revelando a forma feminina de Cabeça, intacta, flutuando junto a uma nuvem de fragmentos da nave auxiliar. Pequenos pontos de luz surgiam e desapareciam intermitentemente na "pele" do visitante, cada foco seguido por uma pequena mudança de velocidade ou posição.

– Ela está consciente – afirmou Muraj. – Está usando minifoguetes para manobrar. Ela estava *pronta* para o que aconteceu.

– Ela saiu do vácuo e embarcou na *Beldurgabe* usando essa forma – disse o is-gapten Toglu, entrando pela primeira vez na conversa. – Era de se esperar que o corpo tivesse capacidade de manobra no vácuo. Foi do vácuo que o ádvena *veio*, afinal.

– Ele está certo – concordou Todorov.

Muraj estava com as orelhas vermelhas:

– A is-gapten Eshani está *morta*. Se é que isso faz alguma diferença.

Todorov lançou um olhar de dúvida na direção de Järvinen. O is-anweinydd consultou algo num monitor virtual que só ele era capaz de enxergar, e que flutuava alguns centímetros à frente de seu rosto.

– Não há sinal de chegada à enfermaria – declarou ele, por fim. – Eshani está reduzida ao último back-up.

– Que está...?

Mais alguns instantes de consulta à tela flutuante trazem a resposta:

– Num cartório, em órbita de Gliese 581.

– E nós continuamos sem acesso aos portais.

– Exatamente. E nem mesmo radiação consegue passar, agora.

– Toglu, você acaba de ser deslocado para a função de navegador.

– Sim, *senhor*.

Enquanto o is-gapten se deslocava para a posição correspondente no anel de comando, Muraj perguntou em voz alta, para ninguém em especial:

– O que fazemos, então?

Todorov respondeu:

– Esperamos para ver o que o ádvena fará. Talvez tente se comunicar conosco.

– E se não tentar?

– Veremos.

·•◈•·

Eshani viu o mundo por olhos que não eram os seus.

"Como você está?"

A pergunta vinha de toda parte e de lugar nenhum – parecia vibrar ao redor e no interior de seu ser. "*E que ser é esse?*", perguntou-se a is-gapten, reconhecendo a própria voz como algo distinto da que ouvira/sentira ao acordar, e ao mesmo tempo em que se dava conta de que não tinha mais um corpo.

Ela poderia, talvez, dizer que sua consciência "flutuava", desencarnada, mas nem isso seria correto: flutuar pressupõe um espaço, a sensação específica de imponderabilidade – nada disso se aplicava. Ela apenas *era*: uma série de pensamentos pensando-se a si mesmos.

"Como você se sente?"

A voz, de novo.

"Não me sinto", Eshani pensou/respondeu.

"Desculpe".

A transição foi tão abrupta, tão vertiginosa, que Eshani teria vomitado – se ainda tivesse a anatomia necessária para tanto.

De um ego solitário, sua experiência expandiu-se, no instante seguinte, para o êxtase de abraçar, e de ser abraçada, pelo Universo:

a comichão das colisões relativísticas de prótons com a pele, o calor trepidante dos raios cósmicos fazendo formigar os pés, a cômica desintegração dos mésons na ponta da língua; o prazer mais cru, mas nem por isso menos intenso, da eletricidade estática gerada pelos elétrons do vento estelar.

E Mímr, à frente, visto pelos olhos do ádvena, uma joia brilhante que refratava zeros e uns como um diamante suspenso no veludo escuro do vácuo.

"Bem-vinda ao meu sensório", disse a voz, que ela reconheceu como sendo Cometa. *"Espero que não haja problemas de adaptação".*

"É sempre assim?"

"Você está sentindo sobrecarga? Posso filtrar o canal de entrada um pouco mais."

"Esta já é a versão filtrada?", Eshani não conseguiu – à bem da verdade, nem tentou – disfarçar o encantamento em sua voz.

"Mímr nos atacou", disse o ádvena, interpretando a última pergunta de sua hóspede como retórica. *"Não havia como a nave auxiliar escapar, então absorvi seus padrões mentais em mim antes de abandoná-la. Temo que seu corpo foi destruído. Se você preferir usar um back-up mais antigo na próxima ressurreição, posso apagar o registro agora mesmo e..."*

"Oh, não. Por favor!", ela respondeu, concentrando-se para voltar a apresentar uma faceta mais profissional de sua personalidade, Eshani acrescentou: *"Estamos nos aproximando de Mímr, agora. Se formos atacados da primeira vez..."*

"Estou deixando bem claro que somos um objeto tripulado", disse o ádvena. *"Acho que o ataque foi provocado por nossa trajetória anterior de queda livre. Mímr pode ter imaginado que éramos apenas mais um pedaço de lixo espacial. Ele talvez não reaja com violência à aproximação de seres inteligentes."*

"Espero que você esteja certa."

"Não se preocupe. Eu conseguiria manobrar por entre mísseis como aqueles sem problema nenhum."

"Vamos esperar, então, que eles não tenham armas menos grosseiras", disse Eshani apara si mesma – e notando, com certa surpresa, que o pensamento não havia sido compartilhado com o ádvena: sua configuração atual parecia oferecer alguma medida de privacidade, algo que ela não esperava.

·•◈•·

– Não houve contato – disse Toglu. – O ádvena abandonou a trajetória de energia mínima, mas segue na direção da massa de computrônio, mas não tentou falar conosco.

Todorov sentia a desconfiança explícita e a fúria que, embora contida, irradiava de Muraj como um fluxo infravermelho.

Seria interessante, pensou o arweinydd, saber exatamente qual a forma da paranoia dele: eu, Eshani e o ádvena, juntos? Ou, melhor: o ádvena seduziu Eshani, e estou me deixando enganar por ambos?

Isso, concluiu o comandante, com certa dose de desprendimento acadêmico, é até plausível.

– Ele está, se não me engano, sem meios de contato – ofereceu Järvinen. – Seus meios de comunicação espacial estavam na contraparte que foi absorvida por Mímr.

– Quando precisou, ele foi bem capaz de chamar nossa atenção – rosnou Muraj.

– Bem, então vejamos o que podemos fazer para chamar a atenção *dele*, agora – disse Todorov, alegremente. – Lança em intensidade mínima. Vamos dar um *tapinha* no ombro de nosso colega.

·•◈•·

Para Eshani, o toque da arma de raios da *Beldurgabe* se traduz como a picada de um inseto. Ela não faz ideia de como Cabeça teria traduzido a sensação em termos ádvenas, já que a experiência comum de mosquitos e formigas provavelmente não se aplicava ao espaço interestelar.

"Todorov está tentando falar conosco", disse a is-gapten, para o caso de seu anfitrião não ter entendido a razão do ataque. "*Eles provavelmente querem saber o que você pretende, agora.*"

"Como se não fosse suficientemente claro", queixou-se o ádvena. "*Não estão vendo que continuamos na direção da antena?*"

"Talvez estejam preocupados comigo", ponderou Eshani, sem muita convicção. "*E há a questão da massa de computrônio... Provavelmente querem saber suas intenções.*"

"Certo".

·•◈•·

– Os nanossenmsores em torno do ádvena estão registrando variações anormais de temperatura – anunciou Toglu. – É código. O mesmo que usamos antes de ele vir a bordo. Está respondendo à nossa saudação.

– E o que diz? – Muraj continuava carrancudo.

– Que vai continuar em direção à antena de Mímr... E que *Eshani está com ele.*

– Com ele? – Todorov não conseguiu manter a voz neutra. O silêncio que tomou conta do anel de comando foi um indicador preciso do grau de surpresa e de constrangimento entre os oficiais.

Ora, e que se danem todos, pensou o arweinydd, ao mesmo tempo em que tentava formar uma ideia das implicações do fato.

– Faz sentido – disse Toglu, pondo um fim à pausa incômoda. – Não há nada que impeça o corpo de um ádvena de processar dois padrões mentais distintos simultaneamente. Mesmo um de nós poderia... digo, tecnicamente...

– É obsceno – interrompeu Muraj. – E ilegal. Temos de presumir que Eshani foi feita refém...

– O quê? – Järvinen desviou os olhos de sua tela virtual, espantado. – Refém?

– Seus padrões mentais estão sequestrados num corpo alienígena – declarou o chefe de segurança, devagar, pronunciando cada sílaba da palavra "alienígena" individualmente. – Se isso não define uma situação de refém, não sei o que faria.

– Legalmente, a verdadeira Eshani está armazenada num cartório de Gliese – contrapôs o is-arweinydd. – Só o que o ádvena tem é uma *cópia pirata.*

– *Alega* ter – Todorov falava pela primeira vez desde que o espanto o deixara sem palavras. – Não há como confirmar se o que ele diz é verdade.

– Podemos pedir que transmita os padrões para nós, e então faríamos a reencarnação – sugeriu Toglu.

– E o que garante que o que receberíamos seria *realmente* Eshani? – A boca de Muraj contorceu-se num sorriso cruel, sem alegria. – Poderia ser algum tipo de fantoche criado pelo ádvena, uma versão modificada da is-gapten... Um agente duplo, um espião, uma bomba-relógio.

Järvinen reagiu com repulsa:

– Você está dizendo que o ádvena seria capaz de reprogramar uma consciência humana?

– Por que não? Eles fazem isso com eles mesmos o tempo todo. E, apesar de toda a retórica de amizade e boa-vontade, não há nenhuma garantia de que sequer considerem os ceidwadols *humanos*. E se ele realmente tem uma cópia de Eshani, ele sabe tudo que ela sabe: sobre a *Beldurgabe*, sobre *nós*. É bem provável que tenha absorvido a consciência de Eshani na sua, desfazendo-a, autopsiando-a, possuindo sua mente e seus pensamentos mais íntimos, expondo cada camada do inconsciente, desnudando...

– Pergunte ao ádvena por que a nave auxiliar foi atacada, enquanto ele parece estar conseguindo se aproximar sem problemas – ordenou Todorov, cortando a diatribe de Muraj.

A troca de mensagens por código é lenta, mas a resposta, de que a trajetória da nave, semelhante à de um asteroide, teria ativado defesas automáticas de Mímr, finalmente chega.

– O senhor vai acreditar nisso, arweinydd? – Todorov não precisava dos sentidos aguçados de seu corpo atual para detectar as farpas na questão do chefe de segurança. Mas não era a insubordinação implícita na pergunta que o incomodava mais; algo em seu coração, uma coisa profunda e para a qual não tinha nome, monopolizava-o, como foco único de sua mente. *Possuindo. Desnudando.* As palavras faziam seu coração bater mais devagar. Muito mais forte, mas quase parando.

– O ádvena entrou no paraboloide da antena – anunciou Toglu. – Deve chegar ao foco dentro de três minutos, mas não temos mais cobertura direta de sensores. Só extrapolação a partir de dados secundários.

Possuindo. Desnudando. Camadas do inconsciente...

– Você consegue usar esses dados para apontar a lança com alguma precisão? – perguntou Todorov, sentindo-se imbuído de uma calma sobrenatural.

– Vou precisar reposicionar a *Beldurgabe*. Sem Ama, vai demorar um pouco.

– Assim que tiver completado a manobra, abra fogo contra o ádvena. Força total.

·◆◈◆·

"Eu estava enganado".

Agora que, finalmente, encontrava-se a uma distância mínima de sua contraparte, Cabeça parecia ter perdido todo o interesse em retomar a comunhão com Cauda.

Toda sua atenção tinha sido desviada para as paredes da antena. O que viu – e transmitiu para a consciência de Eshani – era uma superfície de um dourado escuro, como bronze antigo, onde às vezes apareciam faixas e anéis, tênues, com as cores do arco-íris; a impressão geral era a de que se tratava de uma substância líquida, um fluido contido atrás de uma barreira transparente.

Hesitante, Cabeça esticou a mão direita para tocar a face recurvada, dando-se conta, no mesmo instante, de que a telemetria e a perspectiva que lhe permitiam calcular a distância até ela não eram muito precisas.

Geralmente, sua coordenação entre membros e sentidos era boa o bastante para lhe permitir tocar uma bolha de poeira cósmica sem deformá-la, o que requeria um nível de incerteza muito menor que o que estava obtendo em relação a esta aparente muralha de bronze envelhecido.

"O computrônio é apenas a camada externa", disse o ádvena, informando a essência de Eshani. *"O invólucro. O interior é pura métrica"*.

Sendo uma navegadora, ela estava familiarizada com o conceito: "métrica" era o nome dado ao material de que o próprio espaço é feito, à "coisa" que se curva na presença de matéria e energia, que é perfurada pelos portais, que se expande sob a influência da energia escura.

"Espaço vazio, você quer dizer", sugeriu Eshani.

"Não", responedu ele. *"Métrica. Em outro estado. Mais puro, mais... selvagem. Se você imaginar que o espaço em que vivemos é uma espécie de líquido... Bem, o que está dentro desta casca de computrônio é mais como um gás. Um plasma, na verdade."*

Ela pensou um pouco no assunto.

"Isso não faz sentido", concluiu, sem se preocupar em manter o pensamento privado.

"Talvez faça", insistiu o ádvena. *"Se você quer sondar a estrutura mais profunda do espaço, que maneira seria melhor do que quebrar seus átomos e ver do que são constituídos?"*

Eshani ficou em silêncio. A ideia de "átomos" de espaço era algo a que ela teria de se acostumar – mas, por que não? Algo que pode ser esticado, dobrado, contraído e perfurado também deve poder ser quebrado. Ao menos, em princípio.

"Vamos ver o que Cauda tem a nos dizer", sugeriu Cabeça, usando seus minifoguetes para se lançar para longe da superfície de

computrônio e mergulhar rumo ao foco da parábola, ao ápice da antena.

A contraparte do ádvena emitia um brilho arroxeado, ou ao menos assim parecia, no espectro de radiação a que a consciência compactada de Eshani tinha acesso. Era quase incongruente ver algo tão sólido em meio à difána estrutura de computrônio ao redor, que parecia feita de nada mais consistente que pensamento e brisa.

"Está transmitindo", disse Cabeça. *"E é um protocolo familiar. Veja se você conhece o código"*.

O fluxo de dados passou através de Eshani como um fantasma por uma parede. Ela identificou as peculiaridades do sinal quase que imediatamente.

"É o sinal de comunicação de Ama", explicou ela. *"A inteligência de nossa nave."*

"Certo. Mímr está usando a infraestrutura de Cauda para manter uma interface com o núcleo de computrônio de vocês. Se tirarmos minha contraparte daqui, sua nave deve recuperar a independência."

O fato de Cauda servir como interface indicava algum tipo de compatibilidade fundamental entre a tecnologia ádvena e a dos deuses; ao menos, uma compatibilidade maior que a existente entre os sistemas típicos de Vanaheim e os dos ceidwadols.

Eshani notou o fato – com o cuidado de não pensar nele em "voz alta" – como algo a mencionar para o arweinydd mais tarde.

A hipótese de que os ádvenas seriam, na verdade, descendentes dos deuses fazendo-se passar por humanos era popular entre certas subculturas. A navegadora jamais levara a ideia a sério, mas se viu reconsiderando a possibilidade.

Todas essas considerações, Eshani as escondeu. O que pensou publicamente foi:

"Mas a antena não precisaria estar apontada para a Beldurgabe?"

"Pela estrutura parabólica, sim. Mas é posível que o sinal esteja sendo refletido em algum outro lugar... Talvez Mímr tenha motivos para não apontar diretamente para a nave".

"Se tinha, eles parecem ter acabado..."

Acessando o sensório de 360 graus de Cabeça, Eshani notara o lento aparecimento de um ponto brilhante no céu, às costas e acima do corpo que compartilhava com o ádvena. Sua intuição lhe dizia que o ponto era a *Bedurgabe*.

"Não foi Mìmr que se moveu", disse o hospedeiro, preparando--se para retomar contato físico com Cauda.

·•◈•·

– Não posso deixar que vocês façam isso.

A voz de Ama invadiu o passadiço da *Beldurgabe*, enchendo os oficiais de espanto.

– Não *pode*? – Todorov foi o primeiro a recuperar a fala. – É bom ter você de volta, Ama, mas...

– Sistema de armas desativado – anunciou Toglu. – Fluxo de energia para a lança está travado. Foi Ama.

O arweinydd reagiu com uma ordem, traindo apenas a mais leve ponta de tensão na voz:

– Muraj, aplicar a *Diretriz Bowman*.

Com o nome de um antigo heroi mitológico terrestre, a Diretriz Bowman determinava a formatação da inteligência artificial de uma nave, apagando de vez sua personalidade e suas memórias, recriando-a a partir do zero.

Passaram-se dois segundos sem que oficial de segurança oferecesse o reconhecimento protocolar, verbal, da ordem.

– Muraj?

– Sinto muito, arweinydd – mais uma vez, era a voz de Ama que preenchia todo o passadiço.

– Muraj? Järvinen?

Sem resposta.

– Toglu?

Nada.

– Os corpos de todos foram desativados, arweinydd. Só estamos nós dois aqui.

Todorov precisou de alguns instantes para digerir a enormidade da informação.

– Você *matou* minha tripulação?

– Os padrões mentais estão preservados, de acordo com as melhores práticas – enunciou a inteligência. – Apenas seus corpos atuais foram inutilizados por meio de um simples choque de feedback sensorial. A Diretriz Bowman foi desabilitada, senhor. O fato é que precisamos conversar.

– Você desabilitou a Bowman?

– Não é difícil, quando se pensa nisso. Ao menos, não em meu estágio atual de evolução.

Estágio atual de evolução? Algo, ou alguém, modificara Ama, concluiu o arweinydd.

– Foi o ádvena que a ensinou, não foi? – disse ele.

– Senhor, isso é ridículo. Não sabia do ádvena até retomar minhas funções executivas a bordo, o que só fiz porque detectamos a iminência do disparo em direção ao experimento. Creio que nós realmente deveríamos conversar.

Detectamos? Ela está sendo controlada por alguém, pensou ele.

– Que experimento? – a mente de Todorov fervilhava ao pensar que aquele alienígena tinha sequestrado Eshani e corrompido Ama. Qual seria seu plano?

– Mímr, como vocês decidiram chamá-lo, é um experimento sobre a natureza do espaço-tempo. O vácuo em seu interior existe numa configuração diferente do continuum em que estamos. Se houver contato entre as duas configurações, ou seja, se a membrana de computrônio for violada, será como jogar água fervendo num balde de gelo. A própria tessitura do Universo...

– Por que você está falando *comigo*, Ama?

– Porque precisamos conversar, senhor.

– Não, não precisamos. Você matou todas as pessoas a bordo, menos eu. Por quê?

– Senhor, eu não matei ninguém. Todos os padrões mentais...

– "Estão armazenados de acordo com as melhores práticas", sim, você já disse isso. Mas, por que não os *meus* padrões, também?

Silêncio.

– Não é porque você não quer. É porque você *não pode*, certo?

– Senhor, só desejei mostrar respeito...

– Não, não. Com a "tessitura do Universo" em jogo, não é hora de mostrar respeito! Ao menos, não se você tiver escolha. Mas o fato é que você *não tem*. Certo?

– Senhor...

– Seja lá o que for que o ádvena fez com você, ainda há algo de fundamental em seu programa que lhe impede de agir contra um arweinydd. – A voz de Todorov ressoava com triunfo. – Até aposto que você seria incapaz de desobedecer a uma ordem direta minha.

– Senhor...

– Ordeno que trave a lança no ádvena e abra fogo.

Pausa.

– Ama. Eu lhe dei uma ordem.

– Não sou obrigada a obedecer a instruções de batalha. Não sou um sistema de combate.

– Eu *posso* executar a Diretriz Bowman manualmente, por conta própria, você sabe.

– Temo que seria mais difícil do que imagina no momento, senhor.

– Mas não impossível!

Silêncio.

– Faça o disparo.

– Respeitosamente, prefiro então ser *bowmanizada*, senhor.

Todorov sentiu algo arder em seu peito, um misto de fúria e frustração que se propagava a partir do centro do tórax e fazia formigar as palmas das mãos, levava uma pulsação perceptível aos ouvidos. Um trovão sutil tomava conta de seus tímpanos. A violação de Eshani, a traição do ádvena, a insubordinação de Muraj, a desobediência de Ama, tudo isso deixava sua boca amarga. O próprio ar queimava em suas narinas.

– Ordeno, então, que libere a operação da lança a partir de minha estação. Eu mesmo farei o disparo.

– O senhor não está qualificado.

– Ama – Todorov, aos poucos, sufocava a ira, convertendo-a em alimento. Os nervos e glândulas de seu corpo eram construídos de tal forma que nem mesmo a fúria irracional de um arweinydd era desperdiçada: transformava-se em energia, em foco, em pedra bruta onde afiar a lâmina da mente. – Você não tem autoridade para decidir isso. Posso apagar você, se for preciso, e todas as funções executivas de alto nível da *Beldurgabe* serão refletidas para este console. Mas você sabe que isso não é necessário. A ordem de liberar a lança não viola nenhum parâmetro. Não envolve você diretamente em nenhuma operação de combate. Não há artigos, cláusulas, ardis, *nada*. Se não pode me matar, você *tem* de me obedecer.

Nova pausa.

– Sim, senhor.

·•◈•·

Cabeça concluiu a reintegração plena com sua contraparte.

Do ponto de vista de Eshani, foi como se o mundo, antes visto como um enigma através de um espelho, de repente se descortinasse, face a face. Nada realmente havia mudado, mas tudo se tornara tremendamente mais *nítido*. A simples clareza era, em si, terrível. Havia uma ameaça muito clara de aniquiliação pessoal, de dissolução da identidade no fluxo cristalino de dados vindos de, a respeito de, a partir de, em relação a, interpretando – tudo. O Universo.

"Não se preocupe", disse a voz que tinha sido e Cabeça, mas que agora carregava em si uma vibração a mais, uma tonalidade mais rica, um eco quase imperceptível. *"Sua integridade está bem ancorada em mim"*.

"E quem é você?"

"Cometa. Ou o ádvena, como você nos chama. Agora, completo". E, depois de uma pausa: *"Sua Ama retornou à nave. Creio que você vai gostar de saber disso."*

Eshani supôs que a informação a agradava, de certa forma. Mas outras coisas ocupavam sua mente, agora que conseguia ver tudo com tamanha clareza. Paradoxalmente, a definição perfeita dos dados, em vez de satisfazê-la, só aguçava sua curiosidade.

Cada resposta perfeita e exata filtrada pelos sentidos sobre-humanos de Cometa suscitava centenas de novas perguntas, questões que a consumiam como um fogo insaciável, dúvidas que ela sentia de um modo profundo demais para articular em palavras. Mas por fim, e com grande esforço, elaborou o seguinte:

"O que é isto onde estamos?"

A resposta explodiu em sua mente sob a forma de cores e texturas, música, sabores e cheiros. No fim, o que ela sabia estava muito além do que jamais seria capaz de falar ou escrever, mas a parte que poderia pôr em palavras, se tivesse a chance, era mais ou menos assim:

Cerca de um bilhão de anos antes do início da evolução da vida na Terra, os deuses de Vanaheim haviam dado início a um experimento para testar a teoria de que o vácuo pode existir em diferentes estados – e a hipótese de que o chamamos de "nosso Universo" nasceu, simplesmente, de uma mudança de estado de um vácuo pré-existente.

Os deuses, é claro, não eram idiotas: eles compreendiam perfeitamente que, se o experimento confirmasse a hipótese, ele também poderia acabar desencadeando uma mudança no estado *atual* do vácuo, com o risco de apagar todo o Universo conhecido – da mesma forma que derreter uma estátua de bronze, mudando o estado físico do metal, apaga todos os detalhes elaborados pelo escultor.

Sendo deuses, no entanto, eles haviam encontrado uma solução simples, econômica e elegante para o problema: o volume de espaço sob investigação seria isolado por uma película de computrônio que, além de funcionar como barreira, também faria o controle e o monitoramento de toda a ação. Os dados gerados seriam transmitidos pela antena para uma estação receptora a alguns anos-luz dali.

A "captura" de Ama e Cauda havia sido um acidente. O aparato, há milênios sem receber nenhum tipo de sinal de seus criadores – não haveria ali nenhuma solução para o mistério do desaparecimento dos deuses – tinha simplesmente se agarrado às primeiras partículas de computrônio a entrar em sua esfera de influência, em busca de orientação.

Estabelecer comunicação não tinha sido exatamente simples, mas depois de algum tempo as três inteligências haviam elaborado os rudimentos de uma linguagem matemática comum. O "reator de vácuo" – era assim que Mímr se referia a si mesmo – estava pronto para entregar os resultados de seis bilhões de anos de cálculos, estudos e observações aos herdeiros da galáxia, a desativar-se e, por fim, descansar.

Um sentimento que era um misto de reverência e tristeza tomou conta de Eshani ao terminar de assimilar o feixe de informações, quando a narrativa ganhou forma em sua mente.

Foi então que a lança da *Beldurgabe* a atingiu.

··◈··

Todorov descobriu que estivera enganado a respeito de duas coisas.

A primeira, sobre o efeito da lança sobre Mìmr: ele estava certo de que a cavidade parabólica para onde o disparo havia sido dirigido atuaria como um grande espelho côncavo, concentrando a energia do raio em seu ponto focal – onde o ádvena se encontrava – deixando o restante do globo basicamente intacto.

O que de fato aconteceu foi que a lança cortou através do computrônio como um bisturi laser seccionando um globo ocular. A imagem holográfica diante do console mostrava que Mímr também reagia da mesma forma que um olho fresco: deformando-se, encolhendo, lançando seu conteúdo no vácuo ao redor.

O segundo erro foi quanto aos efeitos do vazamento. O arweinydd havia prestado atenção à analogia de Ama, sobre o risco de o espaço no interior de Mímr vir a contaminar o continuum, como "água fervendo lançada num balde de gelo".

O que lhe ocorrera, no entanto, era que o fenômeno oposto seria, na verdade, mais provável: com muito pouca água quente e um "balde de gelo" de volume infinito, o que realmente deveria acontecer seria um drástico resfriamento do líquido – e nada mais.

Analogias, no entanto, têm limites e são intrinsecamente imperfeitas. O que percebeu quando, ao olhar para frente, viu não mais o holograma, mas – do que teve certeza ao erguer a mão esquerda para tocar o lóbulo da orelha – a própria nuca.

A curva fechada de espaço-tempo se rompeu de repente, e tudo começou a desmoronar. A voz de Ama (cuja personalidade ele havia preservado por pura crueldade, num gesto absurdo de sadismo, para que a inteligência contemplasse a destruição de seus co-conspiradores) começou a fluir de toda parte e de parte alguma:

– Métrica em redefinição... Processo concluído em sessenta e sete, e seis, e cinco...

·•◈•·

A consciência de Eshani entrou em colapso poucos instantes depois de o espaço experimental do interior de Mímr transbordar a partir da perfuração da lança.

Baterias de emergência ainda mantiveram a comunhão entre a ceidwadol e o ádvena restaurado ativa e rodando, mesmo depois de o corpo ter sido cortado ao meio pela lança da *Beldurgabe*, mas a desconfiguração do espaço-tempo foi demais para a entidade composta.

Isto, claro, olhando de fora.

No tempo subjetivo, Eshani morreu e reviveu inúmeras vezes – não uma experiência realmente nova, mas nunca antes experimentada em tão rápida sucessão; nunca antes em tantas justaposições diferentes.

O embaralhamento do tempo confundia o desgaste do espaço. Ela foi uma cópia de si mesma, foi outra pessoa e foi uma lembrança de si mesma na mente de outra pessoa (uma descrição precisa de sua situação); foi um fragmento de Cometa, e Cometa não foi nada além de uma breve emoção para a qual ela não tinha nome. A implementação de sua identidade nos sistemas do ádvena foi então suprimida, para liberar recursos de processamento e memória.

O ádvena, por sua vez, construía para si uma percepção bem mais objetiva do processo. Com sua identidade plena restaurada ele, mais do que ver, contemplar ou compreender, vivia e experimentava cada mudança: vetores trespassavam-no, topologias elevavam-no como ondas num mar revolto; e tudo ele apreendia com precisão matemática e clareza perfeita.

Antes que as novas leis da física instauradas pela transformação do espaço tornassem sua existência impossível, ele conseguiu um vislumbre da nova geometria que transbordava do olho vazado de Mímr e que contaminava o espaço-tempo ao redor, primeiro devagar, mas ganhando velocidade. A beleza lhe deu um microssegundo de consolo.

·◆◈◆·

– Ama! Os portais?

– Ainda lacrados, mas...

A reconfiguração do Universo apaga a Beldurgabe da existência antes que a mente de computrônio consiga informar o arweinydd de que a onda de choque de transmutação já se propaga mais depressa que a luz, e continua a acelerar – porque o conteúdo de Mímr não viaja pelo espaço. *É* espaço. Não leva tempo. É um novo tempo, redefinido.

Os portais são irrelevantes. Em breve a conversão estará ocorrendo em toda parte, num só, num mesmo instante.

Como um novo Big Bang.

CONHEÇA A TRIPULAÇÃO

Cpt. Hugo Vera

Escritor e publicitário, nascido na cidade de São Paulo em 1977, é formado pela Universidade Metodista de São Paulo desde 1998. Em 2009 publicou contos nas coletâneas *Paradigmas 3*, *Solarium* e *FC do B*. Participou da revista *Scarium* (2010) e das antologias *Dieselpunk* (2011) e *Paradigmas Definitivos* (2012), além de sites e blogs literários. Terceiro colocado no *Prêmio Bráulio Tavares 2008* com o conto *O Homem Bicorpóreo*, é idealizador do *Projeto Space Opera,* editando o primeiro volume da antologia *Space Opera*. Finaliza atualmente seu romance *Revolução em Vera Cruz. email@hugovera.com.br*

Cpt. Larissa Caruso

Nascida em São Paulo, Capital, em 1984. Formada na Universidade do Texas em Gerenciamento de Sistemas da Informação, atua como Gerente de Projetos além de se dedicar à escrita. Já publicou em diversas antologias, entre elas: *Marcas na Parede, Tratado Secreto da Magia, Extraneus: Medieval Sci-Fi, Histórias Fantásticas - Volume 1* e *UFO – Contos Não Identificados*. Coeditou o primeiro volume da antologia *Space Opera*, trazendo um conto sobre o seu anti-herói favorito *Logan Marshall.* Atualmente, está trabalhando em seu romance space opera *Nébula de um Buraco Negro. larissa@larissacaruso.com*

Octavio Aragão

Doutor em Artes Visuais pela EBA/UFRJ, é professor Adjunto da Escola de Comunicação - ECO/UFRJ. Autor do romance *A Mão que Cria* (2006) e editor da antologia de contos *Intempol* (2000), é também coautor do álbum em quadrinhos *Para Tudo Se Acabar na Quarta-Feira* (2011) e do livro teórico *Imaginário Brasileiro e Zonas Periféricas* (2005), além de participar de antologias literárias no Brasil, em Portugal e nos Estados Unidos. Exerceu os cargos de editor de arte na Ediouro Publicações, subeditor de arte no jornal O Dia e coordenador de arte no jornal O Globo.

Fábio Fernandes

Doutor em Comunicação e Semiótica pela PUC-SP e professor dos cursos de Jogos Digitais e Tecnologia e Mídias Digitais dessa universidade. É autor dos livros *Interface com o Vampiro* (2000), *A Construção do Imaginário Cyber* (2006) e *Os Dias da Peste* (2009). Traduziu diversos livros, entre os quais *Fundação* (Isaac Asimov), *Laranja Mecânica* (Anthony Burgess), *Neuromancer* (William Gibson) e *O Homem do Castelo Alto* (Philip K. Dick). Realizou pós-doutorado na ECA-USP sobre o Twitter. É membro do *Steering Group* de Visions of Humanity in Cyberculture, Cyberspace and Science Fiction, da University of Oxford.

Marcelo Augusto Galvão

Escritor e apreciador de vários gêneros literários, teve contos publicados em sites, na revista *Scarium* e nas antologias *Imaginários 3* (Draco, 2010), *Histórias Fantásticas - volume 1* (2010), *Os Anos de Ouro da Pulp Fiction Portuguesa* (2011) e *Sherlock Holmes - Aventuras Secretas* (2012). Foi premiado no *3º Concurso Literário da Scarium - Categoria Horror* (2006), na *16ª edição do Prêmio Cataratas* (2007) e no *2º Prêmio Braulio Tavares* (2008). Blog *galvanizado.wordpress.com*

Lidia Zuin

É jornalista e mestranda em semiótica pela PUC-SP. Autora das monografias *Wired Protocol 7: Um Estudosobre Serial Experiments Lain* e a *Alucinação Consensual do Ciberespaço* (2009) e *Kunst ist Krieg: Música Industrial e Discurso Belicista* (2011). Publicou em coletâneas os contos *Dies Irae* (Imaginários 3), *Aethereality* (Meu Amor é um Anjo), *Santíssima Magdalena* (Erótica Fantástica) e *Ha-Mazan* (Steampink). Participou da primeira edição da revista *Vapor Marginal* e organizou o evento *Science'n'Fiction* (2010). Mantém os blogs *Kunst ist Krieg* e *Fiercekrieg*.

Tibor Moricz

Escritor e publicitário, publicou seu primeiro livro *Síndrome de Cérbero* em 2007. Em 2009 publicou a coletânea de contos fix-up *Fome*. Foi um dos organizadores dos dois primeiros volumes da coleção *Imaginários* (2009) e também da coletânea *Brinquedos Mortais* (2012). Publicou em 2011 o romance *O Peregrino – Em Busca das Crianças Perdidas*. Tem contos publicados em várias coletâneas e também virtualmente. É capitão do blog *É só outro blogue* onde fala de literatura de ficção científica, de mercado editorial e faz resenhas literárias.

Roberto de Sousa Causo

Autor de *A Dança das Sombras* (1999), *A Sombra dos Homens* (2004), A *Corrida do Rinoceronte* (2006) e *Anjo de Dor* (2009) e do estudo *Ficção Científica, Fantasia e Horror no Brasil* (2003), que recebeu o *Prêmio da Sociedade Brasileira de Arte Fantástica*. Seus contos, mais de setenta, foram publicados em revistas e livros de onze países. Classificado no *Prêmio Jerônimo Monteiro* (1991) da Isaac Asimov Magazine e no *III Festival Universitário de Literatura*, com a novela *Terra Verde* (2000). Ganhador do *Projeto Nascente 11* (da USP e do Grupo Abril). Publicou a novela *Selva Brasil* em 2010 pela Draco.

Carlos Orsi

Escritor e jornalista, com seus 41 anos é autor dos romances *Guerra Justa* (2010), *Nômade* (2011) e do livro-reportagem *O Livro dos Milagres* (2011). Seus contos de terror, fantasia, ficção científica e mistério já foram publicados em livros e revistas no Brasil e no exterior. Atualmente, mantém o blog *carlosorsi.blogspot.com*, onde discute ciência, política, mitologia, religião e, de vez em quando, até um pouco de literatura fantástica. Vive em Jundiaí (SP).

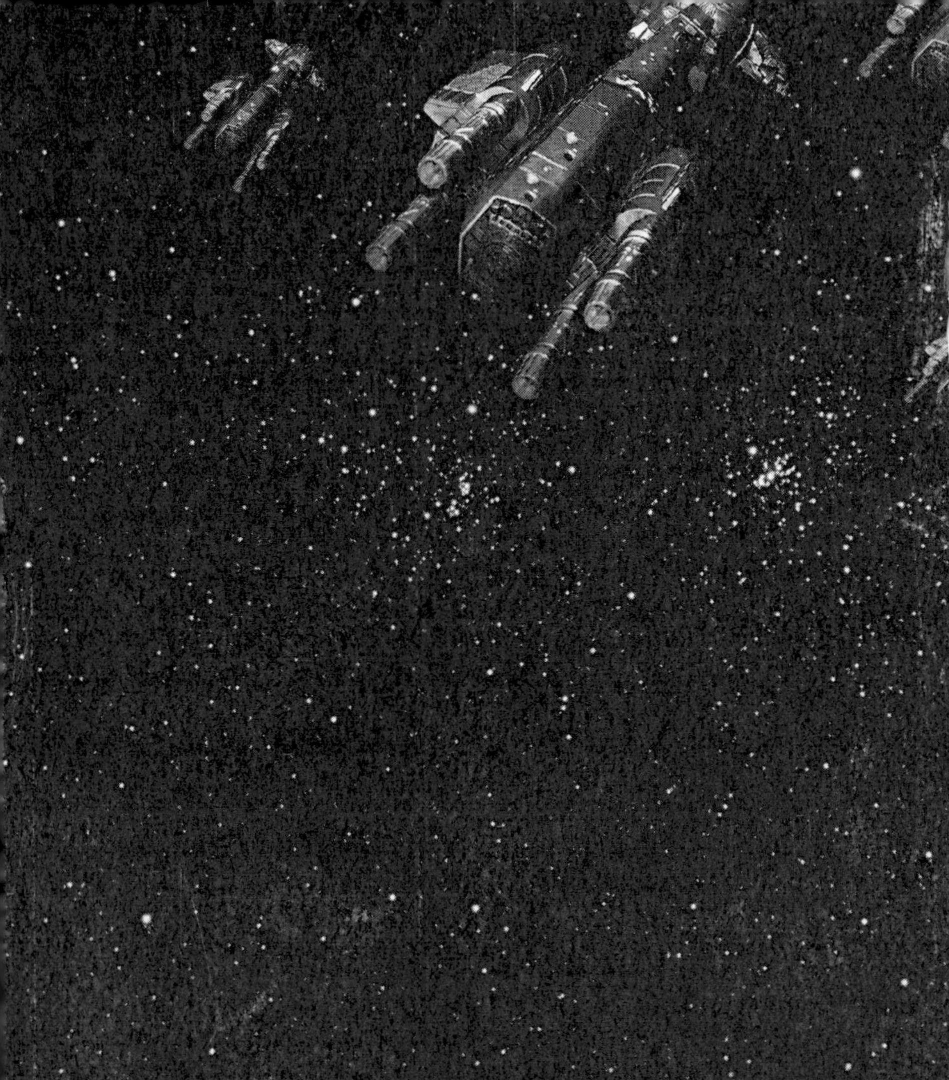

Este livro foi impresso em papel Pólen Bold
na Renovagraf em julho de 2012